◆2023 年度河南省高校哲学社会科学创新团队支持计划
“中国现当代文学”（2023-CXTD-10）资助

◆河南大学中国现当代文学研究中心项目资助

◆2021 年度河南省高等学校哲学社会科学基础研究重大项目
“民国报纸关于现代作家新闻报道文献整理与研究”（2021-JCZD-12）资助

◆国家社科基金一般项目
“民国报纸副刊与现代作家佚文发掘整理研究”（15BZW155）的阶段性成果

刘涛 著

民国报纸与作家佚文考释

中国社会科学出版社

图书在版编目(CIP)数据

民国报纸与作家佚文考释/刘涛著. —北京：中国社会科学出版社，2023. 10

ISBN 978 - 7 - 5227 - 2506 - 2

Ⅰ. ①民… Ⅱ. ①刘… Ⅲ. ①中国文学—现代文学—报纸—史料—研究—民国 Ⅳ. ①I209. 6

中国国家版本馆 CIP 数据核字(2023)第 156924 号

出 版 人　赵剑英
责任编辑　王小溪　顾世宝
责任校对　师敏革
责任印制　戴　宽

出　　版　中国社会科学出版社
社　　址　北京鼓楼西大街甲 158 号
邮　　编　100720
网　　址　http://www.csspw.cn
发 行 部　010 - 84083685
门 市 部　010 - 84029450
经　　销　新华书店及其他书店

印　　刷　北京君升印刷有限公司
装　　订　廊坊市广阳区广增装订厂
版　　次　2023 年 10 月第 1 版
印　　次　2023 年 10 月第 1 次印刷

开　　本　710 × 1000　1/16
印　　张　24. 25
插　　页　2
字　　数　362 千字
定　　价　129. 00 元

凡购买中国社会科学出版社图书，如有质量问题请与本社营销中心联系调换
电话：010 - 84083683

目　录

《世界日报》关于鲁迅南下的四次报道

鲁迅于1926年8月离京南下厦门。他的南下，在当时北京文化界产生了相当大影响。成舍我主办的北京《世界日报》，以关注和及时报道北京文化界动态而著称。该报第7版“教育界”对于鲁迅南下厦门进行过持续关注和报道。由这些报道，我们可以更为真切地感受到鲁迅南下在当时对北京文化界产生的震动和影响，更为直观地感受鲁迅南下时北京的文化环境和历史氛围。

鲁迅南下的具体日期为1926年8月26日，但北京《世界日报》在1926年8月1日已开始对鲁迅南下进行报道，报道的题目为：“清委会昨日欢送北大教授赴厦，周树人沈兼士等今日启程南下。”报道的具体内容为：

> 北大教授沈兼士、周树人（即鲁迅）、陈万里、顾颉刚等赴厦门大学授课一事，已见前报。[①] 兹悉昨日上午清室善后委员会诸办事人等，在大高殿开会欢送沈等南下，宾主两方，各有演说，颇极一番盛况。闻沈等已定于今日由京启程南下云。

报道题目中的“清委会”为“清室善后委员会”的简称。清室

---

① 报道称：“北大教授沈兼士、周树人（即鲁迅）、陈万里、顾颉刚等赴厦门大学授课一事，已见前报。”但笔者遍查1926年8月1日之前的《世界日报》，未能见到对鲁迅、沈兼士等人赴厦门大学授课一事的报道。故此报道当是摘自其他报纸，所谓“前报”，即为报道沈兼士、鲁迅等人南下授课的报纸。

善后委员会是清废帝溥仪被驱逐出宫后，民国国务院为清点和保存故宫文物而成立的重要组织，蔡元培、罗振玉、沈兼士都是委员。大高殿在景山内，为故宫博物院文献馆所在地，沈兼士为该馆馆长。由报道可知，1926 年 7 月 31 日上午，清室善后委员会在景山大高殿开会，欢送沈兼士等人南下厦门大学。报道只是提到“沈等”，“沈”当然指沈兼士，至于这“等”是否包括“鲁迅、陈万里与顾颉刚”则不得而知。查鲁迅 1926 年 7 月 31 日日记，该日所记出行只有下午“往公园”的记载。[①] 这里的“公园”指中央公园。鲁迅 1926 年 7 月 6 日有记：“下午往中央公园，与齐寿山开始译书。”[②] 这里的“书”指《小约翰》。从 1926 年 7 月 6 日起，鲁迅与齐寿山在北京中央公园，依据德文本重新翻译荷兰望·霭覃所作长篇童话《小约翰》，1926 年 8 月 13 日该书翻译完毕。从 1926 年 7 月 6 日到 8 月 13 日，鲁迅日记中几乎每天都有下午“到公园”“往公园”的记录，只有 7 月 12 日、19 日、26 日，8 月 1 日、2 日、8 日、9 日几天没有记载。鲁迅所记日记虽很简略，文字可谓要言不烦，但他对每日的出行及赴宴情况皆有较为详尽记录。若 1926 年 7 月 31 日赴景山大高殿参与欢送会，该日日记不可能没有记录。据此可以断定，鲁迅于 1926 年 7 月 31 日并未出席大高殿的欢送会。《世界日报》1926 年 8 月 1 日的报道，虽提到沈兼士与鲁迅等人赴厦门大学任教一事，但是，关于大高殿欢送会的报道只是提到沈兼士名字，并没把鲁迅的名字列入其中。这说明记者对于鲁迅等人是否到会并不了解。综合鲁迅日记与《世界日报》的报道，可断定，鲁迅没有出席 1926 年 7 月 31 日景山大高殿的欢送会。

由《世界日报》的报道，唯一可以得到的史实是：清室善后委员会于 1926 年 7 月 31 日在景山大高殿开会欢送沈兼士，但记者对此事件所作的报道，却在标题中冠以“周树人沈兼士等今日启程南

---

① 参见鲁迅《鲁迅日记》，见《鲁迅全集》第 15 卷，人民文学出版社 2005 年版，第 630 页。

② 鲁迅：《鲁迅日记》，见《鲁迅全集》第 15 卷，人民文学出版社 2005 年版，第 627 页。

下”，在报道中则以“沈等”这样的模糊化文字，给读者造成鲁迅、陈万里、顾颉刚等人一同与沈兼士赴会并南下的印象。记者如此报道，显然是为了利用周树人（即鲁迅）的影响力，来提高报道的新闻价值和影响力。因而，此则报道虽然不那么精确，却显示出鲁迅等人南下厦门，在当时北京文化界所产生的心理震撼和影响。

《世界日报》对鲁迅南下的第二次报道为1926年8月5日。该日第7版“教育界”以《欢送周树人赴厦》为题，对欢送鲁迅南下进行报道：

> 昨日（八月三日）下午七时，有朱寿恒、徐景宋、赵少侯、常惠、韦素园、韦丛芜等六人，在北海五龙亭欢送周树人赴厦。其中数人系藉此机会与周氏谋面。欢宴至十时始散。

该次报道可以从鲁迅日记中得到证实。查《鲁迅日记》1926年8月3日有如下记载：“得丛芜函约在北海公园茶话，晚赴之，坐中有李〔朱〕寿恒女士、许广平女士、常维钧、赵少侯及素园。”[①] 鲁迅日记对此次北海公园聚会的记载，与《世界日报》的报道完全一致，两者之间，可相互印证。鲁迅提到的参与欢送的人员有六位，与《世界日报》报道一致，只不过对同一人物的称呼有所不同，如日记中的“许广平”“常维钧”在报道中分别为“徐景宋”[②]“常惠”，只是称“名”与称“字”之不同而已，所指为一人。日记与报道相比较，日记记载较为简略，《世界日报》的报道虽有一定瑕疵，如“许景宋”误为“徐景宋”，但《世界日报》对此次聚会地点、时间的记录则更为详尽。关于此次欢送会的地点，日记只是提到“北海公园”，《世界日报》则明确指为“北海五龙亭”。五龙亭位于北京北海公园北岸西部，由五座亭子组成，均为方形，前后错落布置。五亭间由桥与白玉石栏杆相连呈“S”形，如同巨龙，故称龙亭。五龙亭为

---

① 鲁迅：《鲁迅日记》，见《鲁迅全集》第15卷，人民文学出版社2005年版，第631—632页。

② “徐景宋”有误，应为“许景宋”。

北海公园的著名景点，在文人和建筑学家笔下时有出现，林徽因拍摄过一幅五龙亭远景照片，收入其建筑著作中。

韦丛芜等人选择北海公园五龙亭作为此次聚会的地点，应该是有所考虑的。这个地方环境幽雅，景色优美，是一重要原因。另一原因，可能与此地距离鲁迅住处较近有关。鲁迅从 1924 年 5 月，到南下离京，一直住在阜成门内宫门口二条十九号，即现在的北京鲁迅博物馆所在地，此地在北海公园正西，距离不到三千米，交通方便，即使步行，也不甚远。韦丛芜等人选择此地，这应该是一重要原因。

关于此次聚会的时间，日记只是提到“晚赴之”，《世界日报》则明确为“下午七时至十时”，聚会达三小时之久，比日记所记更为具体。

《世界日报》的报道虽然比《鲁迅日记》更为详尽，但日记披露的更为隐秘的信息则是报道所没有的。如日记提到此次聚会为韦丛芜来函向鲁迅邀约，说明韦丛芜是这次聚会的召集人。他向鲁迅去信邀约，一定程度上说明他与鲁迅的关系比较亲密。

关于此次聚会的性质，日记记为“茶话”，而报道则为“欢宴”，两者之间并不矛盾。因为当时北京公园的茶座，并非纯为喝茶，而兼供应面点菜肴。据邓云乡先生考证，20 世纪 20 年代，北京不少市民把公园的茶座当作休息、闲谈、看书、写东西、会朋友、洗尘饯别、订婚、结婚宴请客人的好地方。① 鲁迅离京南下时，正值夏末秋初，恰是北京中央公园、北海公园茶座的黄金季节。鲁迅在其 1926 年 8 月 3 日、7 日、9 日、13 日、21 日的日记中，皆简要记载了朋友为其饯别的情形，饯别的地点选择的都是公园，采用的都是茶座茶会的形式。② 这些茶会，都不是单纯的“茶话会”性质，而是“茶会”与“宴会”兼而有之的。

此次聚会，为鲁迅饯行的有六位，报道中提到“其中数人系藉此机会与周氏谋面”。聚会的六人中，韦丛芜、韦素园与鲁迅关系密

---

① 参见邓云乡《鲁迅与北京风土》，中华书局 2015 年版，第 141 页。

② 参见鲁迅《鲁迅日记》，见《鲁迅全集》第 15 卷，人民文学出版社 2005 年版，第 631—634 页。

切，经常见面并时有书信往来。许广平与鲁迅的关系更不用说，两人这时已确立恋爱关系，鲁迅南下即与此有关。常维钧与鲁迅关系亦密切。常维钧，名惠，为北京大学法文系学生，因崇拜鲁迅，而甘愿作“中国小说史略”一门功课的助教，负责为鲁迅印刷讲义。“鲁迅先生在北大教授四年，维钧也随侍了四年，同学中确信没有第二人像他这样的。”① 受鲁迅影响，常维钧投身于歌谣研究，为北大歌谣研究会的骨干成员。常维钧结婚时，鲁迅曾以《太平乐府》相赠。与以上几人相比，赵少侯、朱寿恒两人与鲁迅的交往则较少。赵少侯，浙江杭州人，1919 年从北京大学法文系毕业后一度留校任教，曾任北京中法大学、上海劳动大学、青岛山东大学教授。赵少侯精通法语，熟悉法国文学，以翻译法国文学见长，在鲁迅主编的《莽原》上发表过多篇著译文章，如撰写《罗曼·罗兰评传》，刊于《莽原》半月刊 1926 年 4 月 25 日第 7、8 期合刊，翻译法国莫巴桑（即莫泊桑）的《花房》、高节《文学中的肥胖》、法朗士《市政长官》，分别刊于《莽原》第 18 期（1926 年 9 月 25 日）、第 2 卷第 8 期（1927 年 4 月 25 日）、第 2 卷第 20 期（1927 年 10 月 25 日）。这是赵少侯与鲁迅的文学交往。他与鲁迅的私人交往则很少，查《鲁迅日记》，未见关于两人交往的记载。作为女性的朱寿恒与鲁迅的交往则更少。她时为燕京大学学生，鲁迅日记在 1926 年 8 月 3 日首次提到此人，且误为“李寿恒”，说明他与朱寿恒之前并不认识，此次聚会，当属首次见面。鲁迅南下后，朱寿恒也离开北京，南下广州到岭南大学教书，参加钟敬文等人发起成立的文学社团倾盖社，鲁迅在 1927 年 9 月 22 日致台静农、李霁野的信中还提到过她。以上六人中，韦丛芜、韦素园、许广平、常维钧与鲁迅关系皆比较密切，赵少侯、朱寿恒与鲁迅关系则较为疏远。若说“其中数人系藉此机会与周氏谋面”，这“数人”指的应是赵少侯与朱寿恒。

《世界日报》对鲁迅南下的第三次报道为 1926 年 8 月 10 日。该

① 台静农：《忆常维钧与北大歌谣研究会》，见《龙坡杂文》，海燕出版社 2015 年版，第 263 页。

日第7版“教育界”以《又一饯别周树人者，黄鹏基等昨在北海设宴》为题，对此报道：

> 北大教授周树人（鲁迅），应厦大之聘，拟不日首途，闻有常与该氏往还之黄鹏基、荆有麟、金仲芸、石珉等，特于昨日下午六时，在北海漪澜堂为周设宴饯行，并请女师大之许广平、徐淑卿等作陪，席间除宾主各述情谊外，并畅谈世界文学现况，及中国文坛之沉寂的原因。至九时许始尽欢而散云。

《世界日报》的此次报道，在《鲁迅日记》中同样得到印证。《鲁迅日记》1926年8月9日所记为：“上午得黄鹏基、石珉、仲芸、有麟信，约今晚在漪澜堂饯行。……晚赴漪澜堂。”[①] 依据《鲁迅日记》，鲁迅1926年8月9日晚确有赴约，参加了为其南下而举行的饯别宴会，地点为北海漪澜堂，宴会召集者为黄鹏基、石珉、金仲芸、荆有麟。鲁迅在日记中对此次饯别宴会虽有记载，但相当简略，只有“晚赴漪澜堂”数语。《世界日报》对此则有较为详尽的报道，可对日记所记进行有效补充。由报道可知，此次宴会持续时间为下午六时至九时许，参加宴会者，除鲁迅、黄鹏基、石珉、金仲芸、荆有麟，尚有许广平与徐淑卿。

为鲁迅饯行的黄鹏基、荆有麟、金仲芸、石珉诸人，正如《世界日报》报道，与鲁迅多有往还，有着较密切的私人交往。黄鹏基，笔名朋其，四川仁寿人，毕业于北京大学，著有短篇小说集《荆棘》等，为莽原社主要成员，在《莽原》周刊和半月刊上发表过小说和散文，鲁迅在《〈中国新文学大系〉小说二集序》中称他是《莽原》“中坚的小说作者”之一。[②] 黄鹏基与鲁迅的交往集中于1925年至1926年，其间他与鲁迅多有书信往来，并数次拜访鲁迅，在这段时

---

① 鲁迅：《鲁迅日记》，见《鲁迅全集》第15卷，人民文学出版社2005年版，第632页。

② 参见鲁迅《〈中国新文学大系〉小说二集序》，收入《且介亭杂文二集》，见《鲁迅全集》第6卷，人民文学出版社2005年版，第258页。

间的《鲁迅日记》中，常能看到关于他的记载。石珉，为黄鹏基夫人，亦为四川仁寿人，思想上追求进步，曾在共产党实际负责的北平缦云女校任教。[①] 此外，她参加过国共合作的妇女组织“妇女之友社”，社址为缦云女校，社主任为张挹兰，石珉为候补执行委员。[②] 荆有麟与鲁迅交往也很密切，《鲁迅日记》中提到他有320余次，鲁迅给他的复信有30余封，现仅存一封收于《鲁迅书信》中。[③] 金仲芸原名莫仙英，为《莽原》经常撰稿人，是荆有麟的女朋友，因荆有麟的关系，与鲁迅交往也较多。据《鲁迅日记》，1925年7月5日，荆有麟第一次带金仲芸拜访鲁迅，此后，金仲芸常与荆有麟一起来鲁迅寓所。这种交往持续到1926年8月26日鲁迅离开北京，这天到车站为鲁迅送行的，就有荆有麟与金仲芸。

由《世界日报》的报道可知，黄鹏基等人此次为鲁迅饯行，还特意邀请许广平与徐淑卿两位女性作陪。许广平与鲁迅的关系，这时应该已为黄鹏基等人所知，邀请许广平作陪，是为了同时给她饯行。报道中提到的另一位女性“徐淑卿”名字有误，当为“许淑卿”，即许羡苏，“淑卿”是她的字，在《鲁迅日记》中又作“许璇苏”“许小姐”“淑卿”。许羡苏为许钦文四妹，是周建人在绍兴女子师范学校任教时的学生，1921年10月由鲁迅作保人，入北京女子高等师范学校。许羡苏与鲁迅一家人的关系密切，1926年8月鲁迅南下后，她曾长住鲁迅北京西三条胡同寓所，帮助鲁迅母亲持家，并负责鲁迅与其在北京的家人之间的通信联络，直至1930年春。[④] 在《鲁迅日记》中，许羡苏第一次出现于1921年10月1日，最后一次出现于1933年10月22日，出现次数达250次之多。由此可见许羡苏与鲁迅及鲁迅家人之间关系之密切。许羡苏与许广平关系也很近，在《鲁迅日记》中，1925年7月6日、21日、28日皆有关于许广平、许羡

① 参见马蹄疾《读鲁迅书信札记》，湖南人民出版社1980年版，第35页。

② 参见北京市地方志编纂委员会编《北京志·人民团体卷·妇女组织志》，北京出版社2007年版，第94—96页。

③ 参见薛绥之主编《鲁迅杂文辞典》，山东教育出版社1986年版，第687页。

④ 参见《鲁迅全集》第17卷“人物注释”部分“许羡苏”条，人民文学出版社2005年版，第75页。

苏同来家中拜访的记载。[①] 黄鹏基等人邀请许羡苏陪同，可能出于两方面考虑，一是许羡苏与鲁迅、许广平关系密切，二是许羡苏作为女性，给同为女性的许广平作伴更为适合。

《世界日报》对鲁迅南下的第四次报道为1926年8月16日。该日第7版“教育界”以《厦门大学前途无量 延聘名宿、增设校舍、开办国学研究院》为题，对鲁迅等人到厦门大学任职又一次进行了报道：

> 厦门通讯：厦门大学为陈嘉庚兄弟一手独创之学校，二年来陈君所营商务实业，日益发达，每年得利在数百万元以上，而陈君毁家兴学之志，始终未渝，仍将全数赢余为扩充学校经费，故自去年来一面延聘名士充当教授，一面大兴土木，增设校舍，大有蒸蒸日上之势。除已建筑生物学院，科学院，添设仪器，极为完备外，本年又拟以一百万办医科，以一百万办工科，作为创办设备费，皆已开始进行。至图书馆则以二十万元为建筑费，闻图案已经拟就，系仿中国古代辟雍宫图式，建于全校最高峰顶，以壮观瞻。购书预算本年度定为八万元，此外健身房，大礼堂，亦皆拟定预算，渐次增设，进步之速，有如一日千里。现设文理教商医工法七科，逆料自兹以往，如此进行不懈，不数年间厦大当为国中最完善大学之一。
>
> 除广筑校舍购备仪器图书等外，该校校长林文庆目下最注意者，为延聘国内外名宿，为学生师范，科学方面如刘树杞、钟心煊等皆留学界之铮铮者，近又新聘东南之秉志充动物学教授，南开之蒋立夫充数学教授，皆国中有数之专门人物。文科方面自新聘北大林语堂为主任以来积极整顿，闻林氏主张以英人教授英国文学，法人教授法文，德人教授德文，皆已着手邀聘，且已聘定北大沈兼士、周树人（鲁迅）、顾颉刚、陈万里以整理国学，而

---

① 参见鲁迅《鲁迅日记》，见《鲁迅全集》第15卷，人民文学出版社2005年版，第572—574页。

以沈氏为国文系主任。又因该校校长林文庆素以提倡国学为职志，此次沈、周、顾、林之连翩来校，即为创办国学研究院事宜。沈氏本为北大研究所国学门主任，对于整理国故计画方法，甚有心得，来校即充该研究院主任，关于该院所拟聘请其他人才正在接洽中。……①

这则通讯与以上三则报道的侧重点显然不同。对于鲁迅南下，以上三则报道重在报道“欢送”与“饯行”，8 月 16 日的这则通讯则重在报道厦门大学发展的前途无量与蒸蒸日上。厦门大学之前途无量，体现在它能广揽人才，招国内名宿而用之，国学方面突出体现在北大著名教授沈兼士、周树人、顾颉刚、陈万里诸人的联翩而来。由这则报道，我们可窥察到 1926 年中国的南北学界，在不同的政治生态下，所显露出的不同气象。当时的南方学界，处于向上的革命氛围之中，且有坚强的商务实业作经济后盾，显示出蓬勃发展气象。与此相对照，以北京为中心的北方学界，则在北洋军阀倒行逆施与思想控制下，噤若寒蝉，万马齐喑，加上段祺瑞政府长期不发放教育经费，1926 年春夏之间，北京九所国立大学皆未能按时开学。知识分子在北京的生存环境一下子变得相当严峻。在此背景下，大批知识分子由京南下，或到上海，或到南京，或到厦门，或到广州，而鲁迅，则是 1926 年至 1927 年间大批知识分子南下队伍中最为引人注目的一员。从这个角度来理解，鲁迅于 1926 年南下是当时许多知识分子的共同选择。鲁迅与其他知识分子的大批南下，预示了南方政治、经济、文化的进一步崛起，北方政治、经济、文化的相对衰落。

以上为《世界日报》对鲁迅南下厦门大学四次报道的大致情况。鲁迅离京南下的时间是 1926 年 8 月 26 日，在鲁迅离京之前，《世界日报》对其南下的报道，或直接，或间接，短短半月内，竟有四次之多。这四则报道，1926 年 8 月 5 日、8 月 10 日的两则报道，可由《鲁迅日记》得到印证，并补日记之不足。《世界日报》除报道鲁迅

---

① 该报道后半部分与鲁迅关系不大，为节省篇幅，略去未录。

南下，还刊发了荆有麟《送鲁迅先生》一文，给鲁迅送行，该文连载于该报“世界日报副刊”1926 年 8 月 24 日、25 日、26 日。而 1926 年 8 月 26 日，正是鲁迅离京南下的日子，这不知是巧合，还是编辑刘半农有意为之。鲁迅离开后，《世界日报》的“世界日报副刊”刊发多篇怀念鲁迅或与鲁迅有关的文章，这些文章有：李荐侬《读〈伤逝〉的共鸣》，刊 1926 年 9 月 27 日、9 月 28 日；叶生机《痛读〈彷徨〉》，刊 1926 年 9 月 30 日；董秋芳《〈彷徨〉》，刊 1926 年 10 月 18 日；赵瑞生《怀鲁迅先生》，刊 1926 年 12 月 29 日、30 日。这些文章代表了鲁迅南下后北方学界和学人对南方鲁迅的深切怀念。

新发现冰心 1936 年慕贞女校讲演的另一版本

——兼析冰心贝满女中的“同性爱”问题

冰心 1936 年在北京慕贞女校曾作了一次演讲，题为《我自己的中学生活》，演讲记录稿由“倩茵”整理后，发表于《慕贞半月刊》第 2 卷第 4、5 期合刊（1936 年 5 月 16 日）。1936 年《玲珑》杂志第 6 卷第 28 期刊登有玉壶的《冰心演讲同性爱记》。据作者玉壶文章开始所作的交代，可知此文同样出自冰心在慕贞女校的此次讲演。该文为文言，玉壶称“原文见于《上海日报》，特转录之”。这是冰心慕贞女校讲演的两个文本。赵慧芳对这两个文本都进行了整理，整理稿见其《冰心关于“同性爱”的演讲》一文。该文中，赵慧芳对冰心在慕贞女校的讲演的两个文本进行了对比，认为玉壶一文“在行文上更文言化、书面化，在内容上则仅有近五分之一谈学习，而有五分之四强在谈同性爱和婚姻问题，且用语激烈、尖刻，不似冰心温柔敦厚的文风。而在结尾处又谈及婚姻问题，似乎也跟面向教会女中学生的演讲不太相称”[①]。因此，她认为，由于缺乏资料佐证，且其内容与《慕贞半月刊》所载的演讲记录在观点和感情上不尽一致，所以，暂不把它作为冰心演讲记录的另一版本看。笔者在北平《世界日报》第 8 版“妇女界”1936 年 5 月 20 日至 5 月 23 日，发现署名“松影”的《“我的中学时代”——记冰心女士讲演》一文。该

---

① 赵慧芳：《冰心关于“同性爱”的演讲》，《中国现代文学研究丛刊》2013 年第 5 期。

文在内容要点上与《慕贞半月刊》上的《我自己的中学生活》有诸多相似之处。笔者在对比了这两个文本后，发现《世界日报》的松影记录稿有2100余字，而《慕贞半月刊》的倩茵记录稿仅900余字，松影记录稿的篇幅是倩茵记录稿的两倍多，对冰心讲演内容和讲演现场的记录更为翔实具体。因而，可确定《世界日报》的《“我的中学时代”——记冰心女士讲演》一文，是冰心慕贞女校讲演的另一比较精确、完善的版本。由这个版本的发现，我们可更加接近冰心慕贞女校讲演的原貌，不但对赵慧芳先生所提的问题，即玉壶《冰心演讲同性爱记》是否可作为冰心慕贞女校讲演的另一版本，进行解答，而且，对于冰心慕贞女校讲演所包含的“同性爱”内容的尺度问题，及冰心本人在贝满女校时期关于“同性爱”的真实性、性质和表现形式等问题，都能够进行较为接近历史原貌的把握。

一　松影稿与倩茵稿

为进一步接近冰心慕贞女校讲演的原貌，笔者把松影记录稿、倩茵记录稿同时整理如下。

“我的中学时代”

——记冰心女士讲演

松影

现在的冰心，虽然不如当年的冰心那样被人崇拜，敬服与赞叹，然而她毕竟是文学界的一位健将，是一位诗人；又加之由她现在的深居简出，而想到当年她的盛名。所以一听说冰心女士要在M，C女中讲演，我便疯了似的想去听听。

冰心女士讲演，本来不是公开的，可是我们因为人情面子而得到了听讲权，的确感到荣幸。

我曾读过冰心女士的许多作品，然而与冰心女士却无一面之缘。虽然在她的作品里，我亦摸拟出一位温柔，婉善，漂亮的女性，然而那究竟是“摸拟”；所以一颗好奇的心在忐忑的跳动，冰心，到底是怎样的一位冰心？

时刻一分一分的过去，听完人家的校歌及主席的介绍后，冰心女士在一阵掌声中微笑着上台了。

她穿着一件玫瑰紫的长衫，精神十分愉快，面色红润，操着漂亮的北平口音，先客气了几句便开始正文。

题目是“我的中学时代”，节录如下：

我的中学时代是从一九一四至一九一八，那时我是十三岁，诸位都知道我的中学母校是贝满女子中学，是一个教会学校，功课非常紧，我小时又没入过学校，只是在家里念点书，刚一入学校，自然感觉到很多的困难，当时第一个大难题就是我的口音，那时我刚从山东来，说说①自然免不了山东口音，我每一说话，同学们都笑我，气得我常常大哭，有时轮到讲演也不敢上台去讲，幸而我还是小孩子，对于口音很容易改变，不到半年的工夫，这第一个难题算解决了。

第二个问题就是算学，在家里根本就没学过，所以感觉到非常困难，以致第一次月考只得六十二分（那时七十分才算及格），于是我伏案大哭，后来拼命的用功，第二次月考便得到八十二分，渐渐的也居然赶上了，那半年的总平均分能得到九十二真是出我意料之外。这三次的分数是我一生忘不了的，其余则一概记不得了。

第三个难题就是念圣经，那时我对圣经根本一点也不认识，更那里去谈兴趣？所以常常为难，幸而渐渐明白，这第三个困难也就冰释了。

那时我很用功，又加以有些汉文的根基，所以先生们都很夸□②我，自己也觉得有莫大的光荣。可是安心用功不到一年，就又发生了事情。

那时普通一般中学校里，都有一种现象，可以说是一种不好的现象，就是交朋友，发泄情感于同性身上。当时有一个四年级

---

① “说说”当为“说话”。

② 原文不清，疑为“赞”。

的学生，他[①]的父亲大概是在教会里作事，她因我是外教人，所以要感化我和我交成朋友，那时我如得到一个姐姐似的朋友，自己也很高兴；我俩感情很好，每天完了课便写信，厚厚的，差不多十几页，可惜我没有存着，否则一定很有趣。

再一种现象就是爱教员，差不多每人都有一种眼光，凭她的眼光去选定一个教员，讲恋爱，写信。可是我却不曾。

人人都有一种占有性，尤其是在爱情上，我和那位朋友，常常为了别的朋友打架，整天家哭哭啼啼。

后来我醒悟了，发现这种事情太无聊，太狭隘，而且荒废学业，于是有一天把我给她的信都偷回来付之一炬，闹同性朋友算是告一结束。

后来我们的感情，注重在大的一方面，我们的一班都如同姐妹一般，对于功课互相研究，进步甚速。又因年级渐高，对于公务也热心起来，学生自治会我是常常参加的。

最后一年是专心预备毕业，同时却感到恐慌，就是对自己的前程，一点主意也没有；在一般名人传里都说什么“少有伟志”我却不然，教书吧，没兴趣。学医吧，我的身体，我的一切均不适宜。结果终于一九一九年入了大学，那时我只十六岁。

现在归结起来，作一个结论：

(1) 中学时代，功课太紧，规矩过严，学生没有发展个性的余地，可是在青年意志不坚定的时候，是应该如此。

(2) 恋爱结婚均不宜过早，同性爱亦然，我现在很感谢，我很快的便觉悟了，没有受到损失。否则，“一失足成千古恨”，真不堪设想。

(3) 信教确能给人以好处，诸位不要误会我是来传教的。因为信仰宗教之后，每当你作错了一件事情时，能因受了良心的责备，使你觉悟。

现在我所要说的话都说完了，还有二十分钟的功夫，诸位有

---

① “他”当为“她”。

什么问题可以随便问，不必客气！

会场的空气立刻紧张了许多，下面发生了许多喃喃的私语，似是在商量要提出的问题；可是都不好意思先问，经主席再三的解说，于是问题叠出，兹节录于后：

问：德国希特勒倡女子回到家庭去，女士以为如何？

答：希特勒主张男女分业，所以倡女子仍回家庭，致于中国女子则根本未出家庭，便无所谓了。

问：马丁夫人来平讲演节育问题，对于节育女士赞成否？

答：我非常赞成，作母亲的可以减少痛苦，但节育并非减少孩子的数目，而是孩子与孩子之间的年限要分配均匀。

问：女士近来生活如何？有何著作？

答：我的生活很简单，每天上午八点到十点或十一点教书或写文章。午饭后睡两点钟的午觉，三点后应酬朋友，哄小孩玩等零碎事情。我的作品分别在大公报文艺副刊文季或自由评论上发表。

问：请指导一研究文学之方法。

答：要多看多写。

问：婚姻应如何解决，例如父母已代定而不满意者，将如何？

答：婚姻关乎终身，非常重要，如家庭代定而自己不满意，千万要解释明白而求解除。若自己选择时亦应十分小心以免后悔。

时钟打了十二下，冰心女士又在一阵掌声中下台了。大家都争着请冰心女士签名。可惜我不是人家的学生，所以既不敢请求签名又不敢提问题。我们在冰心女士的身后一同下了楼，注视着他①翩翩的走去，我们才走开了。

我非常高兴，我能在意外中看到冰心女士而且听到她的讲演。冰心女士不常出来，假如万一应朋友之请再讲演的时候，很盼望在不多得的机会中给青年学生一些急需的知识，诚恳的希望我们的冰心女士，不要真的被时代所遗弃！

（北平《世界日报》第8版“妇女界”1936年5月20日至5月23日）

① “他”当为“她”。

冰心女士讲

——我自己的中学生活

倩茵笔记

我现在回忆起来，在我一生中最重要和最可纪念的时期不是大学时期而是中学时期，我是在贝满毕业的，贝满和慕贞很相像，所以我讲起来，你们或可感到兴趣。

我初入贝满是一九一四年，在刚一进去是觉得很苦的，原因有三个，第一是我初小是在山东乡下上的，程度遂不及贝满，刚一来便感到应付的为难，尤其是算学一科，分数很低的。第二年才补上，以后才有很好的成绩。第二个原因是我口音的关系，才从山东来，国语一点也不会说，开口感到困难，一切练习口才的集会便不敢参加。第三是圣经不熟，我是生在非基督徒家庭的，对于圣经没有丝毫根底。

到第二年三样难处都渐渐打破了，因为汉文好，其他功课也占了便宜，总平均达到92分。功课弄好了，便渐渐交起朋友来。在中学最坏的现象就是交朋友，因为那时社交严紧，发泄[①]感情的对象只有同性，在那时很容易与高班的同学因同学的起哄而成朋友。我那时彼[②]也和一个四年级的同学好起来，无论同性或异性的恋爱都是有占有性的，两人便或彼此监视，禁止交朋友，不但与同学“交朋友”，而是[③]还喜欢女教员，那时爱教员是很时髦的，心里爱某个女教员也不敢公开的承认，写了信更不敢给她，我竟因写给教员的信彼[④]那个高班的朋友发现，以致感情决裂。

到十五六岁那年，感到朋友之无趣，便将以前和那朋友的信一同烧掉，从此对于朋友感情皆尽，对于功课更加用功，课外服

---

① “发泄”一词，《冰心关于“同性爱”的演讲》《冰心在教会女中的“同性爱”》误为“发现”。

② “彼”疑有误，当为“便”。

③ 原文如此，“而是”应为“而且”。

④ “彼”误，当为“被”。

务也特别努力，到一九一八年更加用功，更能欣赏友谊之重要，对于全校同学都熟识，[①] 交接，与帮助，这时是最快乐的一年。

因这种特殊的“交朋友”使我对此发生了反感，有许多低班人爱我，不但不理而且还恨她，又因快毕业了，自己觉得应该有所定的志向，但那时志向是很模糊的，因为想学医，入燕京时考入理科，后来才有附带给《女铎》写点东西。

结论：有人和我说贝满功课和规矩太严紧，使学生没有发展个性之余地，我则不然，我以为在贝满是绝好的中学预备时期，而且可以学来生活之规则，时间之分配，又因在中学得到交朋友的反感，使我认定了这种不健全的，自私的爱是有害的，直至大学才正当用我的情感。还有我若不入贝满，不会有读圣经的机会，基督教内之教育于我现在的哲学很有关。

而今回忆起来，中学时代的生活，是较大学时代甜蜜得多，所得的朋友也亲密得多，而现在最好朋友，仍是中学时代所认识的。

（《慕贞半月刊》第2卷第4、5合期，1936年5月16日）

有关冰心讲演的三个文本，由于玉壶《冰心演讲同性爱记》来自转录，来源不明，且采用文言文体，与冰心面对中学生的讲演口吻不符，因此，其可信性要大大低于松影稿与倩茵稿。鉴于此，在对三个文本进行比较时，应先对松影稿与倩茵稿进行异同鉴定，在此基础上，再来解决玉壶转录稿的可信性问题。

二　松影稿是更为完善的版本

松影稿与倩茵稿虽都来自同一场讲演，但由于记录者不同，两个记录稿的不同是显而易见的。最大的差别是，松影记录稿由三部分组成，一部分是“松影”对冰心本人及讲演所发表的感慨、议论，以及对讲演现场概况的叙述，一部分是对冰心讲演内容的记录，一部

① “熟识”一词，《冰心关于“同性爱”的演讲》误为“热诚”。

分是对讲演之后互动环节观众提问与冰心回答内容的记录；倩茵记录稿则只有对冰心讲演内容的记录。松影稿除讲演记录之外的两部分，由于包含较为丰富的信息，对于研究冰心，同样具有重要史料价值。

松影在记录稿中对冰心的勾勒和议论，值得寻味。她是以“当年”和“现在”的比较视角来呈现冰心，当年的冰心颇有盛名，“是文学界的一位健将，是一位诗人”，“被人崇拜、敬服与赞叹”，现在的冰心，深居简出，难得一见，已没有了当年的盛名。虽然如此，她对冰心依旧充满期待，不但急切想见冰心，听她讲演，而且，诚恳地希望“我们的冰心女士，不要真的被时代所遗弃！”松影对冰心的看法，具有一定代表性。松影和倩茵的记录稿没有交代冰心讲演的具体时间，但由两文皆发表于 1936 年 5 月中下旬可推断，冰心讲演的时间大概为 1936 年 4 月至 5 月上旬。这个时期，冰心的创作比较沉寂，她在文坛的影响力已在逐渐减小。阿英写于 1930 年的作家专论《谢冰心》，称“因着时代的进展，她的影响的力量当然是逐渐的销蚀了，她的作品所留给我们的，只有广大的历史的遗迹，她的作品，在目前留下的，也只有历史的作用”①。阿英对冰心的评价，虽代表左翼的观点，但也反映了当时一般读者对冰心的看法。松影 1936 年发表的这篇文章，其对冰心的认识与阿英 1930 年的观点完全一致。这说明 20 世纪 30 年代的冰心，在一较长时段内，被认为是深居简出、脱离时代的。松影文章发表的刊物《世界日报》“妇女界”副刊，宗旨是关注中国现代女性命运，提倡女性自由、独立、奋进的。冰心作为中国现代女性的杰出代表，“妇女界”发表松影这篇文章，其对冰心脱离时代的委婉批评，也代表了妇女界对冰心的关爱、督促和提醒。

松影稿对讲演后问答环节的记录，也是倩茵稿所没有的。冰心回答涉及她对妇女是否应回到家庭、何为节育、婚姻问题如何解决、研

---

① 黄英（阿英）：《谢冰心》，原载《现代中国女作家》，上海北新书局 1931 年版，见《阿英全集》第 2 卷，安徽教育出版社 2006 年版，第 298 页。

究文学的方法等问题的认识，此外，冰心谈到其生活情形和作品发表情况，对研究冰心的思想和生平都具一定史料价值。

松影稿记录冰心讲演提问环节的时间为20分钟，讲演结束的时间为上午12点。这些对我们了解冰心这次讲演的具体情况，有一定帮助。

就冰心讲演内容本身进行比较，松影记录稿近2100字，倩茵记录稿近1000字，前者比后者字数上多出一倍以上，说明松影记录稿内容更加详尽。这只是就字数来说；就记录内容而言，松影记录稿对冰心讲演内容所记比倩茵记录稿更为具体。

例如，就两稿提供的数字来说，松影稿更为具体、翔实、准确。倩茵稿中，冰心只是提到她入学时间是1914年，松影稿中，冰心则明确提到自己上中学的时间是1914年至1918年，入学时13岁（周岁）；倩茵稿只简单提及“算学一科，分数很低”，到第二年总平均分达到92分，松影稿则准确记录了冰心的三次考试分数包括两次算学月考的成绩：“第一次月考只得六十二分（那时七十分才算及格），于是我伏案大哭，后来拼命的用功，第二次月考便得到八十二分，渐渐的也居然赶上了，那半年的总平均分能得到九十二真是出我意料之外。这三次的分数是我一生忘不了的，其余则一概记不得了。”冰心能准确记住自己初进贝满女中考试的三次分数，说明这三次考试对她少年时期的心理影响相当大，是“一生忘不了的”。冰心写于1984年的《我入了贝满中斋》一文，特意提到自己贝满女中第一次代数月考只得62分，“给我的刺激很大！我曾把它写在《关于女人》的《我的教师》一段里”[①]。冰心所说的62分的月考成绩，与松影记录稿完全吻合，说明松影记录稿完全属实。而在84岁时尚能记得70年前的月考成绩，也印证了松影记录稿中“这三次的分数是我一生忘不了的”这句话。至于以“男士”笔名发表的《我的教师》中，称“我”第一次月考仅得“52分”，则纯属小说笔法，不足为凭。[②]

---

① 冰心：《我入了贝满中斋》，《收获》1984年第4期，见《冰心全集》第7卷，海峡文艺出版社1994年版，第460页。

② 参见冰心《我的教师》，1941年4月25日《星期评论》重庆版第21期，署名“男士”，见《冰心全集》第3卷，海峡文艺出版社1994年版，第197页。

当然，松影稿在数字上也有小疵，如称“一九一九年入了大学，那时我只十六岁”。冰心生于1900年10月5日，贝满女中毕业后，进入协和女子大学理科预科的时间是1918年，应为18岁。因此松影稿中冰心自称1919年入大学，入大学时16岁，是不准确的。

松影稿与倩茵稿的讲演结束部分都有“结论”一节，说明冰心在讲演接近结束时，为了便于学生接受和理解，对所讲内容进行了总结。两稿比较，倩茵稿的结论部分没有分点论述，而松影稿的结论部分则明确分为三点。这种分点论述的做法，应该是比较符合讲演的实际情形的。因为冰心此次讲演的对象为中学生，他们的理解能力毕竟是有限的，为了取得更好的接受效果，分点论述比笼统含混的不分点论述更为合理一些。更为重要的是，冰心结论中所分三点，并不是随意分的，她所分的三点都有很强的针对性，不但针对慕贞女校的学生作为初中女生的特点，而且，还结合了慕贞女校是一所教会学校和校规极为严格的学校特点。她所谈的第一点，“中学时代，功课太紧，规矩过严，学生没有发展个性的余地，可是在青年意志不坚定的时候，是应该如此”这点，结合初中生“意志不坚定”的阶段特点，强调学校“功课紧、规矩严”的必要性。冰心所说的“功课紧、规矩严”的学校，既指她所毕业的贝满女中，又指她所讲演的学校——慕贞女校。冰心回忆中学生活时说：“教会学校的课程，向来是严紧的。”① 这里的“教会学校”指贝满女中。她感谢贝满女中“四年认真严肃的生活。这训练的确约束了我的‘野性’，使我在进入大学的丰富多彩的生活以前，准备好一个比较稳静的起步”②。她的另一篇回忆中学时代的文章，称自己“以一个山边海角独学无友的野孩子，一下子投入到大城市集体学习的生活中来，就如同穿上一件既好看又紧仄的新衣一样，觉得高兴也感到束缚”③。说的是同样的意思。她对贝

① 冰心：《我的文学生活》，1932年10月10日《青年界》第2卷第3号，见《冰心全集》第3卷，海峡文艺出版社1994年版，第8页。

② 冰心：《我入了贝满中斋》，《收获》1984年第4期，见《冰心全集》第7卷，海峡文艺出版社1994年版，第464页。

③ 冰心：《我的中学时代》，1983年8月12日《少年之友》1983年第4期，见《冰心全集》第7卷，海峡文艺出版社1994年版，第373页。

满女校校风的肯定与评价，与她讲演总结的第一点之间是互相印证的。慕贞女校作为一所教会学校，素有“模范监狱”之名，同样具有“功课紧、规矩严”的特点。[①] 因为冰心了解慕贞女校作为教会学校，与自己母校都具有“功课紧、规矩严”的特点，所以她才会首先强调“功课紧、规矩严”对于初中学生的必要性，这种强调既符合其讲演主题“中学生活”，又符合讲演对象是初中生的特点，同时还符合讲演对象所在学校的特点，显示出很高的讲演艺术。她强调的第二点：“恋爱结婚均不宜过早，同性爱亦然，我现在很感谢，我很快的便觉悟了，没有受到损失。否则，‘一失足成千古恨’，真不堪设想。”这句话也有针对性，针对讲演对象皆为初中女生的又一特点。当时女校学生，因交往圈子有限和青春期的生理特征，同性间恋爱的现象时有发生。冰心现身说法，以亲身经历，谆谆告诫学生们恋爱结婚不宜过早，对同性爱更应及早觉悟其有害性。强调的第三点：“信教确能给人以好处，诸位不要误会我是来传教的。因为信仰宗教之后，每当你作错了一件事情时，能因受了良心的责备，使你觉悟。”这一点，针对讲演所在学校为教会学校的特点。贝满女中与慕贞女校皆为教会学校，教会学校对学生信仰基督教有强制性。冰心强调“信教确能给人以好处”，其目的是通过现身说法，使慕贞女校的学生认识到信仰基督教的必要性。

通过以上两个记录稿的简单比较，可发现，两个文本对冰心讲演的记录都是较为可信的，比较接近冰心讲演的真实面目。但从版本角度讲，由于松影记录稿所记更为具体翔实，不但记录了冰心讲演的内容，而且记录了讲演的问答环节，对讲演内容的记录也更为准确、具体。因此，可以说，与倩茵记录稿相比，松影记录稿无疑是更为完善、精确的“善本”。

三　冰心讲演的真实面目与玉壶转录稿之问题

松影稿与倩茵稿，虽记录者不同，但由于都是对同一场讲演的比

---

① 参见马燕《记慕贞女校》，《文史资料选编》第24辑，北京出版社1985年版，第220页。

较忠实的记录，因而，其内容的相似之处同样颇为明显。由两个记录稿的相似点，可大略窥探到冰心此次讲演的真实面目。

通过两个记录稿的比较，笔者发现冰心慕贞女校讲演的核心有三点：一是讲自己刚刚进入贝满女中，由于国语不会说、各科尤其算学掌握程度低、《圣经》不熟悉三方面的原因，在学习生活上面临很大困难，但经过一年多努力之后，这些困难都得到了克服，总平均分达到 92 分。二是讲自己学习困难克服后，马上又面临的另一困扰，即同学间同性交往所发生的“同性爱”问题，自己最终同样克服了这个问题，更加专注于学习与课外服务。三是对自己贝满女中学习生活的总结，可归结为三点，这三点，都有很强的针对性，显示了冰心很高的讲演艺术，对此，上文已有论述。由这三点，可看出，冰心讲演按时间顺序大致分为三个阶段，第一个阶段的主题是讲她中学学习生活的困难，以及此困难之克服；第二个阶段的主题是讲她中学情感生活之困扰，以及此困扰之克服；第三个阶段为讲演的总结阶段，为了照顾中学生听众，她把此次讲演的内容总结为三点，从而让学生能够清晰地理解和把握她这次讲演的主旨和精神。这三个阶段，循序渐进，存在清晰的逻辑关系，冰心慕贞女校讲演的逻辑结构和大致内容，应该就是这样。由这样一个逻辑结构和大致可信的内容，我们再来观照玉壶的转录稿《冰心演讲同性爱记》，就可发现玉壶转录稿的问题所在。

为使读者对玉壶转录稿有所了解，现把该文稿抄录如下。

冰心演讲同性爱记

玉壶

擅写母爱著名于中国文坛之谢冰心女士，执教于燕大，闻近将赴美考察。日前为燕大女同学所包围，要求赴慕贞女校演讲。冰心不获辞。因讲《我的中学时代生活》。内说及同性爱及女士对于恋爱之见解，甚为珍贵。原文见于《上海日报》，特转录之。

余最初至此间求学时，来自东鲁，负笈贝满。此时所感受之最大痛苦，莫如算学与国语两门，在家庭中，仅仅恃一些自修成绩，徼幸而获平地高升，考入中学国文一科，尚能勉强应付。可是算学一窍不通，“如之何其可”。虽能拼命加工陶炼，究非种田插秧，一学便会者可比。每见同学精通此道者，辄自惭自怨，然第一月考，即获六十三分，评订虽短少七分，方能及格，但退一步想，亦足以自慰矣。经过努力不断之猛烈练习，三月后，即增至八十三分，与其他同学可云并峙。至于国语一层，使余窘绝，无论如何留心注意拗腔□[1]舌，终不免“茄儿”意味。由此即为许多捉狭姐妹作为调笑原料，余只能含笑受之。

彼时风气初开，各同学竞以交友为时髦课程之一。乃又格于校章，管理严密，平时不能轻越雷池一步，不得已，在可能范围中，舍远求近，弃异性而专攻同性恋爱之路途。初则姐姐妹妹，亲热有逾同胞，继则情焰高烧，陷入特殊无聊恨海，终则竟超越情理之常，来一下卿卿我我，双宿双飞，若妇若夫，如胶如漆。

当局者迷，旁观者清，此中丑象百呈，怪事不能胜数。常见有第三者参预其中，居然吃醋拈酸，打鸡骂狗，或则娇啼宛转，抢地呼天，如丧考妣，如失灵魂。我非超人，未能免俗，亦曾一度为同性恋爱之魔[2]丝沾惹，幸智理战胜丢曲[3]之思维，遂能勒马于悬崖，未堕黑暗肮脏之深谷。

余自学龄终了后，思想亦随之变化。此际本人认为最迫切需要者，除恋爱为当然条件之外，但跨入社会，寻觅事业，亦属当前急务。在中学时代，对于此种前程，十分淡泊，当时最喜探讨理科之各种原则，所以在此时即有满怀热望，去作医生，借此可以多与社会作深切之接触。初不料在某一个残秋季节中，因小病无聊，拿各种不曾寓目之创作诗语或论文小说之类来消磨沉闷岁月，更是梦想不到会引诱我发生浓郁趣味。同时又烘起满腔投稿烈焰。如此，逐步便趋入女作家之途道。

现在余将一谈女学生进一步向女校长或女教员作不健全不合

① 原文不清，疑为“憋”。
② 《冰心关于“同性爱”的演讲》误为“蚕”。
③ “丢曲”不词，疑有误。

理之单面的或双面的表示亲热恋爱。其事较学生与学生之间发生“那个”，尤臭尤丑。平时格于种种环境，不敢或不便与教员谈话，或作其他进一步之热烈举动。唯一至西历新年耶诞节时，藉此机会，恭而敬之，正楷端书，送一份藏头露尾之匿名贺年信片，与其平日所爱慕之教员。因为教员多数在改卷时，已认清各生之笔迹，虽不具名，亦可知悉为谁氏手笔。教员自爱者，当然付诸纸麓，佯作不知。设有不能自检者，必将就此上了圈套，而陷入痛苦无谓之地狱。虽如此说，然竟有若干女子，认为与教员恋爱为特殊光荣者，可谓悖谬人道，乖舛伦常之可怜虫耳。该问同性恋爱，意义何在？根据何在？生活趣味又何在？满盘尽错，尤欲认为光荣，罪过罪过。今之办女子中学者，对于此点之绝大污点，绝大错误，应如何注意，在校女生之言行品德，应如何设法作深切之明朗教导，务使其勿入迷津孽海，然后始无亏于职责。

在学生个人方面，并不需要教师来纠正，也该从道德人格方面大处着眼。须明了不健全之恋爱，最是引起感情冲动。而求饥不择食之非法发泄，实足以戕害身心，等于磨刀使快，而后慢慢自削其骨肌，结果入于死亡悲苦之绝路。为何大学校中即罕有此种现象发现，此理简单特甚，盖年龄渐长，智理力健全，猛省过去了可羞无聊之错误，不待他人指正，即能幡然改革。因此中学时代之甜朋蜜友，一升大学之后，百分之八九十，都一变而成淡泊疏远矣。至婚姻问题，简略撮要而言之，婚姻必需经恋爱之过程中，譬如二人共建一屋，必须一德一心，始终负责，则此屋必坚固永久。否则一人负责，一人偷安，则难免强筑成，亦必不能持久而中途崩溃也。

（玉壶：《冰心演讲同性爱记》，《玲珑》杂志第 6 卷第 28 期）

该文所记冰心讲演 1400 余字，篇幅上多于倩茵记录稿，而少于松影记录稿。由于该稿是文言，若翻译为白话，其篇幅当更长一些。赵慧芳虽认为该稿所载的演讲记录在观点、情感上与倩茵稿不尽一致，暂不把其作为冰心演讲记录的另一版本看，但她又认为该稿的内容是基本可信的。[①] 那么，玉壶转录稿到底是否可信呢？把这个文稿与较为可信的松影稿和倩茵稿比较，特别是与新发现的松影稿参比，会发现它存在如下几个问题。

首先，文章内容既偏离主题，又脱离讲演对象。冰心慕贞女校讲演的主题为“我的中学时代”，玉壶在文稿开始部分，也明确说明冰心讲演的题目为《我的中学时代生活》。这样的主题，再加上讲演对象为初中学生，就决定了冰心讲演的内容必须紧扣她的中学生活来谈，但该文稿中冰心真正谈其中学学习生活的文字很少，不到 300 字，其他部分则大段谈其母校学生之间、师生之间的同性爱闹剧，虽然作者态度是批评、否定同性恋爱的，但考虑到讲演对象为初中女生，在讲演中连篇累牍地大肆谈论同学间包括自己的同性爱和其他学生与老师间的同性爱，显然是不合适、不得体甚至有违职业道德的。一向温柔敦厚、富于道德感的冰心绝不会这样做。

其次，文章逻辑结构混乱。松影稿显示，冰心讲演紧扣主题，首先谈自己中学的学习生活，再谈自己中学的感情生活，最后进行总结，逻辑结构十分清晰、合理。而玉壶转录稿，则只有前两部分，缺乏第三部分的总结。而前两部分的安排也很失当。首先谈自己中学时代的学习生活，这与松影稿、倩茵稿是一致的，但随后所谈则集中于中学校园中学生间的同性恋爱和师生间的单向或双向恋爱。谈学生的同性爱这一部分之后，突然又加入一段，谈自己中学阶段结束时思想变化而最终成为作家的经过。这一部分之后，又突然回到校园师生同性爱这样一个话题，显得突兀，给读者留下冰心津津乐道于同性爱话题的印象。从结构的逻辑混乱和行文的逻辑走向上，可以看出文中的“同性爱讲演”部分，出自转录稿作者甚至玉壶本人的添加渲染。玉壶文章开始部分已点明冰心讲演题目为《我的中学时代生活》，但把这篇文章的题目定为《冰心演讲同性爱记》，也说明他对此文的兴趣

① 参见赵慧芳《冰心关于“同性爱”的演讲》，《中国现代文学研究丛刊》2013 年第 5 期。

不在冰心所谈的“中学生活”，而在“同性爱”。

有意思的是，玉壶稿第一部分关于冰心中学时代学习生活的困难及克服一节，在涉及的一些数字上，与松影稿接近，如谈及“第一月考，即获六十三分，评订虽短少七分，方能及格，但退一步想，亦足以自慰矣。经过努力不断之猛烈练习，三月后，即增至八十三分”。两次月考成绩，与松影稿的两个分数都仅差了一分。这说明玉壶转录稿对冰心讲演的记述并非完全捕风捉影，而是有所依据，正如赵慧芳所说“此文并非向壁虚构”。由于倩茵记录稿没有冰心谈算学两次月考分数的内容，由此可断定玉壶所据的蓝本不可能是倩茵稿。玉壶称“原文见于《上海日报》，特转录之”。若他所说属实，那么说明该稿件的原作者是看到关于冰心讲演的记录稿后，对该记录稿进行了为我所用的改编，保留了第一部分，砍去了第三部分的“总结”，而对第二部分进行了放大，对冰心所讲的同性爱内容进行了夸饰和渲染，以期取得所谓的轰动性媒体效应。当然，也不排除另一可能：此文的始作俑者为玉壶本人，《上海日报》纯属子虚乌有，他所谓的“原文见于《上海日报》，特转录之”不过是故意混淆视听罢了。赵慧芳先生对所谓的《上海日报》孜孜以求而不得，恰恰是中了玉壶所设的圈套。要知道，移花接木、混淆视听，本是报刊文人所惯用的小伎俩。冰心的讲演地点在北京，按常理，对该讲演的记录和报道，应该最先见于北京报刊。实际情况也确实如此，《慕贞半月刊》与《世界日报》都是北平刊物。然而，玉壶不提北平的报刊，却偏偏说出子虚乌有的《上海日报》，其目的不过是掩人耳目，让人无法进一步查证。这样看来，他所谓的“转录”，不过是改头换面的夸大改编而已。而他改编的原本，很可能是北平《世界日报》上松影的这篇文章，因《世界日报》属于大报，比较流行，读者范围广，玉壶通过该报接触到冰心讲演的可能性极大。

另一有趣的现象是，《冰心演讲同性爱记》的作者虽然对冰心此次讲演的“同性爱讲演”部分大事渲染，但其中涉及冰心本人同性爱部分的文字却并不多，只有“我非超人，未能免俗，亦曾一度为同性恋爱之魔丝沾惹，幸智理战胜丢曲之思维，遂能勒马于悬崖，未堕黑暗肮脏之深谷”。综合上下文文意，这句话指的是冰心承认自己在中学时曾有过短暂的同学间同性恋爱。玉壶转录稿冰心大谈师生同性爱部分，没有涉及冰心本人闹同性爱的内容。也就是说，玉壶转录稿虽对冰心谈同性爱的部分大肆渲染，但涉及冰心本人同性爱的内容并不多，从中只能隐约看出冰心中学时曾有过短暂的同性爱经历，但只是局限于同学之间，师生间的同性爱则绝对没有。对照松影记录稿与玉壶转录稿的同性爱讲演部分，可发现两者所呈现的冰心本人的中学同性爱经历是一致的。松影稿中，冰心坦承与一四年级的同学有过一段同性爱，后来醒悟，“发现这种事情太无聊，太狭隘，而且荒废学业，于是有一天把我给她的信都偷回来付之一炬，闹同性朋友算是告一结束”。但对于自己是否有过师生恋爱，却断然否认：“再一种现象就是爱教员，差不多每人都有一种眼光，凭她的眼光去选定一个教员，讲恋爱，写信。可是我却不曾。”总之，松影稿中冰心承认她曾有短暂的同学间同性爱经历，但否认自己与老师间有过这种经历。与松影稿不同，倩茵稿中，冰心自认不但发生过同学同性爱，而且对某个女教员发生过爱情：“那时爱教员是很时髦的，心里爱某个女教员也不敢公开的承认，写了信更不敢给她，我竟因写给教员的信彼那个高班的朋友发现，以致感情决裂。”依据倩茵稿，则冰心不但有同学同性爱，还有单向的师生同性爱，她与同学的感情破裂，就是因为她对某女教员的感情（信件）被同学发现。按照常理，若玉壶转录稿的作者看到过倩茵稿，对于该稿中冰心所讲的自身师生恋部分必将很感兴趣，对这样的绝好题材，也一定会充分利用，绝不会轻易放过。但玉壶转录稿中，冰心只大谈校园师生同性爱及其弊端，却绝口不提自己有过师生同性爱。这充分说明玉壶转录稿的作者没有看到倩茵稿。因此，可以说，在对同性爱的讲述上，玉壶转录稿与松影稿更为接近，玉壶转录稿的蓝本很有可能是松影稿，接受了松影稿的影响。

综上所述，玉壶转录稿的内容既偏离主题，又脱离讲演对象，文章逻辑结构混乱，以此可看出文中“同性爱讲演”部分，出自转录稿原作者甚至玉壶本人的添加渲染。另外，玉壶转录稿又非完全向壁虚构，而是有所依据，其蓝本很可能是北平《世界日报》的松影记录稿。玉壶转录稿应是以松影稿为蓝本，对其内容进行部分改编，对同性爱讲述部分进行夸饰与渲染，从而形成现在这个样子。因此可以说，赵慧芳对玉壶转录稿所下的“内容基本可信”的论断，不太符合实际情况。玉壶转录稿把冰心此次讲演的题目冠以“同性爱”的名目，更彻底违背了冰心慕贞女校讲演的题旨、内容和精神主旨。可能受玉壶转录稿影响，赵慧芳把她探讨冰心慕贞女校讲演的论文题目也定为与之比较类似的《冰心关于“同性爱”的演讲》，这个题目，虽然异常醒目，但同样容易让人误以为冰心此次讲演的主题和核心是“同性爱”，有悖于冰心讲演的真实情形和精神主旨。

四　核心话题：所谓冰心的“同性爱”问题

冰心一生做过多次讲演，慕贞女校的讲演之所以格外有名，是因为她的这次讲演曾被冠以“同性爱”之名，从而带有些许暧昧色彩。对冰心这次讲演进行夸饰渲染、夸大宣传的始作俑者，应该是玉壶所谓的转录稿《冰心演讲同性爱记》。这篇文章的题目和内容，给人的印象，似乎冰心是热衷于闹同性恋爱并嗜谈同性恋爱的“恋爱专家”。时隔十年之后，有一些无聊的海派娱乐刊物，依旧抓住玉壶此文大做文章，如，1946 年《海派》第 2 期的沙金《冰心女士：大谈同性恋爱》、1946 年《万寿山》第 6 期的秋实《谢冰心谈同性恋爱》，同样遵循《玲珑》“标题党”的套路，通过“冰心大谈同性爱”这样的标题，来吸人眼球、博人注意。影响所及，一些严肃的学术文章，也跟风效仿，并且把冰心的“谈同性爱”进一步坐实到冰心确实有“同性爱”，例如《冰心在教会女中的“同性爱”》一文。[①] 那么，问题就来了，那就是：冰心慕贞女校“同性爱”讲演的内容到底是什么？冰心在贝满女中是否闹过“同性爱”？其同性爱的具体情况和性质如何？

由于玉壶转录稿对冰心谈其同性爱经历的这部分进行了改编和夸

① 参见王炳根《冰心在教会女中的“同性爱”》，《作家》2014 年第 1 期。

饰，不够可信，在讨论冰心讲演的同性爱问题时，笔者主要以松影稿和倩茵稿为依据，对两稿中同性爱讲述部分进行对比。两个文本中，冰心都承认自己有过同学同性爱。两个文本内容相似，结合冰心讲演的主要内容是谈其中学时代的情感困扰及其克服，说明这一部分的内容是比较可信的。问题出在冰心是否承认其有过师生同性爱这一点，在这一点上，两稿内容完全不同。松影稿中，冰心断然否认自己有过师生同性爱。倩茵稿中，冰心承认因为自己对某女教员的感情而导致其同学同性爱的破产。两个文本的不同叙述，到底哪个更为可信，或者说，哪个更易让人采信呢？在没有更多史料发现的情况下，这确实是不好解决的难题。对于两个文本截然相反的两种叙述，笔者更倾向于认同松影稿，即冰心断然否认自己有过师生恋爱的情感经历。理由如下。

首先，与倩茵稿相比，松影稿是更为完善的本子，在这两个本子内容发生歧异的情况下，应该采信的当然是作为善本的松影稿的说法。就冰心讲述其同学同性爱部分来看，松影稿的讲述也比倩茵稿更为具体和准确。这一部分，松影稿内容为："那时普通一般中学校里，都有一种现象，可以说是一种不好的现象，就是交朋友，发泄情感于同性身上。当时有一个四年级的学生，他①的父亲大概是在教会里作事，她因我是外教人，所以要感化我和我交成朋友，那时我如得到一个姐姐似的朋友，自己也很高兴；我俩感情很好，每天完了课便写信，厚厚的，差不多十几页，可惜我没有存着，否则一定很有趣。"倩茵稿的内容为："在中学最坏的现象就是交朋友，因为那时社交严紧，发泄感情的对象只有同性，在那时很容易与高班的同学因同学的起哄而成朋友。我那时彼②也和一个四年级的同学好起来，无论同性或异性的恋爱都是有占有性的，两人便或彼此监视，禁止交朋友。"两稿中，冰心同性爱所交往的同学皆为四年级学生，但所讲述的冰心与此学生发生感情的起因不同，倩茵稿的说法是"因同学的起哄而成朋友"，这种说法也不够合理。松影稿中，四年级某女生因为想感化冰心信教，开始和冰心

---

① "他"应为"她"。

② "彼"误，疑为"便"。

的交往，交往的方式主要为通信往来。这样解释冰心同学同性爱情感发生的由来，更为可信、合理。仔细比较两稿同性爱讲述部分，在字句和同性爱发生原因的解释上，松影稿皆比倩茵稿准确、具体，这更进一步说明松影稿为更加完善的本子，其内容和观点更为信实。

其次，倩茵稿所记冰心爱慕某女教员给其写信一事没有史料支撑。冰心曾以“男士”笔名写过一篇文章《我的教师》，中间曾提到“我”对这位教师的爱恋。后冰心指明这位教师是丁淑静，教过冰心历史、地理、地质等课：“但她不是我的代数教师，也没有给我补过课，其他的描写，还都是事实。”[①] 于是，有的学者便把此事坐实，认为冰心进入贝满女中后首先爱上的就是这位老师。[②] 赵慧芳依据冰心“其他的描写，还都是事实”一语，认为“其他的描写”，应该包括那些颇有孩子气的心态以及蓬勃着青春冲动的细节与场景，“这让我们感到，在虚构性作品中，冰心以男士身份写出对 C 女士（陈克俊）和 T 女士（丁淑静老师）的爱慕，应该是有她当年的情感做基础的”[③]。王炳根、赵慧芳对冰心同性爱问题讨论的史料支撑，除倩茵记录稿、玉壶转录稿，只有《我的教师》这篇虚构性文章和《我入了贝满中斋》这篇回忆文章。赵慧芳虽指出《我的教师》的虚构性，但依据冰心“其他的描写，还都是事实”，从而认定该文“情感的真实性”。问题是，冰心自认其以“男士”笔名所写的《关于女人》系列，是“游戏文章”，用的是男人口气，小说第一人称叙述者兼主人公“我”是一位男性，冰心之所以这样构思，其目的是可以进行更为大胆、自由的艺术创造和艺术虚构：“我自己觉得很自由，很‘放任’，而且不时开点玩笑。”[④] 这说明《关于女人》是采用艺术虚构和游戏笔墨所创作的系列小说，而其创作灵感和小说主题部分来自《红楼梦》。该书的序《〈关于女人〉抄书代序》所抄之书就来

---

① 冰心：《我入了贝满中斋》，《收获》1984 年第 4 期，见《冰心全集》第 7 卷，海峡文艺出版社 1994 年版，第 460 页。

② 参见王炳根《冰心在教会女中的“同性爱”》，《作家》2014 年第 1 期。

③ 赵慧芳：《冰心关于“同性爱”的演讲》，《中国现代文学研究丛刊》2013 年第 5 期。

④ 冰心：《〈关于女人〉是怎样写出来的?》，《妇女生活》1990 年第 10 期，见《冰心全集》第 8 卷，海峡文艺出版社 1994 年版，第 487 页。

自《红楼梦》,[①]《〈关于女人〉后记》文后所注写作地址为“四川大荒山”也让人想到《红楼梦》,[②] 其系列小说的主旨——由男性视点发出的对女性外貌美与精神美的歌颂，同样让人想起《红楼梦》。由于《我的教师》是《关于女人》系列中的一篇，属于艺术虚构而成的小说，在讨论冰心是否具有同性爱经历这样的严肃话题时，是不能作为史料拿来直接使用的。冰心本人虽说过《我的教师》中“其他的描写，还都是事实”。但该文中哪是“事实”，哪是“虚构”，其界限无法分辨得很清楚。即使认定该小说中所说的“我”模仿所罗门雅歌的格调，为 T 女士写了十几篇作品属于“事实”，并以此来证实冰心确曾有单向的对老师之爱恋，但这件“事实”，也与倩茵稿相抵触。因倩茵稿中对老师表达爱的方式是给老师写“信”，而非拟写雅歌一类的诗作。两个文本中的两件“事实”存在相互抵牾之处。

再次，倩茵稿中，冰心对其同学同性爱与师生同性爱的讲述，不太符合冰心讲演的精神主旨。冰心慕贞女校讲演的对象为教会女中学生，冰心紧扣“我的中学时代”的题目，考虑到受众为学生，谈其中学时期学习的困难及克服困难的精神，谈其情感的困扰及困扰之克服，这样谈的目的是现身说法，对学生起到提示、警醒和鼓励效果。冰心此次讲演的听众之一马玉波曾谈到对冰心讲演的具体印象：“她从专一的友谊上，受了打击，便立觉悟过来，改到普遍的友爱。对一切事情服务心很大，同时轻视了专一的友谊。她这样的富于理智和自断，使我起了相当的敬仰。”[③] 冰心的讲演，所呈现的冰心形象，是“富于理智和自断”，“有刚毅的自断力”，“生命是绝对听她的分配”。对比松影稿和倩茵稿，松影稿所呈现的冰心形象，更为符合马玉波对冰心形象的判断。松影稿中，冰心主动走出同学同性爱的狭隘情感天地，同时，能主动避免单向的师生恋之情感困扰。这种叙述所呈现的

---

① 参见冰心《〈关于女人〉抄书代序》，见《冰心全集》第 3 卷，海峡文艺出版社 1994 年版，第 183 页。

② 参见冰心《〈关于女人〉后记》,《生活导报周刊》1943 年 9 月 19 日第 41 期，署名“男士”，见《冰心全集》第 3 卷，海峡文艺出版社 1994 年版，第 309 页。

③ 马玉波：《谢冰心印象记》,《慕贞半月刊》1936 年第 2 卷第 4、5 期合刊。

冰心，无疑才是“富于理智和自断”，“有刚毅的自断力”，“生命是绝对听她的分配”。而且，这样的讲述也更加符合讲演的精神主旨、讲演对象和讲演的特定情境。倩茵稿中，冰心同学同性爱之失败，源自她爱恋老师、给老师写信而被同学发现，这种叙述呈现的冰心形象是被动的，陷于狭隘的情感天地中难以自拔。这种叙述，难以对听众（学生）起到警醒与鼓励效果，对自我形象也是贬损，冰心是不会这样做的。依据当时听众对冰心讲演的现场印象，结合冰心讲演的精神主旨及讲演对象、讲演现场的特定情形，松影稿中冰心对自身师生同性爱的断然否定，是积极得体的，更为可信。

依据松影稿，冰心曾坦言自己中学时发生过短暂的同学同性爱。那么，随之而来的另一问题是：冰心本人的同学同性爱与一般同性恋爱是否有所区别？依据松影稿所述，冰心与四年级某女生间之“同性爱情”，不过只是彼此情感上偏狭、自私的互相占有而已，其表现形式也仅止于写信。马玉波《谢冰心印象记》把冰心的这种同性爱称为“专一的友谊”是比较合适的。[①] 这种专一的友谊，虽强调彼此自私的占有，但更多是情感与精神上的，与一般的性爱有别。若这种同性爱为通常意义的同性间“性爱”，冰心作为著名作家，在大庭广众之下，特别所面对的是涉世未深的女中学生，她是断不会公之于众的。冰心之所以用比较轻松的口吻，将其中学时期这段类似同性之爱的“专一的友谊”公之于众，目的是提醒在座女生，能及时地觉悟到这种“专一的友谊”之排他、狭隘、无聊、可笑的性质，从而及时避免，或尽早从中抽身而退，使自己的感情“注重在大的一方面”，使狭隘、自私的爱能升华为普遍的、无等差的“大爱”。这种对普遍的大爱的提倡，源于冰心受基督教教育而形成的“爱的哲学”。同时，这种对大爱的提倡，也与她此次讲演所在学校为教会学校，及对象为笃信基督教教义的学生的讲演情境相吻合。

依据《世界日报》松影《“我的中学时代”——记冰心女士讲演》一文，可知冰心中学时期与四年级某女生间之“同性爱”只不

① 参见马玉波《谢冰心印象记》，《慕贞半月刊》1936 年第 2 卷第 4、5 期合刊。

过是彼此情感上狭隘、自私的互相占有，而且，这种“同性爱”为时甚短，冰心能轻松地面对中学生谈论这件事，说明她根本没有把它当回事。因此，任何抓住冰心此次讲演来对冰心的“同性爱”大做文章，或把它坐实，或从类似“同性爱”角度对冰心的作品进行重新的“过度阐释”，都是罔顾历史事实的非科学态度，应引起冰心研究者警惕。

姚雪垠佚文考释

——兼及作家文献的整理问题

姚雪垠是20世纪文学史上的重要作家，对他的研究已成为20世纪文学研究的重要组成部分。文献整理是研究的基础，在这方面，20卷《姚雪垠文集》（人民文学出版社2010年版）和22卷《姚雪垠书系》（中国青年出版社2000年版），是姚雪垠文献整理的代表性成果，极大推动了姚雪垠研究的开展。中国青年出版社编审姚海天先生作为两书主编，在姚雪垠文献挖掘、搜集、整理和研究方面，作出了巨大贡献。欣闻他正从事于《姚雪垠全集》（以下简称《全集》）的编纂工作。笔者不揣谫陋，由阅读所及，发掘出姚雪垠的一些佚文，并简要谈谈作家全集的整理问题，以期对《全集》编纂有所补益。

一 《渡》：短篇小说文体的精彩尝试

短篇小说《渡》，刊于北平《华北日报》1934年12月22日第8版“每日文艺”副刊第22期，署名“姚雪痕”。文不长，近1500字，录如下。

渡

姚雪痕

“老二，可一准撑过来把我渡过去呵！”

建唐妈遥遥的摆着手，呼求着，声音中冲塞了悲酸。老二一面摇着橹，一面提高了嗓子答：

“李大婶，一定的，我一准撑过来接你老，你等一等！要不是船上客官多，就泊回岸叫你老挤挤过去啦。实在没办法：客官多，水太大。”

新涨了的黄河，更见其浩淼奔腾。正是黄昏时候，晚霭连结了天根和河岸，四望是无边的一片水色。船在河心颤动着，慢慢的往前爬。但水流是那么急，船就好像是粘着在河心，永远爬不到岸边去。有时船打了个半转，张惶的向后畏缩着，风浪就在周围肆意的嘲笑，威吓。起初，船上是非常的静悄，每个客官都为自己的生命在担忧。有几个在暗地里向佛爷许愿；有的在祷告着金龙四大王；有的不信神，不祷告，恐怖却抓紧了他们的心头。半点钟之后，蒿已再探不到河底了，舟子们便把蒿放下，大家坐在船尾和船边上闲谈着，让两个年轻的在船头打着锚。

“呃，八斤哥，我们一会儿准得把建唐妈渡过来。”老二将橹往左边一荡，接着叹了一口气：“怪可怜的！”

八斤哥和一个坐船的老农夫谈得正起劲，两个人相互的把唾沫星子喷在对面人的脸上。他们论到各种新上市的粮价，大王沟李家小媳妇的上吊，河湾王老八的盗皇陵。一说到盗皇陵，那位深懂世故的老农夫就提起了喉咙，下了这样的一句判语：

“任饿死也不该到宋太祖爷爷陵上去盗宝！他老人家是火帝真君，要不然会能在腊月间有霹雷火闪把他击死吗？”

这判语使八斤哥非常佩服，忙接着道：

“照呵！饿死也不能到火帝真君陵上去盗宝！”

八斤哥一回头，看见老二正等候着什么似的望着他，便不由的问了一声：

“唵？”

“我说，我们一会儿准得空船放过来把建唐妈接过去。”

“好的。”八斤哥慷慨的点了一下头。

“这老婆子仿佛还是昨天过去就没见回来。”塌鼻子老五喃喃的好像是自语。

“她在北滩地里拾了两天麦，昨晚就住在野地里。”老二说着时就向北岸望了望，但入眼的却是一片的苍茫暮色。

“那么大的年纪了，终天在地里忍热耐渴的，拾不了斗而八升，真是受苦！”八斤哥不平的向船外吐了一口浓唾沫。“他妈的，看起来享福受罪都有命！建唐妈以前多勤俭，不能不算是好女人！”

“这年头的事，说那干嘛？好人也不能不卖饿！”

“建唐也是个好孩子，谁想到在兵工厂里就会把腿炸掉一只去！”

“据建唐妈说是因为建堂在家栽树时掘伤了太岁爷的头。”

“靠不住。总之他妈的下力人该倒楣！”

船上你一言，我一语，又热闹了起来。虽然也曾自角落里发出过一声深重的叹息，唤起了一刹那的静默，但过后，话语却是更稠了。谈的范围也渐渐的扩大，展开，甚至讨论到许多违犯国法而合乎人情的问题上去。一会儿，船又爬到了浅处，大家又拿起篙来向前撑，船上的话语也跟着稀薄了起来。可是却有一种叫不出名字的什么东西，重重庄①在各人的心坎上。于是除掉舟子们喘气和周围的水声以外，一切都归于寂然了。水，打着漩，掀着花，哗通哗通的响得怕人。老二低声自语说：

“他妈的，水涨得这样猛！”

天色愈暗了，云也愈浓愈低了，闪在邛山头上乱眨眼，雷在远远的山头天际吼叫着。船仍然颤动着，向着南岸灯火渡口爬，爬，艰艰难难的爬。船爬得离灯火渐近时，可以看见灯火下的人影，并听见寥寥的人语声：

“建唐，你爬来了？”

“呵！三伯么？…我来接我妈的，她昨天就没有回来！”

“也许她今晚又在北边了。”

“不会的，她知道我在屋里没有东西吃。”

鱼鳃脸三伯打了一个哈欠，往河边走去：

“又要下雨，水还在尽管涨！”

建唐也爬向河边靠船的地方等：

“妈也许跟着这一船过来了。”

---

① “庄”疑当为“装”。

可是北风忽地竟呜咽了，开始把稀疏的大雨点撒到地上来。

风的呜咽中，仿佛还混和着一个女人的哭声。

（姚雪痕：《渡》，北平《华北日报》1934年12月22日第8版“每日文艺”副刊第22期）

小说篇幅不长，但内容贴近现实，构思巧妙，形象生动，韵味悠长，具有较高艺术价值。小说通过黄河渡船上水手与船客间的对话，寥寥几笔，就表现出乡下拾荒老妇人一家的悲惨命运。青年农民建唐在兵工厂被炸掉一条腿，为养活儿子，勤俭的建唐妈到黄河对岸拾麦子，因无船可渡，晚上只好住在野地，建唐则因家里无粮，饥饿中于黄昏爬到河边，急切地等母亲回来。小说对建唐与建唐妈这一对母子悲惨生活的表现，令人触目惊心。小说妙在对建唐母子俩不做正面表现，而由侧面落笔，通过其他人物间漫不经心的闲聊，就很有力地呈现出这一家人生活的艰难，及底层农民的善良。这是典型的短篇小说写法，场景集中，人物少，主要由符合人物性格特点的对话来刻画人物、推动情节、表现生活。由于作家在开封生活时间较长，把故事发生的地点设置在黄河及黄河渡船上，这也使小说的故事具有更强的代表性和象征意蕴。因黄河是母亲河，具有中华母亲的象征含义，一位母亲在黄河岸边受难，象征中华大地、农民的受难，表现了中国农村的凋敝和危机。所以，小说篇幅虽短，但由于故事背景选择的典型性和艺术表现的精巧，故事的思想深度大为增强。

由这篇小说，我们可更深入了解姚雪垠小说创作和艺术探索的历程。据《姚雪垠生平及著作系年（1910—1983）》，1934年春，姚雪垠把家迁回邓县，只身一人去北平，从事写作。“从此时起到一九三七年，在北平、天津、上海的报刊上发表不少短篇小说、散文、杂感之类作品。”[①]《渡》应该是1934年写于北平。从时间上讲，《渡》理应是作者发表的第二篇小说。他的处女作《两个孤坟》，写于1929年9月6日，同月发表于《河南民报》副刊第42期，署名“雪痕”。

---

① 《姚雪垠生平及著作系年（1910—1983）》，见姚北桦、贺国璋、俞润生编《姚雪垠研究专集》，黄河文艺出版社1985年版，第615页。

《野祭——幼年生活的一段》（以下简称《野祭》）写于1935年3月，发表于《新小说》1935年第2卷第1期。《山上》发表于《文学季刊》1935年第2卷第4期。1936年发表了《小罗汉》（《国闻周报》第13卷第6期）、《捉肉头》（《群鸥》创刊号）等小说。从最初发表的这些小说，可看出小说家姚雪垠产生的具体过程。这些小说题材上大致可分为农村、学生与宗教三类：《两个孤坟》《渡》《野祭》《小罗汉》属农村题材，《捉肉头》属于学生题材，《山上》属于宗教题材。三类题材中，最能见出小说家本色的是第一类，第三类宗教题材则属偶一为之，之后没有得到继续，艺术上也未见精彩。学生题材的《捉肉头》显出作者对学生生活的关注，可看出作者受老舍、张天翼的影响，但讽刺本非作者所长，小说思想深度与艺术水平一般，但这种对知识分子生活的正面关注，在抗战时期创作的《春暖花开的时候》等一系列小说中得到更大发展，有了更好表现。姚雪垠早期小说创作中，更为得心应手，艺术上更见特色的，尝试最多的，当然是农村题材。他的农村题材小说，更多得益于鲁迅等左翼作家的精神滋养，与鲁迅小说间存在互文关系，从《两个孤坟》《野祭》可看出《药》的影子，从《强儿》可看出《明天》的影子。但模仿是短暂的，更重要的是，作者在农村题材的探索中，逐渐找到了他擅长的题材和人物，形成了独立的艺术风格。在作者呈现的乡土世界中，诗意是一点也没有了，农民与地主（劣绅）间的矛盾越发激烈，地主愈加飞扬跋扈、横暴凶残，而农民在日渐无助、软弱与奴颜婢膝之中，其反抗性的一面也逐渐萌芽、发展并得到浓墨重彩的表现。在作者早期的农村题材探索中，《两个孤坟》《野祭》《强儿》《小罗汉》聚焦于农民的贫弱与无告、疯狂与死亡，与萧红《生死场》呈现的世界是一样的。《七月的夜》的出现是一转折。乡村底层的愚昧女性"红薯脚"让我们不禁联想到"麻面婆"，在表现底层农民包括女性的无告和挣扎上，这篇小说与之前的小说如出一辙，但小说结尾红薯脚梦中的反抗，预示了农民反抗性格的生成，及此后作者创作的转变。这种反抗性在《生死路》中终于得到落实，小说的命题、情节与人物同《生死场》有诸多呼应之处。《援兵》则标志作者对农民反抗性的表现达到新高度，预示着《长夜》的出现。

对作者早期小说创作加以简要回顾，是为了对《渡》这篇小说进行定位。作为第二篇小说，《渡》延续了《两个孤坟》对农村生活现实的关注，与《两个孤坟》《强儿》《野祭》《小罗汉》等小说一样，侧重于刻画底层农民生活的贫穷与无告。与中后期主要从事于长篇小说创作不同，姚雪垠早期的艺术探索主要以短篇小说的形式进行，因之，短篇小说创作，可视为他为长篇小说创作所作的操练和准备。在作者早期创作的短篇小说中，《渡》虽然最短，但对农民底层生活挖掘得入木三分，每一人物皆栩栩如生，恰如其分的口语化使用，对塑造人物形象起到重要作用。这说明在创作发轫之际，姚雪垠对短篇小说文体已经有高度的艺术自觉。方言口语的娴熟使用，说明他已较为深入理解方言口语与人物性格塑造、生活表现之间的关系。

除了这篇小说，姚雪垠在北平《华北日报》“每日文艺”文艺副刊上，还发表《经验、观察与认识》（1935 年 1 月 5 日第 8 版，署名“姚雪痕”）、《写实主义文学与科学》（1935 年 1 月 17 日，署名“姚雪痕”）、独幕剧《洛川之滨》（1935 年 1 月 23 日、24 日第 8 版，署名“姚雪痕”）、《英雄非典型》（1935 年 2 月 6 日第 6 版，署名“姚雪痕”）、《天地间的开辟、毁灭，及重建》（1935 年 4 月 15 日、16 日、17 日第 8 版，署名“姚雪痕”）、《女子变物故事举例》（1935 年 7 月 9 日第 8 版，署名“姚雪垠”）、《“文人相轻”》（1935 年 7 月 12 日第 8 版，署名“姚雪垠”）等。这些文章，除《渡》，《女子变物故事举例》《“文人相轻”》亦不见于《文集》《书系》或两书后的“存目”。

二　两次讲演：《怎样写小说》和《怎样写作》

姚雪垠在小说创作上有高度理论自觉，关于小说创作，他发表过系列理论文章、做过多次演讲。文章如《小说是怎样写成的》《小说结构原理》《创作漫谈》《怎样写人物个性》《写短篇与写长篇——小说写作经验谈》等，其中部分文章结集为《小说是怎样写成的》一书出版。作为知名作家，姚雪垠曾受邀以小说创作为主题做过多次讲演，这些讲演部分被整理发表出版，部分讲演未见收集。笔者在河南的报纸上发现姚雪垠的两则讲演文献，一为《怎样写小说》，记录者“丁纬”，刊《民权新闻》1946 年 10 月 9 日、10 日、12 日、14 日、16 日、17 日第 2 版“晨曦”副刊。一为逸波的《怎样写作——记姚雪垠先生讲演》，刊《大河日报》1946 年 8 月 18 日第 4 版“奔流”副刊。由于文章皆发表于河南开封报纸，可大致推测这两次讲演的地点都应是开封，其中逸波的《怎样写作——记姚雪垠先生讲演》明确提到“沙城”即开封，说明《怎样写作》的讲演地点为开封，而且很有可能是河南大学。从发表时间看，两次讲演一为 1946 年 8 月，一为同年 10 月，可大致推断两次讲演的时间，应该也是 1946 年 8 月与 10 月。现把两篇讲演稿整理如下。

怎样写小说

姚雪垠讲

丁纬记

今天所谈的问题，是属于创作方法方面的。

现在讲的题目是《怎样写小说》。这是很不易讲的一个问题，我自己，说起来，是一天到晚在写小说，而现在乍然一谈，却是“不识庐山真面目，只缘身在此山中”。大有一部二十四史，不知从何处说起的感觉。

没有好的办法，或者就经验谈吧！而这又有许多不合适，因为经验只是属于自己的，不能代表别人写小说的意见。况且我的经验又十分不够，拿走路说，我只算小孩子学步，还说不上安安稳稳的走，更谈不上跑步了。

所以这问题，要详细讲，一年也说不完，今天就简单扼要的拿一两个钟点的时间约[①]讲了吧！

首先我们先说什么是小说，小说的定义是什么？这个似乎难

① “约”当为“略”。

说，因为小说自来没有过一个好的定义，因为文学和艺术，不像自然科学，界限清楚，概念容易把握。所以下个定义，十分困难。

勉强的说吧！小说是用形象化的语言，表现人生的故事。

所谓形象化，大体上说，就是描写的手法表现，无非[1]平铺直叙。

再一方面，为什么小说写的是人生的故事呢，因为历史社会是人构成的，小说是反映历史社会、反映时代的，所以必然得离不开人，必然要写人，而有没有不写人的小说呢？为什么都要写人？当然这也不尽然也有例外如同贾克伦敦[2]的《野性的呼喊》是专写狗的生活的。其他如《伊索寓言》等西方童话，是大部份写禽兽的，那怎么都一样是好的作品呢？这当然是不错，但我们应该注意，他们所写虽是非人的东西，而其本身却都是“人格化了”的。这就是所谓移情作用。

譬如说吧，庄子游于濠梁之上，见了鱼就说鱼很快乐，庄子不是鱼，怎么能说鱼快乐呢？这就是庄子把自己的感情移到鱼的身上。

还有从前一位诗人说到花，“泪眼问花花不语，乱红飞过秋早[3]去”，这也是以自己悲哀的情绪转移给了花，赋予了鱼和花一种人格，我们感觉到鱼和花有灵魂有精神，而且这种精神还和我们是一致的，所以小说也就可以写动物和植物。

不过这只是极少数的，主要的还是写人生，小说还是用表现的手法、形象化的语言写人生的故事。

现在再说“故事”，故事两个字相当重要，诗和散文都是写人生的，而所写的只是人的思想与情感，不着重在故事，只有小说本是写人生的故事的。

再说小说和现实和历史的关系。

---

① 原文如此，疑误。

② “贾克伦敦”现通译为“杰克·伦敦”。

③ “早”当为“千”。

小说是现时①，但不和我们平日常看见的现实完全一致。也就是说现实和真实有距离，现实是个别的带有偶然性而确切存在的，现实是真实的概括归纳与提高，是深入真实而又超出真实的。现实是在这个时间空间里有普遍发生的可能性的。

举个例子来说，现在你要写一个小说家，你以我姚雪垠为准来写，说小说家是一个穿咖啡色□②袍，浓眉毛，大眼睛，黑皮肤，络腮胡子的人物，这是不好的，因为世界上小说家多得很，这一个描写不能作代表。这就是说，真实是有局限性的，专就真实来写，不够。所以必需从个别的真实中抽出其共同性写出来。这一点是十分要紧的。

再说小说和历史。有人说小说就是历史，历史就是小说。不过小说虚构的成分多，英文说小说是□，就是这意思，历史则是真实的，比小说更真实。

这一点，说历史比小说真实，这我否认。小说的记载，是比历史真实的。

如同司马迁《史记》上记载的吧！项羽大败于垓下之后，奔至乌江，问农夫路，农夫说左，羽左，结果，项羽和他的随从都死亡了。这件事在项羽和他的十八骑随从都死完时，又有谁告诉□史官，教这样写呢，这不过是根据传说罢了。

又如同今天早上我和两位朋友去吃饭，已经走出房间，迎面又来了一位，这位朋友连屋里也没进去，就被拉着一块去吃饭了。而他却说我屋里有个女人，其实我屋里除去一张床、一床被褥以外，什么也没有，但假若这位朋友传开去，有人要写出印象记一类的又写来，能会真实吗?

再如同报纸吧！按说那上面的东西该是真实的了，而其实，那上边的东西，才是真正的谎言。尤其是自评为正确的中央社消息。

所以我说历史是瞪着眼睛板着面孔说假话，小说则是嬉皮笑

① “现时”疑为“现实”。

② 原文模糊不清，当为“长”。

脸的说真话。历史如同一个一本正经的老头子，见了小孩便道貌岸然的训示着，说什么读书不用功，一天到晚光顾得谈恋爱，而一转脸到自己房里，便又同姨太太调笑起来了，所以要真想了解以前的事，看历史还不如看小说。

如果读《明史》或者读□□之类的史籍，要想了解张献忠的脾性，可不大容易。但有一个小故事，说张献忠手下有个县官，犯了法，张派人去□查他，不久他又给了个手谕给查□的，上写着“奉天承运皇帝诏曰，回来吧，饶了那个狗知县，钦哉”。我们一听便能想到张献忠原是这么个人物。而这段记载是出于野史的，而且十分富于小说意味。

另外再谈一种浪漫的如《西游记》等小说，这种可以说是超现实的不切合实际的东西了，像这样作品在西洋也有，如同《鲁宾孙漂流记》《格利佛游记》等就是，但有些人却觉得这也是真实的。其原因是由于虽然所写的不是人，而是从人的生活中抽出来的，《西游记》也便是这样，翻去荒唐的外表，仍不失其真实性。

比方说拿神来比□人，地下有皇帝，天上便有老天爷执掌一切。地下有县长专员，天上便有隍都城隍，地下有保甲长，天上便有土地。这种神的组织大体上都是模仿人的。天有大神，地有大官，天有小神，地有小官。天上有吕洞宾之类的□□，也就因为地下有教师作家之类的人物，事实是这样，一切都是真实的。

小说包括人物，事件和主题。

说到人物方面，许多人都曾说我会看相，成都许多朋友曾经喊我做文艺大相师，实在我也确切会看相，尤其同学们，更且是河南同学们的像。我只要一看人，对这人的过去现在以及将来，能看的十分准，一看就对。

譬如有一次我在燕大讲演，讲毕之后，有一个女同学请我吃点心，喝咖啡，要我给他①看相，我一看就说她家庭很富有，外

① “他”当为“她”。

婆家也富足，另外还知道她最近正失眠，结果，都对。

为什么能看对呢，这是因我对人的看法，有一个哲学的系统，主要的在看人的性格、心理以及心理的转变。

性格，在麻衣相上，也许不在，不过我是在一个卦摊旁边听说的，他说是，“有心无相，相随心生，有相无心，相随心减”。

我是捧[①]黑格尔辩证法的，这两句话，便很像黑格尔的辩证法。换句话说：心是内容，相是形式，内容是可以决定形式的。

举例说吧，一个人外表不见得十分漂亮，五官配合也平常。而我们对他，却越看越美，越看越可爱，这是因为他的风度动作都好，是一种内形的美。但是这个人若生长在贫穷人家，不让他读书，不受教育，在粗野的环境里生长，那末他内在美就不会发展，若果反过来说，自小就把他放在优良的环境里，受良好的教养，那他的衣裳装饰、姿态动作都自然可爱。这就是相随心生。

再譬如有些人，干枯瘦小，虚弱，而一旦发了大财，做了官，发威发福的，那穷酸气就自然消失，立刻会走成方面大耳，又白又胖一副大官赐福的样子。但若又一旦砸了锅打了瓦，找事不成，谋业不就，那一定是背着锅子走路，满脸烟色，一身晦气，见人湾[②]腰。这就是所谓“相随心生”。

这就是所谓内容决定形式。

一个人物的内容，就是性格，而性格是由心理和生理所构成的。

有一个朋友，在结婚的时候，我曾经去看过，朋友太太很漂亮，各方面都美，但在说话时，往往好拿手巾掩住嘴，后来我才发见，这位朋友的太太，各方面长的都很好，可就嘴上有毛病下牙包上牙。这一定是她在女孩子时期，懂得了美和丑的时候，再有些惨酷人们，告诉了她，她的缺点以后她便自觉不自觉的去注意这缺点而企图去掩护住它，这样久了，便构成了她如今的这种性格。这就是生理影响心理，久之构成了性格，也就是说，心理

---

① “捧”当为“奉”。

② “湾”当为“弯”。

作用，受了外界的或生理上的影响，有条件或无条件的反射，这样长远了，便自然的构成了性格。

再如：我有个朋友，是我们家乡人，外号叫小磨子，有一次我回家，和他一道走路，走的时候，我觉得他老抗我，从路东□[1]的□抗到路西，一会又从路西又抗到路东，后来我注意观察才知道，他所以抗人，是因为个子低的缘故，个子低便希求自己能长高一点，遇见人长个的人，他存一种受威胁的惧怕的，而遇见像我这样不称[2]高的人，便想和我比比个子，到底低好些，这样存心久了，便自然走路好和人贴近。另一方面，由于个子太低，便常爱注意自己的高度，而这种注意，不能看见自己的头，所以只有看肩头，时而抬左肩，时而抬右肩，一耸一耸的，这样久了，再加上比个子的心理，便自然形成一种抗人的性格。这也是生理影响心理，心理构成了性格。

还有一个很要紧之点，就是社会生活影响心理，再进一步构成个性。社会生活对性格之构成是十分重要的。

心理可以说是现象，变化多端，随时随地受了外界的刺激，在内部便临时发出一种反应。而个性则是比较稳定的，变化较缓慢，但也非绝对不变的，这可以说性格近乎□质，是一种内在的。

心理是直接受社会生活影响的，如同北京有一个大成衣匠，在从前时候给许多官们做衣裳，做得十分合适，而且不量尺码，只要和官们的随从一谈，就能做成。因之就有人去请教他，到底是什么原因，他就告诉□说，做衣裳的如果是一个小官，或者候差多少日子还没补上缺的人，那给他做时，就一定后边长些，前边短些，这样配上他弯腰拱手的姿态，一定很对称。若要是一个正赫赫得势的天[3]官，那就要反过来，做得前襟长后襟短，才能对称，因为他一定是挺胸仰脸的神气。

这就是社会生活影响心理，心理构成性格的一个证明。

---

① 原文字迹不清，以“□”代替，下同，不再一一注明。

② 原文如此，疑有误。

③ “天”应为“大”。

至于在心理方面，对写作是很值得注意的，如同我是一个男人，写老头子或者可以揣摩，但若写女主角，又是怎么写的呢？

这主要的一个条件就是根据自己的生活经验，去体验别人，就所谓“人同此心，心同此理”，也即“设身处地，将心比心”。

一个人在等待情书的过程中，起初一定是很着急的等着望眼欲穿的，若很久接不到，便埋怨邮政，埋怨交通，怨天尤人，惆怅万分，若一旦接到手，却又有万分的不宁，想一下扯破□皮，但又想保留着，但又等不及去寻硝酸去点破，于是边走边撕，到读时，一定想一气读完，而读后却又怕有遗漏似的，来往返复的读着。

再说有一个人若果在一间接待室里等女朋友，一定起坐不安，时而侧耳听听门外脚步声，时而偷眼窥窥玻璃窗外，现出十分不宁静的样子。

这些都是将心理通过动作，表现出来，从前人作文章，常是平铺直叙，那是最笨拙的，现在写，却如同舞台上一样，用动作行为来表现。

如果写一个人内心的矛盾吧，像偷表这件事，要是说他想偷表又有些怕，这样说出不好。若这样写：说他□进门，便看见了表，心内不由得□动，于是眼便钉住在表上，而又一时不敢下手，走来走去，心跳脸热，而后才把表拿走，这就好的多了。

表现人物的最重要的部份，是眼睛，鼻子，嘴，头发，这种面部的表情，最可以传神的描写出来。

如同一个正在用功的心，内情很灰心，对别的事都不生兴趣，甚至是由于爱情失败的刺激。那他这时眼睛一定很湛深，眉尖蹙着，头发蓬松，面部显出阴沉的样子。假若有一个人正在有爱的要求，或是爱的萌芽，那他一定头发梳的很光亮，眼睛也射出虎玲玲的光。一举一动都加意修饰，衣服也挺考究。记得是《安哪卡列尼哪①》中说过，“从毛色中我认识酸，从发光的眼睛

① “安哪卡列尼哪”现通译作“安娜·卡列尼娜”。

里，我认识恋爱的年青人”。总之眼睛的表情十分重要。不过有些人写什么眼睛中放射出异样的光彩，这不好，不够形象化。

可是心理也有变动，从心理看性格，从性格也能看出心理。

性格也有它的特殊性与一般性，如同请人讲演，那讲话的人，便由于性格心理的不同，而有不同的表现。

性格受心理的影响很大，等于是本质决定现象，内容决定着形式。

如写一个乡下小土绅，在欢迎一小部分军队的欢迎会上，一定有□推他说，你要①人家人望重，上去讲几句吧，他一定惶恐的拒绝，可是万不得已推不掉时，便扭扭捏捏的走到台上，可是一上台，烟袋朝腰里一插，再也想不起说什么好，那他一定会一转身埋怨人说，你看，我不上来，你要叫我上来。

可要是一个大绅士，欢迎大军队，就气魄不同了，虽然他也不会讲出什么漂亮话来，如果说我们乡一个大绅士欢迎石友三时的情形来说吧！当时石友三说，我的军队就是老百姓的军队，都是替老百姓做事，可是那绅士却上台说，石军长是客气的，他的军队就是他的军队，不是咱们老百姓的。接着又说石军长自到潼关，百战百胜，可称得是个大军阀。

这些是由社会的生活，决定要②他们的性格。

总之文化教养、历史传统的教养、社会生活、生理、心理都是构成性格的重要条件。

（姚雪垠：《怎样写小说》，《民权新闻》1946 年 10 月 9 日、10 日、12 日、14 日、16 日、17 日第 2 版“晨曦”副刊）

怎样写作

——记姚雪垠先生讲演

逸波

虽然是七点钟，清晨的太阳，像一把酷热的火伞，罩着沙城

① “要”当为“老”。

② “要”疑误。

的大地，数百个同学，静静的立在操场上，等待着姚先生宝贵的训示。

一阵热烈的掌声中，姚先生莅临在大众的面前，态度是那样和蔼，面上时常挂着笑容，经过叶主任简短的介绍，姚先生便开始了讲演，以豫南的土语，加了精切的锤炼，是研究通俗文学的本色。首先讲文学并非无用，他说："世界上武力是暂时的，他只能杀其身，而不能服其心，例如希特勒，秦始皇，只能以强大的武力，统制了一时，但如泡影似的消逝了，另有一种人他不动一刀一枪，受尽了人间的苦难，但他却永远统制着人心，如东方的孔子，西方的耶苏，可见武力之不可持。但□假如有人看过了岳传或水浒无人不义愤填膺，甚至读了七侠五义等神奇小说，便想着少林寺出家，峨眉山修道，自己也要飞檐走壁、仗义行侠，这些下流的小说，尚能感动人心如是之深，何况上流的文学作品呢！"

"第二，上古时代的人类，粗劣的陶器绘上五彩，自己的皮肤刻上花纹，如此种种，不外由于爱美心，而有之艺术表现于外①。可知人生与艺术是不可分，而文艺是艺术的最高表现。当你接近一个仪容高雅的人，不由的会引起你的美感，反之，曾②使你讨厌觉得枯燥、呆板。由此可知艺术感人之深了。"

"第三，怎样写作。这里有三个条件，是走向成功之路的。一，多读，二，多写，三，多看。多读，惟有多读才可丰富你的学识，指示你成功之路，所谓：'读书破万卷，下笔如有神'，就是最好的写照，多写，只有多写，才能熟炼你的技巧，锻炼你的写作经验，多看，看世界上的一切事物，体验生活的经验，从宇宙间求你写作的材料，最后，我要向大家说：'丰富的材料胜过□妙的技巧'，材料□□着大众与事实，立论要正确，堂皇，这样才有高尚作品的产生。"在一阵热烈的掌声中，姚先生结束

① 原文如此，疑有误。

② "曾"当为"会"。

了他的讲演。

（逸波：《怎样写作——记姚雪垠先生讲演》，《大河日报》1946 年 8 月 18 日第 4 版“奔流”副刊）

现在看来，两篇讲演所谈的可能都属常识性问题，但对研究姚雪垠的小说创作、思想观念及他本人的性格却是宝贵的材料。特别引人注意的是《怎样写小说》中姚雪垠自称被成都文艺界朋友戏称为“文艺大相师”。姚雪垠对此称谓不以为忤，反而相当得意，这一方面显示出他自负、自信的性格；另一方面也说明他对人心世相有相当深入的体察。他所谓的“看相”，不是“迷信”，而是建立在内容决定形式、物质决定精神这一科学认知基础上。主张尊重生活规律与艺术规律，在洞察人心世相和精准把握人物性格的基础上，创造出生动、深刻、立得住的人物形象，应该是他小说观念和小说创作中最有价值、最值得珍视的部分。

《怎样写小说》中另一点值得引起注意的，是姚雪垠对《明史》的熟悉，以及对张献忠性格塑造的认识。在《李自成》研究中，对该小说写作前史的研究，是一重要内容。有学者认为《李自成》的写作是为投毛泽东所好，为其唱赞歌；有的学者则认为《李自成》并非投机取媚之作，作者为此书写作做过相当长时间的准备，早年读书生活中，他就曾接触到几部与李自成有关的史料，其表现土匪生活的小说，尤其是《长夜》，在题材和人物塑造上，与《李自成》有紧密的内在关联，可视为《李自成》创作的前期积累和准备。《怎样写小说》这篇讲演的发现，说明姚雪垠于 1946 年已熟悉《明史》，对与明史有关的野史更为熟悉，已关注到张献忠性格的塑造问题。这有力地证明在《李自成》创作上，姚雪垠是做过长期案头工作的。

三　杂文《“文人相轻”》

《“文人相轻”》，刊《华北日报》1935 年 7 月 12 日第 8 版“每日文艺”副刊第 217 号，署名“姚雪垠”。录如下。

“文人相轻”

姚雪垠

上月我们曾读到几篇关于“文人相轻”的文章；但“相轻”二字的本意，似乎都没有弄清。“文人相轻”这句话虽出自曹丕的《典论》，不过后来人们所说的“相轻”，和原来的意思就大不相同。在曹丕说这句话的时候，并没有什么恶意。把“轻”字作轻薄解，始自《颜氏家训》：

自古文人，多陷轻薄……今世文士，此患弥切：一事惬当，一句精[1]巧，神历九霄，志凌千载，自吟自赏，不觉更有旁人。（《文章》篇）

此后，骂文人轻薄，全是颜氏作俑。其实，因主张不同而互相批评，并不能算是相轻。一切文化，都是在批判和斗争中求发展，真理也不是一成不变的东西。比如：沈约和陆厥关于声律的辩驳，骈文家和散文家的互相非难，性灵派和形式派的争论，都各自有立场，为自己主张作战，不能算是相轻。即近来旧文人与新文人的白话文言之争，语录体派和大众语派的厮骂，也一样是争真理，不是一般人所说的相轻。像两个人互相吹求，纯出自嫉妒，那才是真正的相轻。然而有识的作家中，有这种情形的究竟不多。不惟相轻的不多，反而还互相称扬。

因为“文人相轻”原发自嫉妒心理，所以相轻的文人多没有伟大的人格。尤其相轻的多是同时同地而地位又相差不多的人。人与人之间，为想压灭人家，显出自己，于是互相倾轧的事情就起来了。有时至亲厚友，也不能免。相传宋之问因其甥刘希夷有“年年岁岁花相似，岁岁年年[2]不同”之句，遂用土袋压杀希夷。这全是嫉妒做祸。《隋唐嘉话》载：

炀帝善属文，而不欲人出其右。司隶校尉薛道衡由是得罪。后因事诛之，曰：“还[3]‘空梁落燕泥’否？”

---

① 《颜氏家训》原文“精”为“清”。

② “年”后缺“人”字。

③ 《隋唐嘉话》原文“还”为“更能作”。

朝廷嫉妒臣下，宋文帝也是一例。史言文帝雅好文章，自谓人莫能及。鲍照为怕招祸，做起文章来总弄些毛疾①，以表示自己不胜他。至于一般朋友间互相倾轧的例子，真是举不胜举。我们读了菊池宽的《无名作家日记》，再回想想我们自己所受同辈的嘲笑，真要掩卷一叹。在巴尔札克的《无神者之弥撒》中，戴斯布兰对边雄说的一段话，把人与人之间的刻薄无情，说得淋漓尽致。他说：

当一部分人看见你把脚登在镫上的时候，马上便有几个人来抓住你的衣服的后襟，几个人把马鞍上的皮带弄松，让你摔下来把脑袋摔破；这个把你的马掌取下来，那个把你的鞭子偷走；那跑过来用手枪打你一下的还是最不阴险的。我的孩子，以你这样的才分，你不久就会□那些庸俗的人对一个□较高的人所作的那种□的，无尽止的战争了□

在这之后，戴斯布兰又说一些令人读而伤心（如果没有社会经验的人，朋友读了后大概是不会伤心的），比方，为节省篇幅起见，我□必全抄了。

在个人主义的社会里，想□人们互相帮助，真不容易。□令互相帮助，也只是各为自□利害而暂时利用，结成狐群□党，互捧互拉。但我们总希□文人们尽可能的往远处看看□尅服了个人主义，不互相嫉妒，也不互捧互吹，大家立场相同的，合作起来，为新的历史尽一点应尽的义务。

（姚雪垠：《“文人相轻”》，《华北日报》1935 年 7 月 12 日第 8 版“每日文艺”副刊第 217 号）

姚雪垠这篇文章与一场文艺论争有关。1935 年 1 月《论语》第 57 期刊载林语堂《做文与做人》一文，把文艺界的论争都说成“文人相轻”。于是，围绕“文人相轻”问题，文艺界展开了一场讨论和论争，鲁迅、曹聚仁、孔另境、魏金枝等人都有文章发表，其中以鲁

① “毛疾”当为“毛病”。

迅发表文章最多，达 7 篇。这场论争主要发生在上海的报刊上，以《申报·自由谈》和《文学》月刊为主战场。论争表面讨论的是文学论争是否有是非曲直的问题，但实质上，这场论争与先后发生的京海派论争、大众语论争一样，是左翼阵营与自由主义知识分子思想交锋的体现。1935 年春夏，姚雪垠虽在北平，却积极投身于上海文坛的思想论争特别是京海派论争中，写下了一系列辛辣犀利的杂文，如《鸟文人》(《芒种》1935 年第 3 期)、《老马识途》(《芒种》1935 年第 5 期)、《日子倒走》(《芒种》1935 年第 6 期)、《京派与魔道》(《芒种》1935 年第 8 期)、《苍蝇主义》(《芒种》1935 年第 9、10 期合刊) 等。《"文人相轻"》的发现，说明他当时参与了上海文坛的另一场论争。《"文人相轻"》与其他杂文的写作，表明姚雪垠年轻时已经具有很敏锐的政治意识和进步的思想观念，通过积极投身于当时最前沿的文学论争，发出一己的声音，参与文坛的互动。

《"文人相轻"》主要辨析性质截然不同的两种"相轻"，一种为纯粹的学术论争，一种则为发自嫉妒心理的彼此攻讦。作者很感慨于文人间的彼此倾轧，历举文学史的此类事例，呼吁文人克服个人主义，彼此团结互助。作者这种想法，当然只不过是美好愿望。其实就在左翼思想阵营内部，志同道合的同志间，也存在宗派主义，存在互相排挤和诬陷。作者之后的经历就是一生动例证，吴永平先生对此有详尽钩沉和研究，[①] 对此问题有兴趣的研究者可以参看。

四　报纸社论《什么是五四精神》

《什么是五四精神》，刊《前锋报》1946 年 11 月 24 日第 2 版"星期专论"栏与第 3 版，署名"姚雪垠"。文近 5000 字，录如下。

什么是五四精神

姚雪垠

自从司徒雷登大使对之江大学学生发表了"发扬五四精神"

① 参见吴永平《隔膜与猜忌：胡风与姚雪垠的世纪纷争》，河南大学出版社 2006 年版。

的演讲以后，很惹起全国知识青年与文化界人士的注意。以一个外国人对我们提出来这样的启示和号召，又恰当民族前途如此暗淡的时期，我们越发的应该警觉，应该振奋，应该感激。今天每一个愿意中国走上民主道路，向现代化迈进的知识分子，不管担任着什么职业，都应该了解“五四精神”的内容，珍惜这一伟大运动的成果，继续努力，完成历史所给与我们的神圣任务。如果我们忘掉五四，或背离五四的精神，我们就不可能把中国带上一条光明大道，我们的建国工作实际上是盲人瞎马。本文写作的目的，就是要将所谓“五四精神”以及它在今天的意义，向读者扼要的介绍一下。

什么是“五四精神”呢？“五四精神”就是民国八年五四运动所留给我们的精神遗产。要了解这一运动的历史背景和历史任务，我们必须对中国近代史作一个简单的回顾。中国近代史开始于一八四〇年（道光二〇年）的鸦片战争。鸦片战争打开了“闭关中国”的门户，从此帝国主义的侵略一天比一天加紧。一八五七年（咸丰五年），有英法联军之役，同英法分别签订了天津条约，加速了中国的衰落。一八五八年，帝俄乘英法联军侵略中国的时候，逼迫满清政府签订立了爱珲条约，夺取了黑龙江以北兴安岭以南的广大领土。一八六〇年（咸丰十年），帝俄借口调停中国同英法战争有功，要求中国酬劳，逼迫满清政府订立北京条约，扩大帝俄的侵略势力到新疆境内，并使俄帝国在经济上尽量的榨取中国。一八七一年（同治十年），回民作乱，帝俄借口保护边境治安，出兵占领伊犁。一八八一年（光绪七年），逼中国订立伊犁条约，从此帝俄的势力深入内地，和其他帝国主义一样，在中国享有种种的通商特权。一八七六年（光绪二年），英国借口测量队在云南边境被土人所杀，派兵舰入渤海示威，迫满清政府订立烟台条约，扩大了英帝国主义在长江流域的势力，并使她获得了侵略西藏的机会，不久又夺去缅甸。一八八四年（光绪十年），爆发了中法大战，中国海军虽败，陆军却节节胜利。腐败的满清政府在胜利声中向法军屈膝求和，将安南送给法国。以上是从鸦片战争到甲午中日大战前夕，五十多年中的几笔流水。中国的半殖民地命运，在这半个世纪中完全造成，而中国新文化运动的种子也在这半个世纪中渐渐的萌芽成长。因此，要了解“五四精神”，这一阶段的丧权辱国史和思想运动史我们必须要特别注意。

近代史上的思想运动和政治运动是不能分开的。从鸦片战争到五四前的辛亥革命，中国人的政治和思想运动可以划分成各四个阶段：第一阶段是洪杨领导的太平天国运动，第二阶段是曾李领导的洋务运动，第三阶段是康梁领导的戊戌运动，第四阶段是孙总理领导的排满运动。这四个阶段的运动各有其不同的内容和特质，以戊戌运动和五四运动的关系最为密切，其内容也最近似。五四是戊戌的更进一步的发展，而辛亥革命则是完成了太平天国运动的历史使命。不过五四运动虽然直接承继着戊戌运动，但五四的反帝和反封建思想却发源于洪杨时代，领导五四的社会力量则诞生于洋务运动。

从鸦片战争的时候起，中国人民就有了强烈的反帝思想。当时广州人民曾发生两次反英运动，民族意识至为高涨。江宁条约签订后，广州人民又发动反对英国人入城风潮，连官吏也不能制止。鸦片战争的结果既加深了中国社会的危机，也动摇了满清的封建统治，于是一八五〇年（道光三〇年），太平天国起事于广西。太平天国的革命除以排满为主要任务外，又带有不彻底的反帝和反封建色彩，太平天国的土地政策是实行均田制，“务使有田同耕，有饭同吃，有衣同穿，有钱同使，无处不均匀，无人不保暖”（《天王诏书》）。这表示太平天国反对封建地主和改善农民生活的决心，太平天国反对蓄婢纳妾，反对妇女缠足，反对买卖奴隶，设置女官，开办女科等，□显示她已经有现代思想的萌芽，或多少接受了西洋的近代文明。太平天国的反满，一方面是自觉的民族运动，一方面又是不自觉或半意识的带有反帝运动的意义。因为鸦片战争以后，满清政府变成了帝国主义侵略中国的工具，所以反满实际上就是反帝的初步，或反帝运动的一部份。

我们只要看当时勾结帝国主义扑灭革命的是满清政府，而和帝国主义作战的是太平天国这一事实，就够明白。从太平天国军队占领南京，克服苏常起，帝国主义就感受震惊。一八六一年的冬天，太平天国与英帝国主义为上海问题展开了正面冲突。次年帝国主义的军队即开始协助清军作战，一直到天国覆亡。

太平天国覆亡之后，一部份稍有眼光的官僚地主，为要维护满清政权，拯救中国的贫和弱，同时保卫中国的封建文化，就提倡洋务，呼吁变法。洋务运动的代表人物是曾国藩、李鸿章和他们的晚辈张之洞。曾国藩以满清中兴柱石地位，提出来“学夷技以制夷”的口号，主张吸收外洋的科学技术，从他的手里派遣过不少官僚地主聪颖子弟到外国留学。李鸿章和洋人发生的关系更密，对洋人的厉害知道的更清。他是当时洋务运动的主脑人物，明确的提出来变法问题。中国早期的官营企业，多成立于曾国藩，李鸿章，左宗棠之手，而李鸿章更是建立新军的元勋。张之洞继承了曾李的思想，提出来“中学为体，西学为用”的口号，是变法图强的最有力的鼓吹者和实行者。但所有洋务运动者都是满清皇室的和封建文化的忠实奴才，所以他们只要西洋的科学技术，而不要西洋的科学思想，自由平等观念和民主政治。洋务运动者在晚清思想史上远不如戊戌运动者的贡献为大，他们对旧的封建官僚地主说是开明份子，对戊戌运动时代的知识份子说是落后的顽固份子，而对中国的民族革命说更是罪人。洋务运动者，在历史上的最大贡献是开始发展了近代产业，使中国出现了领导启蒙运动的社会力量。

戊戌运动，从文化方面说，是中国第一次展开的启蒙运动。一八九四年（光绪二〇年）的中日大战，是中国近代史上最惨败的一次战争。由这次战争的失败，使一部份进步的知识份子起来作维新运动。不过因为当时领导这一运动的社会基础还很脆弱，所以他们只可能以改良运动的形式出现，利用皇室的矛盾，企图依赖光绪皇帝的薄弱力量来实现他们的政治主张。结果，他们在政治上遭遇到惨重的打击，而在思想运动上获得了伟大的影响。

戊戌运动的三个代表人物是康有为、谭嗣同和梁启超。康有为领导的有名的“公车上书”是中国近代史上第一次轰轰烈烈的“学生运动”，打破了“一心只读古人书”的传统习气。他拼命打倒八股文，使无数的知识份子从八股文的束缚中解放出来。《新学伪经考》和《孔子改制考》这两部著作，发展了清儒的怀疑精神，鼓舞人抛开了为考证而考证的治学方法，大胆的批评和创作。《大同书》所宣扬的是一种乌托邦的社会理想，在十九世纪的东方要算是一个奇迹。在他的《戊戌奏稿》中一再的提出来立宪，开国会，科学救国等问题，这是科学和民主最早被同样注意。谭嗣同是清末最富于战斗性的启蒙思想家，最能够代表新兴民族资产者的战士风度。《仁学》一书中充满了积极的，浪漫的，对旧文化反抗和解放精神。他鼓吹民主和科学，攻击君主专制；否定满人的统治，鼓吹民主革命。特别在反传统、反礼教方面，他表现了卓越的天才和革命者的坚决态度。梁启超在文化上的活动时间比康谭长得多，又一生不断求进步，所以他对于清末民初的启蒙运动贡献了不朽的劳绩。自一九〇二年《新民丛报》发刊起，至五四运动止，梁任公是中国思想界的最高权威，无数的知识份子受他的影响。他醉心自由和民主，任湖南时务学堂讲席时，“所言皆当时一派之民权论，又多言清代故实，胪举失政，盛倡革命。其论学术，则自荀卿以下，汉唐宋明清学者，掊击无完肤”（《清代学术概论》）。后来他的新民说和自由说，对儒家传统思想激烈攻击，认为束缚人类思想的发展。在社会伦理方面，梁氏既主张自由民主的新人格，所以极力攻击由封建政治统治下产生的奴性，要求人性解放，提倡进取、冒险、自治、合群、权利、义务等新伦理道德。

戊戌运动和洋务运动有很显著的差别。洋务运动者所代表的利害和满清政府的利害是一致的。戊戌运动者所代表的利害和满清政府（当时以慈禧太后集团为代表）的利害是对立的。洋务运动者的目的是维护旧传统，戊戌运动者的目的在打破旧传统。洋务运动者只要科学，不要民主，戊戌运动者则民主和科学都要。所以我们说，戊戌运动才是真正的启蒙运动，而它的精神被五四直接的继承去了。

五四运动虽然爆发于民国八年，但文化方面的攻势却早开始了四年。从戊戌到五四中间虽然有辛亥革命，但辛亥革命只推翻了满清政府，却没有打倒了根深蒂固的封建势力。辛亥革命成功之后，只是将政权由满清皇室手里移交到北洋军阀手里，进步势力依然遭受□迫害和摧残。第一次世界大战期间，民族资本暂时的获得了相当的发展，但封建军阀所代表的政权却一直在走着反动的道路，一面投靠日本及其他帝国主义，一面进行着争权夺地的内战，丧权辱国，愈来愈甚。于是，一部份新兴市民和进步的知识份子相结合，展开了反帝反封建的广泛运动。当时进步的知识份子从美国吸收了更多的科学和民主思想，从苏联的十月革命获得了精神鼓励，而从巴黎和会领受了严重教训。假若没有巴黎和会的刺激，这一次新文化运动一样会产生，而且也必然是担负着反封建的历史任务，必然是拥护科学和拥护民主。不过有了巴黎和会的刺激，遂使这一运动不限于文化方面，而配合了爱国的青年运动；不像戊戌一样只限于少数的上层的知识份子，而获得了广大的群众支持；不是细水缓流的形式，而是波澜壮阔的一次革命。

五四新文化运动的主将是陈独秀。陈氏后半生的是非我们不管，在当时却是眼光最锐利，思想最深密，态度最坚决的革命战士。在民国七年他发表了《今日中国之政治问题》一文，对国事提出来三项主张：一，要排斥武力政治；二，要抛弃以一党治国的思想；三，要决定革新的国是。他说："有用的武力必用着对外，不许用着对内。"早在一九一五年（民国四年）《新青年》创刊号上，陈氏就在《法兰西与近世文明》一文中批评私有财产和资本主义，应实行社会主义，这和孙总理的远见可说是不谋而合。在《敬告青年》一文中，对青年希望六事：（一）自主的而非奴隶的；（二）进步的而非保守的；（三）进取的而非退隐的；（四）世界的而非锁国的；（五）实利的而非虚文的；（六）

科学的而非想象的。在《新青年》一文中，他认为理想中的新青年：生理上不是“白面书生”，而是“壮健活泼”的；心理上必须斩尽“做官发财”的思想，树立“真实新鲜”的信仰；要“内图个性之发展，外图贡献于其群”。这一些见地和戊戌时代的梁任公的见地有许多相似处，但比较更为深刻、进步和积极。从此，戊戌的光辉暗下去，五四的新光代替她照耀着东方。

戊戌时代的谭嗣同和梁任公都反传统，五四时代的战士们发挥了这一点革命精神。陈独秀在《破坏偶像》[①] 一文中作如下呼喊：

破坏！破坏偶像！[②] 吾人信仰，当以真实的合理的为标准；宗教上，政治上，道德上，自古相传的虚荣，欺人不合理的信仰，都算是偶像，都应该破坏！此等虚伪的偶像倘不破坏，宇宙间实在的真理和吾人心坎儿里彻底的信仰永远不能合一！

戊戌时代有一个谭嗣同高喊着冲决罗网，五四时代有一个李守常也高喊冲突[③]罗网。前者是浪漫的，空想的，而后者是现实的，科学的，合乎动的逻辑的。戊戌时代的康有为只能空想着大同世界，五四时代的陈独秀也希望着一种幸福的新社会，却不是空想的，而是有一定的条件和步骤去实现的。这条件就是民主和科学。他在《本志罪案之答辩书》中说：

西洋人因为拥德（民主）赛（科学）两先生，闹了多少事，留了多少血，德赛两先生才渐渐把他们从黑暗中救出，引到光明世界。我们现在认定只有这两位先生可以救治中国政治上，道德上，学术思想上，一切的黑暗。若因为拥护这两位先生，一切政府的压迫，社会的攻击，笑骂，就是断头“流血”都不推辞。[④]

五四时代的启蒙运动者既然拥护科学，便不得不反对孔教，礼法，贞洁，旧伦理，旧政治；要拥护民主，便不得不反对旧艺

---

① 当为《破坏偶像论》。

② 原文此处有“破坏虚伪的偶像！”一句。

③ “突”当为“决”。

④ 该段引文与原书稍有不同。

术，旧宗教。要拥护科学和民主，便不得不反对国粹和旧文学。（见陈氏《本志罪案之答辩书》）所以五四思想革命的主要课题之一便是有名的反礼教运动。所谓反礼教，也就是反孔教，反旧伦理和旧道德，也就是反封建传统。在反礼教方面，吴虞、鲁迅、陈独秀、胡适之等，都出了不少力气，而以吴虞对礼教骂的最痛快。既然一方面反对礼教，一方面要解放个性，就不能不承认自己和别人都是同等的人，都有不可侵犯的独立人格。既然发现了自己和别人都是同等的人，就必须主张自己应该把别人当做人，别人也应该说把我们自己当做人，应该同样的享“人的”待遇，这便是人道主义。所有这一切方面，都密切关□，合起来就是所说的“五四精神”，其本质是反帝反封建，其目的在建设一个独立，自由，民主，幸福的新中国。

三十年来，世界情形变化了很多，中国也变化很多。五四时代的先觉者有许多思想如今都变成了事实，今日有很多条件在当时都没有出现。虽然五四留给我们的创造新中国的基本任务没有改变，但五四时代所提出的人道主义和民主，已经不能够满足今日的现实要求。司徒雷登大使亲自看见过北平的五四运动，他深知青年学生的纯洁和力量，所以他所希望我们发扬的“五四精神”着重在继承五四青年的爱国精神，要大家关心政治，为和平团结，创造民主中国而努力，这教训是非常宝贵的，我们不要辜负司徒先生，更不要辜负历史！

二十六年十一月于故乡

（姚雪垠：《什么是五四精神》，《前锋报》1946 年 11 月 24 日第 2 版“星期专论”栏）

文章发表于《前锋报》第 2 版的“星期专论”栏，相当于报纸社论。民国时期的民营报纸有邀请专家学者撰写社论的传统。报纸社论代表报纸的民间立场，也是学者面对官方、社会和民众发言的重要渠道。社论的性质，决定这篇文章与作者其他文章，如小说、散文、杂文的不同的接受对象和言说方式。社论一般面对大众，这种比较广泛的接受对象，决定社论的写作追求深入浅出、通俗易懂，具体到这篇文章，其写作指向是向大众宣传、普及五四精神的内涵，这从文章的命名“什么是五四精神”就可看出。作者认为五四精神是 1919 年发生的五四运动所留给后人的精神遗产，为了让读者了解五四运动的历史价值，文章对近代鸦片战争以来中国发生的历次自强革新和革命运动进行了详细的历史追溯。文章的具体内容和观点，现在已成常识，但这篇文章作为社论所代表的知识分子的发言姿态，却可以给后人以某种启示。

作者另有一文为《中国新文化的源流》，刊开封《山河》半月刊 1947 年第 3 期，已收《姚雪垠文集》第 17 卷。[①] 此文是《什么是五四精神》的改写，可看作两篇文章，但之间有紧密关联。《什么是五四精神》以谈五四精神为旨归，但作者离开题目，谈起了五四运动的历史由来。可能认识到如此行文有跑题之嫌，作者后来把此文稍作修改，使之成为中规中矩的学术文章，改为《中国新文化的源流》再次发表。

五　民间故事学论文《女子变物故事举例》

《女子变物故事举例》，刊北平《华北日报》1935 年 7 月 9 日第 8 版“每日文艺”副刊第 214 号，署名“姚雪垠”。文章约 2300 字，录如下。

女子变物故事举例

姚雪垠

在各民族的神话和民间传说中，都有不少的人变物的故事，而所变的物多是花草虫鸟，变者也以女人或男人中间美少年为最多。在中国故事中，男人变物的故事绝少。黄石公传说，我不晓得应该说做人变石头呢还是石头变人。清人笔记中记载有人化虎的传说，但这传说并没有传开，所以在社会上不曾发生过什么影

---

① 参见姚雪垠《中国新文化的源流》，见《姚雪垠文集》第 17 卷，人民文学出版社 2010 年版，第 200—207 页。

响。在社会上起大影响的，恐怕只有杜宇故事了。至于女子变物，往往是情节凄绝，故事优美，自来便被文人们作为典故使用的。我们一考察女子变物故事的本身，虽然多半是对有①自然界的解释或附会，但出发点总不脱社会上对于女子的同情心理。直接显明的如望夫石，懒妇鱼等等。在林兰女士所编的《民间故事》及《鸟的故事》诸书中，几乎每篇都暴露着社会上对于女子的同情心理。本来女子处于夫权压迫、礼教压迫、“婆权”压迫之下，真是一种不幸的动物；“红颜多薄命”，这句古话差不多等于铁一般的定律。社会上看见女人为情而死，为翁姑逼迫而死，为强暴欺凌而死，在各种各样的不幸中死去，于是就深为同情，展转传说，互相附会，许多美丽的悲剧故事就产生出来了。

几年前，我曾经从一些线装书上抄下来许多女子变物的故事，大概可以分做三类：一是直接变的，一是眼泪变的，一是坟上生出来草不②禽鸟的。关于眼泪变物的例子，如相思草、断肠花、湘妃竹上的斑等都是。从坟上生来草木禽鸟的例子有宫人草的故事：

楚中有宫人草，状如金蓉而色氛氲，花色红翠。俗说：楚灵王时宫人数千，皆多愁旷，有闪③死于宫中者，葬之，后墓上悉生此花。（《述异记》卷下）

同书卷上所记相思木的故事与望夫石的故事很有点相像。说是从前战国的时候，魏国苦于秦国的侵略，有一个人从征到秦，很久不曾回家，他妻子为想念他死掉了。埋葬了以后，坟上生出一株树来，枝叶都向着丈夫所在的方向长。人们就把这棵树叫做相思木。

《艳异编》载女词人王莹卿因父母包办婚姻忧愤而死。她的情人申纯痛念她，也跟着死了。合葬在濯锦江边，人见有双鸳鸯飞翔其上，遂叫他们的坟做鸳鸯墓。这故事的结局，和《搜神记》

① “有”字疑衍。

② “不”误，当为“木”。

③ “闪”字疑误。

中所载相思树的故事又属同型：

宋康王舍人韩凭，娶妻何氏，美。康王夺之。凭自杀，妻投台下而死，里人埋之，塚相望也。宿昔有大梓木生于二塚之端，有鸳鸯各一，恒栖树上，交颈悲鸣，声音感人。宋人哀之，遂号其树曰相思树。

直接变物的故事，有许多我们是很熟的。帝女化精卫，见于《山海经》和《述异记》。齐女化蝉，见于《陆机诗疏》。望夫石有两种记载：见于《太平御览》者说是在武昌新县北山上；见于《寰宇记》者说是安徽当涂县西北四十里有望夫山。两个故事显然是从一个分化的。舒姑泉的故事也有两种记载，见于《述异记》的如下：

宣城盖山有舒姑泉。俗传有舒女与父折薪，女坐泉处，忽牵挽不动。父遽告家。乃再至其地，惟见清泉湛然。其母曰："女好音乐"，乃作弦歌，泉乃涌流。

叙姑泉也叫做盖泉。刘峻《追答刘秣陵治书》云"盖山之泉，闻弦歌而起"，就是引用的这个典故。不过在《宣城记》里又加上"朱鲤一双"，随水涌出，较《述异记》多了个环节。

梁山伯和祝英台变蝴蝶的故事，与前述鸳鸯墓故事具着同样的社会意义，都是产生于对情死者的同情，对不自由婚姻的反抗。对于做媳妇者表露同情的，则有懒妇鱼的故事：

在南海有懒妇鱼。俗云：昔杨氏家妇为姑所溺而死，化为鱼焉，其脂膏可以燃灯烛。以之照鸣琴博奕，则烂然有光；及照纺绩，则不复鸣焉。(《述异记》卷上)

马头娘的故事，见于《蜀图经》和《搜神记》，以《搜神记》所载者较详而有趣。说是相传古时候有一个人往远方去了，把女儿留在家里；还留下一匹牡马，叫女儿亲自喂着。女儿孤伶伶的住在家里，很想念父亲，就跟马开玩笑说：

"马呀，你要能替我把爸爸迎回来，我就嫁给你。"

马听了这句话，就挣断缰绳跑了，一直跑到父亲那里。父亲瞧见了马，又是诧异，又是喜欢，便抓住骑了上去。马于是望着家乡不停的悲[1]起来。父亲心里说："这马是这个样儿，莫非家里出了什么事啦?"便骑着回来了。

到家后，觉着马很通人情，就喂得特别好起来。谁知马却不肯吃东西，每次见女儿出来进去，便有时喜，有时怒，有时愤然踢跳着。父亲觉着很奇怪，悄悄的去问女儿。女儿就把事情原委告诉了父亲，说道：

"必定是为着那个原故。"

父亲："不准说！多丢咱家里人！看，可别再出去进来的。"

于是父亲用箭把马射死了，剥了马皮，摊在院子里晒起来。

后来父亲出去了，女儿同邻女在院里玩着。她用脚踏着马皮，说道：

"你是一个畜生，可是想娶个人做老婆，叫人家把你皮剥了，何必自找苦吃?"

话还没有说完，马皮忽然从地上起来，把女儿卷了便走。邻女惊惶失措，也不敢去救，忙跑去告诉了父亲。父亲回来找，已经找不着了。经过了好几天，才在一棵大树的枝间找到，女儿跟马皮已经变做了蚕，在树上做着茧呢。

据说直到如今，在四川庙宇里还可以见到披着马皮的女神像，叫做马头娘，也就是蚕神。

对于马头娘这个故事，我们可以看出它是被后人修改了的神话。在原始传说中，人兽同居性交，原很平常。盘瓠故事，便是一例。倘若把各民族起源的神话搜集起来，我们可以看见几乎有对半以上都是这样的荒唐。在一般的原始传说中，并不以人兽同处性交为可耻，所以《搜神记》所载的马头娘故事，无疑的是经了后人的修改。这故事的本来面目，有谁知不是女儿情愿嫁马，以践前言，而为父所阻，最后才发生了惨剧呢?

女子变物的故事实在太多，上边只算是举几个例子罢了。至于关于由眼泪变物故事，我说得很简略，这是因钟敬文已有专文

① "悲"疑当为"叫"。

叙述过，不必再说了。

（姚雪垠：《女子变物故事举例》，《华北日报》1935 年 7 月 9 日第 8 版“每日文艺”副刊第 214 号）

关于“女子变物故事”，姚雪垠写过三篇文章，存在三种版本。《女子变物的故事》刊《河南民国日报》1932 年 3 月 14 日，收《姚雪垠书系》第 17 卷，为《河南民国日报》版。《雪花小品》之一《女子变物的故事举例》刊天津《大公报》1932 年 3 月 22 日，为《大公报》版，未收集。《华北日报》上的《女子变物故事举例》可称为《华北日报》版。三个版本比较，前两个版本发表时间接近，内容也大致相同，文字有一定差异，但不是很大。《大公报》版文后有“二，十七，楚旺中学”的小注，说明这篇文章可能写于 1932 年 2 月 17 日，地点是“楚旺中学”。《华北日报》版篇幅大大增加，有 2200 字。姚雪垠同情传统社会中女子的不幸命运，对“女子变物故事”很感兴趣，在《大公报》版曾声言“等将来不为饿鬼追逼时，我打算破点功夫把它们都搜集起来”。《华北日报》版的出现，说明作者确实落实了他的计划。与前两个版本相比，《女子变物故事举例》在内容上大幅扩充，例证增多，尤其突出了马头娘故事。

现代时期曾兴起了研究中国远古神话和民间传说的思潮，许多学者在这方面投入了很大精力。关于这方面，姚雪垠写过多篇文章，除这篇文章，有《羿射十日——中国神话研究之一》《天地的开辟，毁灭，及重建》《中国产日月的女神》《嫦娥补考》等，其中，《天地的开辟，毁灭，及重建》刊发于《河南民报》1934 年 8 月 3 日、9 月 3 日，后又刊发于《华北日报》1935 年 4 月 15 日、16 日、17 日第 8 版“每日文艺”。该文的两个版本完全一致，属一文重发。与《天地的开辟，毁灭，及重建》不同，《华北日报》版的《女子变物故事举例》则可看作在《河南民国日报》版和《大公报》版基础上的扩充和改写。这种扩充和改写，说明作者对民间传说故事的持续关注和兴趣。

六 报纸文献与作家全集的编纂问题

以上是笔者对姚雪垠佚文所作的一点简单考释。由此想再谈谈报纸文献与作家全集编纂之间的关系。

文献可简单分为已整理文献与原始文献，作家已整理出版的别集、选集、文集、全集、年谱等，可大致归入已整理文献的范畴，原始文献包括期刊、报纸、档案、手稿等。从史源上讲，已整理文献来自原始文献，原始文献是源，已整理文献是流。作家全集、文集编纂的完善程度，是否可信和科学，取决于编纂者对原始文献是否熟悉。因此，《姚雪垠全集》的编纂，一定要以原始文献即期刊、报纸、手稿、档案等各类原始文献的爬梳、挖掘、整理为基础，在编辑过程中，既要充分利用《姚雪垠书系》《姚雪垠文集》等已有整理成果，又不能满足于已有成果，而是要时时返回到原始文献的史料源头中去，由原始文献反观、对照已整理文献，在已整理文献与原始文献的反复比较、对勘中发现问题、解决问题，通过原始文献的挖掘来拾遗补阙，修正错误，版本比较（甚至汇校），以有效保证《全集》编纂的科学性，提高《全集》的学术含量。

报纸及报纸副刊，作为原始文献的重要形式，包含了大量姚雪垠史料，是姚雪垠文献整理与研究的一座宝库。报纸上的姚雪垠文献，在《全集》编纂中发挥了很大作用，姚海天先生通过辛勤的爬罗剔抉，搜集整理了姚雪垠散见于民国及中华人民共和国成立后报刊的大量作品，由于这些文献的补充，《全集》的完整、丰富是可以预期的。笔者通过民国河南报纸所载姚雪垠文献与现有已整理姚雪垠文献的对照，又发现了少量姚雪垠佚文及不同版本，现以这些发现为例，进一步谈谈报纸文献与作家《全集》编纂的关系。

在作家《全集》编纂中，报纸文献搜集，可起查漏补缺作用。

首先说“漏”。原始文献是一座丰富的宝藏，姚雪垠所发表作品，最初是以期刊文章、报纸文章形式出现的。因此，通过对期刊及报纸的爬梳，发现佚文，可补现有已整理文献之空缺，使最终呈现的姚雪垠文献更为完整。笔者在北平《华北日报》上发现姚雪垠发表的多篇作品，通过对照，发现其中大部分已收入《文集》和《书系》，但有几篇没有收入，亦不见“存目”。这些文章的发掘与整理，就可有效补《文集》和《书系》之“漏”。

其次说“缺”。这里的“缺”主要指“缺失”，即“不完善”或“失误”。作家文献整理过程中，往往存在这样的现象：报刊的“同题”之作与作者的收集之作，在文字上并不完全一致，存在“题同而内容相异”的情况。依据笔者经验，这种情况并不罕见，例如上文提及的《华北日报》上的《女子变物故事举例》一文。与该文相似名称的文章有两篇，一篇已收集，一篇未收集。《女子变物的故事》刊《河南民国日报》1932 年 3 月 14 日，收入《姚雪垠书系》第 17 卷，《雪花小品》之一《女子变物的故事举例》刊天津《大公报》1932 年 3 月 22 日，未收集。这样一来，三篇同题或似题文章，就构成了复杂的版本关系。通过对比，可发现已收集的《女子变物的故事》是作者最先创作的，《女子变物的故事举例》是在初作基础上改写而成，而《女子变物故事举例》则是在前两文基础上完善与扩充而成。三个版本中，《华北日报》版《女子变物故事举例》可看作“善本”，应将其收入《全集》。这充分说明报纸文献可补已整理文献之“缺失”。当然，报纸文献不仅可以为《全集》提供“善本”，还可为《全集》提供已整理文献的原始版本或原初版本，对文献进行还原。例如，笔者发现《前锋报》上的《什么是五四精神》一文，由该文我们可以还原后出的《中国新文化的源流》的原始面目和发表的最初情境，获知该文曾作为报纸《星期专论》发表过，是作者社论写作的一次积极尝试。

这里的“缺失”还包括已整理文献的“副文本”之失，例如文章写作时间与发表时间标记之失。作家文献整理中，往往会出现这样的现象：作家在报刊发表的作品正文得到较为完善的录入，但其“副文本”如文末标注的写作时间及文章发表时间及作者署名，却出现错误或缺失。例如《文集》第 15 卷收录的《洛川之滨》独幕剧，①出自《华北日报》1935 年 1 月 23 日、24 日第 8 版“每日文艺”副刊第 51、52 号，文末标注写作日期为“二十一年十月于信阳”，说

① 参见姚雪垠《洛川之滨》，《姚雪垠文集》第 15 卷，人民文学出版社 2010 年版，第 143—149 页。

明该文写作时间为“1932年10月”。该文收入《文集》时，没有标记作者署名情况，文末标注时间为“一九三一（年）十月于信阳”，出处标注为“原载一九三二年一月二十三、二十四日《华北日报》”。[①]若不拿《文集》本与原始文献相对照，《文集》本写作时间与发表时间之错误就难以得到纠正。

报纸文献补已整理文献之失，还包括报纸文献可以提供作家署名的真实情形，正确把握作者笔名使用的流变情况。这里以《华北日报》上姚雪垠文献为例来加以分析。以下是姚雪垠在北平《华北日报》“每日文艺”文艺副刊上发表文章的时间及署名情况。《渡》，1934年12月22日第8版，署名“姚雪痕”；《经验、观察与认识》，1935年1月5日第8版，署名“姚雪痕”；《写实主义文学与科学》，1935年1月17日第8版，署名“姚雪痕”；独幕剧《洛川之滨》，1935年1月23日、24日第8版，署名“姚雪痕”；《英雄非典型》，1935年2月6日第6版，署名“姚雪痕”；《天地间的开辟，毁灭，及重建》，1935年4月15日、16日、17日第8版，署名“姚雪痕”；《女子变物故事举例》，1935年7月9日第8版，署名“姚雪垠”；《“文人相轻”》，1935年7月12日第8版，署名“姚雪垠”。由以上列举可发现，姚雪垠在《华北日报》上使用“姚雪痕”这个笔名一直到1935年4月，到1935年7月不再使用这个名字，而开始使用笔名“姚雪垠”。而《姚雪垠生平及著作系年（1910—1983）》称作者最初发表文章署名带有鸳鸯蝴蝶色彩的“雪痕”，而到1931年在北平随着思想感情的变化，抛弃这个名字，易名“雪垠”。[②]依据《华北日报》上的姚雪垠文献，可证明姚雪垠1935年4月仍然使用“姚雪痕”这个笔名，到了1935年7月才开始使用“姚雪垠”这个名字。由此可见，姚雪垠1931年抛弃“雪痕”而改名“雪垠”之说是站不住脚的。这又进一步证明，原始文献可补正已整理文献及各种成说的错误与缺失。

---

① 姚雪垠：《洛川之滨》，见《姚雪垠文集》第15卷，人民文学出版社2010年版，第149页。

② 参见《姚雪垠生平及著作系年（1910—1983）》，姚北桦、贺国璋、俞润生编《姚雪垠研究专集》，黄河文艺出版社1985年版，第615页。

首次对河南近现代文学的历史梳理

——谈《二十年来河南之文学》兼及周佛吸其人

一

据笔者浅见，从文学史角度，最早对河南的近现代文学进行历史梳理与总结的，当数《二十年来河南之文学》一文。该文近7000字，署名“周佛吸”，连载于《河南民国日报》1932年1月15日、16日、17日第7版。该文文后有注：“二十年十二月二十四日于河南七中”，说明此文写作的时间为1931年12月24日，写作地点为“河南七中”，即河南省立第七中学，在潢川。周氏此文题目中所谓的“二十年来”指的是1911年辛亥革命后至1931年这二十年。文中，周氏首先论述了辛亥革命至五四新文学革命之前的河南文学的发展，然后，又重点论述了五四文学革命至30年代河南文学的发展。由于该文是研究河南近现代文学的一份重要历史文献，故笔者将该文整理如下。

二十年来河南之文学

周佛吸

文学是时代的叫声，是社会的映画；而时代与社会的变转，又完全以政治的急需，民生的切要，民族的渴求，为其变转的总动力。故政治，民生，民族三者，又为文学变转的总动力。我们想认识某某时代的文学若何，必先对于其时代，认识清楚；否则，只能得到它的外形，全①会得到它的神髓呢。就文学而论，

① “全”当为“怎”。

使文学而不离开了政治民生与民族的需要，完全将外壳浸淹在绝缘液里，与时代社会不发生关系，或发生万一的微末关系。那我们便会认得它是个死了的文学，它是个失去价值的文学，它是古董，它是木乃伊，它不是我们所要的，我们再不应该将我们宝贵的努力，浪费在它的躯壳上了。

一种文学，若同时为政治，民生和民族三者所急需，那自然是最好不过的文学了。若只为政治和民生或政治和民族的大部分所要求，那也是很好的。倘仅仅为政治或民生或民族之一小部分所要，那也算好的文学。不能和政治民生民族三者发生关系的，才不得称为文学呢。

所以我们欲评衡文学的价值，欲论列文学的时代，不能不对于当时的政治民生和民族认识清楚。河南二十年来的文学，是什么样子呢？想要从这里下个论断，非将河南二十年来的政治，民生，民族的状况，把握到一点要领，是不能成功的！

河南的文学，也和河南的政治一样，是跟随着全国为转移的。但是它转移的急呢？转移的缓呢？它缓急到若何的程度呢？最急的是什么时候，最缓的又是什么时候呢？它有没有跑到过全国的最前线？它有没有一觉长睡，三五年不曾进一步？倘是睡过长觉，又是在什么时候呢？它为什么要急跑？为什么又要长睡呢？它的现象，它的前因后果，与促成它因果关系的动力，又是什么，并在什么时候呢？这些，都是不先弄明白，便不能轻易去谈河南二十年来的文学的。这个任务我自知是不易担负起来的，但因为我这二十年，几乎全在河南，眼见耳闻，似较切实一点，像民元民二的河南思想之大解放，与青年志士之大被屠杀，嗣后蓊茂之气，遂被斩断。这些壮快险恶的经过，我都一一亲尝味过。所以不揣固陋，草为此文。愚者千虑，必有一得，或亦高明者所愿一览呢！

民元二的河南思想界，——文学当然亦在其内，是大放异彩的黄金时代，二十年中，莫与比伦，这是什么因子呢？

第一因革命思想久屈思伸；

第二因创造民国的国民党屈而在野；

第三因当时民贼正在当道。

河南革命，本有完全成功希望，因柴得贵之通逆，遂遭惨败，致张钟瑞等十一烈士殉节。然伊洛之豪侠东进甚紧，南阳之民军进克方鲁，潢罗亦相继克复，杞通许昌，更多酝酿成熟。因和议之成，停止进行，致使河南政柄，全落袁世凯走狗张镇芳之手。革命思想屈压太久，未得一伸，所以以一泻千里之势，发泄于文学上。他省多因独立，民党得势，河南以和议故，以袁贼之家乡故，全使创造民国之国民党，屈而在野，此事之至不平者，况屈抑者又复为热诚磅礴之革命青年，怎能不别寻出路，以求一泄之为快，文学于此，遂适应其求。但倘使当时之当道者，不是民贼之直系，对思想界能善导适应，其成就当在全国上。乃事实恰与相反，愈在不能忍受之下，愈遇高压，这谁能禁止它不叫尽力爆发在文学上呢！

上边所说，为河南特殊之因，此外还有为全国所莫能外者，就是那些革命志士，久已陶醉在秋瑾、林文、赵声、吴禄贞、汪精卫①等的豪壮悲愤之诗文里边了。革命先进，以此陶铸，以此歌咏，以此发泄压抑不伸之积愤；他们又怎能不照样去画葫芦呢！

以河南论，在辛亥快要爆发之前夜，虽后来人人吐骂之王敬芳、胡世清辈，读其诗文演辞，亦莫不使人悲使人歌者。民元之初，使我们最佩仰最景慕的，要算杨勉斋先生。杨勉斋君革命史迹，革命思想，个人生活，诗文作品，都是一贯的，真是河南的特出人物。虽其后来，加入统一党，不无一点遗恨，然因他死得太早，不及见统一党之丑史，使天假之以年，必能决然脱离该党，仍为我党一健将呢。杨氏的诗文，当时使人读之，不特醉其理，敬其人，甚至使你梦想其生活，步趋其后尘，不知不觉中已浸入在他的理想世界了。

当时的文艺思想，一般都以悲愤慷慨为尚；一般人所最爱吟

---

① 原文名字间无顿号，顿号为整理者所加，下同，不再一一注明。

咏或习诵的，是十一烈士的殉难，是十一烈士的革命史，是《伊洛豪侠传》①，是《王天纵小史》，是《征藏七杰小传》等。征藏七杰都是我的同学，他们由汉至蜀，为川督尹昌衡劝阻而归。王天纵之征蒙队，我亦曾投书求加入。十一烈士之首领张钟瑞氏，他的家乡距我的六十里。所以这些我都能记得。那时我们在学校里，都抄录上述诗文，日置枕边。我不是以个人代表社会，当时的同学和相识都如此，而且我还尝被人笑为怯懦呢。

现在我可举出一例，以资证明。

那时的报纸文章，非常之好，一般人也非常之爱读。当时河南报纸，最为一般人所喜欢，所欣仰的是《自由报》。《自由报》之执笔政的，是潢川之贾侠飞，他的文章，激昂慷慨到无以复加。以文章监督政府，以文章指责当局，甚至指责之而不理，则继之以谩骂。——骂之为杂种骂之为烟鬼，骂之为豺狼当道，贾侠飞氏曾以此种文章，被督都张镇芳，控之法院，贾要求同张当堂申辩，虽未能如愿，然张氏终派人代讼。结果贾以无罪释放。释放后，贾坐汽车上，我们好多人，都欢迎他出狱，在大街上，燃鞭炮欢呼。以文章与当地最高的长官打官司的这一回事，是当时文艺界中很特殊的一桩故事，而为别地文学史所寻不到的。贾后为袁贼，诱之北京，终以失踪无纤影的就结束了。这真是河南文学史上，应该特笔书之的。

贾文壮快激切，杨（勉斋）文深沉圆厚，贾文气胜，杨文味长。贾本不及杨的学力与资望，然在我们读者的心中，却都深刻的印着不能磨灭的影像，这是使我不能不相提并论的。此外，像《自由报》上的胡抱一，亦曾使我们一时不克忘掉，然他的影子，终觉得淡漠得多呢。

民二时候仍有一件事实，在文学史上说，使我永远不克忘记的。那便是刘艺州先生所提倡的新剧团。以新剧或旧剧去改造社会，在中国的文艺史上，要算刘艺州君的新剧团；这个新剧团之

① 原文无书名号，书名号为整理者所加，下同。

前，我们并不曾听说过这类事，别说见过了。他为什么能有这大力量呢？他原来在北京干过大学教授，因为参加革命，潜身伶界，在烟台一带，唱过多年旧戏。辛亥举义时，他在黄登发动，牵制清兵不能扫数南下，共和之成功，他确实与有力量呢。在登莱一带，他曾署过山东督者，和议成，他到南京，仿佛是任的外交司长之职。他觉得做官并没有当戏子，对于改造社会有力量，所以他依然弃官隐伶。他在北京山东都唱过戏，组织新剧团，使中等和高等学生，加入演唱，这是从我们河南起。现在学校剧已很普遍，然寻其开端，怕要得让我们河南的这一次吧。

那时在报上看见他译的外国剧本，已有用白话的对话体的。胡适的白话文学之提倡，怕还得对刘老先生让一步呢。

元二年的河南文学，完全是革命的，反抗的，积极的，和政治的全部，民生的大部，融为一片的；所以会有若是的光焰万丈？二三年之交，张镇芳大肆屠杀，计青年有为有胆的志士，冤死者两千多人。自此之后，文学全离开政治，从彩霞顶端，堕入深渊，不但三四五六等年，没有气息，就是七八九等年，也只是跟在全国之后，呼唤几声照例的呼唤罢了。这当然是俊秀死亡得太多，与惨痛的遗影太重，元气太亏，一时不能够崛起呢。

三四年间，稍值一述的，是以一身而兼桐城派与湘乡派之长，且曾游过外国饫闻新知的古文大师吴汝纶的得意高足刘石梅先生，竭力倡导其以文载道言必有物敬事勤修笃学好问的古文义法主张。我自信稍知道一些文学的糟粕，最初是刘先生的教导。那时谬学桐城派的郭仁覆先生，大吹其起承转合之理，之乎也者之用，这真是陈炳堃[①]《中国文学史》上所说的“教人徒然学了一点关于体制格律等等的空架子，很少具有学术思想的真内容”的“桐城谬种”了！但是郭先生亦曾经享名于一时，他自然也有几个学生暂守其谬说。

民四的五九国耻纪念，也曾有过激烈的反日文学，这是民族

① “陈炳堃”即陈子展。

的，可惜不久，便被老袁的皇帝梦，给压碎了。终竟没得开放出一朵稍大的花朵来。这还是张屠户的遗勋犹存呢。反抗帝制的烈火，在河南的文学史上，也不曾燃出一朵火花来；其原因亦为此。

胡适文学革命的以前，在河南值得称述的，不过如此。

文学革命后，第一位值得论列的，便是徐玉诺君了。徐君鲁山人，我们已相交十余年，他的生活作品人格，我都很知道，久欲特为作一册小小评传，因无暇，尚未入手。徐君在民八五四运动之后，为新思潮所掀动，非常努力。对于文学，尤特加注意。在《尝试集》《草儿》之后，要以他的《将来之花园》为最早，最有价值。《尝试集》之浅薄，《草儿》又于浅薄外加以芜杂，除大胆摧残旧古典主义之外，似皆毫无可取。《将来之花园》，自然也不是我所喜欢的，然在中国文学史上，也自有它的时代价值的存在。郁达夫的颓废主义，泰戈尔的哲理主义，和西洋象征主义的神秘色彩，在《将来之花园》里，早已深浓的澈透的表现出来了。我们倘若把时间的前后，稍加以精密的计算，我可说句笑话，徐玉诺君，怕是我们中国文坛上的先知先觉呢！

他的著作，除前述者外，有《雪朝》一卷，有在《小说月报》刊登的描写土匪的小说，有未曾发表过的写土匪的一卷诗。那时，他是人生艺术派，他表现了河南的混乱落后，他坚强的诅咒着残忍和战争。他的影响，不特风动了河南，而且在某项上，已笼罩了全中国。最初将他指示给读者的，是文学研究会的王任叔及叶绍钧。他的声名，初时更在郭沫若之上，后因他太重主观生活，漠视时代需要，遂致销声匿迹似的不闻不响了。这在我觉得他是吃了叶绍钧《诗的泉源》之大亏了，因他的夙性偏此，而又极端信仰着叶绍钧故。因他的足迹，致使他的影响，特加浓重的，是临颍的甲种蚕校，吉林的毓文中学，厦门的集美。

临颍的甲种蚕校，在中国文坛上很有名。作家到此的，先后有徐玉诺、叶善枝、丁师、郭云奇、王皎我、于赓虞，再加上作者，共有七人。丁与于是特来闲住访友，余皆担任功课。学生中在文坛露名的，有刘永安、卢景楷、张耀南、程守道、张洛蒂、王庆霖、张耀德等，亦不下十余人。玉诺最喜欢永安与景楷。永安几完全是玉诺的化身，而情调之哀切，尤过其师。他两个的作品，多在《小说月报》《学生杂志》《觉悟》《鹭江潮》等刊物发表，惜没专集。赓虞最喜欢耀南，耀南作品较多，发表的地方亦较多，他在北京住了好久，完全以卖文为生活。他于今夏染痢疫逝世。作品有小说两卷，诗两本，都没得刊行，将来有机，当为印刊。我最喜张洛蒂与程守道。程守道有诗一卷，他的诗，有深长的意味，有谐合的音韵，有稳妥的字词，有渊永的情理。我爱读得很。虽曾抄录为一卷，但也未曾出单行本。《鹭江潮》、《飞霞》及《豫报副刊》上都尝有东西发表。尤以在《飞霞》上为多而且好。玉诺编《豫副》时，尝发表我和守道的通信，题标为《颍上通信》。那是守道初次发表他文学上的主张的。虽未必尽对，但确有独见处。在《飞霞》上的评论，已高超得多了。然终未能全识文艺的底蕴。他才性之高，气质之雄，不亚赓虞；卒因民十六加入革命，奔走武汉，将文学生涯，完全扔弃，至今仍杳然不知所在，未免可惜呢。

洛蒂最初发表东西，系署向明二字，他的作品极富，诗尤多。气极雄胜，若长江大河，一泻千里。他是耀南的弟弟。诗和小说，都较耀南为优。民十三四年间，他极端佩仰郭沫若、王独清，所以在他有一期间是完全沉溺在普罗文艺里。他把辛克莱的《煤油》《屠场》《石炭王》《小城》和新俄作家的《士敏土》、《一周间》，都整日置之床头，吟诵不休。深幸他终于出了迷途，返归三民主义的大道上。近来，除零星发表的短文不计外，他写了一篇二十多幕的剧本，名为《焚毁日舰田中号》，徐鉴泉君为他署为《伟大的胜利》，交陈海清君带往南京发表去了。又另作一本小说叫《舒萝姑娘》。据他自己说前者以三民主义的民族主义为中心，后者以三民主义的民生主义为骨子。我没有看到，不能妄加评议。总之，他气胜，力宏，一有所作，动累万言，将来成就，若就幸运说，他定会成为中国文坛上的健将呢。王庆霖、张耀德在民十四五年间，都和现在编辑《现代小说》的叶灵凤很好，近在河南报纸上，又尝读到他俩的东西。

他们都是临颍甲蚕的学生，那末甲蚕中的教员，又该若何呢？前已言有七个文坛知名的作家，七个中，叶与丁非本省籍不谈。于赓虞只来作过客，我们就先来谈他吧。赓虞西平人，著有《晨熹之前》等诗集。他是天津绿波社中的健将。他的作风，完全学英国的祭慈①，以中国的作家，而完全寝醉在西洋的格律与情调里，他算是头一个，也许就是现在最后的一个。这样，我是根本不赞成，然在他，却自成为一派了。他的情调，好像幽鬼夜泣在荒坟之旁，悲悽，绝望，萎槁，寂寥，使人感到异常的幽暗与悄闷。我尝在《京报》发表一篇《赓虞近作与旧简》，说他曾受旧诗之影响，赵景深君曾力为辩解，说他是得力于祭慈，然对于受旧词影响之话，亦终不能否认。

王皎我开封人，著《桃色三三曲》，近又编辑《反日诗歌集》。他原来和狂飚社中人熟识，近来又和新月社的徐志摩要好。《桃色三三曲》，便是志摩主编的。不过他的主张，决不是狂飚与新月的主张；去岁夏季，他从日本调查出版界归至沪上，对于我的三民主义文学的主张，始完全接受，尤其是民族文学。他说，日本的一切差不多都是民族的。他可算已寻到了正道了。

郭云奇近曾加入南京中国文艺社，他的作品也很多，不过没有自己特别的建树。我在民十八倡导三民主义文学时，他绝不怀疑的赞助。但他的作品，终不见浓烈的色彩。他真是中国文艺社的社员呵！

我们河南，有一位女作家，她的作品曾经为全国所震惊的，那便是淦女士。她姓冯，唐河县人。著作亦很多，大都是站在女性方面，去细描恋爱的生活。因为她的大胆，是全国莫能及，所以亦遂成为一个大作家了。据说，《孔雀东南飞》的剧本，亦出其手，那更是难能可贵，而影响深厚的东西呢。她是可以代表没有转变以前的创造社的。

① “祭慈”现通译为“济慈”。

创造社里我们有淦女士，文学研究会里我们有徐玉诺，绿波社里我们有于赓虞，都是特出的作家。这在全国，已是如此，不仅河南而已呢。倘要再降格以求，狂飚社中，我们还有罗山的尚钺。他的著作，也出版几本，但只是寂静的，叫不起一点回声来。然而他信仰无政府主义，以主义讲，他或是一个怪奇特的吧。不过他不是忠于无政府主义的。民十六以后，群传他又相信共产主义了。在河南的文艺思想上，他的影响是在于无政府主义，这大概也有高歌、长虹等的大力量在。在那时，有一汪后之，尝以文艺，灌输些共产主义，共产主义在河南之树基，似是汪的力量。汪是光山人，听说在某地暴动，早已被人杀死了。

以革命文艺论，我们还有洛宁的李翔悟。他在河南时已很著名了。十四年时，他到北京任《国民日报》副刊编辑，对于那时的革命思想，他很尽些鼓吹之力，我的好多革命诗歌，都是他为发表的。他在革命鼓吹上，确尽了相当的力量，那一年末，他奉派赴俄留学，当郭沫若大唱普罗文艺时，他函自愿立在郭之旗帜下。以后，我们便不再通信了，不知他近来做什么。

至于赵憩之、张长弓、王乡宁[①]等，对于文学，都很努力，著述亦复不少；然皆无特殊建树与新鲜见解，故概从减略。他如李志刚、段凌辰辈，仍在迷恋着骸骨，可置之不论。最后，该说说我自己了。

我在民十八以前发表的东西，都署名仿溪；民十八时，才改署今名。民七八时新文学大盛，我在《新的小说》的上发表《一对贫贱夫妇》。这是我用语体写小说的第一篇。民十时□交玉诺，民十二三两年，我对于当时重视的非战文学及土匪描写，曾用过全幅力量。这类诗歌，在各处发表的有三百余篇。□[②]南说：赵景深函中呼我为土匪诗人，这也只能算人云亦云的作品。十三年末，我即转为革命的呼号；十四年更力。因五卅国耻，我

① 原文如此，疑有误。

② 原文不清，疑为“耀”。

曾发表些壮激的诗篇，《京报》副刊上有署名“汪”的其人，骂我为双料英雄，说我是以新诗人之头衔，而兼扛爱国志士的招牌。后来有人反诘汪，何经典法令，不准诗人谈爱国？我则以为彼自病狂，复何足责。民十五同皎我、守道、耀南、洛蒂、庆霖等，办《飞霞三日刊》副《中州日报》上发行。计七十日评国内作家至百余人之多。闻某中等学校，曾以之闹风潮一次。像中国著名作家，如鲁迅、周作人、郭沫若、成仿吾、郑振铎、高长虹之流，都曾加以评论。全以革命主张，输之于文艺思潮内。民十六，为革命奔走一年不暇问文学事。民十七，恨普罗文学之猖獗，作《中山革命歌》第一卷，及《济南惨案》短剧①，欲在创作上，建树一点三民主义文学之基。以人小力微，不克有效，遂于十八年努力于三民主义文学的理论之建设，在《中央日报》的副刊上，先后发表《唱导三民主义文学》及《何谓三民主义文学》等的长篇论文。此后，渐渐有响应者，有转载者，记得河南教厅的刊物，也曾转载过。民十九的元旦，中央宣传部长叶楚伧氏，亦有关此之论文；于是，始为同志们所注意，而中国文艺社，开展社，线路社，前锋社，都春笋般的茁出了。最近河南亦有中原文艺社，亦以三民文艺相标榜，但真实做研究的苦工作的太少，所以仍无特异的成就。去岁将关于此项论文，集为一册，题为《三民主义文学倡导论》，交大东书局印行。另以此种意识，评判各作家关于民族及国耻的文艺作品，约八万言，题为《国耻文艺丛谈》，最近，亦当出版。九一八惨案之后，反日文艺作品很多，但芜杂太甚，且无进步的中心思想，我恐怕于反日工作，无大裨益。且国人反日，不能一贯。为此，又作《反日文学丛谈》。已成三万字，先交《陇海旬刊》发表。俟草成后，亦当交大东书局印行，我因为力量短浅，致令三民主义文学，国耻文学，反日文学，不能在短期间奏大效。自是抱愧万分。然亦绝不以此自馁。

---

① 周佛吸：《济南大惨案》，四幕话剧，“大夏文艺小丛书”，大夏书局1932年版。

河南二十年来的文学，绝不止此，因限于篇幅，不能多写，俟异日再为补足好了。

二十年十二月二十四日于河南七中

（《河南民国日报》1932 年 1 月 15 日、16 日、17 日第 7 版）

二　从周仿溪到周佛吸

“周佛吸”这个名字鲜为人知，可能连作者也感觉这个名字有点古怪和生僻，所以特意在文中自我介绍：“我在民十八以前发表的东西，都署名仿溪；民十八时，才改署今名。”这说明“周佛吸”即“周仿溪”。从声音上说，“佛吸”与“仿溪”很接近。“吸”与“溪”同音，而“仿”与“佛”声母相同。周仿溪（1892—1951），河南临颍人，原名周景濂，字仿溪。20 世纪 20 年代初开始新文学创作，发表作品多署名周仿溪。关于周仿溪，刘景荣《周仿溪：一个新文学开拓者的足迹》[①] 一文，在发掘钩稽史料基础上，对其文学创作与理论批评等各方面有比较详尽客观的介绍和评析，充分肯定了他在河南现代文学史上的贡献，是河南现代文学研究的一篇重要文章。文章认为周仿溪的文学活动仅仅持续四年，从 1924 年加入天津绿波文学社，到 1927 年 3 月，飞霞文学社主要成员投入北伐战争，《飞霞三日刊》《飞霞创作刊》两个刊物随之停刊，周仿溪从此在文坛突然消逝。但是，周仿溪实际的文学活动时间要比四年长得多。从《二十年来河南之文学》中周佛吸的自述看，“周仿溪”的名字虽在文坛消失，但他摇身一变化为“周佛吸”，成为国民党党员，大力提倡国民党的三民主义文艺。下面是他对自我创作的介绍：

民十六，为革命奔走一年不暇问文学事。民十七，恨普罗文学之猖獗，作《中山革命歌》第一卷，及《济南惨案》短剧，欲在创作上，建树一点三民主义文学之基。以人小力微，不克有效，遂于十八年努力于三民主义文学的理论之建设，在《中央

① 刘景荣：《周仿溪：一个新文学开拓者的足迹》，《中国现代文学研究丛刊》2006 年第 5 期。

日报》的副刊上，先后发表《唱导三民主义文学》及《何谓三民主义文学》等的长篇论文。

“民十六，为革命奔走一年不暇问文学事。”据《周仿溪：一个新文学开拓者的足迹》，周仿溪于1926年加入共产党。1927年春天，受日益高涨的革命形势的感召，周仿溪和当时许多进步知识分子一样，毅然投笔从戎，响应北伐。这与周仿溪的自述是吻合的，其所说的“为革命奔走”指的当为参加北伐战争。在现有关于周仿溪的各类研究文章中，皆强调他身为共产党员的进步立场，如张洛蒂《周仿溪二三事》，以亲历者身份一直强调周仿溪作为共产党员的坚定信仰，“我们一同到后城马路长江书店买了一批书籍，其中有《无产阶级哲学——唯物论》、《布哈林言论集》等，周老师指着这些书说：‘这是我们最珍贵的精神食粮啊！’”文中特意提及周仿溪说：“中国革命只有实行三大政策（联俄、联共、扶助农工），别无他途！”[①] 周仿溪作为一名共产党员，被认为具有马克思思想主义的文艺批评观，其创办的《飞霞三日刊》“在河南最早尝试运用马克思主义观点分析文艺现象和文艺作品”，热情呼唤“第四阶级的革命文艺”，为三四十年代左翼文艺主潮的到来做了理论的探索和舆论的准备。他的《评郭沫若〈曼陀罗华〉》运用马克思主义观点，清楚地界划了“第四阶级的革命文艺”与“漫无限制的唯情主义”和“漫无限制的自由主义”之间的界限，并对“第四阶级的革命文艺”寄予厚望。[②] 不过，共产党员“周仿溪”在1928年却转变为国民党员“周佛吸”，由共产党的左翼文艺转向国民党的右翼文艺，成为国民党三民主义文学的忠实实践者和大力鼓吹者。一般研究者惑于“周仿溪”的消失不见，因而认为周仿溪的文学活动止于1927年，是被周仿溪的“换名术”所蔽，不了解周仿溪后来的转变。

---

① 张洛蒂：《周仿溪二三事》，见中国人民政治协商会议临颍县委员会文史资料研究委员会编《临颍文史资料》第6辑，1989年，第65页。

② 参见刘景荣《鹜外红销一缕霞——河南新文学运动早期的临颍飞霞文学社》，《中州学刊》2006年第5期。

这里就发生了如下问题：共产党员的“周仿溪”怎么会转变为国民党员“周佛吸”呢？到底是什么原因导致周仿溪的一百八十度大转变呢？由于文献缺乏，周仿溪转变为周佛吸的具体原因和过程仍是未知之谜。刘景荣提及周仿溪1927年在临颍县所从事的革命活动：“不久保卫军作战失利，政治部撤回漯河解散，周仿溪带领部分成员继续从事革命活动，成为临颍县早期共产党组织的中坚力量。1927年8月中共临颍县执行委员会成立，10名委员中有5名是飞霞社成员。随后他们又以国共双重党籍进入国民党县党部，利用合法身份进行革命活动，曾一度把临颍的农民运动和学生运动搞得轰轰烈烈，致使有报刊惊呼临颍已‘几乎全被赤化’。”[①] 这说明周仿溪当时在共产党员身份之外，同时拥有“国民党员”的身份，具有国共双重党籍。大革命失败，国民党大搞“清党”，临颍共产党组织遭受严重破坏，“飞霞社成员有6人遭到登报通缉，5人被捕入狱”。周仿溪作为临颍县共产党组织的早期领导者、组织者，[②] 应该是受清洗的重点对象。他的转变是否发生于国民党清党运动当中？由于没有文献支撑，这一点只能留于猜测。但是，不管原因如何，周仿溪政治上由共产党转向国民党这一转向确实发生了，文学上则转为仇视普罗文学，转向奋力鼓吹国民党“三民主义文学”。有研究称：“为逃避国民党当局的追捕，周仿溪远走澳门、西安、天津等地度过多年的逃亡生活，最后定居河南罗山，以教书为生。”《二十年来河南之文学》文后标注“二十年十二月二十四日于河南七中”，说明此文写作的时间为1931年12月24日，写作地点为潢川河南省立第七中学。《河南民国日报》为国民党河南省党部所办，周仿溪的长文能发表于河南省内这样高级别的报纸，且大胆公开他的原名“周仿溪”，说明他已完全被国民党承认和接受。他此前鼓吹三民主义的系列文章发表于国民党中央政府的报纸《中央日报》更能说明这一点。况且，周仿溪的文学活动为

---

① 刘景荣：《鹜外红销一缕霞——河南新文学运动早期的临颍飞霞文学社》，《中州学刊》2006年第5期。

② 参见梁小岑编著《河南现代革命文化艺术史（1919.5—1949.9）》第1卷，河南省文化厅2016年，第136页。

国民党服务，是为其所欢迎和积极支持的，他也根本没有逃亡的必要。此文文后标注的地点至少说明 1931 年前后他在信阳潢川河南七中教书，过着比较稳定的生活。周仿溪和妻子死于 1951 年的镇反运动，一般认为死于“被人诬陷”。1987 年 10 月，河南省罗山县人民法院为周仿溪夫妇平反，“撤销本院 1951 年 1 月 20 日对周仿溪的判决，宣告周仿溪无罪”（〔1987〕罗法刑监字第 98 号）。[①] 周仿溪夫妇之死确实是历史的悲剧，令人不胜唏嘘，但称他完全“被诬陷”也不完全是历史事实。他之转向国民党，大力提倡国民党三民主义文艺，虽然属政治思想和文学观念层面的问题，但已经为他后来的悲剧埋下种子。

对于三民主义文艺，周仿溪在创作和理论上皆有实践。创作方面有《中山革命歌》第一卷与《济南惨案》四幕话剧等，据他说：“欲在创作上，建树一点三民主义文学之基。”到 1929 年，他更为深入地推崇三民主义文学理论。1929 年 5 月，根据“党治文化”的精神，国民党中央宣传部召开“全国宣传会议”，制定所谓“三民主义的文艺政策”，决定创作“三民主义文艺”。据主持这一工作的国民党中宣部长叶楚伧解释：“三民主义文艺”的任务是使“三民主义革命”不致“成为孤立无援”，同时用以抵制“共产党的文艺运动”。其基本点就是反对无产阶级文学，提倡“适合三民主义的非暴力文学”，“建设三民主义文艺”，“取缔一切违反三民主义的文艺”，等等。[②]《中央日报》是国民党中央政府的喉舌，其副刊“大道”紧随政府决策，宣扬三民主义文艺。周佛吸的《唱导三民主义的文学》《怎样实现三民主义的文艺》《何谓三民主义的文学》等呼应、宣传三民主义文学的理论文章，发表于《中央日报》的“大道”副刊。[③] 周佛吸大力鼓吹三民主义文学的做法，当然会得到“大道”编者的注意和

---

① 参见梁小岑编著《河南现代革命文化艺术史（1919. 5—1949. 9)》第 1 卷，河南省文化厅 2016 年，第 137 页。

② 参见尚海等主编《民国史大辞典》，中国广播电视出版社 1991 年版，第 383 页。

③ 参见周佛吸《唱导三民主义的文学》《怎样实现三民主义的文艺》《何谓三民主义的文学》，分别发表于 1929 年 9 月 29 日、10 月 1—2 日及 11 月 24 日《中央日报》“大道”副刊。

欢迎，编者特意对其回复："尊意主张提倡三民主义文学，此间同志均表同意"，"中央对于文学的方针，已有明白的指示了"，"大著论三民主义的文学一文，只是一个开端……尚希足下与读者多多的赐教"。[①]

不过，"三民主义"是一政治概念，把它拿来直接挪用于文学，很难体现文学作为艺术的特殊性，且含义含混，界定不清，这种"意图统一文艺界的提法很难与创作真正结合，并蔚为一种文艺运动"[②]。因而，周佛吸虽然在《中央日报》的"大道"副刊上连续发文鼓吹三民主义文学，但并没有得到身边朋友的肯定，他曾向"大道"编辑诉说委屈："曾以自己研究之所得，商之于研究文艺的朋友们，收获到的却是些讥笑与轻侮。"[③] 当然，虽然遭受委屈和不解，但周佛吸对三民主义文学的信仰则毫不动摇，证据就是1931年12月他写的《二十年来河南之文学》这篇文章。

三 已经过时的三民主义理论架构

不管在转向前还是转向后，理论批评一直是周仿溪文学活动的一项主要内容。他有强烈的理论批评意识，是河南现代文学理论批评史上的重要人物。1925年8月他在《豫报副刊》第95期、第96期连载的《谈谈文艺批评》，是目前所知河南新文学作家最早的一篇研究文艺批评的文章。[④] 孙广举曾指出，在新文学的第一个十年，在河南文坛，真正像样的理论批评家是很少的，"这一时期，很值得注意的批评家是周仿溪"[⑤]。他在1926年8月创办《飞霞》三日刊，以"专

① 《通讯》,《中央日报·大道》1929年10月22日。见赵丽华《民国官营体制与话语空间——〈中央日报〉副刊研究（1928—1949）》，中国传媒大学出版社2012年版，第109页。

② 赵丽华：《民国官营体制与话语空间——〈中央日报〉副刊研究（1928—1949）》，中国传媒大学出版社2012年版，第109页。

③ 周佛吸：《怎样实现三民主义的文学——复大道编者先生》，《中央日报·大道》1929年11月24日。

④ 参见刘景荣《周仿溪：一个新文学开拓者的足迹》，《中国现代文学研究丛刊》2006年第5期。

⑤ 孙广举：《〈河南新文学大系·理论批评卷〉导言》，见孙广举主编《河南新文学大系·理论批评卷》，河南大学出版社1996年版，第2页。

载评论不载创作”为宗旨，是当时国内不多见的文学评论专刊。周仿溪在该刊发表数十篇批评文章，内容涉及省内外作家、作品、创作思想、文学运动等各方面。转向后，周仿溪大力鼓吹三民主义文艺，政治立场完全变了，但对于理论批评的兴趣则与之前完全一样。在鼓动三民主义文艺方面，他 1929 年发表过系列文章，1932 年发表的《二十年来河南之文学》是他宣传三民主义文艺的自然延续。此前的文章侧重于对“三民主义文艺”概念的界定和解读，而《二十年来河南之文学》这篇文章，则是此种理论在文学史叙述方面的具体应用和实践。只有理解他此前的三民主义文艺的理论倡导，才能更深入了解他这篇文章的思想主旨。

周佛吸有强烈的理论批评意识，他的《二十年来河南之文学》试图建构起自我的历史叙事，这种历史叙事由一定的理论基点做支撑。这个理解基点是什么？是三民主义。这从文章第一段就可看出：

> 文学是时代的叫声，是社会的映画；而时代与社会的变转，又完全以政治的急需，民生的切要，民族的渴求，为其变转的总动力。故政治、民生、民族三者，又为文学变转的总动力。我们想认识某某时代的文学若何，必先对于其时代，认识清楚；否则，只能得到它的外形，全[①]会得到它的神髓呢。就文学而论，使文学而不离开了政治民生与民族的需要，完全将外壳浸淹在绝缘液里，与时代社会不发生关系，或发生万一的微末关系。那我们便会认得它是个死了的文学，它是个失去价值的文学，它是古董，它是木乃伊，它不是我们所要的，我们再不应该将我们宝贵的努力，浪费在它的躯壳上了。

三民主义的“三民”即“民族、民权、民生”，周佛吸把“民权”置换为“政治”并放在最前位置加以突出，这样“三民”就成了“政治、民生、民族”。他认为这三者是文学发展的总动力，文学

---

① “全”当为“怎”。

离开这三者，就成为“死文学”；文学与这三者发生的关系越密切，其发展越繁荣，价值也越大。一种文学，若同时为政治、民生和民族三者所急需，便是最好的文学。若只为政治和民生或政治和民族的大部分所需要，也很好。仅为政治或民生或民族之一小部分所需要，那也算好的文学。“不能和政治民生民族三者发生关系的，才不得称为文学呢。”这种三民主义的文学观，成为他评判文学包括河南文学发展的标准和视角：“所以我们欲评衡文学的价值，欲论列文学的时代，不能不对于当时的政治、民生和民族认识清楚。河南二十年来的文学，是什么样子呢？想要从这里下个论断，非将河南二十年来的政治、民生、民族的状况，把握到一点要领，是不能成功的！”

现在看来，这种三民主义的文艺观乃为机械的社会反映论和文学实用主义，其值得肯定之处在重视文学与社会政治的联系，重视文学的社会功能，但缺陷也显而易见，就是忽视文学作为审美艺术的独特性，及文学作用于社会、反映社会的特殊性，用它来解释文学发展和文学现象，就会显得隔靴搔痒、扞格不通。正由于此，周仿溪这篇文章的价值不在其三民主义文艺观的理论架构，而在其对于河南文学特定阶段具有现场感的呈现和评价，具有一定史料价值。

四　对河南 20 年文艺富于现场感的鲜活呈现

周佛吸作为河南文学 20 年发展的亲历者，属当时人说当时事，虽缺乏后来者的超然视角和后发优势，但由于亲历者和在场者的身份，他对于河南文学发展的描述，就具有鲜活的现场感和丰富的情感色彩，其珍贵的文献价值是后来者的叙述所无法相比的。

对于河南文学 20 年的前半部分，即 1911 年至胡适文学革命之前这一阶段，周佛吸特别重视“民元二年”（1911 年、1912 年），认为这一阶段完全是革命的、反抗的、积极的，成就最高，其中，他特意掂出杨勉斋、贾侠飞、刘艺州三人。杨勉斋（1886—1912），原名源懋，河南偃师人，1901 年毕业于明道书院，1903 年在河南贡院考中举人，1904 年进士及第任法部主事，1907 年在中州公学任教时加入同盟会，历任河南教育总会副会长、河南优级师范学堂和中州公学监督、河南省临时议会会长。[①] 杨勉斋是河南近代革命史上的重要人物，他的文学成就少有人提及，周佛吸把他定位为河南近代文学史的重要人物，“使我们最佩仰最景慕的，要算杨勉斋先生”。“革命史迹，革命思想，个人生活，诗文作品，都是一贯的，真是河南的特出人物。”“杨氏的诗文，当时使人读之，不特醉其理，敬其人，甚至使你梦想其生活，步趋其后尘，不知不觉中已浸入在他的理想世界了。”贾侠飞（1886—1913），名贾英，祖籍河南潢川，在开封河南高等警校求学时加入同盟会，后任国民党河南支部总务主任。1912年6月，与姐夫胡抱一、朋友陈芷屏在开封创办《自由报》，任总编辑，后到国民党创办的《临时纪闻》报社工作，为争取“民主、共和、自由”而战斗。因无情揭露袁世凯在河南的代理人张镇芳的专制暴行，抨击袁世凯，1913年8月20日贾侠飞在北京被秘密逮捕，不久被杀害。[②] 周佛吸认为他的文章，“激昂慷慨到无以复加。以文章监督政府，以文章指责当局，甚至指责之而不理，则继之以谩骂”。督都张镇芳向法院控告贾侠飞，被贾要求同张当堂申辩，虽未能如愿，但张镇芳终派人代讼，贾侠飞最终无罪释放。“以文章与当地最高的长官打官司的这一回事，是当时文艺界中很特殊的一桩故事，而为别地文学史所寻不到的。……这真是河南文学史上，应该特笔书之的。”刘艺州的史料很少见，据周佛吸所述，此人参加过辛亥革命，但主要兴趣在新剧，“以新剧或旧剧去改造社会，在中国的文艺史上，要算刘艺州君的新剧团”。他认为在提倡新剧方面，河南走在当时全国的最前列：“他在北京山东都唱过戏，组织新剧团，使中等和高等学生加入演唱，这是从我们河南起。现在学校剧已很普遍，然寻其开端，怕要得让我们河南的这一次吧。”对白话文学的倡发，也早于胡适：“那时在报上看见他译的外国剧本，已有用白话的对话体的。胡适的白话文学之提倡，怕还得对刘老先生让一步呢。”刘艺州在近代新剧史上影响有限，他下这样的论断未免感情色彩过

---

① 参见刘卫东主编《河南大学百年人物志》，河南大学出版社2012年版，第301页。

② 参见赵长海主编《河南辛亥革命人物传略》，大象出版社2012年版，第86—87页。

于浓厚。

对于河南文学20年的后半部分年，即文学革命时期至1931年这一阶段，他提及的河南作家有徐玉诺、郭云奇、王皎我、于赓虞、淦女士、尚钺、周仿溪、刘永安、卢景楷、张耀南、程守道、张洛蒂、王庆霖、张耀德等，其中不少是临颍甲种蚕校的师生。从他对各位作家的评价看，他依然秉持“三民主义文学”的尺度，如评价王皎我：“不过他的主张，决不是狂飚与新月的主张；去岁夏季，他从日本调查出版界归至沪上，对于我的三民主义文学的主张，始完全接受，尤其是民族文学。他说，日本的一切差不多都是民族的。他可算已寻到了正道了。”评价张洛蒂：“洛蒂最初发表东西，系署向明二字……民十三四年间，他极端佩仰郭沫若、王独清，所以在他有一期间是完全沉溺在普罗文艺里。……深幸他终于出了迷途，返归三民主义的大道上。”不过，在一定程度上，他也能抛开三民主义的理论偏见，认识到河南作家中淦女士（冯沅君）、徐玉诺、于赓虞的重要地位：“创造社里我们有淦女士，文学研究会里我们有徐玉诺，绿波社里我们有于赓虞，都是特出的作家。这在全国，已是如此，不仅河南而已呢。倘要再降格以求，狂飚社中，我们还有罗山的尚钺。”对于徐玉诺、于赓虞、淦女士（冯沅君）包括他对自己的评价，大致符合河南文学发展的实际情况。

在河南的新文学作家中，他首先加以论述并给以很高评价的作家为徐玉诺：

> 文学革命后，第一个值得论列的，便是徐玉诺君了。徐君鲁山人，我们已相交十余年，他的生活，作品，人格，我都很知道，久欲特为作一册小小评传，因无暇，尚未入手。徐君在民八五四运动之后，为新思潮所掀动，非常努力。对于文学，尤特加注意。在《尝试集》《草儿》之后，要以他的《将来之花园》为最早，最有价值。《尝试集》之浅薄，《草儿》又于浅薄外加以芜杂，除大胆摧残旧古典主义之外，似皆毫无可取。《将来之花园》，自然也不是我所喜欢的，然在中国文学史上，也自有它的时代价值的

存在。郁达夫的颓废主义，泰戈尔的哲理主义，和西洋象征主义的神秘色彩，在《将来之花园》里，早已深浓的澈透的表现出来了。我们倘若把时间的前后，稍加以精密的计算，我可说句笑话，徐玉诺君，怕是我们中国文坛上的先知先觉呢！

他的著作，除前述者外，有《雪朝》一卷，有在《小说月报》刊登的描写土匪的小说，有未曾发表过的写土匪的一卷诗。那时，他是人生艺术派，他表现了河南的混乱落后，他坚强的诅咒着残忍和战争。他的影响，不特风动了河南，而且在某项上，已笼罩了全中国。最初将他指示给读者的，是文学研究会的王任叔及叶绍钧。他的声名，初时更在郭沫若之上，后因他太重主观生活，漠视时代需要，遂致销声匿迹似的不闻不响了。这在我觉得他是吃了叶绍钧《诗的泉源》之大亏了，因他的夙性偏此，而又极端信仰着叶绍钧故。因他的足迹，致使他的影响，特加浓重的，是临颍的甲种蚕校，吉林的毓文中学，厦门的集美。

临颍的甲种蚕校，在中国文坛上很有名。作家到此的，先后有徐玉诺、叶善枝、丁师、郭云奇、王皎我、于赓虞，再加上作者，共有七人。丁与于是特来闲住访友，余皆担任功课。学生中在文坛露名的，有刘永安、卢景楷、张耀南、程守道、张洛蒂、王庆霖、张耀德等，亦不下十余人。玉诺最喜欢永安与景楷。永安几完全是玉诺的化身，而情调之哀切，尤过其师。他两个的作品，多在《小说月报》《学生杂志》《觉悟》《鹭江潮》等刊物发表，惜没专集。赓虞最喜欢耀南，耀南作品较多，发表的地方亦较多，他在北京住了好久，完全以卖文为生活。他于今夏染痢疾去世。作品有小说两卷，诗两本，都没得刊行，将来有机，当为印刊。我最喜张洛蒂与程守道。程守道有诗一卷，他的诗，有深长的意味，有谐合的音韵，有稳妥的字词，有渊永的情理。我爱读得很。虽曾抄录为一卷，但也未曾出单行本。《鹭江潮》、《飞霞》及《豫报副刊》上都尝有东西发表。尤以在《飞霞》上为多而且好。玉诺编《豫副》时，尝发表我和守道的通信，题标为《颖上通信》。那是守道初次发表他文学上的主张的。虽

> 未必尽对，但却有独见处。在《飞霞》上的评论，已高超得多了。然终未能全识文艺的底蕴。他才性之高，气质之雄，不亚赓虞；卒因民十六加入革命，奔走武汉，将文学生涯，完全扔弃，至今让杳然不知所止，未免可惜呢。

周佛吸与徐玉诺为好友，两人认识得很早，而且对于徐玉诺的诗歌创作关注也较早。早在1923年，他就在《小说月报》14卷第3号（1923年3月10日），以“周仿溪”之名发表《叶绍钧的〈火灾〉》和《徐玉诺君的〈火灾〉》两文，对徐玉诺的诗《火灾》表示肯定。由于周佛吸与徐玉诺同为河南老乡且是老朋友，对徐的生活、创作情况皆相当了解，因此，他对徐玉诺的论述，就能提供出一些别人所不知道的重要史料，其中特别是临颍甲种蚕校师生的文学创作活动及徐玉诺在临颍甲种蚕校的文学影响，都是较为珍贵的史料。据《徐玉诺年谱简编》，徐玉诺于1922年9月应聘到河南临颍甲种蚕校教书，1923年3月中旬离开。[①] 徐玉诺在临颍甲种蚕校的时间虽很短暂，但由于徐玉诺这个时期正是其一生诗歌创作最为旺盛之时，再加上临颍甲种蚕校文风很盛，且人才济济，因此，他不但可与其他师友同学切磋诗艺，而且，其诗歌创作还容易在师友同学间产生反响和影响。据周氏此文，在该校有文学才华的学生中，徐玉诺最欣赏的是刘永安与卢景楷。两人中，“永安几完全是玉诺的化身，而情调之哀切，尤过其师”。从刘永安对徐玉诺的崇拜和模仿，可看出徐玉诺诗歌创作在临颍甲种蚕校的影响。

作为好友，周氏对徐玉诺和其他作家的评价不可避免地带有个人的情感色彩，如认为徐玉诺的声名起初在郭沫若之上，他的影响，“不特风动了河南，而且……已笼罩了全中国”；《尝试集》浅薄，《草儿》浅薄加芜杂，皆毫无可取等，但他有些评论则比较切实到位，如他注意到叶绍钧对于徐玉诺的深刻影响，并认为徐玉诺之后创

---

① 参见秦方奇《徐玉诺年谱简编》，见《徐玉诺诗文辑存》（下），河南大学出版社2008年版，第645页。

作上的停滞，是受了叶绍钧《诗的泉源》一文的影响。这些都是值得进一步加以探究的问题。叶绍钧《诗的泉源》认为“充实的生活就是诗。这不只是写在纸面上的有字迹可见的诗啊。当然，写在纸面就是有字迹可见的诗。写出与不写出原没有什么紧要的关系，总之生活充实就是诗了。我尝这么妄想：一个耕田的农妇或是一个悲苦的矿工的生活，比一个绅士先生的或者充实得多，因而诗的泉源也比较的丰富”①。这种观点可能在一定程度影响了徐玉诺后来对于创作的态度，但周氏认为徐玉诺后来放弃创作完全是受此文影响，则有夸大之嫌。徐玉诺创作上的大起大落，其根源应在徐玉诺自身，而不能把它归之于外因。

① 叶绍钧：《诗的泉源》，《诗》第1卷第4号（1922年4月15日）。

王西彦与《北方日报·星期文艺》

《王西彦全集》于2012年由上海人民出版社出版，这是王西彦作品首次以“全集”形式结集出版，对王西彦研究的意义自不待言。笔者在翻阅全集过程中，发现王西彦早年在北平中国大学读书时期的一些作品，没有被全集收录。这些作品主要见于北平《北方日报》“星期文艺”副刊，共9篇，署名有“王西彦”“西稔”“西彦”“西园”等，7篇为散文、2篇为翻译。这些作品，虽为作者早年学步阶段的试作，显得比较稚嫩，但其感伤细腻的艺术风格，与他之后的创作之间有一脉相承之处；其中所包含的一些信息，对研究现代文艺社团“绿洲社”，对了解王西彦早期生活、思想情感与创作，皆有较为重要的史料价值。因而，笔者对其进行整理，并作简要考释，以供学界参考。

一　关于文艺社团“绿洲社”

北平《北方日报》“星期文艺”副刊为周刊，每逢星期日出刊，所署通信处为“中国大学绿洲社”。“星期文艺”第1期出版时间为1933年11月5日，当期首篇文章为《编辑座谈》，可视为发刊词。其内容为：

一　我们不过在学习。并希望同路人们的指正。

二　我们不讲什么话，要讲的都在我们的制作上。

三　有低级趣味的作者，他们会讲如天方夜谈般的童话，也有费解的诗歌，我们想的不在他们态度怎样，只想于社会有益些。

四　以后将有陈湖君的诗底高论，他从没向任何报章或杂志投过一次稿，然而我以为这是天才的珍藏。此人是值得向读者介绍的，且看他底《夜行人》吧！

五　得到《北方日报》北海编辑先生给了我们这块园地而容纳绿洲，令我们努力耘植，是值得我们感谢的。

"北海"是《北方日报》的文艺副刊。由《编辑座谈》可知，"星期文艺"占用的是原来"北海"副刊的部分版面。其中"北海编辑先生给了我们这块园地而容纳绿洲"，这所谓的"绿洲"，指的是"绿洲"副刊，由"中国大学绿洲社"编辑。绿洲社是北平中国大学的文艺团体，主要成员有王西彦、余修（鲁方明）、夏英喆等人。王西彦在《回忆北平作家协会及其他》中，回忆他1933年暑假从浙江来到北平，在吴承仕的帮助下进入中国大学国学系："我进学校不久，就和余修（鲁方明）、夏英喆等人发起组织了一个名为'绿洲社'的文艺团体，参加者以国学系同学为主，也有别系甚至校外的，经常举行座谈会，有时是讨论文艺问题，有时是邀请校内外进步学者讲解政治形势，内容包括《八一宣言》，抗日民族统一战线等，以此团结队伍，发动群众。'绿洲社'名义上为学生组织，实际上是'左联'主持的，成员中如余修、张坍等都参加了'左联'。我也是在那个时候参加'左联'活动的。"① 另一篇文章中，王西彦明确提到该社的成立时间："在我进入国学系约一年后，一九三四年秋季，和同系的几位较亲近的同学组织起一个文艺团体，名字叫做'绿洲文艺社'。"②

绿洲社初期为纯粹文艺性质的社团，后发展成为北平左联的一个组织，说明这个社团在20世纪30年代的北平文艺界和思想界发生过重要作用。但是，关于绿洲社的研究很不充分，在一些基本史实上，

---

① 王西彦：《回忆北平作家协会及其他》，原载《中国现代文学研究丛刊》1980年第2期，见《王西彦全集》第11卷，上海人民出版社2012年版，第354页。

② 王西彦：《梦想与现实——〈乡土·岁月·追寻〉之五》，原载《新文学史料》1984年第4期，见《王西彦全集》第10卷，上海人民出版社2012年版，第99页。

存在不少失误，其中，关于绿洲社的成立时间，就存在诸多不够准确的说法。王西彦是绿洲社的主要发起人，按说作为当事人，其回忆应该比较可靠，但他自己的各种说法之间也存在矛盾，一说“进学校不久”，一说“1934 年秋季”。艾以依据王西彦的回忆，在《王西彦年谱》中，把王西彦与同学发起组织“绿洲文艺社”的时间定于“1934 年秋季”。[①] 艾以对“绿洲社”成立时间的确定，来自王西彦，但也可能受到余修的影响。余修是王西彦中国大学的同学，他回忆：“一九三四年秋，我和王西彦、夏英喆、陈湖、王大彤诸同志，主持文艺茶会。每双周举行一次茶会，借用校园里的西花厅，以文会友，邀请校内外文化界知名人士，来校作学术讲演，号召文艺爱好的同学们踊跃参加。”[②] 王西彦在《回忆北平作家协会及其他》中曾提及“文艺茶会”：“‘一二·九’运动爆发前夕我们中国大学‘绿洲社’的成员就用‘文艺茶会’的名义，团结起一大批爱好文艺的进步青年；而在救亡运动大开展后，‘文艺茶会’就改组为北平文艺青年抗日救亡协会，以原来‘文艺茶会’的几个负责人为核心，广泛联系各大学的文艺青年。”[③] 艾以应该是综合了王西彦与余修的观点，把“文艺茶会”出现的时间“一九三四年秋”作为绿洲社成立的时间。其实，王西彦说得很明白，绿洲社与文艺茶会并非同一组织，绿洲社成立在前，文艺茶会出现在后。艾以把绿洲社成立的时间确定为“1934 年秋季”，是不准确的。

王西彦《回忆北平作家协会及其他》写于 1979 年 9 月，距他 1933 年入中国大学过了 46 年，余修《遗教风范，长留人间——追念检斋师》写于 1982 年，距他所说的 1934 年，也有 48 年之久。因而，当事人的记忆也并不可靠。这种情况下，就要结合历史文献来进行考证。北平《北方日报》“星期文艺”副刊的出现，为考证绿洲社成立

---

① 参见艾以《王西彦年谱》，艾以、沈辉、卫竹兰、李国煣编《王西彦研究资料》，北京十月文艺出版社 1996 年版，第 23—24 页。

② 余修：《遗教风范，长留人间——追念检斋师》，见余修《往事集》，山东人民出版社 1983 年版，第 171 页。

③ 王西彦：《回忆北平作家协会及其他》，原载《中国现代文学研究丛刊》1980 年第 2 期，见《王西彦全集》第 11 卷，上海人民出版社 2012 年版，第 357 页。

的具体时间提供了可靠史料。由于“星期文艺”副刊为绿洲社所办，该刊第一期为 1933 年 11 月 5 日，而王西彦作为该团体发起人，是 1933 年暑假之后大概 9、10 月间进入中国大学国学系的，因此，绿洲社应该是 1933 年的秋季成立的，而非 1934 年秋季，而且，该社团的准确名称当为“绿洲社”，而非“绿洲文艺社”。

艾以《王西彦年谱》把绿洲社成立时间确定为 1934 年，这个观点为不少学者所采用。如庄华峰《吴承仕生平及著述活动年表》把吴承仕协助王西彦、余修等人创办文艺团体绿洲社的时间定在 1934 年 7 月。[①] 王西彦在回忆中提到吴承仕对自己的帮助，其中包括创办绿洲社。庄华峰对吴承仕协助王西彦等人创办绿洲社等活动的记述，史料来源应该是王西彦的回忆。王西彦在《从学者到战士——记我所接触到的吴承仕先生》一文中还提到过同学李寒谷：“当时，和我同班的，还有一位云南同学李寒谷，他也正在采用边疆家乡的风土生活作题材，学习写作，也在先生的鼓励和提携下，在《文史》上接连发表了《三仙沽之秋》和《雪山村》两个短篇小说。”[②] 曾明《李寒谷在中国大学》的史料来源应来自王西彦这篇文章，其中提到：“当时，年青的李寒谷，正开始从事文学创作，1934 年以来，他与国学系的几位亲近同学，组织了‘绿洲文艺社’。”[③] 由于王西彦的回忆在时间上比较模糊，所以，曾明这篇文章对李寒谷等人组织绿洲社的时间，在记载上也就不可能准确。

蒋志彦、翟作君《中国学生运动史》关于绿洲社的记述，其史料大部分来自王西彦的回忆文章，但在绿洲社成立时间问题的处理上，则比较审慎，没有采用《王西彦年谱》的说法，而是进行模糊化处理，用王西彦回忆文章中原有的“不久”一词来指称。[④]

---

① 参见庄华峰《吴承仕生平及著述活动年表》，见庄华峰编纂《吴承仕研究资料集》，黄山书社 1990 年版，第 21 页。

② 王西彦：《从学者到战士——记我所接触到的吴承仕先生》，原载《新文学史料》1981 年第 1 期，见《王西彦全集》第 11 卷，上海人民出版社 2012 年版，第 125 页。

③ 曾明：《李寒谷在中国大学》，见和钟华编著《李寒谷文集》，云南民族出版社 2009 年版，第 240 页。

④ 参见翟作君、蒋志彦《中国学生运动史》，学林出版社 1996 年版，第 201—202 页。

关于绿洲社成立时间，另一种更为流行也更为权威的观点是1931年10月。说这个观点“权威”，是因为它出自《中国新文学大系1927—1937》。该书“社团简介”部分有对“绿洲社”的介绍：“一九三一年十月间成立于北平，由王西彦、夏英喆、余修（鲁方明）等人发起组织。成员主要来自中国大学文科各系的学生及一部分校外的文艺青年。该社经常组织座谈会，交流创作经验，讨论文艺理论问题。次年冬改为文艺茶会，成员已有所发展。”① 该书“新文学运动纪事”部分，在“1931年10月”条目下，同样有对绿洲社的记述：“同月，王西彦、夏英喆、余修（鲁方明）等创办的文艺团体绿洲社在北平成立。该社常以座谈会的形式活动。”② 1931年10月王西彦尚在杭州读书，他进入中国大学的时间是1933年秋季，所以，绿洲社成立于1931年10月一说显然不成立。不过，这个说法，由于出自《中国新文学大系1927—1937》，影响很大，钱振纲、刘勇、李怡的《中国现代文学编年史（1895—1949）》就接受了此说，延续了这个错误。③ 从史源学角度，在绿洲社成立时间问题上，可看到《中国现代文学编年史（1895—1949）》与《中国新文学大系1927—1937第十九集·史料·索引一》之间的承继关系。

共产党员朱华在中国大学读书时，应该也是绿洲社成员，在《北方日报》“星期文艺”副刊上发表过文章，朱秀实《朱华烈士》称朱华“与同学们曾组织‘绿洲社’，研究文艺，并多次在《华北日报》副刊星期文艺上发表作品”④。这里的“《华北日报》”当为“《北方日报》”。《北方日报》不属名报大刊，且一般人很难有机会接触这份报纸，就连专业的现代文学研究者对这份报纸也所知甚少，王西彦与《北方日报》虽一度有过密切交往，但在回忆中对该报只

---

① 上海文艺出版社编：《中国新文学大系1927—1937第十九集·史料·索引一》，上海文艺出版社1989年版，第379—380页。

② 上海文艺出版社编：《中国新文学大系1927—1937第十九集·史料·索引一》，上海文艺出版社1989年版，第729页。

③ 参见钱振纲、刘勇、李怡《中国现代文学编年史（1895—1949）》第7卷（1930—1933），文化艺术出版社2017年版，第112页。

④ 朱秀实：《朱华烈士》，《沛县文史资料》第5辑，1988年，第17页。

字未提，一般人就更不知道这份报纸曾经存在。因而，朱秀实把“《北方日报》”误当作“《华北日报》”，是可以理解的。

二 对王西彦早期生活与创作的一些还原

王西彦在北平《北方日报》“星期文艺”副刊所发表的文章共9篇，7篇为散文、2篇为翻译。通过这9篇文章，对王西彦早期生活与创作的一些史实，可以进行部分还原。

首先是王西彦的笔名。王西彦所用笔名，现在已知的有“西稔、王西稔、潘宗耀、西微、细彦、忆津、俞磐、斯远、南荒、杨洪、莫荣、施稔、邵向阳”等。[①] 王西彦在北平《北方日报》“星期文艺”副刊所发文章，署名有“王西彦”“西稔”“西彦”“西园”等。其中，“西园”是王西彦早期使用的另一笔名，则为一般研究者所不知。为什么说“西园”就是王西彦呢？1934年4月22日《北方日报》“星期文艺”第24期刊有德国作家“哀莘坠夫”短篇小说《废物的生活》的译作，译者署名“西园”，但该期目录中这篇小说的译者却为“西彦”。这说明“西彦”与“西园”是一人，而“西彦”就是王西彦。“西彦”与“西园”发音相近，是他使用过的另一笔名。

其次是王西彦早期的文学翻译活动。王西彦文学活动集中于创作，《王西彦全集》所收录的全为创作，没有收录翻译作品，王西彦也很少谈及他的翻译活动。但是，翻译同样是王西彦文学活动的一项主要内容，且开始很早。王西彦在《北方日报》“星期文艺”副刊发表的9篇文章中，2篇为译作。一篇为“杜斯朵夫斯基”（即陀思妥耶夫斯基）的《杜斯朵夫斯基书信——给他的父亲》，刊《北方日报》“星期文艺”第2期（1933年11月12日）。一篇为德国“哀莘坠夫”的《废物的生活》的译作，刊《北方日报》“星期文艺”第24期（1934年4月22日）。《杜斯朵夫斯基书信——给他的父亲》

---

① 参见陈玉堂编著《中国近现代人物名号大辞典》，浙江古籍出版社1993年版，第32页。

文后有作者附记，对了解王西彦的翻译活动有一定帮助：“关于杜斯多夫斯基书信的翻译，本是一九三二年初秋的事情，那时候，曾把一卷书信译成了五分之一，且附在卷首的一篇《杜斯多夫斯基年谱》已由友人拿往上海某杂志发表。今年夏天，为了匆促离杭来平，将一部分零落的稿件遗留在友人处；而结果，却只剩着了十分之二三吧？现蒙友人远从江南寄来，杜氏书信单存了两篇。原书还在江南友人手中，如果时间及心绪能够允许，我还想完成这桩工作，原书是：《杜斯多夫斯基书信集》，为英译本——十月二十九日志于北平”。附记写于1933年10月29日。由附记可看出，早在1932年初秋，在杭州民众教育实验学校上学时，王西彦即开始了陀思妥耶夫斯基书信的翻译工作，原稿为英文，已完成五分之一，且有翻译的《杜斯多夫斯基年谱》在上海的刊物发表。《北方日报》刊发的《杜斯朵夫斯基书信——给他的父亲》，为友人寄来的翻译稿件的一部分。王西彦走向文学创作之初，给他创作以最大滋养的莫过19世纪俄罗斯诸文学大师的作品，如契诃夫、托尔斯泰、陀思妥耶夫斯基等。据他回忆，他最初接触陀氏作品为《一个诚实的贼》。[①] 陀氏对待人生近于病态的严酷态度强烈吸引着青年王西彦，使他壮着胆子往这位伟大作家的艺术世界猛闯，在《一个诚实的贼》之后，又读了《罪与罚》《被侮辱与被损害者》《卡拉玛卓夫兄弟》等小说。王西彦对陀氏的喜爱，也体现在他对陀氏书信与年谱的翻译活动中，这从《北方日报》上的这篇翻译文章可以见出。王西彦另一篇译文《废物的生活》的作者为“哀莘坠夫”，德国作家，关于该作家的具体情况，尚待查证。

再次是王西彦杭州时期的感情生活。王西彦于1930年秋季入杭州浙江省省立民众教育实验学校学习，1933年毕业后，于该年秋季入北平中国大学国学系读书。《北方日报》发表的这些文章，其内容涉及他在杭州时期和北平时期的一些生活片段，对了解他早期的生活和情感有一定帮助。《回忆中的西子湖——姜桂小品之一》《骆驼的

---

① 参见王西彦《打开的门窗——我和外国文学》，见《王西彦全集》第14卷，上海人民出版社2012年版，第96页。

悲哀——寄佐人》都是作者对其杭州生活的回忆，流露出较浓厚的感伤色彩，从中可看出王西彦早期情感生活的一个侧面。在《回忆中的西子湖——姜桂小品之一》中，作者写道："在那儿，我度了这三年有限的青春，丢下了三年来青春的梦！在这三年中，我的生活是多方面的：我曾低着头儿做过驯羊，提起嗓子唱过恋歌，迈着步子做过勇士，束着手儿做过俘虏；我欢笑过，悲泣过。"这一段可看作作者对杭州三年生活的总结，其中，"迈着步子做过勇士"指的是作者参加南京请愿和"打狗运动"的经历。关于这一点，作者《船儿摇出大江——〈乡土·岁月·追寻〉之三》一文有详细记述。[①] 值得注意的是这段话中的"提起嗓子唱过恋歌"，隐约暗示出作者杭州生活时期的一段爱情经历，但对这段情感经历，作者讳莫如深，在回忆文章中无一字提及。之所以不提，可能是他觉得这段爱情经历微不足道，不值得回忆，或感到痛苦，不愿再提，或时隔多年，不方便再提。总之，作者的回忆凸显了他"迈着步子做过勇士"的经历，而掩盖了"提起嗓子唱过恋歌"的另一段事实。但是，依据新发现佚文，王西彦杭州时期"提起嗓子唱过恋歌"，即他曾有过一段爱情经历。作者在《回忆中的西子湖——姜桂小品之一》中隐约提及这段经历，在另一篇佚文《骆驼的悲哀——寄佐人》中，[②] 面对友人，他还激动地倾诉了这段爱情经历给予他的莫大痛苦。例如，文中有如下一段话："看着追求一点光，一点热，我痴心地干下了那么一件狂妄事。（您知道，那当儿，满脸蒙着光彩，做一个愚蠢的梦。）刚唱罢了赞颂曲，便又那么快地跌入了不能自拔的境地了。"若说这些语句的意思有点含混，那么，下面这段话的含义就更为明白："我得感谢您，佐人，您始终是在我的背后那样做着安慰的笑，扬着鞭。那当儿，我第一次尝到黄连味（沙氏比亚：爱是头脑明晰的疯癫，是苦

① 参见王西彦《船儿摇出大江——〈乡土·岁月·追寻〉之三》，原载《新文学史料》1984年第2期，见《王西彦全集》第10卷，上海人民出版社2012年版，第55—58页。

② 参见王西彦《骆驼的悲哀——寄佐人》，1933年12月10日《北方日报》"星期文艺"第6期。

煞人的黄连，是甜杀人的密[①]。）我第一次感觉到……咳，只是一阵愚蠢的疯癫而已；可是，我毕竟那么脆弱地流着眼泪咧。”“沙氏比亚”即“莎士比亚”，王西彦引用的这段爱情名言，应出自《罗密欧与朱丽叶》，朱生豪版该剧原文为：“它又是最智慧的疯狂，哽喉的苦味，吃不到的蜜糖。”[②] 莎士比亚这段关于爱的名言颇为流行，王西彦引用它，是为了说明自己陷入了爱情的迷狂和失恋的痛苦。这次恋爱的失败对王西彦打击很大，反映在创作中，他北平时期的几篇文章，皆流露出消极感伤的灰色情绪。《一个找寻同情的人》[③] 中有这么一段：“从永远有着春天的柔媚的江南，他流浪到这荒漠的北国来，为的是，江南明媚的春光温不暖他冷冷的心。他是有着那无涯的期望的，期望着在这个世界上会有着那么一点一滴——纵然是一点一滴的同情之泪的。在江南，他也曾被热情所烧燃过，高声地唱过欢乐的赞颂曲……”与这句话相似的意思和词句在《骆驼的悲哀——寄佐人》中也出现过。结合他对莎士比亚爱情警句的引用，可知“高声地唱过欢乐的赞颂曲”所指即为“陷入爱情”，但“那欢乐遗弃了他”，即指作者的爱情失败了。按照佚文《一个找寻同情的人》所说，他“从永远有着春天的柔媚的江南，他流浪到这荒漠的北国来，为的是，江南明媚的春光温不暖他冷冷的心”。这说明，失恋带来的巨大痛苦，是王西彦从杭州到北平的重要原因之一。

《甘露寺的薄暮——漫游第一迹》《太湖半日——漫游第二迹》为两篇游记。两文文末皆有标注：“一九三三暮春旧作”，结合文中点明的游历时间“1933 年 3 月 28 日、4 月 1 日”，说明两文写于 1933 年 4 月。《甘露寺的薄暮》记述作者 1933 年 4 月 1 日游览镇江甘露寺的经历，《太湖半日》记述作者 1933 年 3 月 28 日在无锡太湖的游览经历。两篇游记所记，作者在回忆录中皆无提及，对了解作者

---

① “密”应为“蜜”。

② ［英］莎士比亚：《罗密欧与朱丽叶》，见《莎士比亚全集》第 4 卷，朱生豪译，人民文学出版社 1994 年版，第 613 页。

③ 西稔（王西彦）：《一个找寻同情的人》，1934 年 4 月 8 日《北方日报》“星期文艺”第 22 期。

的早期生活有一定帮助。

复次是王西彦对新感觉派小说的模仿。作为一位乡土小说作家，王西彦与新感觉派之间好像难以扯上关系。其实，王西彦早期的一些作品，能看到新感觉派的影响。如1933年4月他在上海《大陆》月刊第1卷第10期所发表的散文《西子湖畔的夜》，该文在表现内容、语言风格、艺术形式上有意模仿《上海的狐步舞》。《上海的狐步舞》发表于上海《现代》第2卷第1期，时间是1932年11月。这时王西彦在杭州，应该能读到这部作品。《西子湖畔的夜》的开头为："西子湖畔，一个人间的天堂！"结尾为："这便是西子湖畔，一个人间的天堂！"这种开头与结尾的重复与"天堂"一词的反讽用法，与《上海的狐步舞》相似。文中的一些语句如"大世界门上耸竖着一个灯塔：红的光，白的光，绿的光。炫目的画片，炫目的电光。张着大口把人们一批批地吸进去，又一批批地吐出来：女的，男的，老的，矮的，长的，瘦的，肥的"，① 其中语词的重复与排列，蒙太奇式的画面转换，甚至一些具体的语词，都可在穆时英的小说中见到。北平时期，王西彦发表在《北方日报》的一些文章，如《剪影——马路风景线之一》，小说题目让人不禁联想到刘呐鸥的《都市风景线》，字句与写法上也可依稀看到新感觉派的影响，如这些语句："高巍的古老的城楼，深邃的门，躲着暗影的洞——吸进人的群，汽车的群，马车的群，人力车的群；又吐出人的群，汽车的群，马车的群，人力车的群，像一道溶融了的金属的巨流，流着，流着，流着。"当然，随着作者人生阅历的增加、创作经验的成熟，他很快就走出了模仿的学步阶段。

最后是王西彦的民众戏剧观。王西彦1932年在杭州读书时，读过几篇关于"民众戏剧"的论文。这时，北平《晨报》副刊"剧刊"正在提倡"农村戏剧"，引发了他的兴趣，于是写了一篇题为《论民众戏剧》的文章，投给《晨报》，很快被发表于"剧刊"第

---

① 王西稔（王西彦）：《西子湖畔的夜》，原载1933年4月1日上海《大陆》月刊第1卷第10期，见《王西彦全集》第8卷，上海人民出版社2012年版，第97页。

150 期（1932 年 11 月 19 日）。此外，他接到编辑部一封热情的来信和两本经过作者题签的《佛西论剧》。[①]《论民众戏剧》没有被收入《全集》，应该是他的一篇佚文。关于“民众戏剧”，除这篇文章，王西彦还写过另一篇文章，即《再谈民众戏剧》，刊 1934 年 2 月 11 日《北方日报》“星期文艺”第 15 期。从文末“二月五日急草”看，该文写作日期为 1934 年 2 月 5 日。文中，王西彦不认同余上沅通过多演来进行戏剧大众化的观点，也不认同余上沅的另一观点：“如其去改良旧剧，不如采用西洋较进步的新剧而迎头赶上去!”作者认为，在极力提倡新剧的同时，我们不能忘记那些在民间流传着的所谓民间戏剧。民间戏剧是民众自己的戏剧，是流行于各地民间，农民自己创造、自己享受的一种戏剧。因为民间戏剧具有极浓厚的民间风味，反映着民众的真实生活、思想意识及情感，艺术上保留着民歌的形式，而从发展渊源上讲，民间戏剧乃“戏剧之母”，所以，民间戏剧实在是民众戏剧运动者所不应忽视的。作者主张，民众戏剧运动者不应该放弃改良旧剧的道路。应当把新的内容输入旧剧中，或改良旧剧的形式与内容，在进步的思想原则指导下，逐渐地使戏剧能够接近民众。可见，在怎么进行戏剧大众化上，王西彦主张尊重、改良中国传统旧剧，对余上沅放弃中国传统戏剧而直接引进西方戏剧的全盘西化观点是不太认同的。通过这篇文章，我们可了解到 20 世纪 30 年代，围绕戏剧大众化问题，当时作家和学者们曾展开了相当激烈的思想交锋。其中的一些观点，如王西彦对民众戏剧的看法，到现在似乎仍然值得戏剧工作者借鉴和思考。

---

① 参见王西彦《梦想与现实——〈乡土·岁月·追寻〉之五》，原载《新文学史料》1984 年第 4 期，见《王西彦全集》第 10 卷，上海人民出版社 2012 年版，第 87 页。

王西彦佚文辑校

回忆中的西子湖

——姜桂小品之一

王西彦

咳，终于别了，西子湖！

离开西子湖畔，整整地有了四个月了。四个月，当然啦，四个月并不是长远的日子。然而，四个月没瞧见西子湖，心窠里便难免怅然。

西子湖，一个东方的人间天堂哪。在这个风光绮丽的天堂里边，我度过了整整的三个年头儿；因为住得太久了一点，心里边便慢慢地对西子湖起了一层黑纱似的那么一点儿厌意——天天瞧到的那么一带公园，两条长堤，几个亭榭，一些起伏得像处女伸懒腰似的那么缓缓的山，西子湖原也不过只是那么一个碧水湖潭哪。厌了，厌了。所以，当我扬着准备着给征尘依附着一个细小毛管儿的手，脸上浮着一层合[①]情人在月台上撒手时的微笑，对那在我别离人眼中像一个患失眼痛似的西子湖作别的刹那间，虽然也还少不掉有点儿惆怅之情，可是，心里边却是这么想着的：也好，西子姑娘的柔怀我已经躺够了，还是让我去领略点儿别处的风光吧。于是，“西子姑娘哟”，我默默地在心壁上写着：“再待时光的长翼在我的记忆里闪淡了您的倩影时，我们重来给夜莺和一个青春之颂曲吧。”

像一片浮萍似的，现在，我已经随着命运之流，飘荡到这个黄沙

---

① “合”当为“和”。

蔽天的北国来了。在北国，地是灰的，天是黄的，风沙是漫天漫地的。我知道，北国的天气是永远不能和南国列在同一经纬线上的——咳，我想到了江南，我留恋着那别来四月的西子湖！

西子湖，一个东方的人间天堂。

一位江南朋友在来信里写着："您知道吗，年青人哪，葛岭山头那座颤巍巍的瘦美人。现在，她给一般俗气的人们扮饰得很整齐然而涂上了一层极难耐的颜色了。您在遥远的沙漠上能给她唱一个罗曼缔吗？"不知怎的看了这么一派话我的情绪又变成了诗人的了，要是让时光的长翼在我的记忆里闪淡了我对西子湖的倩影，照眼下的情绪看来，我们难以设想那时候的西子湖对我会跳出一个怎样的生疏脸孔来，我的第一个故乡又将变成一个陌生人了。

是的，西子湖是我的第二个故乡。在那儿，我度了这三年有限的青春，丢下了三年来青春的梦！在这三年中，我的生活是多方面的：我曾低着头儿做过驯羊，提起嗓子唱过恋歌，迈着步子做过勇士，束着手儿做过俘虏；我欢笑过，悲泣过。这些残影这些梦，依然深埋在雷峰故址，曼殊墓旁，葛岭山头，西子湖畔！虽然，到归结，我还是跨着一个古老的蜗牛似的步子，爬行着，像一个囚犯似的那么废然地被逼到这块寂寞的沙漠里来，然而，在那儿，我还遗留着我青春的一部分。因为，一个年青人是不能把回忆的情□[①]用理智的利刃截然处[②]断的，所以，我忘不了自己已经过往的一些旧梦，我便永远地忘不了美丽的西子湖。

像一个莫逆的知心朋友，在别离后，便愈觉得过往的友谊之可宝贵，愈觉得惆怅。因之，过往的一切，连极细少而轻微的琐碎细事，都会一桩桩地细细的从[③]我咀嚼过！回忆原是人生之故乡，人们一离开了故乡，即使是故乡的一片黄叶，一个芋子，一点极微的泥尘，都会有一种极亲切的意味的。有谁有这种回忆的经验吗？把自己过往的一些旧梦，细细地回味着，咀嚼着，虽然有时会使你流下清泪来，然

① 原文字迹不清，疑为"丝"。下面字迹不清处，皆以"□"代替，不再一一注明。

② "处"误，疑为"斩"。

③ "从"疑误。

而终是一件快意事。

秋天悄然地来临了，又悄然地将离去了。秋天是伤感的季节，每天瞧到院子里像大雪花似的那么纷纷飘落着的黄叶，那情景可真扣动着异乡的每一条回忆的神经哪。一种异乡游子的情怀，不仅□上心来……

不知远在江南的西子湖畔，当这西风吹送黄叶的时节，也有着一个幸福的异乡人在□怀着他黄沙弥天的故土吗？

1933 年深秋匆作于北平

（王西彦：《回忆中的西子湖——姜桂小品之一》，1933 年 11 月 5 日《北方日报》“星期文艺”第 1 期）

杜斯朵夫斯基书信

——给他的父亲

王西彦译

我亲爱的爸爸：

您定会想到您的儿子是来向您提出很大的要求的吗？上帝赋我的智慧，并不是单单为了自己的利益，也不是单单为了现实极端的需要，我能够在任何方法上来剥夺您的。然而，压迫着来索取我血肉的礼物，这是多残酷的事！我有自己的头，自己的手；假如我是自由而独立的，我将永远地不向您要一个小铜币——我厌恶自己习惯于极度的贫乏。我在“死□”上也惭愧来写信向您要钱，为了单单用以维持自己。不过，事实上，我唯一可以安慰您的保证是将来；是的，那并不十分遥远的将来，时间会给您证明这个事实的。

现在，我请求您，最亲爱的爸爸，接受我这个请求吧。无论我愿意如否，我必得适应我眼下环境的逼迫。为什么我要坚持着这一种执拗的说话呢？这种执拗的态度，而且，往往是受着那最大的悲哀所侵袭着的，您一定会了解这个，亲爱的爸爸，您能和人们一样地了解我，所以，我敢请求着下面这一点：生活在营地里，为了□一个高等军事学校的学生，都只要求着很少很少的四十个卢布。（我写这些话，因为这些话是我时常对爸爸说的。）这个数目里面，是没有包括着那必需的茶，雪茄，以及其他等等的。但是，我必得有这些——实在并不是为了要安适，而是十分地必需的。当一个人睡在阴湿的帐幕里面，或是在这样的天气里，从操练的疲乏与寒冷里回来，是很容易有了缺乏茶喝而害病的，像我往年在农家所经验到的。但是，我知道您的困难，所以，我没有茶喝，而仅仅向您要最显著的需要——十六个卢布，为了买两双普□的靴子。再：我必需的东西，像书籍，袜子，原稿纸，信笺等等。此外，我还需要一条紧身的短裤，因为在营地里只有篷帐，没有较好的庇护所的。我们的床是用衣服盖着的一束稻草，现在，我向您要的，除了短裤，我还要什么东西，您必得知道那财政局里是不会注意到这里我们所要有而没有的少数款项的。因为考试已经去过，我不需要应考的书籍；大概在检阅过制服以后，我应该连靴子等东西也不再需要了。但是，没有我那喜欢的书籍，我又将怎样过日子呢？而且，虽然平平安安地在这个市镇上，我们的靴子是这样的坏，三双靴子怎能过六个月哪。

从您最后一次汇款，我得到十六个卢布。您看亲爱的爸爸，我所需要的至少要二十五个，在六月初我将在营地里把它们用完。倘若您愿意帮助您儿子迫切的需要，六月初把钱寄给我吧。我显示着并没有坚持我的请求：我的需要不大，但我的感激是无穷的。

一九三八年五月十日，菲特·杜斯多夫斯基

（关于杜斯多夫斯基书信的翻译，本是一九三二年初秋的事情，那时候，曾把一卷书信译成了五分之一，且附在卷首的一篇《杜斯多夫斯基年谱》已由友人拿往上海某杂志发表。今年夏天，为了匆促离杭来平，将一部分零落的稿件遗留在友人处；而结果，却只剩着了十分之二三吧？现蒙友人远从江南寄来，杜氏书信单存了两篇。原书还在江南友人手中，如果时间及心绪能够允许，我还想完成这桩工作，原书是：《杜斯多夫斯基书信集》，为英译本。

——十月二十九日志于北平）

（王西彦译：《杜斯朵夫斯基书信——给他的父亲》，1933 年 11 月 12 日《北方日报》“星期文艺”第 2 期）

剪影

——马路风景线之一

王西彦

尘土中的黄昏。

长长的电柱杆子的影儿倒在地上，斜拉过那边的人行道上。一阵从地底下钻出来的微风，随着尘土那么轻轻地掠过街头，轻轻地扬起，陡的一声，呼的一声儿扫过去了。

高巍的古老的城楼，深邃的门，躲[①]着暗影的洞——吸进人的群，汽车的群，马车的群，人力车的群；又吐出人的群，汽车的群，马车的群，人力车的群，像一道溶融了的金属的巨流，流着，流着，流着。

电流急速地流过那在黄昏的西风里发抖的电线，霎的，电柱杆子上发光了，夜的都市打着哈欠了，夜的都市醒了，夜的都市喘着气了。

电车在长蛇般的轨道上爬着……

“看报，看——”

“一大枚，××报，×××的消息啊！看报啊！”

停住了——

轰轰轰……

“下，下嘿，下嘿”

轰轰轰……

“劳驾嘿，劳——劳驾！”

轰轰轰……

钉，钉——吐出了一群，又吞进了一群：赭色的脸，冒火的眼，突起的青筋，高耸的颧骨，迟笨的动作，急促的情绪……

叭，叭叭——

黑篷盖的洋车，装着娇艳的少女，一辆追着一辆，发出怪异的音声，从人丛中窜过去，窜过去。

“咳，咳——咳！”

少女的寒噤，车夫的喘气，初冬的汗，黄昏中的尘土……

一个做夜生意的艳装姑娘，从斗篷中露出半个涂着脂粉的，黄的脸，闪着一付羞辱的眼，怀着一颗受伤了的心，麻木地走动着，梦一

---

① “躲”疑误。

般在找着幽夜一层罪恶的黑纱所蒙蔽着的命运。

“太太，可怜我……我……”

着单衣的乞人，响着颤抖的声音，射着希望的眼光，幽灵似的追随着。做夜生意的姑娘回头来看了看，在肚子里叹了一口气，紧□着腿。可是，那颤抖的声音却依然跟在她后面。受伤的心开始了跳动。一个鲁莽的高个儿猛撞一下，过去了，麻木的神经那么像触了电似的，震了震，随即是一个夜风中的寒噤。

波，波波——

一九三三式的黄皮跑车，从尘土的马路上滑了过去，随即扬起了一阵煤烟气的灰尘。丢下了一个银铃般的微笑，愉快的一声儿。

“——夜宴啊！”

马路两边的街头食堂，昏黄的油灯光在寒风中睡眠。懒倦的小孩拉长了哑涩的喉咙，一手敲着那令人软齿的铁锅子，抖动着的声音。

“修福，老爷——”

老妇人跟在后面，一个翻起了皮大衣的高领头的西装少年，挟着毛斗篷里裹着的一个肉感的艳女人。螺纹的线帽，蓬松的发鬓，高□底鞋，毛斗篷——两颗轻快的心！

大窗店门口的闪耀的电光，玻璃窗内的新装，炫眼的广告牌，吸人的播声机……

渴望的脸，新奇，眼光，迟缓的脚步。

叭，叭叭——“嘿，劳驾……”

别的，是皮带着背子的声音。

“操你妈！”

一个扶着自行车的武士，一付野兽的性子，两颗冒火的眼珠子。

轰轰轰……

缩着长颈子的警察，挥着白杆子，在车夫的臂膀上威武地抽了几下，车夫不作声地过去了。

人的群，骑车的群，马车的群，人力车的群，像一道溶融了的金属的巨流，流着，流着，流着……

尘土中的马路。

（未完的完了）

（王西彦：《剪影——马路风景线之一》，1933 年 12 月 3 日《北方日报》“星期文艺”第 5 期）

骆驼的悲哀

——寄佐人

王西彦

佐人：——

夜了，又夜了。

把日子在一种不可耐的孤寂里，一刻一刻地一天一天地打发过去。每天看着夕阳的阴影，那么慢慢儿地，从窗外的矮墙上，移着，移着，又突的跳过去，我觉得自己的生命，又加上了一大笔的浓墨了。像一般人的感觉一样，我怕看见黑影，我怕夜，我怕自己的生命会整个地沉入了那黑暗里去——黑暗我说不出，然而我怕！

看着追求一点光，一点热，我痴心地干下了那么一件狂妄事。（您知道，那当儿，满脸蒙着光彩，做一个愚蠢的梦。）刚唱罢了赞颂曲，便又那么快地跌入了不能自拔的境地了。人家说，西子湖的温柔会医好我的痴狂的，然而，您知道，我虽没有上疯人院，可真糟蹋了我一部分□用的青春！其实呢，佐人，莫管它是怎样绮丽的风光，但在失意者的眼光中，该是怎样不调和的一种凄境哟。西子湖，一向被人称作天真的处女的，我却诅咒过她：一个淫奔的荡妇哪。

愚蠢的梦，愚蠢的心……

我得感谢您，佐人，您始终是在我的背后那样做着安慰的笑，扬着鞭。那当儿，我第一次尝到黄连味［沙氏比亚（注：莎士比亚）：爱是头脑明晰的疯癫，是苦煞人的黄莲，是甜杀人的密[①]。］我第一次感觉到……咳，只是一阵愚蠢的疯癫而已；可是，我毕竟那么脆弱地流着眼泪咧。谁不知道呢，当一个年青人感到自己的世界已经和[②]一个泡沫般毁灭掉的时候，他需要人家的安慰，纵然在安慰的微笑中

---

① “密”应为“蜜”。

② “和”疑误。

是含着几分揶揄的。我记得，我几次的这么对自己说："得啦，一个人等到要人家安慰他的时候，已经太迟了!"然而，天晓得，要是，要是我得不到几许朋友的慰藉，冷嘲，热骂，我将更无以自拔了。

我这人，自己极明白：太脆弱。我的病根，不是不明白自己，而是不明白人。为了不明白人，便几次的把自己陷入了无从使人了解的境地里去。例如这一回罢，隐着眼泪，装着苦笑合[①]您们握别，这在我，实再[②]是一件颇感伤痛苦的事。您们，在月台上撒些不必要的眼泪，徒然给自己短气，我才忍着心装□脸苦笑的。我无心合[③]您们絮絮别情，我无力合[④]您们诉说些勉强的衷曲。于是，便有人说我"飞黄腾达"哩，"人长眼高"哩。我知道又种下一颗罪恶种子了，可是，我坦然，我至少是对得起自己良心的。

这么带着一颗受伤的心，满腔惘怅的情绪我像一头慵懒的骆驼，□着迟缓步子，来到北国。来北国，为的是，既然温柔的西子湖医不好了的痴狂，还是让漫天漫地的风沙来镇摄我这一颗不安的心罢。您知道，您一定知道，这是怎样的一种可笑的居心?"又是一个愚蠢的梦"，佐人，骆驼的热情哟!

黄的天，黄的地，黄色的古城。每天每天喊着孤独，每天每天叹着气，这么着，在极难耐的境况里，又□过一些日子了。日子是长远的，我知道，然而，青春却是有限的。拿有限的，青春，期待着那长远的日子，虽是骆驼的热情，我可怕看见黑影。傍晚的夕阳，城楼上的余辉，西风中的衰草，秋深里的落叶，月下的枯桐树影，都给了我一种耐不住的威胁，我想到要哭，我忆起了钱塘江心的白浪!

佐人，独个儿，还能够锁了门，上一家小酒馆，那么搁着腹[⑤]"乐一乐"，这，不能不说是怎的[⑥]幸福事。我现在，连这么一点自由，也已经给自己活生生地送进了墓穴里了。自己留着汗，掘起了深

---

① "合"当为"和"。
② "再"当为"在"。
③ "合"当为"和"。
④ "合"当为"和"。
⑤ 原文如此，疑误。
⑥ 原文如此，疑误。

深的墓穴给自己葬埋自己的幸福，这味儿，只有自己能够在深夜的酸泪中尝到的。我不敢再期望谁的安慰，一个人，等到要人家安慰他的时候，已经太迟了。不过——唉唉！

夜了，又夜了。天是高的，月是明白，夜□是静静的，然而，我的心却是狂跃着的。佐人，骆驼的悲哀哟……

然而，我得在孤寂里珍重自己。

西彦于二月二日夜北平

（王西彦：《骆驼的悲哀——寄佐人》，1933 年 12 月 10 日《北方日报》“星期文艺”第 6 期）

甘露寺的薄暮

——漫游第一迹

王西彦

春天，梅雨的季节（一九三三年四月一日），在镇江，宿在一个高巍的城楼上。

梅雨后的天气，微微的风，城楼上，靠着窗，那么顺着意向四边眺望：黑的瓦背，黄的墙，飞舞着的尘土，白洋洋的水——那便是，您，那便是扬子江，一条大江，一条埋淹着无限的壮气的巨流哪。

沿着城，到了江边，极高极高的岸。

江南的薄暮，春天的微风……

那么高的岸，白的浪，雄伟的巨流，临着薄暮的微风，临着大江，神情是高旷的，心境是飘飘然的。便那么对着雄伟的巨流，神往的站着，像煞是一个中世纪的英雄。

再过去，沿着高岸，是甘露寺。

甘露寺，谁都不会忘记的，那里面演过一幕罗曼斯，一幕历史上的趣剧。英雄美人的陈迹，令我们想到了千把年前，一个美丽的故事浮在眼前，抬头瞧：“甘露寺”——心里便跳上一阵怀古的情绪！

寺极破落，不高。在一个突起的邱（？）[1] 上：一边是低低的城

① 原文如此。

市，一边便是浩浩的大江。前面，极长的石级，已经变成一条荒坡。大门处，左右两边是两个小亭，大概已经过三次以上的重修，显得荒老，而且涂着极不调和的颜色了。进门去，靠右边的走廊；是薄暮时分，走廊很阔很长，在黄昏里竟像一个深邃的洞。往后面那么慢慢地高，高，高上去；往后面那么慢慢地黑，黑，黑上去！地面是整理的石板，踏着这个古老的荒□，上去，上去……

转到正殿——

黑层层地，瞧不清，一阵阴森的气像[①]，直袭着人的心。便在黑暗里，顺着意走。本想瞧瞧这个古寺里可贵的遗迹的，可是，没有火，也没有这心绪，只是顺着意，随便走。

寺的后面那一进，住着不知是和尚还是什么寺的主人，有着灯火，没有熟悉的领导人，也只有折回，折回到正殿，又从右边的一个小门转到寺的取[②]面去。

“哈啰!”

“哈啰!”

在黑暗中招呼同伴，携着手。

回头来看看那长长的走廊，一层轻纱般的梦……

说是转到寺的后面去，却不知怎么一来，走出了寺，从一个小小的侧门里。大家你看了看我，我看了看你。

薄暮的微风……

一个小亭子，一个巨大的铁香炉。

小亭子是经过修理的。可是香炉是极古老的。铁色已经转黄，上面的花纹和字迹给长远的时代洗磨尽了。小坪子，临着江，高得骇人；站在小坪上，站在古老的香炉旁，对着它，幻想着千把年前，那么一对英雄美人的风流事，想在它上面找一点残痕。然而，然而——

“是吴国太的……”

“是英雄与美人的祭礼处吧?”

---

① 原文如此，疑有误。

② 原文如此，“取”应为“后”。

转过后，又望着江。

浩浩的巨流，白的浪，远处的军舰，昏黄中的探望的电光——一颗警惕的心！

甘露寺在薄暮中。

又回头，又走过长长的走廊……

怀着慕古的念头，然而得不着什么。

出了大门，浮上一层怅惘！在无意中得到的甘露寺，可是，空换来一番未尽的追怀。回头瞧："甘露寺"——咳，明儿便得离开镇江城啦！

踏着高岸，踏着大江旁的黄昏……

薄暮中的甘露寺。

——一九三三年暮春旧作

（王西彦：《甘露寺的薄暮——漫游第一迹》，1934 年 1 月 23 日《北方日报》"星期文艺"第 12 期）

太湖半日

——漫游第二迹

王西彦

（一九三三年三月二十八日，旅次无锡。）

从无锡城内的小河里，上了小汽船。

小河是弯弯曲曲地流出城外，直通往太湖的。太湖，这么一个够熟悉的名儿，今朝成了我们的目的地，谁的心头里都装满着兴奋，谁的脸儿上都浮上了笑意——

"太湖呵！"

"太湖的春天呵！"

我们向着太湖前进，在一条小河里。

慢慢儿，出了城；慢慢儿，是那么林立的烟囱；慢慢儿，城市离开我们更远了，更远了。

小河，小河西傍的青的草，青的垂柳；太阳从云丛里，那么像一个少女在楼头偷窥她的情人似的，窥看我们，窥看着那远远的山——

那山，一半儿是阴阴的，一半儿却给太阳洒上了一层薄薄光的，显得鲜明可爱！

“范蠡桥！”

是的，一座桥，一座并不长大的桥，说是越国时的范蠡先生造的。瞧着那桥，也只是一座小桥，瞧不出什么；可是，我们的小汽船却已经穿过去了。我们坐着两只船，前面是小汽船，后面又挂上了一只，拖着，顺着清流，走，走。过范蠡桥，迎上来的便是仙女峡。仙女峡是小河里那么一块小峡儿，长着青青的水草，当中还有着一枝小树，这么迎着清流，□□在的“出典”① 和范蠡桥同时，说范先生携着西施姑娘在这儿经过的。但是，我们知道：西施姑娘只是人间的一位美人，为什么她经过的地方会叫做仙女峡？要是人间的美女便是仙女，那么，我们便是这么一大伙的仙境游客吧。

过了峡，小河慢慢地向两边儿退，退着退着的，迎上来的便是那拉着大嘴巴含着笑的外湖。小河和外湖相接的那段儿里，停着两三小舰，架着小炮——对的，太湖，这是太湖，太湖原是绿林将军们的“水场”，脑子里便爬上来《水浒传》中阮家兄弟那股硬劲儿，大家都定着眼，对着瞧。

然而，小汽船是慢慢地爬着的。

像是受了一阵威胁，透了口气，后面那只小拖船里陡的起了一阵漫歌——

甜蜜的——甜蜜的春天……

可是，春光已经老啦。

歌咏着将要逝去的春光，那情调是极其郁悒的。眼前那么一大片白洋洋的水，回头瞧瞧那一大缕淡淡的波纹：愈远，愈淡……

“鼋头渚！”

一个含有几分□意的名儿。

渚——亭榭，丛林，□塔，石级……

---

① 原文如此，疑有误。

水浪击着山坡的便涯，水浪开了花。站着[①]水浪中的岩石上，听同行的女郎们轻轻地哼着海洋的赞美曲。

没有见过海洋的人，是会把这浪花看作极珍贵的获得而歌咏起来的。不过，这歌声显然与这情景是不“入调”的。我们应该高歌，应该站在浪花中的岩石上对湖心举一次杯。

回到小汽船上，沿着边儿，到了蠡园。

上石级，人影儿刚好落在自个儿的脚底。

船尾巴上冒起一阵轻烟。

船另跳上了一层水面[②]，大伙儿星散在蠡园。

蠡园，照例是那么一些花，一些草，一些假山，一些石级。谁会对这些东西生爱恋呢？绮丽的，或是雄壮的景色，不是这种地方所能锁得住的。于是，便全都带着懒意回到船上来。

便在船上填实了半天来的饥饿。

小汽船又到了梅园——又是园！

然而，梅园，春光已经阑珊啦。

满林的青葱，满地的落英，满眼儿的残红……

阑珊的春光在每个人的心窠儿里丢进了无限的惆怅，而这种惆怅是轻薄的。用指甲在梅林上划了一个年月，拾起花瓣来在痕迹上涂了涂，这是惆怅！

在梅林里随着心意走着，梅林里是只听得见人声而看不见人影的。可不是，那边儿又浮起一片“惜春”的歌声了吗？

惆怅的，惆怅的，惆怅的……

吃了梅园的“五宝豆腐汤”，带着余味，便那么惆怅地出了门，东东西西招呼着同伴。又下了船。

隔着两长来远，汽船和拖船上的传递信息声给那轧轧声埋住了。站在船头，举起手，在空中写着大字：

“回去了！”

---

① “着”当为“在”。

② 原文如此，疑有误。

接着，是一阵倦意的笑。

——一九三三年暮春旧作

（王西彦:《太湖半日——漫游第二迹》，1934 年 2 月 4 日《北方日报》“星期文艺”第 14 期）

再谈民众戏剧

王西彦

关闭着极少数的人们，在黑暗的深洞中，死沉沉地在排演着他们不灵活的营业式的戏剧，这是极不应该采用的。

——卢梭

一

近来，一般教育者及艺术者，好像渐次地注意□“民众戏剧”这个名儿了。戏剧原是一种“综合艺术”，为诸艺术中之最直接的；为要使教育及艺术普遍地深入到真正的民众中间去，“民众戏剧”之提倡，自是要道。而要使民众戏剧能真正地为民众所欢迎，所享受，对于民众戏剧之理论的探讨，在眼下，是尤其地必要的。

在去年十一月间，我在《谈民众戏剧》一文中（见《晨报》“剧刊”），对眼下的中国民众戏剧运动，提出下列几点意见：——

一、民剧必须以民众自己为题材，以民众自己的情感为情感。

二、民众对于新事物之认识和追求，应当有力地嵌入剧本中，再有力地采用一种能使他们了解的方式呈现在他们的眼前，使民众能认识自己而谋解放。

三、民剧的内容，必须是唤醒民众的昏醉迷睡的。

四、民剧运动者，要□自己于民众队伍里面去。

对于上面几点微意，当时是由于一时的感想所至，而随便地写下来的；同时，在“民众戏剧”这一个问题下面，想谈的还有“民众戏剧的创造”、“民众戏剧的形式”及其他诸问题，当时都未曾提及。好久就想偿清这注“心头之愿”的，可是，时光的是快快的，而我的性格却是懒懒的。直到今儿，才想到此“愿”之应偿的义务，于是，便在“再”字之下，除补充上次的意见之外，还想漫谈一些或许会是题外的话。好在既无堂皇的大题目，跑点子野马想也无大妨吧。

二

写此文的最初之动机，还是在去年十二月里参加小剧院表现研究会成立会时，由于一位某君在席间提出“戏剧怎样能够大众化”的问题，而当时在座的余上沅先生的答覆是：——

“多演!”

这样的答覆，当然是不能使人满意的。试想，如果我们一味的本着自己的兴味，制作一些诗人风味的剧，拿这种剧本搬上舞台去，尽管是一年四季每天的演下去，谁敢担保“多演”便能获得真正的民众之观看吗?

直到今年一月里，小剧院在青年会开第二次的研究会，席间又有一位某君提出“像天桥等简单的民间戏剧，能否与以于当[①]的改良而容纳于我们的队伍里来呢?”的问题，当时在座的余上沅先生的答覆是：——

“如其去改良旧剧，不如采用西洋较进步的新剧而迎头赶上去!”

“迎头赶上去”——可是，在《谈民众戏剧》一文中，我却说过如下的话：——

“在极力提倡新剧的时候，我们却不能忘记那些在民间流传着的所谓民间戏剧。民间戏剧是民众自己的戏剧，指的不是供奉帝王贵族们的赏玩，而被豢养着赖以成长发达的昆曲京剧，乃是流行于各地农间，而又农民自己创造自己享乐的一种戏曲。如从宋朝的“□鼓戏”及“打夜胡”一直流传下来的“花鼓戏”及“地花鼓”等相像的一种民间戏剧。我们所熟知的度着吉朴哀式的凤阳女的花鼓戏，便是其中的一种了。”我主张：——

“无论在制作上，或是民间戏剧的改良上，我们须得采取民间戏剧的淘汰工作，来逐渐地提高民众们的欣赏眼力。”

我之所以不肯绝对地放弃民间戏剧，而专门从西洋新剧以谋“迎头赶上去”，因为我觉得在民间戏剧里面，至少，有着下面几点特色：

---

① 原文如此，疑有误。

一、具有极浓厚的民间风味。

二、反映着民众的实生活，意识及情感。

三、有着自己的□□。

四、保留着民歌的形式。

因以上几点特色，所以，我认为民间戏剧实在是我们民众戏剧运动者所不应忽视的。而且，如果我们推求到戏剧最初的渊源，像房龙所说的，希腊戏剧的开始，是祭神的舞蹈，但就其表现的方式而论，毕竟是民众自己的戏剧，像其他的艺术一样，为艺术内之一部门的戏剧也同样地由民间戏剧而逐渐地分歧成为贵族们的专有之娱乐品。我们到这时候提倡民众戏剧，原来只是“物归原主”而已。既是“物归原主”，那么，我们持着什么理由要绝对地放弃那为“戏剧之母”的民众自己的民间戏剧呢？

三

近代一般民俗学者，对于民间文学一门，提倡甚力。在民间文学中，民间戏剧实为其中重要的一部门。如德国学者哈夫曼克里依在他的《民俗学每年书籍》中，所分类的：——

十五项：民间诗歌。

十六项：故事。

十七项：民间戏剧。

民间戏剧在民俗学中，犹如民间戏剧在民间文学中一样，有着其直接的地位的。而周作人先生在他的《中国戏剧的三条路》中，指出中国戏剧应走的三条路，□是：

一、纯粹戏剧（为少数有艺术趣味的人而设）

二、纯粹旧剧（为少数研究家而设）

三、改良旧剧（为大多数观众而设）

关于第三条路，周先生又作如下的解释：“第三种改良旧剧，即为大众有[①]设，以旧剧为本，加以消极的改良，与普通所谓改良戏不同。”我的意见或许与周先生有着程度上的差异，但是，我们既不是

---

① 原文如此，疑有误。

做纯粹的富有诗意的新剧运动，更不能专为旧剧设立所谓“昆曲研究会”，在替大众追还“原物”而作民众戏剧运动的时候，不肯遽然放弃旧剧这一点上，却是相同的。

改良旧剧，或是借重旧剧的形式作为介绍的工具，我主张凡是民剧运动者是不应该放弃这一条道路的。把一种新的内容灌进旧剧里面去，或是改良旧剧的形式及内容，我们固然不能制定一种公式来套量①它们，但在一种进步的原则下，逐渐地使我们的戏剧能够接近民众，我敢相信决不是一种“徒劳”的工作。至于所谓“中国民众文盲问题不得到于②当的解决，民剧运动便只是一种空文章”的话，在这里，我们可以不必讨论它……

四

关于民众戏剧的探讨，在本文中还是一无着落。本文只在于“改旧戏剧”这一点上加以声援而对于在前面所提及过的“民众戏剧的创造”及“民众戏剧的形式”等问题，还是没有述及。但是，为了篇幅关系，也只有待诸“另文”了。

最后，且引一段虽只是一个人道主义者但毕竟是民剧运动的提倡者的罗曼·罗兰特的说话来结束本文。罗曼·罗兰特：

“要救护艺术，非摄取那停滞了艺术的气息的根底的特权不可，非使万般民众都走进了艺术的世界不可！”

我们应该为我们的希望努力着！

——二月五日急草

（王西彦：《再谈民众戏剧》，1934 年 2 月 11 日《北方日报》“星期文艺”第 15 期）

一个找寻同情的人

西稔

人心是不相通的。

---

① 原文如此，疑有误。

② “于”当为“正”。

在荒漠的古城之黑夜里，在暗淡的月色中拖着那么一条长长的影儿，在那儿，迟疑地徘徊着一个找寻同情的人。

他叹着气，疲乏地喊着：

“谁处有我的同情呢？”

静静地，是北国的冬天，没有秋虫的声音。

望着月亮，月亮是永恒地安谧着：那么慢慢地在天心中□着□着，带着满脸儿的憨笑——就是这笑，啮痛了找寻同情那个人的那颗痴妄的心！这个找寻同情的人，他有着一腔白热的气，他的每管血管里都流动着不可欺侮的血液，急速地。然而——

“我需要着同情！”

风，那么静静地拂过城楼，拂过黑夜的沉寂，静静地拂过这个找寻同情的人的心头。那颗狂热的心，在夜风中开始颤抖着。可是，看着哪，看着那稀稀落落的星星，那星星便也会在风中眨着羞辱的眼睛的。

于是，他默默地□住了。

“神，”祈祷着：“你万能的神哟，告诉我，谁处有着我的同情呢？我希望着同情，就像希望着我的生命一样。用我的全生命作个咒语：神知道我是多么愚蠢地要求着一桩希□似的赐与啊！”

天心有着一阵飞马似的白云，那么飞快地掠过去了。在那白云上面，是满载着他的希望的。他看着，他叹息着：

“何①美丽而纯洁的白云啊，右②把我的拿全生命作咒语的希望载着，载着转呈给那万能的神：神是神圣的。然而，白云啊……”

他低下了头。

从永远有着春天的柔媚的江南，他流浪到这荒漠的北国来，为的是，江南明媚的春光温不暖他冷冷的心。他是有着那无涯的期望的，期望着在这个世界上会有着那么一点一滴——纵然是一点一滴的同情之泪的。在江南，他也曾被热情所烧燃过，高声地唱过欢乐的赞颂

① 原文如此，疑有误。
② 原文如此，疑有误。

曲，然而，终于，那欢乐遗弃了他，很快的，他剩下了一颗孤寂的、冷冷的心："上了断头台啦，我的宝贵的××！"

于是，他流浪着，一叶大潮中的飘荡的浮萍似的。

经过高巍的山，汪洋的海，他流浪到了这荒漠的古城，带着那么颗痴妄的愚蠢的心。

他喊着，疲乏地：

"谁处有着我的同情呢？"

在漫漫的白云下，皎皎的明月下，那么梦游者似的，找寻着他的同情。他向着神祈祷着，因为他是相信着那万能的神的。

夜是静静的，风是轻轻的，星星是稀稀落落的，而他的冷冷的心却是有着一种新的希望的。带着这一种新的希望，在荒漠的古城之黑夜里，在暗淡的月色中，拖着那么一条长长的影儿，在那儿，他迟疑地徘徊着，徘徊着……

冷冷的心变成了狂热，而他的希望是无涯的。

他默默地站住，听那冥冥中神的启示：

"你这狂妄者呀，告诉你，在这世界中，你的希望是将永远地被埋没了！"

于是，他开始流泪了。

——二十三年三月二十日北平

（西稔：《一个找寻同情的人》，1934 年 4 月 8 日《北方日报》"星期文艺"第 22 期）

废物的生活

德国哀莘坠夫短篇杰作　西园译

我父亲磨房里的机轮咆哮着，已经又很厉害的活动起来了，雪水一滴滴的从房顶上流下来，瓦雀噪鸣着与机轮所发生出来的声音杂在一起；我坐在门槛上打盹；正在温暖的日光里晒得很舒服的时候，我的父亲从屋子里出来了；他已经从清早起就在磨房里吵闹着，头上斜戴睡帽，对着我说："废物你跑到这里晒暖来啦，你身上的骨筋已经僵直了吧！你就看着我个人在这里工作么？我不能再养活你在这里吃闲饭啦！春天就在眼前，你也去外边跑跑，自己去挣点饭吃。”——“那末”我说，“如果我要是个废物的话，那倒好啦，我很愿意外边跑跑，求几个人的幸福，”原来早就打算这末作，因为最近忽然想到旅行，这是因为我听见了金翅鸟在秋冬两季时常在我们窗子前面很烦闷的唱着：“农人□我来罢，农人□我来罢！”那末在这个美丽的春天，我又听见他很骄傲的很愉快的在树上叫着：“农人，注意你们的事罢！”——于是走进房去，从墙上取下，我最好玩的提琴，我的父亲还给了我几文钱，带着这些东西我就出了家门登程前进，而且我很快的走过绵长的乡村，当我看见，整天在我的右左①作庄稼活的，那些个老相识与伙伴们的时候，真是满心欢喜，同时我对于出外这件事很觉得很足以自矜，我很骄傲的很自足的对两旁那些可怜的人们道着再见，但是没有一个人理我，而我却觉得永久是过着星期日的生活一样闲散有趣，最后走出了广阔的郊野，某②时候我举起我亲爱的提琴，一边玩着一边唱，沿着大道往前走：

上帝要想赐福给谁，
就遣谁到广阔的世界，
要想使谁知道他的奇异，
就遣谁去到山林□野，
整天守在家里的人们，
黎明的红光都不能把他唤醒，
他们只知道孩子的摇篮，
只知道为面包去忧虑，着急，为难，
山上的涧水跳跃，
高处的落叶松在空中鸣响着，
为什末我不用圆满的腔调和愉快的胸襟，

① “右左”当为“左右”。
② “某”当为“这”。

去同他们歌唱?
我愿意遵守亲爱的上帝,
爱护涧水,落叶松,山林,郊野,
大地和青天,
也要把我的事情好好的安排!

当我往四围观看的时候,紧在我的后边跟着来了一辆很有价值的旅行车,这辆车在我的后边已经走了好久了,因为我满心里都是想着歌唱,所以没有注意,这辆车走的很慢,两位高贵的夫人从车里伸出头来听着我唱,其中有一个特别的美丽,而且比起另外的那个还来得年青,但是他们两个我全都很爱,当我停止我的歌唱的时候,那个年纪较大的停着了车子,对我很诚恳的说:“嘿!那位欢唱的人,你唱的曲子真美丽呀!”我很不领情的回答他们:“我可敬爱的,请你们等一等,我还会唱很多更美丽的曲子呢。”他们于是又问我:“你在这样的一个清早里要想往那里去呢?”当时我很觉得害臊,因为我自己根本就没有想到这层,于是随便的应了一声:“往维也纳去!”

(未完)

([德]哀茾坠夫:《废物的生活》,西园译[目录作“西彦”],1934年4月22日《北方日报》“星期文艺”第24期)

王西彦《北方日报》“星期文艺”副刊佚文目录

王西彦:《回忆中的西子湖——姜桂小品之一》,1933年11月5日《北方日报》“星期文艺”第1期。

王西彦译:《杜斯朵夫斯基书信——给他的父亲》,1933年11月12日《北方日报》“星期文艺”第2期。

王西彦:《剪影——马路风景线之一》,1933年12月3日《北方日报》“星期文艺”第5期。

王西彦:《骆驼的悲哀——寄佐人》,1933年12月10日《北方日报》“星期文艺”第6期。

王西彦：《甘露寺的薄暮——漫游第一迹》，1934年1月23日《北方日报》“星期文艺”第12期。

王西彦：《太湖半日——漫游第二迹》，1934年2月4日《北方日报》“星期文艺”第14期。

王西彦：《再谈民众戏剧》，1934年2月11日《北方日报》“星期文艺”第15期。

西稔：《一个找寻同情的人》，1934年4月8日《北方日报》“星期文艺”第22期。

［德］哀莘坠夫：《废物的生活》，西园译（目录作“西彦”），1934年4月22日《北方日报》“星期文艺”第24期。

叶公超谈中西大学教育和学生生活

——新发现叶公超1935年在清华大学的一次讲演

笔者在北平《世界日报》1935年10月31日、11月1日第9版“学生生活”发现叶公超的一篇讲演，题为“欧美大学学生生活印象记”，副题为“清华教授叶公超讲演”，记录者为“富塞夫”。该讲演不见于《叶公超散文集》（洪范书店1979年版）、陈子善编《叶公超批评文集》（珠海出版社1998年版）、《新月怀旧——叶公超文艺杂谈》（学林出版社1997年版），及叶公超传记和各种叶公超研究文献。叶公超学问淹博，但吝于著述，一生留下的学术文章并不多，所留下的讲演方面的材料更少。因之，这篇讲演，对叶公超研究具有一定史料价值。现整理如下：

欧美大学学生生活印象记

——清华教授叶公超讲演

富塞夫记

清华大学外语文系教授叶公超，去岁休假去国，足迹所至，颇多观感，日前在清华讲演此题，兹以此种事实，颇可为吾国大学同学借镜之处，因之志出，以备他山之石。

大凡学生的生活，都可以分为二种：一是受学校规程所支配的生活，如上课、预备功课、日常起卧时间等等；一是不受学校规程支配的自动生活，如闲暇中的阅读，参加课外的活动，师生课外的接触，以及各种自愿的生活等是。

我在这几十分钟内，当然不能详细地说到英美大学学生生活的各方面，所以我想单就他们的生活与我们中国大学学生生活不同的几点来说，这样也许诸位会觉得更加有趣一点。

（一）所谓受学校规程支配的生活，最要紧的当然就是课程的轻重与上课的次数问题。

关于这点，我相信中国大学的学生每周上课次数之多，除了日本几处的学生之外，为欧美任何大学学生所不及。在多半美国大学里，一二年级学生每周最多也不过要上十七八小时的课，以后再逐年减少，在英国大学里，学生上课七八小时的课的时数更少了，譬如在剑桥大学（Combridze①）读文学的学生每周平均不过上七八小时的课，此外再加上每周一二次与指导教授讨论的约会。法国外省大学里学生每周也只有十三四点钟的课。所以有人说中国的大学生是到大学来上课的，外国的大学生是来读书的。这话至少有几分的真实。

为什么我们的大学生要每周上到二三十小时的课呢？我想是因为我们的制度和课目的设备都是全盘抄袭西洋的，尤其是抄袭美国的，所以结果我们在西洋大学所应有的课目之外还加上我们自己的必修课目，如国文、党义等等。这实在是我们大学教育还没有完全独立的现象。试看我们国立大学里所用的教科书与参考书有多少是本国文字的。前几年我在上海某大学里去旁听过两小时的经济学原理，学生用的课本是 Ely 的经济大纲，在我旁听的那二小时之内，那位教授所讲的实在就是翻译课本而已。我想假使学生用的课本是中文的，或他们的英文程度稍高一点，至少那两点钟的课是可以不必上的。按原理说，上课的时间是只应当用于教员与学生彼此不能单独进行的工作。学生自己可以读得懂的书，教员大可以不必在班上重讲。教员自己假使没有独到的见解，他的职务就变为指导学生去读什么书，这样说起来，上课的时间，就可以相当的减少了。

---

① “Combridze”当为“Cambridge”。

此外，在外国大学里教员与学生接触时间似乎比较多一点。这是一件很重要的事，因为教员认识了学生的个性，能够择其性之所近去指导他，同时学生亦可领略到先生们读书作人的方向；这在教育上的功能，很具有最大的效果。在英国师生课外接触的机会更多，譬如牛津与剑桥大学的学生，至少每日要和教授们在一处吃饭，饭后大家可以讨论种种问题。不比中国的大学，教员除上课以外，简直同学生往往有视如路人的样子；这是我们大学学生生活中的一个大缺憾。

关于受学校规定支配的生活，大致东西各地的情形，相悬殊的是程度与效果方面，普遍制度，大体仿佛；故我们要特别注意的是“不受学校规程支配之生活”，这在中外大学生的发展方面，很多歧异，也是本题所要讨论的主眼：从前哈佛大学的校长 Charles Sliot① 曾说过：大学教育最重要的目的，是要训练学生如何利用他们的闲暇时间。在这四年之内，我们应当造成他们（指学生）一生的习惯。

（二）所谓不受学校规定支配之生活，大别有课外阅览，学生课外的活动，师生的接触，学生对事物之性趣，以及物质享受等等问题。关于课外阅览方面，在欧美大学的一二年级学生，同中国学生一样，喜读画报，及看影星的照片等，至刊物杂志方面，除少数喜欢读学术性的东西外，大部分愿读幽默的作品。如美国的 *Judg*，英国的 *Punch*，此两种刊物与中国《论语》相仿，此类刊物最为英美两国大学同学欢迎，为重要的课外浏览消闲之品。此外是有关于世界大势，政治经济等刊物，他们也很喜读。恐怕我们的大学生，也有这种相同的嗜好。

英美的大学的学生，平时神气总是兴高采烈的，处处都表现着生气蓬勃的样子。没有像许多中国大学生这样萎靡不振的态度。他们喜欢与自然接触，在假期里，常作徒步旅行，愿把他们

---

① 当为“Charles William Eliot”，查尔斯·威廉·埃利奥特，1869—1909 年为哈佛大学校长。

的性灵寄托在山水之间，这样可以焕发起他们“爱乡土”的观念。无怪英国战亡诗人“毕洛克先生”——Rupert Brook①，当他从军在沙场上的时候，在回忆中，想到了祖国故乡的野外那软而如茵的“绿草”来，由着对绿草发生爱恋，可激动他他②爱祖国的情绪，这是他日记上亲自记出来的。此种情形，实在不比中国学生，不喜活动，自装少年老成，有如负荷千斤担子的样子。

有一位从前来过中国的英国教授对我说：“中国的学生，多半缺少在太阳底下的生活。”这句话当然是一种比喻的说法，他的意思，就是说我们的学生，多半是愁眉不展，似乎没有受够太阳的生气。譬如德国学生喜欢唱歌，舞剑，喝啤酒，这是一种民族精神的表现。至于中国，据我所和，从前清华学生中曾有到了北平十年，而没有看过长城的，甚而至于有在清华毕业，而没有去过颐和园的。由此，我们可充分看到中外的民族性的内质不同。同时，英国学生差不多每人总绕过英国本地的一个圈子，这样才可以使之了解本国的山川形势。至于美国的学生，大多数也是喜欢旅行的。较之我国大学学生，甚有在九一八事变之后，不知东北的形势如何，是不可同日而语的。近几年来，我们国事日危，青年人往往只知道呐喊；要知对国家观念，不只血气用事，而且要有事实的认识，我们要爱国，就是要爱我们版图内的山河景物，人民，以及我们以往的光荣。

英美学生，都很喜欢运动，在课余之后及将黄昏的时候，运动场上，体育馆内，总是活泼的一群一伙的运动着。即使个性稍较固执些的，也必在草地上散散步，或在林中泉边看看书，回视我国同学，固然校方的设备不全，即有的较比完善的学校，运动风气仍不普遍，还是畸形的发展着。

我们知道在一八一五年滑铁炉之役，英国战胜了法国，英大将威林顿，曾经声言道：“我们战胜法人，是用在伊顿学院（英

---

① 现通常翻译为“鲁珀特·布鲁克”。

② “他”字衍。

国最有名的学院）足球场上，竞赛的精神而战胜的！”这在表示英国人真正体育精神的发扬，足以使之吾人效法的地方。

大学生对事物的性趣，一般是爱好的；尤其是对政治问题特别关切，无论他们是学工的也好，学理的也好，对于国事都喜欢讨论，喜欢辩驳，也许见解粗浅点，但这是种文明国家智识分子应具的态度。这绝不比中国的大学学生，如果学理工的话，则不屑研究政治，以为政治是龌龊的东西。殊不知吾人离开政治是没法生存下去，西哲亚里士多德曾说过：“人是政治动物”，此言良是！再者，中国同学也有一部分喜谈政治，多数不是流于偏见，即是太抽象太空洞，不比英美的学生是寻找实际的事物，是具是[①]实是求是的精神。犹[②]其是在英国的牛津与剑桥两校同学对政治问题最为热切。

关于物质的享受，英美大学的学生，固然比我们住的吃的都比较舒服，但是在大陆上的大学，情形就不同了。假使我们拿清华的环境来说，许多欧洲的著名的大学，还远不如我们，至少在图书的设备，以及宿舍的双方面。中国近几年来，教育自然是有进步，但物质设备方面的进步的速率，似乎比学术以及教材方面的较大。我们的现在学生，应当多在实际与学术的方面求进步，而少在物质享受的方面求与人家一致。

（北平《世界日报》1935年10月31日、11月1日第9版“学生生活”）

“学生生活”是《世界日报》的副刊，主要刊发有关北平的一些大学如清华大学、北京大学、燕京大学等学校校园生活的文章，也有一些文章涉及北平之外的大学如山东大学，作者大多是在校大学生。该刊保留不少民国大学校园生活的第一手史料，对研究民国大学校园文化有一定价值。

文章开始对讲演背景进行了简要介绍：“清华大学外语文系教授叶公超，去岁休假去国，足迹所至，颇多观感，日前在清华讲演此

---

① “是”字衍。

② “犹”当为“尤”。

题，兹以此种事实，颇可为吾国大学同学借镜之处，因之志出，以备他山之石。”1934 年，叶公超在清华大学执教满 5 年，依例到国外休假 1 年。依傅国涌《叶公超传》所记，1935 年暑假结束时叶公超从欧洲回到北平。[①] 查《朱自清日记》1935 年 8 月 8 日所记：“乔治归来。”[②] 这里的“乔治”指的就是叶公超，“乔治·叶”是他的外国名字。这说明叶公超最迟于 1935 年 8 月 8 日已经回国。

一年的国外游历生活使叶公超感慨颇多，归国后他曾写作《留学与求学》一文，刊《独立评论》第 166 号（1935 年 9 月 1 日）。胡适《编辑后记》对此有所提及：“叶公超先生是清华大学外国语文系的教授，去年曾作环球的旅行，足迹踏遍欧美非亚四洲。他回国后，感想颇多，我们请他写出一点，便是这篇《留学与求学》。以后他还有文章在‘独立’发表。”[③] 文章外，叶公超就这次国外游历发表过演讲，现在所能见到的，就是题为“欧美大学学生生活印象记”这一篇。

讲演记录稿没有提及演讲日期，只是说“日前”。《世界日报》1935 年 10 月 19 日“教育界”报道：“清华大学下星期一上午十一时至十二时纪念周会之讲演，现已聘定该校最近由欧休假归国之外国语文系教授叶崇智讲演，题目为《欧美大学学生的生活》。”叶崇智即叶公超，“公超”是他的字，名“崇智”，以字行。10 月 19 日为星期六，那么下星期一为 10 月 21 日。说明这次讲演的时间为 1935 年 10 月 21 日上午十一时至十二时，属于清华大学的纪念周讲演。这次讲演朱自清去听了。据《朱自清日记》1935 年 10 月 21 日所记：“公超演讲不佳。”[④] 日记没有提叶公超演讲的题目与内容，但按照惯例，日记所记一般为当天发生之事，这就说明朱自清所记的叶公超的讲演就是 10 月 21 日星期一这次纪念周讲演。朱自清评价讲演“不佳”，至于如何不佳，则没提及。

叶公超讲演题目虽是“欧美大学学生生活印象”，但其讲演主旨

---

① 参见傅国涌《叶公超传》，河南人民出版社 2004 年版，第 70 页。

② 朱自清：《朱自清全集》第 9 卷，江苏教育出版社 1998 年版，第 374 页。

③ 编者：《编辑后记》，《独立评论》第 166 号。

④ 朱自清：《朱自清全集》第 9 卷，江苏教育出版社 1998 年版，第 387 页。

则是比较欧美大学学生生活与中国大学学生生活的不同。叶公超把大学生的生活分为两种：一是受学校规程所支配的生活，如上课、预备功课、日常起卧等；一是不受学校规程支配的课外生活，如闲暇中的阅读、课外活动、师生的课外接触，及各种自愿的生活等。就“受学校规程所支配的生活”来说，他认为西方大学课时少而学生读书时间多，中国大学课时多而学生读书时间少。中国大学的学生每周上课太多，周课时达二三十小时，上课次数之多，除日本外，为欧美任何大学所不及。因而，有人说，中国的大学生到大学是来上课的，外国的大学生是来读书的。中国大学学生课时多，是因为中国的大学制度和课目设置皆全盘抄袭西洋，尤其抄袭美国，所以中国的大学在西洋大学所应有的课目之外还加上中国的必修课目，如国文、党义等。这说明中国的大学教育没有取得完全独立。叶公超认为大学教育本质在于教师指导学生读书，使学生养成发现、获取知识的技能，而非传授具体知识，“按原理说，上课的时间是只应当用于教员与学生彼此不能单独进行的工作”。这种“不能单独进行的工作”，指师生、生生之间的彼此交流互动，教师对学生思想的引导启悟，对学生思想人格、认识水平、获取知识能力的提升。与此无关或关系不大的，皆可以在课堂之外解决。学生可以读懂的书，教师大可不必在课堂重讲。假使教师没有独到见解，他的职务就变为指导学生去读什么书。因此，大学教育的水平和效率不在课时之多少，而在学生读书之多少。

叶公超对大学课堂的看法，主张减少课时而增加学生读书时间，来自他对欧美大学教育理念和教学方式的考察，同时也来自他个人在西方大学读书的经验和体悟。在美国爱默斯大学求学时，叶公超师从著名诗人罗伯特·佛洛斯特（Robert Frost），而他对学生的指导，其贯穿性理念，即指导学生如何读书，重在人格之培养与思想之启悟，而非课堂的外在形式。用叶公超的话说：“他这个人只讲究念书不念书，不讲究上课不上课。”① 叶公超在教学方法和理念上深受其师影

① 叶公超：《文学·艺术·永不退休》，见《新月怀旧——叶公超文艺杂谈》，学林出版社 1997 年版，第 179 页。

响，对上课的外在形式不怎么重视。“当年在南岳求学的学子艾山回忆，叶公超在教学方面注重熏陶法，上课与否，不太看重，他时时提醒学生要以希腊哲学家戴奥真尼斯之灯，不虚不假，外以照人，内以自照。”① 这句话的后半部分可能出自王治平、历国香《叶公超师九旬生辰抒怀》一文，文中所录叶公超教诲学生名言，就有此句：“‘Keep Diogenes lamp’戴奥真尼斯之灯，要不虚不假，外以照人，内以自照。”② “戴奥真尼斯”即古希腊著名犬儒派哲学家第欧根尼，他白昼提灯的故事广为人知，后尼采也曾仿照第欧根尼在白天打着灯笼寻找上帝。叶公超所谓的“戴奥真尼斯之灯”，指的应该是理性、真理、思想认识、道德追求等，他时时提醒学生以“戴奥真尼斯之灯”照人与自照，说明他在教育学生过程中，更为看重对学生心智之启发，而非具体知识之传授。这与他在讲演中所传达的教育理念是一致的。

叶公超讲演中在提到剑桥大学时，特意提及该校读文学的学生“每周平均不过上七八小时的课，此外再加上每周一二次与指导教授讨论的约会”。叶公超所说的“每周一二次与指导教授讨论的约会”，应该指“Seminar”，即大学教师带领学生作专题讨论的研讨课、研讨会。这种研讨课的形式，突破了传统一言堂的授课方式，注重师生之间的互动交流，允许学生在课堂上自由发表看法，有利于提高学生的独立思考能力，和启发学生心智。叶公超在西方留学多年，对这种研讨课的授课方式熟悉，也赞赏，并尝试着把这种方式引入中国的大学课堂。据《朱自清日记》1932 年 12 月 27 日所记：“今日江清生日，与石荪等同至公超家便饭……饭后谈美国大学中课堂讨论办法，以为最有趣味。”③ 这里的“课堂讨论”，即“Seminar”。朱自清、丁石荪、浦江清、叶公超等人认为这种课堂讨论办法“最有趣味”，说明他们比较认同这种教学方法和课堂形式。叶公超讲演中认为“按原

---

① 傅国涌：《叶公超传》，河南人民出版社 2004 年版，第 76 页。

② 王治平、历国香：《叶公超师九旬生辰抒怀》，见叶崇德主编《回忆叶公超》，学林出版社 1993 年版，第 39 页。

③ 朱自清：《朱自清全集》第 9 卷，江苏教育出版社 1998 年版，第 179 页。

理说，上课的时间是只应当用于教员与学生彼此不能单独进行的工作”。而“Seminar”恰恰符合他所说的教学原理。

叶公超认为西方大学中师生接触机会多、中国大学师生接触机会少，这也是西方大学教育的优长。大学教育中，师生间接触很重要，通过接触，教师才能认识学生的个性，能够择其性之所近去指导他，同时学生亦可加深对老师的理解，不自觉间受到老师的熏陶。中国的大学，教师上课以外，简直视学生有如路人，这是中国大学学生生活的一大缺憾。其实，中国传统儒家教育，很重视师生游处，重视修身和思想境界的提升。中国现代的大学教育制度是学习和模仿西方的，在学习和模仿西方大学教育制度过程中，如何吸收西方大学教育的精髓，并兼收中国传统书院制度和儒家教育所长，除重视大学课堂教育，加强师生课外交流，重视对学生的人格熏陶和思想教育，仍然是摆在当前教育工作者面前的重要问题。

谈起大学生活，一般人往往想到的是大学课堂，也更重视大学课堂。与一般看法不同，叶公超认为大学课堂等“受学校规定支配的生活”，东西方体制大致相似；反而是“不受学校规程支配之生活”，值得我们特别加以注意。他引用哈佛大学校长 Charles Sliot 的话：“大学教育最重要的目的，是要训练学生如何利用他们的闲暇时间。”大学四年的课外生活，决定学生一生的习惯。叶公超认为中外大学学生课外生活的不同，对其未来生活影响甚大，因此，值得特别重视，这也是他此次讲演所要讨论的“主眼”。总体来说，叶公超认为西方大学学生的课外生活更为丰富多彩，他们喜欢运动，喜欢与自然接触，假期常徒步旅行；中国大学学生则不喜课外活动和运动，显得少年老成。精神状态上，西方大学生生气蓬勃，兴高采烈；中国大学生则多萎靡不振，愁眉不展。叶公超认为中外大学生课外生活和精神状态的不同，不单是生活习惯之不同，而且是中外“民族性的内质”或“民族精神”的不同体现。这种喜静不喜动的民族精神，不利于中国大学生应对日益危急的民族形势。对此，他语重心长地指出：“近几年来，我们国事日危，青年人往往只知道呐喊；要知对国家观念，不只血气用事，而且要有事实的认识，我们要爱国，就是要爱我们版图内的山河景物，人民，以及我们以往的光荣。”叶公超讲演的时间为 1935 年 10 月，这时日本对中国侵略日益加紧，叶公超对中、西方大学生课外生活习惯与精神状态的比较，是为了引导中国大学生进行自我反思，为当时的抗战救国服务。

叶公超认为中西大学生课外生活的另一点不同是对于政治的关切程度不同。西方大学生爱好广泛，对政治问题尤其关切，无论工科或是理科，对于国事皆喜欢讨论辩驳。中国的大学生，学理工的不屑研究政治，以为政治是龌龊的东西。一部分喜谈政治的，多数不是流于偏见就是抽象、空洞。叶公超服膺亚里士多德“人是政治动物”的观点，认为人离开政治则没法生存，西方大学生喜谈政治，正是文明国家知识分子应具的态度。叶公超对西方大学生喜谈政治、善谈政治的表扬，对中国大学生不爱谈政治、不善谈政治的批评，同样是出自对中国现实的忧患意识，希望大学生关心国家大事和民族未来。

叶公超对大学生课外生活的看重，还源于他对大学生综合素质的认识。他虽强调读书为大学生职分之所在，大学教育之成效在大学生读书之多少，但同时又认为读书之外的生活训练，对大学生综合素质的提高同样重要。杨联升在回忆老师叶公超时有如下记述：“有时谈到生活态度，叶师说：‘不能只读书，有时扫扫地，也是好的。’后来我猜想，可能是先生在美国受教育的时间较长，受了西人虽富贵（先生是一位公子）而有些事也必躬亲，未必是先儒所指的洒扫应对进退的小学训练，不过也可能是二者合一。”① 这里的“扫地”与“读书”对举，可看作隐喻和借代，代指大学生读书之外的课外活动和社会实践。讲演中提及的西方大学生课外生活中诸如爱谈，善谈政治，爱好旅行，从对祖国山川的考察中培养出爱国情操，运动场上的竞技和拼搏，等等，皆在“扫地”所隐喻的范围之内。《朱自清日记》1933 年 3 月 5 日记录：“晚到公超处谈，公超谈美国大学对勤学

① 杨联升：《追忆叶师公超》，见叶崇德主编《回忆叶公超》，学林出版社 1993 年版，第 42 页。

之士及勤学、运动、交际兼长之士奖励制度甚佳。”① 这则记录，再次说明叶公超更为看重大学生“勤学、运动、交际兼长”的综合素质培养。

叶公超此次讲演虽然题为《欧美大学学生生活印象记》，但讲演的主旨则为对中国大学教育与大学生生活的反思。在教书生活中，他时时提醒学生要以“戴奥真尼斯之灯”，不虚不假，外以照人，内以自照。此次讲演，他其实也是用西方大学教育这盏“戴奥真尼斯之灯”，来烛照中国大学教育，“内以自照”，对中国的教育体制和大学生生活，进行自我反思和警醒。他这样做的目的，并非完全出于学理考虑，更多来自日本步步进逼的危急局势，对中国现实和前途的关切和忧虑。正是基于此，他使用了中西比较模式，以西方大学教育和大学生之优，衬托和映照中国大学教育和大学生精神和生活的问题。这样的二元比较，以及优劣判然的评断，也许失之简单化，但考虑其良苦用心，和中国大学教育亦步亦趋西方大学教育体制的现状，他的比较和所下的一些判断，具有一定合理性。

对于叶公超这次讲演，朱自清亲临现场听讲，但却给予“不佳”的评价。为什么评价不高？是出于双方教育理念不同，还是其他原因？这是进一步值得探讨的问题。

---

① 朱自清：《朱自清全集》第9卷，江苏教育出版社1998年版，第203页。

《世界日报》关于冯至等人出国留学的五则报道

笔者在浏览北平《世界日报》时，发现与冯至出国留学相关的五则报道。这五则报道，对冯至研究具有一定史料价值，现整理出来，并作简要分析，以期对冯至研究和现代留学教育研究有一定贡献。

第一则报道见于1929年12月31日北平《世界日报》第5版"教育界"。该版以《河北省教育厅昨召开新留学生训话严智怡赵元任等演说》为题，报道了河北省教育厅为欧美留学生召开的一次会议：

> 昨日下午三时，河北省教育厅，召集此次录取之欧美留学生训话，出席为该厅厅长沈尹默、第一科科长宗真甫、省府委员严智怡、省府主席代表王平、建设厅代表朱延平、财政厅代表藉雨南、各大学教授陈衡哲女士、陶孟和、翁文灏、赵元任等，录取之留学生，到韩权华女士、杜联喆女士、冯承植、赵克捷、王庆昌、鲁士英、赵文珉、臧玉淦（穆瑞清、杨汝楫、翟鹤程三人，因不在平，故未到会）先摄影，即开会。由沈尹默主席，行礼如仪，沈报告召集谈话宗旨，次由严智怡演说，略谓以前教厅即有计划考送留学生，今到沈厅长时，得以实现，余甚为欣慰。余前在日时，见留学生往往无一定宗旨，故回国后，结果不好。此次招考，诸君对所学，均先有甚深之研究，将来以所学救国云。

次由陈衡哲女士演说，谓希望出国学历史者，不单注意研究历史之方法，并须注重历史教授法，盖关系方法，中国原有相当根基，至于教授法，则大有改革余地云。次赵元任演说云，外国以各种学术甚发达，人才甚多，故外国学生，所学均极专门，而中国留学生，则应各方面都要知道一点，并要注重相关各种机关的组织与管理情形，回国方能有用，对外国师友要联络，求将来对我国家学术上有帮助，总之，要看清中国情形，拿定自己宗旨，学成归国，始能致用云云。最后由沈尹默演说，略谓吴稚晖说留学生是块豆腐，到外国犹如到锅里炸过，余则希望留学生是曲子，回来能作无数的酒。诸君中有习窑业者，须先能明了中国过去的窑业情形，归国后始能创造，将昔日优越地位复兴起来，学地质者，亦非先知道一点中国的东西不行，学文学者，学音乐者，也不过是把人家的东西，加一番研究之后，产生出自己的东西来，总之，望诸君负起重大使命，为国力学云。末由宗真甫报告出国手续，及欧美留学生考核成绩办法，旋即茶点，至六时余始散云。

报道中提到的“冯承植”即是冯至，“冯承植”为他的原名。依据《冯至年谱》①，冯至1929年冬考取河北省教育厅官费留学，因河北省经费拮据，出国延期至1930年9月始成行。现有关于冯至1929年考取河北省官费留学的史料，仅限于《冯至年谱》所提供的信息。北平《世界日报》的这则报道，则包含了较大信息量，提供了冯至出国留学的一些具体细节。

由报道可知，冯至参加河北省教育厅召集的新录取欧美留学生训话会的时间为1929年12月30日下午3点至6点左右，地点为北平。查《河北省志》第76卷《教育志》，1928年7月，直隶省改为河北省，京兆区废止，并入河北省，划出宣化等10县改属察哈尔省。天津市改为特别市直属中央政府。原直隶省教育厅改为河北省教育厅。

① 《冯至年谱》，见《冯至全集》第12卷，河北教育出版社1999年版，第633—635页。

严智怡为教育厅长。1928 年 10 月，教育厅随省政府由天津迁至北平。1928 年 9 月，中央政府公布北平大学区组织条例，以热河、河北两省，津、平两市为辖区。1929 年 1 月，北平大学区成立，河北教育厅撤销。1929 年 7 月大学区制废止，河北省教育厅恢复，沈尹默为厅长。1930 年 11 月，河北省教育厅迁回天津。[①] 依据《河北省志》，从 1928 年 10 月至 1930 年 11 月，河北省教育厅的办公地点迁徙两次：1928 年 10 月，教育厅随省政府由天津迁至北平；1930 年 11 月，河北省教育厅迁回天津。从 1928 年 10 月到 1930 年 11 月，河北省教育厅的办公地点一直在北平。冯至参加河北省留学生训话会的时间是 1929 年 12 月，因而，地点只能是北平。报道中的“穆瑞清、杨汝楫、翟鹤程三人，因不在平，故未到会”一语，更进一步证明会议地点就在北平。

冯至考取的为什么是河北省教育厅的官费留学呢？这与当时的行政区划有关。冯至 1928 年暑假后回北平任教于孔德学校，兼任北京大学德文系助教，这两所学校皆在北平。1929 年，冯至考取官费留学时，北平市的教育属河北省教育厅管辖。当时，河北省教育厅所辖区域包括热河、河北两省及天津、北平两市。冯至无论经过孔德学校还是经过北京大学考取官费留学，都必须通过河北省教育厅。

由报道可知，冯至考取的河北省教育厅官费留学，在民国政府河北省留学教育史上当属首次。这点可由河北省省府委员严智怡的演说得到印证。他在演说中称：“以前教厅即有计划考送留学生，今到沈厅长时，得以实现，余甚为欣慰。”严智怡为严修次子。严修，字范孙，被尊为南开“校父”，是南开学校体系的奠基者，为中国近代教育做出过突出贡献。严智怡曾任直隶省实业厅厅长、国务院参议等职。1928 年 6 月 26 日严智怡任河北省政府委员兼教育厅厅长，1929 年 7 月 6 日免教育厅厅长职，由沈尹默继任。[②] 由于严智怡曾任河北

---

① 参见河北省地方志编纂委员会编《河北省志》第 76 卷《教育志》，中华书局 1995 年版，第 672 页。

② 参见刘国铭主编《中国国民党百年人物全书》（上册），团结出版社 2005 年版，第 776 页。

省教育厅厅长，所以，他才会以前厅长的身份声称“以前教厅即有计划考送留学生”。当然，这个计划没有实现，一直到1929年7月沈尹默继任河北省教育厅厅长后，河北省有计划考送留学生的计划才得以实施。由严智怡的话可以证明，冯至考取的1929年官费留学，是河北省教育厅第一次有组织、有计划实施的官费留学，在中国现代留学史上具有重要意义。

由报道可知，这次官派留学的人数不多，仅11人，但每人皆为青年才俊，冯至不用说，其他10人日后大部分有较大发展。冯至外，其他10人的名字分别为：韩权华（女）、杜联喆（女）、赵克捷、王庆昌、鲁士英、赵文珉、臧玉淦、穆瑞清、杨汝楫、翟鹤程。10人中，只有杨汝楫的情况不详，其他9人的情况，或详或略，皆有踪迹可寻。韩权华（1903—1985），女，天津人，1922年考入北京大学预科，后转学到北京女子师范大学，改学音乐，师从著名音乐家刘天华。1929年考取河北省教育厅官费留美。1945年韩权华回国后与国民党将领卫立煌结婚。韩权华姊妹7人，她在姊妹中排行最小，其五姐韩咏华为清华大学校长梅贻琦夫人。杜联喆（1902—1994），女，天津人，1924年毕业于燕京大学历史学系，获文学学士学位。同年，考取该校历史学研究生。1926年，杜联喆研究生毕业，获燕京大学文科硕士学位，留校参与哈佛燕京学社引得编纂处的工作。1929年考取河北省教育厅官费留美。杜联喆后成为著名历史学家，以明清史研究见长。赵克捷（1900—?），字季扬，1900年生于天津，1923年6月毕业于南开大学，取得理科学士学位。[①] 毕业后留校任教，爱好音乐，为南开大学“国乐社”成员，后从事企业活动。[②] 王庆昌（1899—1962），字开周，河北省巨鹿县人。1924年毕业于北京大学地质系。1928年任中央研究院历史语言考古研究所助理研究员。1929年任中央地质调查所研究员。1930年赴英国剑桥大学研究生院学习。1935年获博士学位，同年回国，主要从事地层古生物研究与

---

① 参见《本校第一次毕业典礼》，《南开周刊》1923年第68期，见王文俊等选编《南开大学校史资料选（1919—1949）》，南开大学出版社1989年版，第30页。

② 参见程志《京腔研究》，天津古籍出版社2007年版，第241页。

教学。主要论著有《海水之进化》《易县燕下都考古研究初步》《中国志留纪珊瑚化石》等。[①] 冯至1930年出国结伴而行的人中就有王庆昌。[②] 鲁士英（1897—1976），字岫轩，河南省清丰县人，1924年毕业于北京高等师范学校教育研究科，先后在沈阳高等师范附属中学、北京香山慈幼院、河北省立女子师范学院任教，留学美国芝加哥大学师范学院与研究院，获教育硕士学位。回国后，任北京师范大学教育系教授。中华人民共和国成立后，任北京师范大学教育系主任，著有《乡村教育》《教学法基本原理》等论文。[③] 赵文珉、翟鹤程皆为清华大学毕业生。查清华大学校史研究室编《清华大学史料选稿第二卷（下）》"国立清华大学时期（1928—1937）"，赵文珉，男，河北沧县人，习化学专业，1929年6月毕业于清华大学，时年23。翟鹤程，男，河北永清人，工程专业，1929年6月毕业于清华大学，时年21。[④] 臧玉淦（1901—1964），河北完县（今顺平县）人，1922年毕业于北京大学哲学系，1927年任教于清华大学心理系，后赴美国芝加哥大学留学，改读神经解剖学，获博士学位。1936年回国，任清华大学心理学系教授，协和医学院、北京医学院解剖科教授。著有《针灸止痛的神经理论》。[⑤] 有关穆瑞清的史料留存较少，王杰《中国斐陶斐励学会史略》一文附有"中国斐陶斐励学会成员名单"，[⑥] 该名单中出现了"穆瑞清"的名字，与《世界日报》报道中提到的"穆瑞清"应为一人。依据该名单，穆瑞清为天津北洋工学院机械系学生，1929年毕业。穆瑞清的毕业时间，与《世界日报》

---

① 参见王恒礼、王子贤、李仲均编《中国地质人名录》，中国地质大学出版社1989年版，第17页。

② 据冯至夫人姚可昆记述："那是1930年9月12日的晚间，冯至与清华大学教授吴宓、清华大学高材毕业生陶燠民、河北省公费留学生王庆昌结伴登上开往哈尔滨的火车，将经过西伯利亚去欧洲。"见姚可昆《我与冯至》，广西教育出版社1994年版，第11页。

③ 参见《河南当代人物辞典》，河南当代人物辞典编辑委员会2006年版，第394页。

④ 参见清华大学校史研究室编《清华大学史料选稿第二卷（下）》，清华大学出版社1991年版，第784页。

⑤ 参见王乃庄、王德树主编《中华人民共和国人物辞典（1949—1989）》，中国经济出版社1989年版，第553页。

⑥ 参见王杰《中国斐陶斐励学会史略》，见王杰编著《学府探赜：中国近代大学初创之史实考源》，天津大学出版社2015年版，第171页。

报道的“穆瑞清”1929年考取河北省教育厅官费留学的时间恰好吻合，而北洋工学院正属河北省教育厅管辖，说明《世界日报》报道的“穆瑞清”与“中国斐陶斐励学会成员名单”中的“穆瑞清”应为一人。另据穆瑞清同届同学魏寿昆回忆：“1929年夏，我以大学总平均94.5分的成绩毕业……同年10月，我偶尔翻阅报纸，看到河北省已招考了一名留美学采矿专业的穆瑞清的消息，他是我北洋大学同届机械系的毕业生，这个消息对我震动极大。”① 这句话更进一步证实“穆瑞清”为天津北洋工学院机械系学生，1929年赴美所学专业为采矿。穆瑞清考取河北省教育厅官费留学的信息是由《世界日报》披露的，魏寿昆回忆中所说的“报纸”很可能是《世界日报》。

由报道可知，留学生11人中，到会的有韩权华、杜联喆、冯承植、赵克捷、王庆昌、鲁士英、赵文珉、臧玉淦共8人，穆瑞清、杨汝楫、翟鹤程3人，因不在北平未能参会。这说明冯至参加了1929年12月30日河北省教育厅举行的会议。

参加此次会议的，除教育厅的行政官员，还有北平各大学的教授代表陈衡哲、陶孟和、翁文灏、赵元任，这些人皆为现代学术史上的重要人物，充分说明河北省教育厅对此次会议的重视。发言的有陈衡哲和赵元任。陈衡哲1920年受聘为北京大学历史系教授，1921年年底辞去北京大学教职，后重任北京大学历史系教授。陈衡哲重任北大教职的时间，有两说：一为1929年2月，赵慧芝《陈衡哲年表》持此说②；一为1930年，杨同生《陈衡哲年谱》持此说③。依据《世界日报》的这则报道，陈衡哲1929年12月30日作为大学教授代表出席了河北省教育厅举办的留学生训话会。这说明赵慧芝《陈衡哲年表》认为1929年2月陈衡哲重任北京大学教职一说是可信的。由于陈衡哲从事专业为历史研究，留学生中的杜联喆留学所修为历史专

---

① 魏寿昆：《奋斗人生》，见张涤生等《共和国院士回忆录（二）》，东方出版中心2012年版，第187页。

② 参见赵慧芝《陈衡哲年表》，见抢救民间家书项目组委会编《任鸿隽陈衡哲家书》，商务印书馆2007年版，第241页。

③ 参见杨同生《陈衡哲年谱》，《中国文学研究》1991年第3期。

业，因此，她的发言侧重于历史方面。赵元任为清华大学教授、清华大学国学研究院导师。赵元任学问淹博，精通语言学外，还兼通音乐、数学、物理、哲学，为学术上的通才。赵元任在发言中认为西方学术发达，贵在专精，而中国学术处于初创时期，留学生在学术上贵在博通，“应各方面都要知道一点，并要注重相关各种机关的组织与管理情形，回国方能有用”。其他两个人物陶孟和与翁文灏均为现代学术史上极为重要的人物。陶孟和为北京大学社会学教授，中国现代社会学的奠基人之一。翁文灏为清华大学地理学教授，中国现代地质学奠基人之一。

河北省教育厅厅长沈尹默原为北京大学教授，1929 年 7 月任河北省教育厅厅长，1931 年辞去厅长职务，回北大任教。[①] 沈尹默以作家、书法家、学者而闻名，学界对于其文学、书法及学术贡献方面的研究较多。但是，沈尹默不仅是作家、学人，而且是教育行政官员，担任过河北省教育厅厅长和北平大学校长等要职。现有沈尹默研究，关于其官员一面的研究尚付之阙如。《世界日报》的这则报道，则为我们呈现了沈尹默作为官员的一面，对研究沈尹默的行政生涯，无疑具有一定意义。

第二则报道见 1930 年 2 月 24 日北平《世界日报》第 6 版“教育界”，报道题目为《河北官费留学生川资尚未拨付》。报道内容如下：

> 河北省官费留学生护照，不日可完全办妥，出国川资，每人一千元，治装费二百元，此次出国学生共十一人，川资与治装费共一万三千二百元，此项经费，尚未拨发，俟拨发后，官费生即行首途云。

这则报道中虽没有明确提及冯承植（冯至）等人的名字，但联系 1929 年 12 月 31 日北平《世界日报》的报道，可知报道中所说的

① 参见《沈尹默年表》，见陈孝全、周绍曾《胡适、刘半农、刘大白、沈尹默诗歌欣赏》，广西教育出版社 1989 年版，第 276 页。

“河北省官费留学生”指的为冯至一行十一人。由这则报道，可知冯至等人出国留学的具体花费情况，即每人一千二百元，其中“出国川资”为一千元，“治装费”为二百元，十一人共计“一万三千二百元”。这在当时教育经费颇为紧张的情况下，是一笔不小的数目。当时留学生的留学费用，大致包括出国川资、治装费、每月学费、回国川资，因留学目的地不同，各项项目经费的数额也不相同。① 《世界日报》的这则报道，只是提及留学经费中的“出国川资”与“治装费”两项，没有提及留学的学费及其他经费情况，这些经费应该是出国之后的不同时段才会给予拨付的。而“出国川资”与“治装费”两项费用，应该是留学生出国前就应落实到位的，所以，《世界日报》在报道时，才会特意提及这两项费用。由于“一万三千二百元”的留学经费，对当时的河北省来说是一笔不小的经费开支，所以，这笔钱迟迟没有得到落实。《世界日报》特意以《河北官费留学生川资尚未拨付》为题，对河北省官费留学的经费问题进行专门报道，可能含有给政府施压的味道。

第三次报道见于 1930 年 5 月 7 日《世界日报》第 6 版“教育界”，报道题目为《河北教育经费阎锡山电令照拨》。报道内容如下：

> 河北省府，前日接到阎锡山电，内容系关于教育经费，有所声述，原文大意如左：“（衔略）卷烟税应拨之款，闻系教育经费，当即饬局仍旧照拨矣。（下略）”省府接到前电后，特提出一七五次会议，议决根据此电，令行财政、教育两厅知照云。

这则报道虽然没有提及冯至等人的留学问题，但两者之间却存在密切内在关联，因为报道中提到的“河北教育经费”就包含了冯至等人的出国留学经费。由这则报道可知，1929 年河北省教育经费来自当年的卷烟税，由于这笔卷烟税是作为教育经费使用的，当时控制

---

① 参见舒新城编著《近代中国留学史·近代中国教育思想史》，商务印书馆 2014 年版，第 104 页。

河北省（行政区划包含平、津）的阎锡山特意电告河北省政府，让其落实教育经费。接到阎锡山行政命令后，河北省政府为此特意召开全省性的代号为“一七五”的会议，并最终形成决议性文件，传达给河北省财政厅和教育厅，让其具体落实阎锡山的指令。由这则报道可知，1930 年河北省教育经费的最终落实，与阎锡山作为行政长官的强力推进是很有关系的。正是有了阎锡山的手谕，1930 年河北省的教育经费才有了着落，冯至等人的留学欧美才最终成行。

第四次报道见 1930 年 6 月 17 日北平《世界日报》第 6 版“教育界”，报道题目为《河北教厅请省府增加经费预算　省府议决交吕咸、沈尹默会核》。报道内容如下：

> 河北教育厅，曾先后举行高等教育及地方教育等会议，该厅厅长沈尹默根据该项会议议决案，特向省府委员会提议增加普通教育、高等教育及留学生经费本年度预算，经省府议决，斟酌本省教育情形及财政状况，由沈尹默、吕咸会同核办，沈、吕现已遵照办理，俟审核就绪，即可提出省府会议讨论云。

这则报道与上述《世界日报》1930 年 5 月 7 日的报道有内在关联。《世界日报》1930 年 5 月 7 日报道了阎锡山命令河北省政府落实教育经费的电函。《世界日报》1930 年 6 月 17 日则报道了河北省政府对阎锡山指令的落实情况。由这则报道可知，为落实阎锡山指令，河北省教育厅曾先后举办全省高等教育会和地方教育会，根据两会形成的决议案，河北省教育厅厅长沈尹默向省府委员会提出增加普通教育、高等教育、留学生经费本年度预算的报告，省府同意年度预算的核算由教育厅厅长沈尹默与工商厅厅长吕咸①会同办理，并最终交由省府会议讨论决定。这则报道通报了 1930 年河北省教育经费包括留学生经费的具体落实情况，为研究冯至等人出国留学的经费问题提供

---

① 参见刘国铭主编《中国国民党百年人物全书》（上册），团结出版社 2005 年版，第 599 页。

了第一手史料。

第五次报道见于1930年8月28日北平《世界日报》第6版“教育界”。这一日《世界日报》第6版“教育界”，刊载了河北省教育厅发给留学生和外国使馆的两封信函：

河北留欧美学生准备放洋

教厅通知各生具领川装学费

河北省考取留欧美学生十一人，行将首途，冯承植、王庆昌、赵文珉三人留欧，余如韩权华、杜联喆、臧玉淦等八人均赴美留学。教育厅前日通知各出国学生，到厅具领川装学费，并函请使馆签发护照。兹将分函分录如左：

（函各生）

迳启者：

查本省考取留欧美学生应发川装学费，顷准财政厅咨送前来，即希于本厅办公时间内，来本厅会计室具领，并希准备出发为荷。再者前准天津特别市公安局来函，略谓请发出国护照，须本人到津办理等语。查台端前曾交来请发护照相片等件，及照费五元，兹拟定一并发还。

特此函达，顺颂台祺。

河北省教育厅启

（函使馆）

迳启者：

案查本省考取留某国官费生某，拟即日前往某国留学，业经办妥出国护照，相应函请贵使馆查照，允予签字，以利遄往，实纫公谊。

此致

河北省教育厅启

河北省教育厅发给留学生的这封信函比较重要，它意味着冯至等人的留学经费已经到位，他们可以整装出发了。而这距 1929 年 12 月 30 日河北省教育厅召开的留学生训话会已过了接近 8 个月。冯至等人留学时间一再迁延后拖的主要原因，是当时河北省教育厅的经费拮据，不能马上拿出这笔钱来。周良沛《冯至评传》中说冯至“是头年冬天，考取河北省教育厅公费留学名额，因河北省经费拮据，拖到行前不久，才有了确切消息”①。这种叙述是符合事实的，这一点可由《世界日报》第 6 版“教育界”1930 年 2 月 24 日、5 月 7 日、6 月 17 日的三则报道得到证实。由这三则报道可知，冯至等一行 11 人的出国留学费用（出国川资与治装费）高达“一万三千二百元”。这笔经费，在当时实际控制河北省的行政长官阎锡山的行政干预下，及河北省教育厅厅长沈尹默等人的努力斡旋下，最终得到落实，冯至等人的出国梦想才得以实现。

冯至出国留学的出发日期是 1930 年 9 月 12 日，而他得知发放留学经费确切消息的时间，应该是 1930 年 8 月 28 日，因为正是这天，河北省教育厅在《世界日报》上刊发了给留学生的信函，告知他们领取川装、学费，可以马上出国留学。冯至从 8 月 28 日得知可以出国留学，到 9 月 12 日整装出发，中间不到半月时间，这也进一步说明冯至等人留学得以成行，与河北省教育厅留学经费的最终到位，是密切相关的。

由河北省教育厅给留学生的信函，可看出冯至等人办理出国护照的机关是准天津特别市公安局。而据冯至夫人姚可昆回忆，出国办理签证也要到天津的德国领事馆办理。②

以上为北平《世界日报》刊登的与冯至等人出国留学有关的五则报道。这五则报道，不但对冯至研究有重要意义，对研究中国现代留学教育史，对研究现代作家沈尹默、赵元任、陈衡哲等，皆具重要史料价值。

---

① 周良沛：《冯至评传》，重庆出版社 2001 年版，第 294 页。

② 参见姚可昆《我与冯至》，广西教育出版社 1994 年版，第 18 页。

“北平狂飙运动”发覆

——从《全民报》《北平日报》副刊谈起

狂飙社是中国现代文学史上的重要社团，其开展的狂飙运动对中国现代文学有较大影响。时间上，狂飙运动自 1924 年 8 月初兴起，至 1930 年春结束，历时 5 年半。在这 5 年时间内，由于开展地点的不同，狂飙运动被分为不同发展阶段。言行把狂飙运动分为太原时期、北京时期、上海时期。[①] 廖久明把狂飙社发展分为太原《狂飙》月刊时期、北京前期、《莽原》时期、北京后期、上海前期、上海后期。[②] 分法虽有很大不同，但有一点一致：1929 年高长虹在上海开展的狂飙运动被认为是狂飙运动后期，就如言行所说：“长虹结束北平演剧回到上海后，面对狂飙运动衰落和解体的局面，他没有做任何挽救它的努力。他是一个极敏感的人，他知道大势已去，自己也无回天之力了。狂飙运动的解体，倒给了他一种解脱。”[③] 学界一致的看法是：作为社团，“狂飙社于一九二九年底解体”[④]。上述对狂飙社和狂飙运动的看法，由于建立在现有史料基础上，无疑具有一定合理性。但是，依据新发现的史料，高长虹在 1929 年上海开展的狂飙运动失

---

① 参见言行《一生落寞，一生辉煌——高长虹评传》，百花文艺出版社 1996 年版，第 278—286 页。

② 参见廖久明《一群被惊醒的人——狂飙社研究》，武汉出版社 2011 年版。

③ 言行：《一生落寞，一生辉煌——高长虹评传》，百花文艺出版社 1996 年版，第 278 页。

④ 董大中：《狂飙起兮太原》，原刊《太原日报》2004 年 8 月 20 日，见董大中《狂飙社纪事》，北岳文艺出版社 2017 年版，第 22 页。

败后，一度在北平开展过狂飙运动。为了与此前“北京时期”的狂飙运动相区分，笔者姑且把它命名为“北平狂飙运动”，时间大概在1929年底至1930年7月，阵地是北平《全民报》“长虹周”副刊和《北平日报》“北平日报副刊”及“狂飙周”副刊。在这些刊物上，高长虹和其他狂飙社成员发表了不少文章，为“狂飙运动”发展和复兴进行过较大努力。虽然这些努力并没有真正挽救“狂飙运动”，但作为狂飙运动的一部分，理应得到文学史研究者的关注与重视。

一 《全民报》“长虹周”副刊

《全民报》为创建于北平的民营报纸，据《新闻传播百科全书》介绍，该报于1928年8月在北平创刊，日刊，由韩宗孟等人主持。报纸主要报道国内政治、社会新闻，时事评论较为保守。1937年7月底北平沦陷后，被盗用为伪北平市政府的机关报。社长为日本人作野秀一，总编辑为叶秀谷，发行约4000份。1938年8月，该报被并入《新民报》后停刊。1947年6月16日复刊，1949年9月底停刊。[①] 该报虽创刊于1928年8月，但笔者见到的最早一期为1928年10月24日。报纸共有8个版面，第4版为文艺副刊，计有“全民副刊”“徐徐周刊”“蘋韆周刊”“长虹周”等。这些副刊中，“徐徐周刊”“蘋韆周刊”“长虹周”皆为个人创办、以个人命名且专门发表个人作品的刊物，这成为该报副刊的一大特色。其中，最值得重视的就是以高长虹名字命名的“长虹周”副刊。“长虹周”的“长虹”指高长虹，“周”为“周刊”的简称。“长虹周”作为周刊，每周周一出版，位于该报第4版，占半个版面位置，共出7期。第1期出版于1930年1月6日，第7期出版于1930年2月17日。“长虹周”停刊后，高长虹又在该报“全民副刊”上发表了《邓肯在俄国》一文，连载于“全民副刊”第179期（《全民报》1930年3月26日第4版）、第185期（《全民报》1930年4月5日第4版）、第186期（《全民报》1930年4月6日第4版）。《邓肯在俄国》发表于“全民

---

① 参见邱沛篁等主编《新闻传播百科全书》，四川人民出版社1998年版，第518页。

副刊"第179期无作者署名，但连载于该刊第185、186期时，皆署名"长虹"，说明此文作者是高长虹。

"长虹周"第1期（《全民报》1930年1月6日第4版）打头文章为《本刊的降生和任务》，是该刊发刊词。这篇文章对我们了解"长虹周"的出版背景和办刊宗旨很重要，故整理如下：

> "长虹周"[①] 今天出版了。读者诸君中，有看见过《长虹周刊》[②] 的，也有没有看见过的，想来都会觉得这件事情很新奇吧！看见过的呢，是说，已经有过一个《长虹周刊》了，为什么又要来出"长虹周"？没有看见过的呢，又说，个人出刊物是个人主义的表现。今天同诸君在当时此地，是初次见面，所以我想先来做一次介绍，为"长虹周"写一点简明的解说，给诸君以正确的认识。
>
> 第一，"长虹周"是个人刊物，但不是个人主义的刊物。他的内容，精神，代表的是大众的大众，人类的全体。他的生命的意义是为中国民族的新兴而努力，为全人类的幸福而奋进。他的工作是，创造科学，艺术和人与人中间的新关系。
>
> 第二，《长虹周刊》和"长虹周"，是同心而异体的两个刊物。虽然也因为，《长虹周刊》出到二十二期后，一时中断了，而此后又有改作月刊的进行。但是有《长虹周刊》，也不妨再有"长虹周"。此后的"长虹周"和《长虹周刊》或《长虹月刊》的分工，是后者多发表些论著，前者多发表些明快的谈话。
>
> 谈话既已开始了，便应该再详细点叙一叙："长虹周"的出现，究竟有什么任务呢？
>
> 在一切创造中，科学的创造最重要。人同动物的最大区别之一是人能造机器。人怎么样才能够更懂得自然，更能够适应自然，以完成自己的生活，是靠着发见和发明。现代人类的进化和

---

① 引号为笔者所加，下同。

② 书名号为笔者所加，下同。

扰乱，一切新生的问题和困难，都是由科学造成而又须用科学去解决的。所以“长虹周”的第一任务，就是在可能的范围里想时常发表点关于科学的文字，常供给读者以一些科学的新兴趣和新志向。

在新兴的科学中，行为的科学是最新兴的，他所研究的不是关于人的，而是人的，他不是归于科学的，而他本身正是科学。“长虹周”的第二任务，就在多讲到一点这行为的科学的新端绪，新企图，怎么样由行为学而去建立行为的经济学，行为的两性学，教育学，艺术学和行为的逻辑。

关于艺术方面的，诗歌，剧本，小说等创作，不用说是时常有。在中国少见的外国艺术家的传记和理论，有时也译述一些来发表。跳舞，唱歌，演剧，电影，是最行为的艺术，在中国却还很幼稚，“长虹周”的第三任务是想在这方面多出点力。

第四任务，“长虹周”想多发表一点科学界和艺术界的小通讯。目前的新闻纸都被政治事件占满了，被压迫的弱小民族“文化”挤在世界的极边去开辟鲁滨孙的新天地。

新的演剧取消了舞台，观众和演员合伙了，这是生活化的艺术。“长虹周”又来艺术化，以同读者多发表些问答作为他的第五任务。

谨以至诚感谢全民的主人为我印行“长虹周”的好意，并致敬于可爱可畏的现在和将来的读者，并预祝本刊的长生！

提及与高长虹有关的文学刊物，一般都要提及以“狂飙”命名的三个刊物：《狂飙》不定期刊、《狂飙》周刊与《狂飙》月刊。《狂飙》月刊1924年9月1日创刊于北京，共出3期，已散佚。《狂飙》不定期刊共出2期，1925年12月在北京出版第1期，1928年9月21日在上海出版第2期。《狂飙》周刊1926年10月10日创刊于上海，1927年1月30日终刊，共出版17期。这三个刊物，高长虹虽是编辑，或主要撰稿人，但刊物名义上属于狂飙社，不是高长虹的个人刊物。与以上刊物不同，1928年10月13日创刊于上海的《长虹周刊》是高长虹个人刊物，正如该刊创刊号《我来为世界辟一条生路》一文所说：“《长虹周刊》，只这个名字便把一切都说明了。第一，说明是一个周刊；第二，说明是我个人的刊物。在这里发表我所有的文字，与关于我的文字。”[①]《长虹周刊》共出了 20 期，终刊于 1929 年 6 月 15 日。《长虹周刊》早已为学界所知，但名字与之相似的“长虹周”则很少为人所知。“长虹周”创刊于 1930 年 1 月 6 日，距《长虹周刊》终刊有半年之久，且同属高长虹个人刊物，说明“长虹周”是《长虹周刊》的复活和延续。“长虹周”与《长虹周刊》都以高长虹个人名字命名，属个人刊物，且刊物命名、刊期与性质相似，为防止读者对此产生疑问，在创刊词性质的《本刊的降生和任务》中，高长虹首先对此予以说明，强调个人刊物非“个人主义刊物”，其内容、精神代表的是大众的大众，人类的全体。“他的生命的意义是为中国民族的新兴而努力，为全人类的幸福而奋进。他的工作是，创造科学，艺术和人与人中间的新关系。”这是他的办刊宗旨。《长虹周刊》和“长虹周”，名字相似，是同心而异体的两个刊物。两刊各有分工，“长虹周”多发表“明快的谈话”，《长虹周刊》或《长虹月刊》则多发表些“论著”。由这篇创刊词可知，《长虹周刊》共出版 22 期，中断后又有“改作月刊的进行”。但现在所能见到的《长虹周刊》只有 20 期，《长虹月刊》则已散佚不见。

除办刊宗旨，高长虹具体提出“长虹周”的五个任务，第一，多发表科学方面的文字；第二，介绍行为科学方面的新进展；第三，着眼于“最行为的艺术”如跳舞、唱歌、演剧、电影的介绍；第四，发表有关科学界、艺术界的通讯；第五，发表与读者间的问答。这五项任务，显示高长虹对行为科学与行为艺术的高度重视。就《长虹周》已出版 7 期内容看，高长虹尤为重视跳舞和演剧艺术，从第 1 期就开始连载他所翻译的天才舞蹈艺术家邓肯的自传《我的生活》，以

---

① 高长虹：《我来为世界辟一条生路》，见《高长虹全集》第 3 卷，中央编译出版社 2010 年版，第 214 页。

《少年邓肯的创造》为题，一直持续到终刊，第7期则办起了“邓肯文件专号”，专门刊发邓肯的演说、谈话和通信，有《对波士顿观众的演说》《与波士顿新闻记者的谈话》《与纽约新闻记者的谈话》《给巴黎的报纸》等。“长虹周”终刊后，高长虹又在该报“全民副刊”发表长文《邓肯在俄国》。

“长虹周”第4期为“艺术旅行团文件专号”，刊发两篇讨论高长虹话剧《白蛇》和《火》演剧问题的文章。“艺术旅行团”是高长虹为发展演剧运动而成立的组织，学界往往把它和“狂飙演剧部”相混淆。董大中《狂飙社编年纪事》记载：“9月，高长虹带领王玉堂和太原女师学生郭森玉等人回到北平，同在北平的甄梦笔、陈楚樵、任××等人组成狂飙演剧队（一说叫‘艺术旅行团’，见《两年来中国话剧运动之进展》，载1930年1月10日《大公报》），在东方公寓排练高长虹作独幕剧《火》，由高长虹任导演……演出数场。”①董大中认为1929年9月高长虹组成“狂飙演剧队”，此说是不准确的，应为“艺术旅行团”。这一点可由“长虹周”第4期得到证明。这一期为“艺术旅行团文件专号”，是高长虹为宣传其发起的演剧组织“艺术旅行团”而出版的，刊物出版时，“艺术旅行团文件专号”几个字被无意漏掉了，为此，高长虹在第5期醒目位置专门登载一则启事予以说明：“本刊上一期（即第四期）为‘艺术旅行团文件专号’。‘艺术旅行团文件专号’九字，被手民排落了。特此申明。”这说明他对此颇为重视。另外，为避免读者把“艺术旅行团”误认作此前成立的“狂飙演剧部”，他在该期“出版界每周新闻”栏第五条特意加一则提示：“艺术旅行团不是狂飙演剧部。”高长虹为什么要一再突出“艺术旅行团”与“狂飙演剧部”间的不同呢？最直接的原因是突出“艺术旅行团”的私人性质，及他对“艺术旅行团”的支配和领导地位。此前成立的狂飙演剧部的负责人为向培良，参加者有柯仲平、丁月秋、塞克、吴似鸿、沉樱、马彦祥、袁学易、赵特夫

① 董大中：《狂飙社编年纪事》，见《高鲁冲突：鲁迅与高长虹论争始末》，中国工人出版社2007年版，第194页。

等人，其演剧活动持续时间不长，大概在 1928 年 10 月下旬至 1929 年 6 月。[①] 而据“长虹周”“艺术旅行团文件专号”的内容看，其所讨论的，皆为高长虹个人创作的话剧，而所演之剧也纯属高长虹一人创作。这说明“艺术旅行团”纯属高长虹个人成立的话剧团体，其演剧活动带有高长虹个人的鲜明印记，有较强个人宣传色彩，参加演剧活动的人员如王玉堂、郭生玉（又作“郭森玉”）、陈楚樵、甄梦笔等人，也不属于狂飙演剧部。该期林迁《怎样去表演〈白蛇〉》有如下语句：“所以像高先生这种人生艺术化的人，在中国还不多见，虽然鲁迅也是过来人，但是他是老了，没有高先生的虹长了！总之，在我们青年里头，有这个艺术的先觉者高先生，作我们的向导，使我们这些有志于艺术，而且终身职于艺术的青年同志，有一个明确的方向，不致走入迷途，也就是我们的幸福，同时也是艺术的幸运了。”这一段极力贬低鲁迅而抬高高长虹，把高誉为艺术先觉和向导，有吹捧拍马之嫌。而高长虹把此篇文章堂而皇之刊发出来，当然是为了作自我宣传。芜情《与长虹讨论〈火〉的演员问题》对《火》同样作了高度肯定，认为该剧是“理想的象征剧”，演员非有天才不能揣摩到剧中人的个性和表情，因此也就很难扮演得惟妙惟肖、恰如其分，出于同样原因，“中国的观众，实在没有看这样剧的资格，他们看了一定不懂”。芜情认为《火》作为象征剧，观众无资格看懂，演员无能力演好，这种高度肯定由于带有对高长虹过多个人崇拜色彩和宣传意味，评价上难免会失去分寸。

“长虹周”属高长虹个人刊物，除对邓肯的翻译和介绍，“长虹周”每期较为固定的栏目有杂论、通信、出版界每周新闻。“杂论”与“出版界每周新闻”皆出自高长虹之手，第 1 期刊登的诗歌《一九三〇年第一个早上》的作者也是高长虹。作为个人刊物，高长虹也在该刊发表一些与他有关的文章，除第 4 期林迁《怎样去表演〈白蛇〉》和芜情《与长虹讨论〈火〉的演员问题》，第 6 期有高沐鸿给高长虹的通信。

---

① 参见董大中《狂飙社纪事》，北岳文艺出版社 2017 年版，第 43—46 页。

"长虹周"第5期刊登有《安斯坦的诗》，"安斯坦"即"爱因斯坦"。据文后高长虹作的标注，知此文为他邀请友人"玉堂"翻译的。"玉堂"即"王玉堂"，后以笔名"冈夫"为世人所知。冈夫《忆长虹》说："他请我翻译了爱因斯坦五十寿辰作的八句诗，拿了马上去登在他的《长虹周刊》上。"[①] 冈夫记忆有误。冈夫所谓"爱因斯坦五十寿辰作的八句诗"，指《安斯坦的诗》，该诗并非八句，所登载的刊物非《长虹周刊》，而是《全民报》的"长虹周"副刊。

二 《北平日报》的两个副刊

《北平日报》的两个副刊指"北平日报副刊"和"狂飙周"副刊。高长虹与这两个副刊皆有密切关系，在这两个副刊上有大量作品发表。他在"北平日报副刊"上发表文章最早从1929年11月1日开始，该刊第128号开始连载其话剧《流亡者》，署名"长虹"。他最后一次在该刊出现是1930年7月3日，在该刊第224号发表杂文《宗法的余威》，署名"长虹"。"狂飙周"为北平日报周刊之一，共出版13期，第1期出版于1930年2月11日，第13期出版于1930年5月6日。高长虹在"狂飙周"上面共发表文章6篇。

"北平日报副刊"，创刊初期系北平文学社团徒然社刊物。该副刊创刊于1929年2月20日，编辑最初为李自珍，至1929年8月2日第93号，因李自珍离开北平，改由张寿林编辑，至1930年5月13日第199号，编辑又改为吴光临，从1930年7月17日第230号起，编辑又换为方纪生。这几任编辑，除吴光临，其他几位都是徒然社成员。徒然社是20世纪20年代末30年代初活跃于北平的小型文学社团，成员有李自珍、王余杞、梁以俅、闻国新、翟永坤、方纪生、张寿林、朱大枏等。高长虹与"北平日报副刊"的关系可划分为三阶段，第一阶段为徒然社主编的"北平日报副刊"时期，从1929年11月1日在该刊第128号连载其话剧《流亡者》，到1930年1月1日在

---

① 冈夫：《忆长虹》，见杨品、王稚纯主编《冈夫文集》第3卷，山西人民出版社2001年版，第1414页。

该报第4版“北平日报元旦增刊”发表《评黑暗的势力》，此一时期“北平日报副刊”由徒然社成员主编。第二阶段为“狂飙周”时期，从1930年2月11日在“狂飙周”第1期发表诗歌《给》，到1930年5月6日在“狂飙周”第13期发表《每日评论》。“狂飙周”是高长虹为开展“狂飙运动”而创办的刊物，编辑“吴光临”为狂飙社成员，受高长虹指挥与操控，刊物从命名、内容到办刊方针，可看出高长虹的影响。第三个阶段，为狂飙社主持下的“北平日报副刊”时期。“北平日报副刊”从第199号（1930年5月13日）起，改由吴光临编辑，一直到第230号（1930年7月17日）编辑换为方纪生，这段时期刊物虽名为“北平日报副刊”，但由于编辑吴光临为狂飙社成员，其办刊方针为宣扬“狂飙运动”，因此，这一时期的“北平日报副刊”其实是“狂飙周”的复活与延续。方纪生接手编辑后，办刊方针大变，高长虹及其他狂飙运动人员没有在上面继续露面，这也意味着高长虹在《北平日报》副刊上发起的“北平狂飙运动”真正结束。

“北平日报副刊”最初处于徒然社控制时期，高长虹之所以能在上面发表作品，与他作为名人的影响分不开，同时其作品也比较契合该刊办刊思想。编辑李自珍在创刊号发表《致语》，申明刊物关注社会问题、学术论著和文艺创作三方面，社会问题方面，欢迎就切身的社会问题进行讨论，文艺创作方面，在小说、诗歌、戏剧外，“尤其欢迎杂感，盼望压积在心里有许多话要说的朋友，都把它们在本副刊上公开出来”。① 高长虹此一时期发表于“北平日报副刊”的文章，除一篇话剧《流亡者》和一首诗歌《给》，其他皆为以“每日评论”为题发表的社会评论和杂感。这些作品中，值得注意的是话剧《流亡者》和1929年12月23日发表于“北平日报副刊”第148号的《每日评论》，因为它们皆与鲁迅有关。《流亡者》中虚写的“中国独一无二的老作家楚先生”影射鲁迅，而“北平日报副刊”第148号的《每日评论》有一条则明确提到“景宋”和“鲁迅”：

---

① 李自珍：《致语》，《北平日报》“北平日报副刊”第1号（1929年2月20日）。

> 报传景宋生子，如其不是误传，则第一证明景宋是女人，第二证明鲁迅同景宋恋爱不是人家造谣言。好像三年了，我只在等候她这一件新闻。
>
> 夏间在张家口遇王化民女士，问及景宋事，我说我同他们几年没往来，听说已同居。又觉同居不妥，但无更妥字。

据文后标注日期，这则短文写于1929年12月10日。这则短论对鲁迅和许广平语含讥刺，“同居”一词暗指鲁、许的婚姻关系非法，对“景宋生子”的“幸灾乐祸”态度，显示他对鲁、许成见颇深。由这则短论，可知其话剧《流亡者》中“中国独一无二的老作家楚先生”影射的就是鲁迅，甚至把鲁迅隐喻为“妓女”，进行侮辱和谩骂。更有意味的是，为配合话剧《流亡者》（1929年11月发表），三个月后，柯仲平又署名“仲平”发表话剧《几条交叉的文化曲线》，连载于《北平日报》“狂飙周”副刊第1期（1930年2月11日）、第2期（1930年2月18日）、第3期（1930年2月25日）、第5期（1930年3月16日）、第7期（1930年3月25日）。该剧设置了三个登场人物：“老作家”“少妇”“流落的青年”，“老作家”影射鲁迅，“少妇”影射许广平，“流落的青年”则为《流亡者》中的落魄、流落的青年作家。在短短3个月内，高长虹、柯仲平连续发表两部影射、批判鲁迅的话剧，说明以高长虹为代表的青年一代狂飙社成员，对鲁迅所代表的老一代作家的不满和成见，就如柯仲平这一话剧所隐喻的，老一代作家与青年作家形成了“几条交叉的文化曲线”，可惜的是，这里的交叉不是融合而是冲突。关于这两部话剧，留待下面细说。

高长虹最初在“北平日报副刊”发文只是个人行为，难免显得势单力薄，这距离他继续大规模推行狂飙运动的目标太远，于是就有“狂飙周”副刊的诞生。“狂飙周”第1期出版于1930年2月11日，首篇文章《为中国的文化，作全力的再造!》称：“《狂飙》为中国新兴文艺的代表。一九二六至七年由上海光华书局印行的《狂飙》周刊，挟其无比的生力，风靡一世。……惜出十七期后，遽尔停刊，留为出版界的永久的遗憾。……‘狂飙周’，以继续中断的工作……为中国文化，作全力的再造云。”文末标注：“摘录自‘长虹周’：出版界新闻。”这段话出自《全民报》“长虹周”第3期（1930年1月20日）“出版界每周新闻”第四则：

> 《狂飙》为中国新兴文艺的代表。一九二六至七年由上海光华书局印行的《狂飙》周刊，挟其无比的生力，风靡一世。各地青年，以手执《狂周》一册为光荣。贫穷没有购买力的学生，更是辗转传诵，有一册竟经过二十多人之手，直到破烂不能再看为止。惜出十七期后，遽尔停刊，留为出版界的永久的遗憾。近已与《北平日报》商协妥当，先附出一周刊，便叫做“狂飙周”，以继续中断的工作。并拟再进行一便叫做“狂飙日”的副刊，为中国文化，作全力的再造云。

这则新闻后没有标注具体日期，但据高长虹同期发表两篇文章的写作时间“1930年1月2日”与“1月7日”，可知这篇报道写作时间大致也是这个时间，这与“狂飙周”副刊第1期出版时期“1930年2月11日”相距仅1月左右，时间上恰相吻合。“狂飙周”的按时出版，既证明高长虹“长虹周”“出版界每周新闻”的报道属实，又说明“狂飙周”的出版与高长虹的奔走经营有关。这个副刊从其命名上，不由让人联想到《狂飙》周刊，让人想到它与高长虹的个人关系。确实，这个刊物虽不是高长虹的个人刊物，但确实是由高长虹在背后操纵着，是高长虹继续推行的狂飙运动的有机组成部分。

“狂飙周”第1期出版于1930年2月11日，但关于该刊将要出版的传闻早在1929年6月已有，该月27日高长虹弟弟高歌给其情人利那信中提到：“北平的一家报馆里愿出版一‘狂飙运动’副刊，月出钱六百元。另外天津还有一个副刊叫‘前线上’也是狂飙的。”①

---

① 高歌：《情书四十万字》，转引自董大中《狂飙社纪事》，北岳文艺出版社2017年版，第47页。

联系到日后“狂飙周”的出版，高歌所谓“北平的一家报馆”指的应该是《北平日报》报社，而副刊“狂飙运动”应该是“狂飙周”。《北平日报》“狂飙周”副刊的发现，证明高歌所说大致属实，也进一步证明该刊的出版与高长虹的运作筹划是有关系的。

“狂飙周”虽经高长虹运作创刊，但他只在幕后进行操控，出面办刊、做具体编辑工作的是吴光临。吴光临应该是高长虹发展的后期狂飙社成员，在“狂飙周”上署名“光临”发表过话剧《裘夷》和《爱的角逐》。“狂飙周”创刊时，第1期头条位置刊登《为中国的文化，作全力的再造!》一文，此文很短，摘自高长虹《出版界每周新闻》，第2期头条位置又刊登高长虹《狂飙运动》一文，大力呼吁狂飙运动。由于没有明确编辑是谁，上面两文刊发，使读者误以为高长虹是“狂飙周”编辑。于是，为免除读者误解，该刊第9期（1930年4月8日）署名“狂飙周”的《覆敏生君》一文，专门对读者“敏生”的疑问进行答复：“狂飙周编辑是光临，不是长虹。”

“狂飙周”出版13期，发表作品有话剧、诗歌、散文、杂感、出版新闻，以及少量翻译作品，作者除长虹、光临，还有仲平、罗西、效洵、政平、祁雪芳、白涛、皎我、刘和帮、悲多（或多悲）等。仲平即“柯仲平”，狂飙社主要成员。“罗西”即“欧阳山”，狂飙社成员，1928年到上海，与高长虹相识，参与狂飙运动。高对其小说《玫瑰残了》评价甚高，认为可以跟俄国屠格涅夫相比。[①] 他的短篇小说集《钟手》为广州文学会丛书，南京拔提书店1930年3月初版，该著署名“罗西”，收短篇小说6篇，其中《家蓉姑娘》应该是连载于“狂飙周”的《轻狂的家蓉姑娘》。“皎我”即“王皎我”，开封人，狂飙社成员，1926年和周仿溪在《新中州报》主编“飞霞”三日刊。“效洵”即郑效洵，为狂飙社成员，主要从事文学翻译工作，1926年曾与高长虹、高歌合办《弦上》周刊。“白涛”即任白涛，狂飙社成员。其他作者如“政平”“祁雪芳（雪芳）”“刘和帮”“悲多（或多悲）”，其生平和创作待考，应该都是狂飙社成员。

---

① 参见董大中《狂飙社纪事》，北岳文艺出版社2017年版，第42页。

"狂飙周"共出13期，第13期出版时间为1930年5月6日。"狂飙周"终刊并不意味着高长虹在《北平日报》上发起的狂飙运动的结束，因为在终刊一礼拜后的1930年5月13日，"狂飙周"编辑吴光临即接手编辑"北平日报副刊"第199号，该期开篇为大字标题的《本刊的往前发展》，内容为："本刊从本期——第一九九期——起，由吴光临编辑。"这宣告了"北平日报副刊"编辑的变化。随即，"编者"在"北平日报副刊"第200号（1930年5月15日）发表《本刊的往前发展》一文，对该刊编辑方针进行明确宣告：

本刊的往前发展

编者

过去的本刊和未来的本刊，那应当划开来说。过去的，我不想说什么话；至于未来的本刊，我希望它成为一般副刊中之最好的一个，我先在这儿揭示。

本刊从上期——第一九九期——起，由狂飙运动者编辑；也是从上期起，它才被吹入一些活气，马上抖擞起一种新精神来！

提到副刊，我们就会想到它在一切定期刊物中是短小精干的一种；是的，我们要使它真的能够做到这种精干的地步。

本刊以后在编制上，我们要它成为多方面的，我们要本刊上做起新艺术，新科学运动来。

在艺术上，我们重视中国人自己的创作，而且必要那些是激进的，前向的，独特而有力的东西。我们也重视翻译，但是必要那些是最进步的思想和作品。

在科学上，我们虽重视理论上的探讨，然而我们更重视实际干，一个科学家和一个工人是一般的重要。

我们不谈革命；可是我们底工作的本身就是革命。

本刊内容，用不着去分类：那是什么都有，而又什么都要：演剧，电影，音乐，跳舞，诗歌，小说，教育，经济，工业，农事，图画，雕刻，杂感，批评……

我们更注意对于社会的，人事的批评。

话不多说；说话是一件事，而我们的工作又是一件事。我们的工作将会代替我们的说话，我们这时不必多说了来夸大。如果连这样还有人以为我的话是夸大；那他错了，夸大的还是我们的工作呢！

压尾的一句话是，我们欢迎有新朋友来加入这个工作。

（1930 年 5 月 15 日《北平日报》“北平日报副刊”第 200 号）

发刊词作者应是吴光临，因前一期已宣告他是编辑。发刊词意气扬扬，洋溢着鲜明狂飙气息，宣布该刊从第 199 号起由“狂飙运动者”编辑，而且从这一期起，“它才被吹入一些活气，马上抖擞起一种新精神来！”这种新精神就是“做起新艺术，新科学运动”，也即“狂飙运动”。艺术上，刊物重视中国人的创作，但必须是激进的、前向的、独特而有力的东西。也重视翻译，但必须是最进步的思想和作品。内容上刊物什么都有、什么都要：演剧、电影、音乐、跳舞、诗歌、小说、教育、经济、工业、农事、图画、雕刻、杂感、批评等，且更注意对于社会的、人事的批评。发刊词宣告：“我们不谈革命；可是我们底工作的本身就是革命。”这说明，吴光临认为“北平日报副刊”进行的这场“狂飙运动”本身是革命运动，具有强烈的颠覆性和创新性。正是出于这种立场，吴光临才不满意此前该刊的编辑风格，认为“过去的本刊和未来的本刊，那应当划开来说”。因而，两刊名字相同，而内容和风格则完全相异。

确实，正如编者发刊词所说，“北平日报副刊”从 199 号起，完全成为狂飙运动者的同人刊物，作者队伍、栏目设置与办刊方针完全为“狂飙周”的延续，高长虹为该刊灵魂人物，其作品只要刊发，多在刊物头条位置。其他作者有政平、高唱、效洵、悲多、贡戈、灵、田工等。不过，刊物仅延续 30 期，到 229 号就结束了。“北平日报副刊”第 230 号在刊尾登有《光临启事》：“本报副刊自第一九九期起始由本人编辑兹因本人另有他事不克顾及截止第二二九期止谨谢去编辑职务此后本报副刊由方纪生君负责编辑此启。”从 230 号（1930 年 7 月 17 日）起，编辑又换为方纪生，再次回归为徒然社同人刊物。

由"纪生"刊发在第230号的《前言》，可大致窥看到编辑更替背后的一些讯息：

前言

经了友们人[①]的劝诱踌躇了几次之后，我才决定来为本报编辑副刊。本来我想，我有什么能力负此重任呢，因此曾向报馆婉辞过；但在数天以前，自珍寿林诸兄先后晤面，他们谈及此事，说徒然社诸友很愿帮忙，怂恿我（自珍兄尤给我多些勇气，后来知道他受了报馆的委托）出来试办，因此我才同报馆方面"定局"。

老实说我对于本刊，并没有什么计画，也并没有想成为北平最好的副刊的那样的野心和豪气。拟照着去年自珍编辑时的办法，一点也不想改变。原故很简单：一来我们同样的没有特别的信仰，想来鼓吹；二来我们都抱着研究学[②]的精神，对于学术论著，社会问题，和文艺作品一样，都想予以同样的重视。

谈到投稿，自然是十分欢迎的，决不和别人一样对于读者们来稿加以歧视，的确的，我们更愿意登载未曾相识的友人们的作品。希乐和亲的读者们，给本刊以物质的和精神的援助，不胜大愿！

纪生

（纪生：《前言》，1930年7月17日《北平日报》"北平日报副刊"第230号）

读过吴光临在"北平日报副刊"第200号发表《本刊的往前发展》，方能读懂纪生的《前言》，因为这篇文章的每句话都是针对《本刊的往前发展》和狂飙运动时期的"北平日报副刊"而说的，语含讽刺挖苦，说明徒然社诸君对高长虹等人不满，这种不满可能还来自《北平日报》报馆。吴光临在接编"北平日报副刊"时，扬言要

① "们"当在"人"后。
② "学"后缺"术"字。

把该刊办成“一般副刊中之最好的一个”，要在上面发起“新艺术，新科学运动”，但30期的副刊实践，距离他定的目标实在太远。刊物定位于狂飙社的同人刊物，一般不接收外稿，但在1930年，狂飙社作为社团已分崩离析，狂飙运动已处于尾声，高长虹虽然想以一己之力使狂飙运动起死回生，且有诸多规划，奈何政治环境与时代思潮已变，不同政治势力和政党把狂飙社的优秀分子尽数吸纳而去，欧阳山、柯仲平等狂飙社成员已向左翼靠拢，虽然尚有一些新成员加入，但就仅有的这30期“北平日报副刊”看，其作者队伍不断缩小，作者的整体艺术素养不是太高，这不能不影响到刊物质量和形象，在读者中的影响就越来越小。表面上看，刊物编辑轮换是因为吴光临另有他事，无暇顾及编务，但深层原因当然不会这么简单。当然，由于资料所限，“北平日报副刊”由狂飙运动阵地转换为徒然社刊物的具体原因已无法探究。但高长虹随后的出走异国和狂飙运动最终销声匿迹，说明狂飙运动在20世纪30年代已彻底失去其在中国文坛和思想界的吸引力和影响力。高长虹及其追随者在《全民报》《北平日报》副刊所进行的一系列活动，只不过是狂飙运动结束前的挣扎和回光返照而已。

新发现材料显示，“北平狂飙运动”在终结之前有过一些重新振兴计划，如“狂飙周”第4期（1930年3月4日）《出版界新闻》报道：“狂飙运动者预备在上海自费出一周刊。正在积极进行中，创刊号拟在四月初间出版云。”这里的“四月”应指“1930年4月”，但这个周刊应该没有出版。“狂飙周”第9期（1930年4月8日）署名“狂飙周”的《覆敏生君》中提及“扩充篇幅，不久或可办得到”，而印行定期刊物和丛书的希望也有可能实现，“因为有几个朋友在筹办一个《行动》月刊了”。不过，这个《行动》月刊最终没有下文。高长虹还组织过“北平行动演剧支部”，发起过戏剧方面的“行动演剧”运动，“北平日报副刊”第208号（1930年5月30日）刊登过《北平行动演剧支部广告》，内容为：

> 行动演剧是团结这时代一般同工作者来努力于时代的戏剧运

动，在北平，在我们想，那不会是没有新的演员，新的剧作者，新的舞台上的朋友的崛起，我们伸长欢迎的手，在等候着了！

朋友！把你们伟大的，伟大的姓名告诉我们！

朋友！我们乐听由你们带来的那一个震惊我们也震惊一切的新消息。

地址：西单白庙胡同四号内

电话：西局六五五

这个广告在“北平日报副刊”上连续登载多次。《行动月刊》、“北平行动演剧支部”都包含“行动”一词，这无疑是为了凸显狂飙运动的“行动”内核。正如高长虹在《狂飙运动》中所说，狂飙运动是“科学运动，艺术运动，科学的艺术的劳动运动”①，但唯独不能是“政治运动”。在高长虹眼里，狂飙运动者所从事的科学运动与艺术运动本质上都是劳动运动而非政治运动，因而，“狂飙运动者：必须从事劳动运动；又不得以政治为生活”②。由于有此限定，所以高长虹虽然认识到“行动”的重要性，频繁强调“行动”的重要性，且有《行动月刊》和“行动演剧运动”的筹划，但他所谓的行动仅仅局限在科学与艺术的范畴内，从根本上排除了“政治行动”的可能性。他没有认识到在当时的中国，一切科学与艺术运动，既是劳动运动又是政治运动，而能改变中国现状的，又非政治运动不可。这种对行动属性的限定，使他的行动的实践性、革命性与有效性大打折扣，最终也就难以付诸行动。

三　高长虹、柯仲平对鲁迅的影射与批判

以上简要梳理北平《北平日报》《全民报》两报副刊的“北平狂飙运动”史料。由这些史料，研究者可进一步把握高长虹 1929 年至 1930 年在北平所推行的“北平狂飙运动”的具体细节，澄清之前关

① 长虹：《狂飙运动》，《北平日报》“狂飙周”副刊 1930 年第 2 期。

② 长虹：《狂飙运动》，《北平日报》“狂飙周”副刊 1930 年第 2 期。

于狂飙社和高长虹的一些含混说法。这些史料中，比较有价值的当然是高长虹以及狂飙社其他成员如柯仲平、罗西（欧阳山）等人的作品，而其中最值得注意的则是高长虹和柯仲平的两部互相呼应、具有互文关系的话剧，即高长虹的《流亡者》和柯仲平的《几条交叉的文化曲线》。《流亡者》，刊登在北平《北平日报》的“北平日报副刊”第 128 号、第 129 号、第 130 号、第 131 号，时间分别为 1929 年 11 月 1 日、3 日、4 日、8 日，署名“长虹”。《几条交叉的文化曲线》，连载于《北平日报》“狂飙周”副刊第 1 期（1930 年 2 月 11 日）、第 2 期（1930 年 2 月 18 日）、第 3 期（1930 年 2 月 25 日）、第 5 期（1930 年 3 月 16 日）、第 7 期（1930 年 3 月 25 日），署名“仲平”。两部话剧发表时间相距仅三月左右，《流亡者》发表在前，《几条交叉的文化曲线》在后，后者在角色设置、情节上是对前者的承续和发展，从创作动机上讲，后者明显是为呼应、支持《流亡者》而创作的。

先看两剧角色设置和情节。《流亡者》设置四个角色，即“中国独一无二的老作家楚先生”“流落的一个青年野风”“妓女”“一个新兴大书店的经理”，但“楚先生”隐居幕后，没有上场，只是虚写，出场的为其他三个人物。话剧开场，青年野风与妓女双双出入于上海一酒店三楼豪华房间。青年与妓女幽会是假，其真实目的是谋财行凶。原来，在与妓女幽会前，青年已做好周密安排，打着“楚先生”招牌，约请上海某新兴大书店经理到酒店面谈。由于“楚先生”是“中国独一无二的老作家”，书店经理闻之即来。经理来到前，青年以不方便在人面前借钱为由，将妓女支开。而当经理来到，问到“楚先生”时，青年则谎称先生肚子不舒服，待在厕所。以等待“楚先生”为借口，青年引导经理到窗口看星星。趁经理探头向外，拔出刀猛刺之，抢走钱包后顺势将其掷出窗外。之后，青年夺走钱财，置空皮夹于桌子后跳窗逃走。妓女见此一幕大惊，拿走空皮夹后亦旋即离开。

由以上简述可知，该剧情节简单，可归结为一句话：上海一落魄青年酒店设局，虐杀书店经理后抢钱逃走。该剧在艺术上无值得称道之处，但具有一定史料价值。值得注意的是剧中未出场人物"楚先生"，他被青年称为"中国独一无二的老作家"。这种称谓很容易让人联想到"鲁迅"。这里，"老作家"的"老"既指年龄，又指辈分。在该剧发表的1929年，中国现代文坛中，当得起"老作家"称谓的，可能只有周氏兄弟。高长虹1926年在与鲁迅发生冲突的同时，也与周作人发生过争吵，在《与岂明谈道》一文中曾有"然而岂明自谓老人，而无老人之宽大，乃有婢妾之嫉妒，对于我等青年创作，青年思想，则绝口不提，提则又出以言外的讥刺"[①]。在其他一些文章中，也以"老人"的称号讥讽周作人。这么说来，周作人在高长虹那里，似乎也当得起"老作家"称号了。那么，这里所谓的"中国独一无二的老作家"，影射的是否为周作人呢？答案是否定的。因为被称为"中国独一无二的老作家"的"楚先生"，其姓氏"楚"，很容易让人联想到"鲁迅"的"鲁"，"楚""鲁"皆是春秋时期的诸侯国。这种影射手法，在编码技巧上属于"类比"。[②] 高长虹把"中国独一无二的老作家"命名为"楚先生"，目的很明显，是让读者由"楚"连类而及，联想到"鲁"，想到"鲁迅"。再加上"中国独一无二的老作家"的限定，其影射鲁迅的意图更是昭然若揭。另外，话剧所设定的故事发生地点"上海"，恰与鲁迅此时生活地点相合，同样说明"中国独一无二的老作家"影射的是鲁迅，而非周作人。

当然，以上关于"中国独一无二的老作家楚先生"影射鲁迅的说法，更多是逻辑推理，没有坚强有力的实际证据。柯仲平《几条交叉的文化曲线》的出现，对《流亡者》内容的呼应与续写，进一步说明《流亡者》中"老作家"所指只能是鲁迅而非他人。该剧设置三个登场人物："老作家""少妇""流落的青年"。其中，"流落

---

① 长虹：《走到出版界·与岂明谈道》，原载上海《狂飙》周刊1926年第11期，见《高长虹全集》第2卷，中央编译出版社2010年版，第254页。

② 金宏宇《现代文学的史学化研究》第12章《现代文学中的影射现象》对影射的特殊编码技巧有详细论述。参见金宏宇《现代文学的史学化研究》，长江文艺出版社2018年版，第280页。

的青年”与《流亡者》中的“流落青年”所指为一人，因为剧中该青年出场的介绍为：“前幕那个青年进，青年的西装已经脱扔了，右耳根有几点血迹。”这里“前幕”的说法很突兀，只依据该剧本身情节很难解释。因为该剧与《流亡者》一样，没有分幕，形式上是独幕剧。若结合《流亡者》，就可恍然大悟，原来这里的“前幕”指《流亡者》，其情节、人物是承续《流亡者》而设置的。剧中青年自述所谓“梦里的故事”，乃为《流亡者》中发生的事情。故事如下：因为贫穷，青年在一条僻静的弄堂，遇见一漂亮公子，拔刀威胁阔公子，剥下其西装，然后穿着这不合体的西装勾引到一妓女，与这姑娘到酒楼约会。“他俩喝着酒，他假借，他抢了你先生的大名，请来一位书店大经理，全都假借你，借你去招摇撞骗，后来……结果是这么一刀！两刀！结果了，他将他抛出窗外！……他也从那窗外逃走了。他逃走，他把那染血的西装脱扔，他一直逃到先生这里来！”可以看出，青年面对“老作家”所述故事，就是《流亡者》的剧中情节。柯仲平是把高长虹《流亡者》作为第一幕，承续其人物、情节，创作了第二幕，即《几条交叉的文化曲线》。第二幕中，故事发生场景为上海“老作家”家中，时间为夜里九点。《流亡者》中虚写的“老作家”及他的妻子“二十七八的少妇”登场成为主要人物。话剧情节分为两阶段，第一阶段为老作家与少妇之间的对话，表现老作家为青年一代作家攻击而产生的悲愤心情；第二阶段为流落青年与老作家、少妇之间的对话，表现流落青年所代表的青年一代作家对老作家的感谢、质疑与批判。最后以青年离开，老作家深受震撼、泪流满面结束。

与《流亡者》不同，《几条交叉的文化曲线》中老作家、少妇直接登场，虽然是话剧，但柯仲平对他们年龄、生活及他们与青年作家的关系等各方面的细节呈现，具有较大真实性，可确证“老作家”影射鲁迅，“少妇”影射许广平。在年龄上，鲁迅大许广平 17 岁，对两人“老”与“少”的限定分明是为了让读者联想到鲁迅与许广平。“少妇”年龄为“二十七八”，1930 年该话剧发表时许广平三十二岁，两者年龄上相差不大。话剧的一些细节也可从鲁迅与高长虹、柯仲平的实际交往中找到实证。如青年到老作家家中后，老作家给他一支烟、一碗盖碗茶。青年道：“想不到，仍然像在北京的，一来便抽先生的纸烟，喝先生的盖碗茶。”这种细节描写有生活真实性，可从高长虹对鲁迅回忆中得到印证：“烟，酒，茶三种习惯，鲁迅都有，而且很深。到鲁迅那里的朋友，一去就会碰见一只盖碗茶的。”① 青年回忆在北京“先生”家中的第一次见面：“在北方，第一次到先生家里，那是第一次谈话；先生一见我，立刻起来对我说，你那长歌我已看过了，下半部我看过两遍，气很旺！就不知能唱不能——”，“我立刻就当着先生唱了一段。唱罢了，我说，这是一大曲新的音乐，这音乐，在中国还没有两个人能够了解！我说罢了我抽烟。先生很快乐。”这里所说的青年对着先生唱歌的场景，也来自现实生活。柯仲平《寄我儿〈海夜歌声〉》：“儿呀！那位先生看了你，/他的呼吸紧张而迫急，/他只连道几声：‘壮呀！壮的很！’”② 这里的“先生”指鲁迅，他对柯仲平《海夜歌声》“壮呀！壮的很!”的评价，在剧中变成了“气很旺!”用词虽有不同，但意思相近。柯仲平为人豪爽，诗风狂野，颇有郭沫若的浪漫主义诗风。这种浪漫主义不但体现在创作风格上，也在诗歌朗诵上可窥一斑。柯仲平酷爱诗朗诵，“延安曾掀起过诗朗诵的高潮。/原来老柯放的头一炮”③。据荆有麟回忆，柯仲平第一次拜访鲁迅时，带着大批诗稿，“先生因其系初访的生人，便接待于客厅。……略谈一会之后，仲平便拿出他的诗稿，向先生朗诵了，声音大而瞭亮，竟使周老太太——先生的母亲，大为吃惊，以为又是什么人来吵闹了”④。这里的“朗诵”更确切地说应该是“吟唱”加“表演”，带有较大夸张成分，不然，不可能惊动鲁母，让她产生误解。因此，话剧中“当着先生唱了一段”对当时情

① 高长虹：《一点回忆——关于鲁迅和我》，原刊 1940 年 8 月 25 日和 9 月 1 日重庆《国民公报·星期增刊》，见《高长虹全集》第 4 卷，中央编译出版社 2010 年版，第 361 页。

② 柯仲平：《寄我儿〈海夜歌声〉》，见《柯仲平文集》第 2 卷，云南人民出版社 2002 年版，第 235 页。

③ 萧三：《喇叭，呐喊诗人柯仲平》，见《柯仲平文集》第 2 卷，云南人民出版社 2002 年版，第 3 页。

④ 荆有麟：《鲁迅回忆断片》，桂林上海杂志公司 1943 年版，第 5 页。

境的描述很准确。1925 年至 1926 年柯仲平在北京时常去拜访鲁迅，《鲁迅日记》从 1925 年 6 月 5 日至 1926 年 2 月 23 日，共 7 次提到柯仲平。交往过程中，柯仲平曾把自己的作品拿去请教，鲁迅把他的作品发表在《语丝》等刊物上。[①] 因之，剧中青年对老作家说："先生（向老作家），你从前为我发表过几篇诗歌，我曾真心地时常暗暗感激你！"这种感激之情是作者情感的真实表达。

《几条交叉的文化曲线》中，柯仲平把自己当作一个角色写进去了，这个角色就是"流落青年"，这个形象与作者柯仲平的个人生活、情感具有高度的契合性，具有很强自传成分。上述所写的青年回忆其在先生家中所受招待及放声大唱的情境，都是实写。剧中此类实写之处所在多有。青年对着老作家与少妇唱的"赶马调"及其他歌曲皆来自柯仲平的诗剧《风火山》，与原作完全相同，无任何修改。剧中老作家恨骂的"出个人周刊的朋友"指高长虹，"前三年，当我飘流到西北沙漠中那时，我见你和他在南方吵架"。1926 年秋冬和 1927 年春夏之时柯仲平在陕北榆林，高、鲁冲突开始于 1926 年 10 月，延续到 1927 年，《几条交叉的文化曲线》写于 1929 年底或 1930 年初，距高、鲁冲突恰好 3 年，说明剧中所说是真实的。剧中青年自述其 1928 年冬季北京生活的艰苦情形，同样是柯仲平的夫子自道：

> 去年秋中我回到北京——"回到"，呵，好像说北京是我的小家乡，那时候，我一个流落甘肃的女伴也恰好来了。我和朋友们曾快乐他[②]聚会几天，但不久，我们无法过活，她又离我往山东谋生。我决意接受她的好意，她每月分点生活费寄来给我！我好在北京创作一部剧曲。三块钱的房费，两块钱的茶水。北平，呵新名词，北平虽不及莫斯科寒冷，但屋子里的水全要冻冰，一个整整的冬天，我是从没烧过一朵火，夜夜三更到夜深，我就是那么样的创作创作呀，写到我的手、我的脚太冷地发痛了，我起

---

① 参见王琳《柯仲平传略》，见《中国现代作家传略（上）》，四川人民出版社 1981 年版，第 513 页。

② "他"当为"地"。

> 来，打一阵，跳一阵，打跳得有些热了，我又坐下去创作！创作！创作到我身体太不能支持的时候，我去睡了，我咬紧牙齿脱了衣服睡下去，我在冷地发抖呢！睡下去，至少要半点多钟才睡觉。我曾经凭了我的全生命过流落生活，我又是这么地创造那部大剧曲！

1928年9月柯仲平回到北平，在该年秋冬之际创作长篇诗剧《风火山》，至1929年1月21日写就。[①] 剧中所说“大剧曲”指《风火山》。剧中所说到达北平的时间与柯仲平到北平时间也契合。

以上所举的多种真实生活细节，说明柯仲平创作《几条交叉的文化曲线》时，是以己为原型，真实地、没有任何变形地放置到话剧中去了。剧中青年面对老作家和少妇所发表的看法、所表达的情感，是柯仲平思想情感的真实抒发。

《几条交叉的文化曲线》的写实性与自传性进一步证实两剧中所谓的“老作家”所指为鲁迅而非周作人或其他作家。这个问题的解决，接着会产生另外问题：高长虹为什么要创作一部影射鲁迅的话剧《流亡者》?《流亡者》出版后，柯仲平为什么要对该剧加以续写、创作出第二幕或者说姊妹篇《几条交叉的文化曲线》? 两部影射鲁迅的话剧，其对待鲁迅的态度是否有异同之处? 两剧所显示的对待鲁迅的态度，对于鲁迅研究是否能带来一些启示或新的话题?

高长虹为什么要创作一部影射鲁迅的话剧《流亡者》? 这个问题不难回答。高长虹创作这部话剧，其动机当然与高、鲁冲突有关。在高、鲁冲突所产生的文字中，《奔月》显得很特别。上文已提及，这篇小说作为文学创作，“逄蒙”是虚构人物，此人物影射“高长虹”虽确属事实，但只可意会，不可言传，被影射者即便知道，也无法做出公开回应。此文发表于《莽原》半月刊第2卷第2期（1927年1月25日）时，不知高长虹是否意识到“逄蒙”影射自己。

---

① 参见王琳《狂飙诗人·柯仲平传》第12章《疯狂苦战〈风火山〉》，中国文联出版公司1992年版，第91—100页。

不过，高长虹即使意识到，也只能隐忍而已。而《流亡者》的创作证明，他对此应该是有所领悟的，于是，这才针锋相对，以牙还牙，以鲁迅用过的影射方式，同样创作出一部影射之作来，对鲁迅进行谩骂和还击。

第二个问题：《流亡者》刊出后，柯仲平为什么要创作《几条交叉的文化曲线》？这个问题稍微复杂一些。最浅层原因，柯的创作是出于朋友道义和兄弟情谊。在高、鲁冲突中，柯仲平表现得比较理性、克制，没有马上跟随高歌、尚钺、向培良、黄鹏基等人虚张声势。对于高长虹的批鲁，他曾发表诗歌《长虹你张弓，钢箭落哪里?》进行委婉规劝。[①] 但说“他作为‘同伙’而没有被卷进去”[②]，则不符合历史事实。高长虹对柯仲平有知遇之恩，对于柯仲平的创作，高长虹曾给予高度评价和积极帮助。1929 年上海狂飙运动时期，柯仲平是主要参与者。因此，柯仲平发表《几条交叉的文化曲线》，对高剧进行续写，在剧中表达了与高剧比较一致的思想立场、情感态度，这只能解释为出于兄弟情谊，出于对高长虹知遇之恩的报答，出于声援、支持高长虹的考虑。

朋友情谊之外，柯仲平对高长虹的声援，还出于彼此同为“流落青年”、境遇相同而产生的共鸣。在高长虹及狂飙社其他成员与周氏兄弟的冲突中，高长虹等人有意建构起“青年”与“老年”的二元对立，在狂飙社成员内部确立其“青年”的身份认同与价值认同的同时，把周氏兄弟划入“老人”阵营。在高长虹那里，“老人”既代表“权威”“统治”“领袖”“金钱”，又代表“腐朽”“倒退”“世故”“堕落”。如称鲁迅为“世故老人”[③]，称鲁迅“想做权威者”[④]。另一篇文章中说得更明白：“所谓衰老者，我们当然可以分作两面看。一者呢，自叹无力而感情（精）神上痛苦的衰老，这自然也是人情之当然。

---

① 参见王琳《狂飙诗人·柯仲平传》，中国文联出版公司 1992 年版，第 102 页。

② 杨绍军：《狂飙诗人——柯仲平》，云南人民出版社 2017 年版，第 30 页。

③ 长虹：《走到出版界·1925，北京出版界形势指掌图》，原载上海《狂飙》周刊第 5 期（1926 年 11 月 7 日），见《高长虹全集》第 2 卷，中央编译出版社 2010 年版，第 195 页。

④ 长虹：《走到出版界·思想上的新青年时期》，原载上海《狂飙》周刊第 9 期（1926 年 12 月 5 日），见《高长虹全集》第 2 卷，中央编译出版社 2010 年版，第 237 页。

但一面呢，这个老人便时常成为名流，学士，大师，权威者，落伍者，开倒车者，等异名而同意的名词的代名词，这便真是危险了。”[①] 甚至模仿鲁迅《狂人日记》结尾的句式：“不再吃人的老人或者还有？救救老人！！！”[②]

高歌的《青年与老人》把这种意思表达得更显豁，该诗用十六组对偶句，表现青年与老人处于完全对立的两个世界：“青年是世界的工人和农民。/老人是世界的游民和地痞。//青年是人类的苗。/老人是人类的莠。”[③] 其他狂飙社作家的批驳文章，同样沿袭了高氏兄弟“青年/老人”的二元对立。结合此种语境，就会明白“老作家”的称谓有其特定内涵，内隐着复杂的反讽意味，既包含字面上对鲁迅在当时中国文坛地位的肯认，又隐含对鲁迅“世故”“落伍”“倒退”的全面否定与讥讽。

值得注意的是，狂飙社同人在使用“青年”时，在该词前面所加的限定词“流落”，该词与“青年”一起所构成的“流落青年”，是狂飙社同人为自己所作的“自画像”，这幅自画像包含相当丰富的思想意蕴。《流亡者》的主要角色为“流落的一个青年”，即话剧标题“流亡者”，《几条交叉的文化曲线》继续沿用“流落的青年”这个称谓。两部话剧皆使用“流落”来对“青年”这一角色进行界定和限定。“流落”含有“流浪”“落败”“落魄”“游离”“失败”等含义，形象概括了两部话剧的青年主人公的生活状态、生活方式和精神状态。两部话剧中，青年主人公皆为流浪人，经济困窘，居无定所，四处漂泊，到处为家，精神上处于不停寻找和追求的“在路上”状态。“流落青年”的形象，是狂飙社成员对自我形象的认同，这种认同通过其作品人物的形塑而得到完成和强化。高长虹自称“游离

---

① 长虹：《走到出版界·一个二十九岁的青年同一个三十岁的青年攀谈》，原载上海《狂飙》周刊第12期（1926年12月26日），见《高长虹全集》第2卷，中央编译出版社2010年版，第267—268页。

② 长虹：《走到出版界·公理与正义的谈话》，原载上海《狂飙》周刊第10期（1926年12月12日），见《高长虹全集》第2卷，中央编译出版社2010年版，第251页。

③ 高歌：《青年与老人》，《狂飙》周刊第16期（1927年1月23日）。

者”，自认处于文坛边缘。[①] 柯仲平长篇诗剧《风火山》中的“流浪人”，带有自我写照意味：“他自己也成了书中的主要人物。那个装疯作邪地唱着曲子，到群众里和敌军中去作宣传鼓动的流浪人身上，就大有诗人自己的影子，连身世也是诗人自己的身世。”[②] 柯仲平创作是从郭沫若那里承继下来的，具有比郭氏更为浓烈、狂野的浪漫主义色彩，但人物设置上又具有郁达夫、郭沫若小说的自传性特点，把自我身世和情感直接写入作品中，《风火山》中的“流浪人”与《几条交叉的文化曲线》中的“流落青年”属于同一系列。柯仲平之所以续写《流亡者》，应该是“流亡者”这一形象深深打动了他，引起了他的强烈共鸣。这种共鸣不但在柯仲平那里有，在其他有相似境遇的狂飙社成员那里同样具有。

因为是出于共鸣而产生的续写，《几条交叉的文化曲线》延续了《流亡者》中对老作家“权威”的质疑、批判，对老作家功成名就生活的艳羡和嫉恨，一切集中于对书局（出版社）的愤恨和对书局经理的复仇行为中。《流亡者》中“新兴书店经理”角色的设置及有关情节，凸显了高长虹对书店（出版机构）老板的痛恨心理。高、鲁冲突的起因，用鲁迅的话说：“归根结蒂，总逃不出争夺一个《莽原》的地盘，要说得冠冕一点，就是阵地。”[③] 高长虹所代表的狂飙社与鲁迅等人的冲突，很大程度上源于对出版阵地（刊物）及出版机构（书局）的争夺。当然，由于鲁迅在中国文坛的崇高地位，在高、鲁这场冲突以及对出版阵地、出版机构的争夺中，高长虹不可能取得胜利。高、鲁冲突导致的严重后果之一，是高长虹被书局老板敬而远之，得不到出版机构大力支持，写的书得不到出版，规划中的出版计划不能实施。对此，廖久明《一群被惊醒的人——狂飙社研究》

---

① 参见长虹《走到出版界·晴天的话》，原载上海《狂飙》周刊第 10 期（1926 年 12 月 12 日），见《高长虹全集》第 2 卷，中央编译出版社 2010 年版，第 248 页。

② 王琳：《狂飙诗人·柯仲平传》，中国文联出版公司 1992 年版，第 94 页。

③ 鲁迅：《新的世故》，原载《语丝》周刊第 114 期（1927 年 1 月 15 日），见《鲁迅全集》第 8 卷，人民文学出版社 2005 年版，第 189 页。

有较为详尽的研究。[①] 高长虹也充分认识到出版机构对文学的制约性影响，知道"没有印刷局，则出版部的生命是难于稳定的"，"没有印刷局，狂飙的劳动运动没有方法去做"。[②] 高、鲁冲突中，高长虹的一些出格表现，某种程度也源自高、鲁与出版社冷热关系不同所引发的心理失衡。高长虹批周氏兄弟文中，曾有一句话："不要躲在书局的背后来咬我的脚后跟。"[③] 此语所透露出的对周氏兄弟背后有书局支撑的复杂情绪，值得玩味。高长虹虽自称"游离者"，自认处于文坛边缘，却不可能不受经济支配，不可能不受出版社辖制，自叹"经济的权威真可怕"。[④] 经济上的极度困顿，得不到出版机构的支持，与书局老板的紧张关系，使他内心不能不产生愤懑和仇恨，继而将此种情绪发泄于创作之中，这是《流亡者》中"书店老板"角色的设置及虐杀书店老板情节之由来。《几条交叉的文化曲线》中流落青年同样表达了"艺术不能卖钱"的困窘："没有谁肯买我这东西！我托人去卖也被几家书店回绝了。有的书店回话没有钱，有的书店说是戏剧不好卖，有的看见剧中多是歌曲更不愿印了，有的大概恐怕政府要禁止——归根说来就是我没有'名气'吧了！"更为糟糕的是，由于得罪了"先生"，稿子就更为难卖："有一两家书店最令我忿恨！他们在，他们在借重你先生，你顶顶大名的先生呵，他们恐怕发表了我的稿子，你先生要生气愤怒，要与他们断绝关系。这可了不得，你先生底屁，他们也要捧在他们的神堂上去供着，去三拜九叩呢！凡你先生势力可以到的地方，我都要碰壁了！我都该受拒绝了！"这句话与《流亡者》互为呼应，进一步解释了流落青年杀死书局经理的心理动因。

---

① 参见廖久明《一群被惊醒的人——狂飙社研究》，武汉出版社 2011 年版，第 208—212 页。

② 长虹：《通讯九则》，原载《长虹周刊》第 18 期，见《高长虹全集》第 3 卷，中央编译出版社 2010 年版，第 468 页。

③ 长虹：《走到出版界·所谓自由批评家启事》，原载上海《狂飙》周刊第 17 期（1927 年 1 月 30 日），见《高长虹全集》第 2 卷，中央编译出版社 2010 年版，第 299 页。

④ 参见长虹《走到出版界·晴天的话》，原载上海《狂飙》周刊第 10 期（1926 年 12 月 12 日），见《高长虹全集》第 2 卷，中央编译出版社 2010 年版，第 248 页。

柯仲平对《流亡者》的续写，更深层的动因则是对《流亡者》不良倾向的不满和矫正。

高、鲁冲突中，鲁迅的态度更为理性、节制一些。面对高的一再纠缠与辱骂，鲁迅仅发表《所谓“思想界先驱者”鲁迅启事》《〈阿Q正传〉的成因》《〈走到出版界〉的“战略”》《新的世故》《厦门通信（三）》等文予以公开回应，态度比较冷静和克制，有些论争文章有意不收入个人自编文集。这些文章外，《奔月》属于小说创作，虽然“逢蒙”影射高长虹，但不属于指名道姓的公开回应。其他的一些提及高长虹的文字，则是私人信件，同样不属于公开回应。与此相对照，作为冲突的发起者，高长虹的态度则显得偏执、激烈、尖刻、咄咄逼人。《疑威将军其亦鲁迅乎》的有些话已近于谩骂，如“此鲁迅之非狗明矣”①；有些语句属语言暴力，如“青年们将是狂暴地蔑弃老人，反抗老人”②。这种语言暴力在《流亡者》这部话剧中，则表现为“妓女”角色的有意设置。高长虹这样设置，是为了在“楚先生”与“妓女”间形成互为指涉关系，目的是侮辱、诋毁鲁迅。话剧中，青年野风打着“楚先生”招牌，成功把书店经理骗至酒店。当经理急切问到“楚先生”时，青年说他因肚痛到厕所去了。其实这时躲在厕所内的是“妓女”。这种情节设置的潜台词是：“楚先生”就是“妓女”。由于“楚先生”影射鲁迅，高长虹在“楚先生”与“妓女”间进行互为指涉的目的很清楚，就是侮辱鲁迅。不过，妓女这一角色与话剧情节的关系是疏离的。没有妓女这一角色，青年同样可以达到诱骗经理并谋财害命的目的。青年想利用妓女作为自己的替罪羊，也经不起推敲，因为这样做漏洞太多。因此，妓女角色的设置显然多余。高长虹明知妓女角色多余仍然设置这个角色，其目的很明确，就是侮辱、谩骂鲁迅。这种中伤，已近于泼妇骂街，显示出作者近乎丧失理智，大大降低其人格，最终自毁其身。

---

① 长虹：《走到出版界·疑威将军其亦鲁迅乎》，原载上海《狂飙》周刊第17期（1927年1月30日），见《高长虹全集》第2卷，中央编译出版社2010年版，第294页。

② 长虹：《走到出版界·再谈广州文学及其他》，原载上海《狂飙》周刊第6期（1926年11月14日），见《高长虹全集》第2卷，中央编译出版社2010年版，第214页。

柯仲平与高长虹为好友，同处流落的境遇中，对经济窘困和书局压迫感同身受，《流亡者》对鲁迅的影射与批判、对“经济命定论”的反叛，当然会引起他深度共鸣，但共鸣并不等于完全认同。对于高长虹一些过于出格的举动，他持保留态度并委婉规劝过。《几条交叉的文化曲线》对《流亡者》的续写，某种程度上也是为了对高剧情节过于凶暴、近于悍妇耍泼的不良倾向进行矫正和补救。在《几条交叉的文化曲线》中，青年作为闯入者，直接进入老作家家中，直接面对老作家，开始了青年与老人间的情感交流与精神对话。其中，有怀旧、感慨、感激和恳求，也有质疑、批判、剖析和告白，不同情绪纠缠一起，难解难分。有感激：“先生（向老作家），你从前为我发表过几篇诗歌，我曾真心地时常暗暗感激你！”有感慨：“烟和盖碗茶的气味比从前实在两样，就是先生的形容也比从前更憔瘦，我底青年须也没有法子叫它慢些长——”有肯定：“这是先生的好精神！那第一夜会见先生，先生最令我亲爱也最是这个！”当然，对老作家的质疑、批判是主要的，其质疑和批判大致有以下几点。（1）老作家对青年的冷笑与蔑视：“先生，你好冷笑我们！蔑视我们！”知识分子应精诚团结，“要是我们这样的一群也不能合衷共济地往前闯，世界还有光明的希望么？社会还有革新的一日么？这将使爱我们的少年，青年全失望！”（2）认为无产阶级艺术的产生、发扬、存在必须要有作者的实际生活，真往那条路上走的实际生活做铁证。“假使我作大战歌，而我不去战，我的战歌必然怒笑我，毁灭我！两都化为乌有的。”把有资格创造、建设这时代的艺术者分为四类：第一，生活在农工里而为农工阶级战斗，要解放人类的；第二，不拘劳动方式去生活，而忠实一生为被压迫人类实际战斗者；第三，那冒险的穷苦流浪人；第四，自己不要过富家生活，而敢正视一切生活、解剖一切生活的创作者。此外一切人都不配作这时代的艺术创造者！青年认为老作家“在一定限度内自克着生活”，没有参与到实际的战斗生活中而过着比较安逸的生活，言外之意是老作家不配作这时代的艺术创造者，“极端些，连先生这屋里占有的一切都应该烧毁了！”青年从无产阶级文学理论出发，从“战斗的生活才能产生战斗的文学”的生活决定论出发，所展开的对老作家的批判和质疑，虽然显得偏激，但这种批判力度和思想深度却是《流亡者》所没有的。“无产阶级艺术”的提出，对战斗生活的强调，说明柯仲平此时的思想已经“左倾”，从思想观念和行为上已经开始背叛高长虹，展开了自我反思与自我批评，所以，剧中才会有青年的自我批评：“不待谁批评，我先自己申诉，自己批评吧！”而这种从无产阶级艺术观念出发对狂飙艺术所作的反思与批评，是不可能得到固执己见的高长虹的理解与回应的，所以，青年又说：“我自己说出来了！大概我有的朋友一定因此愤恨我，甚至以为我是我们汉奸，我卖我的朋友了！”因此，可以说，在《流亡者》之后，柯仲平续写《几条交叉的文化曲线》，既出于他对老大哥高长虹道义上的支援和呼应，又出于他对狂飙运动的反思、检讨与告别。他对过往与老作家交游生活的回忆、对老作家提携青年的感激，代表了青年作家对“过去鲁迅”的致敬与凭吊；站在无产阶级艺术角度对战斗生活的强调，由此而展开的对“老年鲁迅”的生活审视与思想批判，则代表当时“青年左翼”对“老年鲁迅”的审视、质疑与告别。这种批判虽有力度，但由于其对战斗生活理解过于拘执且有浓厚的民粹倾向，就显得颇为偏激和偏执。

柯仲平续写《流亡者》，把他创作的话剧作为第二幕，却另起了名字：《几条交叉的文化曲线》。以上分析显示，柯仲平对话剧的命名大有深意。剧中“流落青年”站在无产阶级艺术立场对“老年鲁迅”的批判、对“狂飙运动”的反省，说明柯仲平作为狂飙社成员，此时观念不但与“老作家”不同，与高长虹所代表的狂飙社也大为不同，这样一来，“流落青年”与“老作家”和“狂飙社”之间，就形成至少三种不同的“文化曲线”，话剧《几条不同的文化曲线》的命名应与此有关。

《流亡者》与《几条交叉的文化曲线》辑校

流亡者

长虹

人物：

流落的一个青年

妓女

一个新兴大书店的经理

在上海

一座酒店的三层楼上，地字第一号房间。精美，舒阔。靠后两角落的茶几上，各置一盆鲜花。中央四把椅子圈着一张桌，门在左方，窗在右方。

午后八点钟

幕开时，舞台黑暗。一会儿电灯开了，接着，门开，茶房问

茶房　这间好吧，先生？

青年和妓女进——青年迅速探视

妓女　间间都一样。

青年走去开窗，往窗外一看，立刻回答——

青年　好，这一间很透空气。

（茶房出）

妓女　（撩青年一眼，媚——）你真挑眼——

青年　上海有很多的把戏，很多漂亮的姑娘，可惜没有空气——

（妓女两手摆动着）

妓女　你看这不是空气吗？（笑）

青年　假使没有窗子呀——

（妓女挨近他，用嘴巴向他脸上吹着说——）

妓女　空气！空气！——

（茶房进，递手巾给他们——）

茶房　红茶，绿茶？

青年　两种颜色我都爱——

妓女　我要上好的西湖龙井。

青年　去，也要壶上好的香片。

（茶房出）

妓女　老实说，每回我在公司楼上逛，你这么慷慨的人我少遇见过！

青年　慷慨的人也吃亏，慷慨到两手精光，你们就不理识了。

妓女　谁说！人有好有歹！

青年　你一定是——

妓女　甚么？说！

青年　你是刮刮叫的好人呀！（悲愤而和爱的笑）呵，好可悲痛的爱美儿！

妓女　你这话才稀奇呢。呀！我忘记买香烟了——

（茶房端茶进）

妓女　拿美女牌香烟，茶房。

茶房　这要下楼去买。买吗？

青年　买去，叫账房拿钱，我没带零钱。

茶房　拿去剖一剖好吧？

青年　（故作严厉）听不懂话吗？叫账房拿钱去买！

茶房　是。——要甚么菜？

青年　（向妓女）甚么你最合口你点吧！

妓女　你点你点！

青年　我最不爱麻烦。弄两元一座的来吧。不够临时添。好吗？

妓女　好。

茶房　甚么酒？

青年　上好的白兰地。

（茶房出）

妓女　你说出白兰地三个字来，你好像就有点醉了！

青年　待会我给你吃上好的口香糖，你嘴甜。（说着走窗口来，探视窗外。妓女跟着过来，搂着他的肩。）

青年　这下面是一条弄？

妓女　不是吧？黑漆漆的。

青年　是一条黑漆漆的夹道！黑漆漆，真合适——

妓女　你说甚么？

青年　我说这是上好的黑漆漆夹道！（笑）

妓女　上好？

青年　上好的姑娘，上好的白兰地，上好的香烟，上好的黑漆漆的夹道——

妓女　还有上好的嫖客！（笑）

青年　对面那花园，你说一跳可以跳过去吗？

妓女　跳不过。

青年　一跳洽[①]合适。就从墙边这水管也可以滑下去。

妓女　跌死没有人贴命！

青年　我跳你看，我滑下你看——

妓女　你跳？

（茶房进）

茶房　先生，香烟。（出）

（青年和妓女过来。妓女抽出两条一齐吸燃后，将一枝掉转，含

① “洽”当为“恰”。

着有火这一头，用嘴递把他，他用手来接，妓女一定要他用嘴接。接过去，都笑了。）

妓女　你怎么不修胡子理理发？

青年　这不美吗？小白脸？——

妓女　美！美哉！——你领带也不用，西装也随随便便地穿着，这是甚么派头呀！

青年　那影片，浪漫的男女青年你看过吗？

妓女　没，看过看过——你这西装很时髦，可惜——

青年　可惜太小了？

妓女　可不是吗？

青年　不，这才是巴黎最时髦的派头。

妓女　衣服可讲究，靴子为甚么——

青年　（扬起右脚）这靴子实在太坏了。但是，假使我明天买一双最时新的靴子送你，明年后年我还见你穿着他，这就能够说是你很想念我。这双靴原来是一个美女买送我的呀！

妓女　非怪。——大马路有几种新出的衣料我真爱——

青年　你穿着这样也就不坏了，要在七八年前我初到上海，在先施屋顶花园碰见你，我简直不敢多看你，你信吗？我以为是那一位将军的大小姐呀！

妓女　你怕我就不是大小姐吗？唉！红颜薄命！——

（茶房送餐和酒进）

青年　来！先痛饮三杯！

（摆好。喝，吃。茶房出）

妓女　这里的西餐很有名——

青年　（沉重的喝了一杯）

好说不如戏弄，
哀求不如行凶；
非怪非怪，
饿肚子吃龙肝虎胆！

（妓女为他斟满杯。他好像望着另外几个人似唱似说！）

你妹妹，夹旗袍问你：

你的西装呢？

哈哈——白兰地！白兰地！

他妹妹！

酒楼上，主公在这里！

（妓女听不懂，故意装做懂！）

妓女　你唱的真有味！唱呀！你，白兰地！（举杯）主公请！（学戏子装周瑜的口吻）主公请！

青年　妹妹请！（喝）哈哈，错了，都督请！

（妓女又为他斟酒，也自斟。）

青年　一个是打散的游勇，

一个是买空卖空——

妓女　一个是明星，

一个是贵妃，

再请一杯呀！万岁！

青年　请！孤的爱妃！

（喝，笑。茶房进菜菜①。茶房出。）

青年　呵呵！午时三刻快到了，让孤亲自打电话去——（起立）

妓女　叫谁？

青年　一个书店的经理。

妓女　叫茶房打去吧！

青年　这太不恭敬了。你请等一等吧！

妓女　那经理在的远吗？

青年　很近的。

（按铃。茶房进。）

青年　电话闲着吗？

茶房　我去看看。（出）

---

① 原文如此，疑有误。

（吃，喝，一阵沉默）

妓女　你怎不说话？

青年　你很想买几件好衣料吧？

妓女　想是想——

青年　可惜钱不够？

妓女　你真要买送我吗？

青年　谁说不是呢？——

（茶房进菜）

茶房　有客在叫着。空了我来请先生去吧。

（青年点头。茶房出。）

妓女　你刚才要说甚么？

青年　我要买些礼物送你。但是——钱倒是有的，但是要多有一点不更好吗？

妓女　你别客气了！（娇笑）

青年　这个书店经理和我很要好。昨天我跟他商量三四百块钱，今晚要是他带来就好办了！

妓女　没有钱，甚么也都办不成，你说是吗？

青年　那是当然的喽。

（茶房在门边叫）——

茶房　先生！

（青年出，妓女好像疑他没多钱，又想在他头上生方。她起来伸伸腰。独自喝一口。顺脚到窗边。静默好一会，又转到门边伸头往外望。——青年回，拉着妓女手到桌边）

妓女　他就来吗？

青年　他就来的。——

（茶房送进一份食具来。出。）

妓女　这多么高兴呀！你怎么有点发愁？

青年　我生来的脾气，我最怕——最怕跟人家商量借钱！

妓女　谁不是这样呢！借得还不要紧，借不得还要看人家的脸嘴！

青年　他是决不会给我脸嘴看的。但是，我素来的脾气，我跟别人商量借钱的时候，我最怕又有一个人在傍边看着我——

妓女　我，你也怕吗？

青年　怕是不怕的，只恐我那时说不出口来！

妓女　那，他来时，我走开一会好吗？

青年　这我怎么对得起你呢！

妓女　不要紧的。我满不在乎——他坐汽车来吗？

青年　许是汽车。很近的，一小会。——他一进门，我就问他款带来没有。要不是这样，酒醉了，会把重要事忘记。

妓女　为甚么这样急？

青年　男子汉说话，一是一，二是二。你不说大马路有很时新的衣料吗？

妓女　那末——（笑）你真好！他一进来，呵不，他还没有进门来，我就装着肚子有点痛，我要进厕房。好吗？

青年　你真巧妙！

妓女　几分钟，你们可以把话商量——

青年　我想一分钟——

妓女　不够的，一分钟。我看着来吧——

青年　最多最多一刻钟！

妓女　好，一刻钟，半点钟也不算多。

（他走到窗前望——妓女斟酒。）

妓女　酒又斟满了！

青年　——

妓女　来唱呀！

（他急转过身来。微笑。看花——）

青年　那酒的颜色有这花红吗？

妓女　不，这酒是金黄色的。

青年　你脸上的胭脂有这花红了！

妓女　你吃吃胭脂酒好吗？

青年　我走桃花运！

（他折过两朵花来）

青年　我给你带花！

（插给她一朵）

青年　这一朵，让她亲亲你的脸，（用花亲她脸）泡在酒中，我们一个唱[①]一口！

（将一朵沉入杯中）

青年　你看！酒中有血，人的血！

妓女　我不敢吃人血呀！

青年　鸡血，猪血，狗血，人血都不是一样吗？

妓女　不一样吧？

青年　有的人血不及狗血好吃呢。

妓女　你吃过人血？

青年　你相信我吃过吗？

妓女　不，我——

青年　话是那么说；前天我看见一个哭她丈夫的寡妇在水边，我心里难过了一夜——呵，他快来了吧——

（案[②]铃。茶房进。）

青年　娓[③]，再开一餐来。

茶房　就开吗？

青年　就开。

（茶房出。）

青年　好像来了！是——

妓女　我走开一会？

青年　对不起你！请你慢些来！

（妓女出。他静听，约十秒——）

青年　在！

（门开处，站着茶房和经理。）

---

① “唱”疑为“喝”。

② “案”当为“按”。

③ “娓”当为“喂”。

茶房　先生，客来了！

青年　呵！呵！请坐！快开！快开！

（茶房出。经理疑问——）

经理　楚先生在这里吗？

青年　你请坐！他电话打了好多次才打通呢——

（茶房拿手巾进来）

青年　他刚厕所去，一会就回来。事很忙吧？

（茶房出）

经理　有时很忙的，要不是楚先生的电话，我那有功夫来呀——

青年　是的。他是中国独一无二的老作家了！

经理　呵！请教！

青年　野风。

经理　很闻名的！你先生的小说也很有点楚先生的风格！

青年　我只在梦里作过小说呀！

经理　你那篇——

青年　是的。楚先生要生在欧洲，他的作品更值价！

经理　他和我们很有交情的！别家想出他的书，想的很——

青年　他现在一月有千来元版税了。

经理　一月他至少可以收几百。

青年　有名的作家——呵！请抽抽烟吧！他说他肚子有点痛——

经理　我去看看他吧，他近来身体不大好，拉多了起不来呢！

青年　不要紧的，他今晚很高兴。有些青年真无聊，分明知道自己的书不好销，偏要拿往书店去；书店不印，他们还在背后大骂特骂呢！

经理　有些青年作家也太可怜了！我看着几个很有望，我帮他们印，广告做好些，也销得不少。

（茶房进来）

青年　来慢些！还有一个人在厕所里呢。

（茶房出）

经理　等等他吧。

青年　有几个名家的稿费，快要涨到十七八块二十块一千字了吧？

经理　差不多了。印他们两三位的书，头一版赚不了多少，稿费——

青年　我有个朋友的稿子，放在我那里很久了，没有印——

经理　请楚先生介绍介绍吧！

青年　是一部诗歌。

经理　呵！那——介绍也——好像——五四那两三年是诗歌的时代，现在是小说的时代，将来也许——但是，也——楚先生几位的小说可是从五四以来就很好！

青年　我看你是出版家而又是顶不坏，顶好的文艺批评家！

经理　你只稍看，甚么时候甚么销路好。哈哈哈……这从前我也不相信呢，但现在看来，恰合经济定命论——

（经理回头一看。转——）

你说是吧？

青年　简直是书店，经理定命论！

经理　笑话！哈哈……

（青年掏出一张差不多三尺长的旧绸子来，打个活套子，挂在颈上，像未结紧的领带。）

青年　乘他还没来，你和我去看看那几颗星星吧。上前他和我辩论，现在只要证明我说的不错吗，我敢和他打赌！

（同到窗前）

经理　你和他打赌？那是太岁爷的头上动土了！

青年　你看！喂，（两手一撑，探头窗外）你看吧！

经理　我看不见。让——

（青年放下手站开一步，经理步青年原位，要照青年的姿势去看星星，青年在他背后急急地将绸带套去，勒住他的嘴，他要挣，挣不脱。青年越镇静。由左胸抽出一把明晃晃的八寸长的尖刀——）

青年　（刀示经理）看！这就是星星！是杀星！是黑虎星！是经济定命论！呵吹！（刻骨的一狂笑）这就是经济定命

论！呵吠！这就是一切！这就是顶有名的著作家！哈！上好的白兰地！

（青年向那经理的喉头扎一刀。又向胃部扎一刀。经理吓昏，叫、抗都不行，青年从他口袋里掏出一个皮包来，随着便将右手伸入他跨①中，使一个盈瓶倒水势，将经理掷出窗外。）

青年　有的是钱——

（将经理的皮包原封搁在桌子上，青年翻出窗外不见了。死寂五秒钟。妓女进，惊骇欲喊；随见桌上有皮包，急将皮包装入怀内，转出。但，妓女在门外碰见茶房了——）

妓女　（在门外）别忙进去！他们，他们在说悄悄话，待一会来！待一会！

茶房　（在门外）你不吃了吗？

（仿佛妓女多给了茶房一些小账）

妓女　我买点东西去！回头就来——

（死寂中，幕缓缓下。）

［《流亡者》（话剧），1929 年 11 月 1 日、3 日、4 日、8 日《北平日报》“北平日报副刊”第 128 号、第 129 号、第 130 号、第 131 号，署名“长虹”］

几条交叉的文化曲线

柯仲平

登场人：

老作家

少妇

流落的青年

夜里九点钟

一个老作家的屋子里：

右后方是床。左后方是列着新旧书的书架。右侧是窗，窗外一小园，窗下有张写字台，台上是文具，原稿纸，两本西洋书；

① “跨”疑有误。

桌前一把安乐椅。左侧的中央有两把椅子夹着一张茶几；左侧的前方有门。一把躺椅在书架前。有几份报纸和新出版物星散着。电灯很亮的。

幕开，老作家正坐在躺椅上悲愤地沉思。一个二十七八的少妇，老作家近来的伴侣，在桌前看着一本刊物。

静默好一会。

少妇含愤而带安慰地，转身向他——

少妇　和他们对打，攻击他们，这是为他们宣传，为他们登不花钱的广告了——

（他勉强微微地一笑）

少妇　郭哥而[①]，普昔金[②]，总是现代俄国文学的曾祖。开垦一片荒地，施肥，灌水，做种种苦工，后来花开树林长成了，他们诋毁那个开辟人——

老作家　那里有花！更没有树林！（冷冷一笑）

少妇　所以中国青年是最可悲哀的了！好像没有多大的希望——

老作家　中国！（想多说，又停下）

少妇　这不是传统思想：那光荣的，辛苦的历史总不该一笔抹杀，抹杀本来也是抹杀不了的。我说，苏俄政府为哥尔基庆祝六十寿诞，这很有意义。——他们的时代还差得好远，（故嘲笑）他们忘记他们的乃祖乃父了！十字架上的耶稣！好卑鄙的法利……

（老作家站起来）

老作家　没有什么！大火场当前，他们不敢往前冲，但要遮掩他们自己的懦怯，又要表示他们的勇敢，怯懦的勇敢给大众；争读者，争销路；没有什么，只是一群狗在咆哮着，时髦地在咆哮着；套上了阶级争斗的衣冠，一种法

① 今译“果戈尔”。

② 今译“普希金”。

宝，于是——好，只要销路好，多有几个肉包子便甚么也松缓下去了！

少妇　（表示不足忧虑的一笑）我说我能射红日，用种种广告来宣传我能，这大概要卖门票也卖得不少的——

（一阵风吹园林响。屋里人沉默。）

少妇　夜深，静静地在屋子里，偶然一阵风吹响窗外的树叶，有时，真好像在古庙中！在坟地里！——夜深，你在著作，空气也很沉重而森严——又想这多么[①]书籍，书籍中载满了人生的活动，战争啦，贫困啦，一切一切，我在奔流中！（拿取一只笔）——

有时，我一看见这一只笔：我就当它是一把无比快利的解剖刀。我们这房子是顶有名的一间人体，人尸，人性解剖室！所有一切文艺对象的解剖室！说你是个文学家，伟大的文学家，还不如就说你是一个伟大的人性解剖家——

（窗外风又响。）

老作家　这样的屋子，总有一天会被火烧的！

（少妇突然感到一些攻击老作家的青年会用火来烧）

少妇　唉！（拿取两份刊物）让我先烧了你们这些虫豸吧！（要擦火）

[②]![③] 别烧！以眼还眼，以牙还牙！留着期[④]回击他们！

（少妇将刊物狠狠地掷在桌上）

少妇　用更激烈的理论攻打他们！要揭穿□黑暗，曝露他们的黑暗，像揭穿□露你小说中的时代人物！

（少妇见老作家有若凝望远处，细听□的声音，少妇也突然停住话头。静默□会。）

---

① “多么”当为“么多”。

② 原文缺“老作家”三字。

③ 感叹号前疑缺字。

④ “期”前疑缺字。

老作家站起来，像对一些人说话，□地——

老作家　哼！——这就证明你们有着力量——以铁还眼？以火攻牙？——只要□那本领，放心地冲过去，闯过来吧！你们才在模仿使用着那种武器！叫□你不能够打，在我的痛疾处，我要□无聊！——这时代我不独承认，我早在希望着，而且希望造成更真实，更□，更大更大的——

（接着一个极尖刻的冷笑，但冷笑里有点同情，又有点空幻，也有点心虚。三四秒钟后，树叶子再响。老作家□自己发出的尖刻的冷笑被弹回，反刺自己一下。——）

我算尽了我的力，这是真实的！——骂我倔强？我倔强，我偏要倔强到底！□我小资产阶级的气味？嘿！你们配吗？你们配谈这个？你们笑我无胆量□去，你们已经走上前去了？你们在□人的血肉，别人的牺牲来夸大自己，□□自己，造成你们自己的地位！你们□□后叫别人去死，去拼命！——

少妇　人大半是这样的动物！你不要太兴奋了！把更革命的理论与作品多介绍些，这不难造成一种更新的力量。

老作家　唉！介绍更革命的理论与作品，写些煽动力最大的文字，这已经使我十分伤痛——青年们受了我的鼓励去争斗，去卖呆力气，结果大半受伤了，死的也有了，而那些自命领袖的文士都活着，有些是在高调里头平安的活着，这使我愤恨，而我对于那班受过我鼓动的青年确不能不负相当的责任！——呵——有人在敲我的门？

（静听一忽）

少妇　好像——杨妈！杨妈！有人敲门？——杨妈在打盹？——我去！

老作家　你别去。我——没有甚么，我听岔了。——易卜生的建筑师呵！

少妇　真的好像有人在敲门？

老作家　青年在敲我的门！

少妇　杨妈在打盹，我去听听——

老作家　我去吧！

少妇　一同去。

（少妇要搽火点烛）

老作家　不用火。

少妇　也好，先听听是甚么人！——

老作家　不，没有人敲门。

（静听一会）

少妇　实在没有的。这样大的风，是风声。

（他点燃一支烟，抽着。）

少妇　住在上海，好像住在魔窟里，匪窝里。夜深，狗叫，人跑，枪声，第二天的报纸上便有绑匪的消息。白天的汽车，电车——死的机会这样多！

老作家　上海这块地盘下，埋着一个很大的炸弹，我常常感到这个炸弹就要炸起来！

少妇　我是常感觉外面将有暴动，或是暴动已经在始开①——在二十世纪中，全世界必有次最大的暴动，像地球心中有个万里长的炸蛋要炸裂！我要活到六十岁，许我能得亲眼看着它。

（老作家感到自己年纪长过少妇好多岁，他在镇静着自己的隐痛。）

老作家　在人间，这时代最高最高的屋顶上，这是我的血肉造成的，你把花圈递给我，我为你，也为人间，我爬到最高最高的尖顶，挂上了花圈，我往下看你，看人间。我高笑，我欢乐，我粉碎了！——

少妇　你是永远存在着的！

老作家　人间没有永远呵！永远是空虚！

少妇　你，永远是空虚，你也必在空虚中存在！——

老作家　利用我的，到利用得不顺手时，返过嘴来咬我了；利用

① “始开”当为“开始”。

也可以，咬也可以，偏偏还要找出些时代呀，正义呀，说来好像有很正大的理由！丑东西！——

少妇　人！

老作家　有人要卖我的头，有人要卖我的手，都想分割我去卖；还有想独占了我去卖去专利的。稍稍不遂愿，有的明骂，有的暗恨了。都想用我做招牌！招牌！

少妇　也有真真信仰你，爱你的很多青年呵！那很诚恳，很真实的，你不要冤枉了他们！

老作家　有，我信。要没有这样的几个人，世界是更空虚了！——

（寂静一忽）

老作家　力的比赛！力的决斗！

少妇　你以往的笔墨战争是所向无敌的！

老作家　好，让我来捣毁他们底巢穴！

（老作家走到桌前，拿纸笔。将写时，忽停下，翻开一种刊物，没看下一两句又恨恨地合上了。——）

老作家　看得清时代的转变，没力量，没气魄。抓住时代的中心？——生活！生活！——我原来都在热望，后代人踏上我的尸体往前进！配么？你们配？

少妇　瞑[①]顽不灵的大众呵！苏格拉底是那么下场！负着他们走，他们还用拳打你的头！——

老作家　你听！外面是甚么声音？

（静听一忽）

少妇　还是风声。天变了。——我常常以为很多人在我们这房子的四周窥探。好像有些人是想暗害我们；但有很多人是想从你这里得到些你的意见，你的创作，你行动的消息；还有些人呢，好像是来拜谒圣地耶露撒冷，看艺术的弗罗棱斯。我也仿佛在那高耸行云的金字塔中！

老作家　唉！我愿我这里是座最大的工厂，他们都是来找工作

---

① “瞑”当作“冥”。

的；或者是农场，是□宫。要不然，我愿他们都是想来暗害我的！

少妇　那是不可能。这儿确是现代中国文化的母体，也是现代中国文化被世界认识的先声！我在这里，我觉得我是很圣洁的，像翱翔于太空的白鸽，有时也飞进中古世的修道院中；那圣女每天敬香花在惟一真神的面前，我也是。

老作家　唉！大理石的雕像呵！

少妇　也似个发号司令，指挥青年行动的宫殿，大寨主的所在——

老作家　把那西山上的太阳追回来！——

（少妇等他讲下去，他又停住了。风响得窗子震动。静一会。）

少妇　你疯狂的风！

老作家　疯狂的——

少妇　你疯狂的时代！

老作家　当土匪的军师去！

少妇　理想的时代也不过各尽所能，各取所需；你不会尽取你所需，但你二十年来实在尽了你所能。必要把那栋梁当柴烧？

老作家　有石头的宫殿！——讨厌！死后是怎样一回事，好像数手指的明了，摆在眼前：有的人拍手称快，有的人悲伤，有的人假意哀悼，说些风凉话；出专号的，作甚么甚么记念的——生卖我不够，还要死卖我！而且批评家也便突然□[①]出来了，□出来了！

少妇　真的光荣决不因有侮蔑而受损伤呵。□[②]托斯妥夫斯基的丧，就是种艺术伟大的终结也是开场！但，你还是个惟一的乳母，孩子们有的反脸，孩子们都在需要你

① 此处与下一处空格处不清，疑为“窜”字。

② 原文不清。

呢！还是你的时代！——列宁很公正而真实的讲托尔斯泰呀——

老作家　中国只多机会主义者！

少妇　也许因为托尔斯泰已经老死了！

老作家　中国人只注意商标！

少妇　听！风声——风声怒号真如战马奔鸣！——这景况，要不是人类毁灭吗，我想，后代儿孙们一定比现在纯洁可爱些！

老作家　我望。也难说。把人类历史作一线直观，花样变而实质——实质，可以说未变。以后怎样呢？稍微变变吧！——（惊听着）

老作家　是！真真有人正敲我底大门了！

（再听）

少妇　是。我去把杨妈摇醒，叫杨妈回答你已经睡了？

老作家　也好。

（少妇刚走到左侧门边）

老作家　先听听是谁的声音！

少妇　好，我同杨妈去！

（少妇去。老作家用力镇静着，燃火抽烟。少妇去约两分钟，折回。）

少妇　我叫杨妈问，听来完全是一个生疏的口音——

老作家　回绝了吗？

少妇　没回绝。因为他的声音很热忱，很恳切，所以我答我来看看你睡觉了没有。

（迟疑一会）

老作家　问他底名字了没有？

少妇　没问——

老作家　就说我已经睡了吧！

（少妇转身）

老作家　不；再问问他底名字吧！

少妇　好。

（少妇刚走出门）

老作家　不！不！

（少妇折回门边）

老作家　就叫杨妈开门领他进来吧！

少妇　不，恐怕——上海这个地方——

老作家　我怕甚么呢——也好，你们问他，我出去听听！

（室静无人。偶然窗振颤。约两分钟后，老作家进。他勉强压住不安，把残烟掷入痰筒，待了一小会。前幕那个青年进，青年的西装已经脱扔了，右耳根有几点血迹。）

老作家　呵！几年不见了！

青年　有四个年头！

（老作家给他一枝烟，一碗盖碗茶。）

青年　想不到，仍然像在北京的，一来便抽先生的纸烟，喝先生的盖碗茶。

老作家　现在与从前也差不了多少。

青年　烟和盖碗茶的气味比从前实在两样，就是先生的形容也比从前更憔瘦，我底青年须也没有法子叫它慢些长——

老作家　哦！——

青年　在北方，第一次到先生家里，那是第一次谈话；先生一见我，立刻起来对我说，你那长歌我已看过了，下半部我看过两遍，气很旺！就不知能唱不能——

老作家　哦，是的——

青年　我立刻就当着先生唱了一段。唱罢了，我说，这是一大曲新的音乐，这音乐，在中国还没有两个人能够了解！我说罢了我抽烟。先生很快乐。那是，先生的心底认为那是一种奇迹吧？

老作家　我倒没有忘记。

青年　能够使先生忘记了还好些！

老作家　这——

青年　这——

（风又起，窗振动）

青年　呵！狂风要奔进先生的屋子来呢！

老作家　只要有那种力量！

青年　这是先生的好精神！那第一夜会见先生，先生最令我亲爱也最是这个！——呵，那一夜还有位短小精干的朋友坐在先生对角的矮椅上呢——

（老作家有些不喜欢谈起这些）

那夜我没有和他谈上三句话。后来我和他遇在上海，我们才成了好友。很好的好友。

老作家　（问道——）你这几年来的生活？

青年　我这几年来，流落在许多很穷苦的地方，现在那些地方的穷人在吃草根树皮，在人吃人呢！先生！听说有些人在攻击你，攻击你的人，可没有一个吃草根树皮！是吗？

老作家　争生存是所有动物的通性吧了！

青年　有很多人在争生存以外的事物呢！

老作家　那都是争生存的花样，花样是越变越多的。

青年　先生，你在一定限度内自克着生活，你这样生活着，虎视人们变花样，有人以为他是人样的白娘娘，你说他原形是一条蛇！是吗？

老作家　以为风在袭击我？流动的空气而已！

青年　而已？演进的。风袭击？将有，在山林中的一群，风起了，人唱了——

西风驰马过山间，
大森林响响似海洋，
我们□头喝住西风马：
“你那道而来？
你那道而去？”
西风马失蹄，

西风跌在我们酒坛里!

(稍停)

老作家　那确是大时代的动力呵!

青年　小子敢在这里来卖弄?

我知你名叫西风!

我辈轻歌一二宇宙也震动,

你敢这里逞英雄——

(老作家早感到这种袭击,分明全身战动了一下,但终持冷静。少妇进。)

少妇　唱的可真有魄力!但是——

青年　但是我不该唱吗?用全生命去换来的啊!——

少妇　我是赞美!——(想转话)

青年　我不值钱的诗歌也得到口头的赞美了!我感谢!先生们!但是!这才真是“但是”呵!先生(向老作家),你从前为我发表过几篇诗歌,我曾真心地时常暗暗感激你!

老作家真心是好的;感激用不着。

青年　我不愿另找一种力来压制我真心的表现。

少妇　(向老作家)现在听来仍是真实恳切的!

(老作家不想回答,只默认)

青年　(用赶马哥的调子唱)

赶着高头大(马)

四十里长街,

五十里钻洞,

烟花有个迷人劲,

扯朵儿烟花——

扯朵儿烟花呀,

扯朵儿烟花!

吃你羊羔美(酒),

一回来一醉，
偷你百花心，
我是路游神，
一笑陪你三更三点五更五点泪！——
一笑陪你三更三点呀
五更五点泪！
（稍停）

少妇　这是民歌？

青年　良心穿过我心后，我唱的民歌。

（老作家勿论怎样也总有些同情）

老作家　近几年来你作很多诗歌吧？

青年　只偶然急急忙忙地写过两三首。随口便唱把人们听的倒不少。假使我作大战歌，而我不去战，我的战歌必然怒笑我，毁灭我！两都化为乌有的。

老作家　作战曲者不赴战，那战曲当然绝对不能存在一时的！但是中国的无产阶级文学家突然多起来了！

青年　先生，只要有作者的实际生活，真往那条路上走的实际生活做铁证，那么无产阶级艺术的产生，的发扬，的存在，那是谁也否认不了的！但是，单讲甚么意识是没有力量的。

老作家　看他们的实际生活吧！

青年　极端些，连先生这屋里占有的一切都应该烧毁了！

少妇　没有母亲，没有看护，没有开垦的，施肥灌水人，那嫩芽似的小孩儿怎么长成呢？

青年　平下心来说，我们的目前是极需要这种好母亲，好看护，好的施肥灌水人。而且工作越踏实越好。知识阶级的出路吗：那用全力于科学而不为资本家和军阀之狗走[①]的；那忠实介绍世界思想艺术的，那过着穷苦生

---

① “狗走”当为“走狗”。

活，献全生命于艺术表现的；那参加穷苦阶级实际战斗的。——要建设这时代的人类艺术呵，起码要敢过穷苦的战斗生活。有资格创造，建设这时代的艺术者：第一，是生活在农工里而为农工阶级战斗，要自由人类的；第二，不拘劳动方式去生活，而忠实一生为被压迫人类实际战斗者；第三，那冒险的穷苦流浪人；第四，自己不要过富家生活，而敢正视一切生活，解剖一切生活的创作者。此外一切人都不配作这时代的艺术创造者！

（沉默了一小会）

老作家　（带冷嘲）好了！这类条件已有许多青年艺术家，批评家具备着了！看看个人周刊也出得不少期了！纸张好而且插图多！不“穷苦”那来这些金钱办下去呢？而且在中国还是一种新运动！

青年　先生！你冷笑，笑里有刀！你指的就是我那位好友，那位我第一次会见你而他也在座的青年！前三年，当我飘流到西北沙漠中那时，我见你和他在南方吵架。我知道，你现在还很恨他骂他的，而且你还恨骂到他的几个朋友！——个人出周刊，只要真真者[①]那实力干去，这也算坏吗？最怕是不真真有那实力！你知道。

老作家　那“实力”不是大家都看见了吗？

青年　先生！我们是可以把我们的伤痛处坦怀叫一切人看的，因为，这大半也就是人类的伤痛。呵！一群钢铁似的结合，山精海怪似的会在一块，亲爱的，共一大生命的，我尝尝以为——这在你老于经验的先生看来或认为常事——而我尝尝以为，要是我们这样的一群也不能合衷共济地往前闯，世界还有光明的希望么？社会还有革新的一日么？这将使爱我们的少年，青年全失望！而你，

① “者”当为“有”。

先生，你好冷笑我们！蔑视我们！虽然我们各人有各人的特殊生活。

老作家　据说，人类现在也有十六万万多！

（风又振动窗子）

青年　风！狂风！

你新生的狂风！

你渴了吗？

你喝我们底血吧！

你饿了吗？

你吃我们底肉吧！

呵！你新生，你新生的狂风呵！

……

他要会那孤岛上的女王，

又要去发掘黄金世界，

他想做飞行家，革命先锋，农工兵都想，

他比我们都悲哀，都沉痛。

他的欲望多而强！

狂风！你看看我们周围是一些怎样的人物！

新生呵狂风！狂风！

不新生便要崩溃！

不新生便要灭亡！

（少妇沉迷在这悲壮的热忱声中。稍停。）

老作家　尝尝喊新生，你们曾见过新生的面没有？

青年　见过的，见过的！当我流落远方，我饿饭，我在农民中歌唱，在许多温望着新生的少年青年中歌唱，我在敌人的高压中奋战，见过的！新生是我见过的！我们的一个从监狱中出来，逃去会我，他把他的土匪生活，农民生活，暴动生活告诉我。他将他的铁链铁火伤疤指给我；他是新生！他便是我们的新生！我的朋友们每一个都曾经创过新生！就是你最恨的一个我们的朋友呵，当他那年和你吵架时，也何尝不是一种新生的追求！——唉！现在我们闹得七零八落的！用科学底解释来安慰自己吗？说原来我们没有站在一个立场上吗？说我们支不住外力引诱，外力打击吗？说我们每个人都有英雄思想，一山不能容二虎？说我们小资产阶级的习气太重？我们农民的血液太多？说我们没有严密的组织，没有一定的行动纲领？是的！是的！不待谁批评，我先自己申诉，自己批评吧！而且是在你先生，你先生是最恨骂我们朋友的！我自己说出来了！大概我有的朋友一定因此愤恨我，甚至以为我是我们汉奸，我卖我的朋友了！也许，不，他们会用我从来的生活做铁证，他们会证明我是来干甚么的。

老作家　我听你的声音很充实，但你好像在求救，我——

青年　便是求救也只求救于我们自己和同情于我们的真实人！

老作家　那你为朋友，你该当我讲起这些吗？

青年　我原来是不想讲起的。我到你家门前我心理起了一种变化；我见了你，你仍然给我喝你的盖碗茶，抽你的纸烟，我心理又起种变化；你暗暗提起了我那出个人周刊的朋友，我心理又起变化；这一位和善的女客进来，我立刻感到你生活已不似从前的孤寂，我又起一种变化。这种种变化使我和平得多了，我原来计划着的行动也停下了！（他的汗流下，他用右手搽他右耳根，他一见手，手指有血垢）呵呵！这是甚么？这是猪的血！狗的血！哈哈——

（老作家有些惊异，很防备有突然侵袭。）

少妇　你应该回去好好休息！今晚这屋子是走着兴奋的运了！

青年　不，我有极多的艺术材料，我想送把先生，那末先生定能创作伟大的！

老作家　我敬谢！你留着制造你的法宝吧！

青年　哈哈！法宝！是的；去年秋中我回到北京——“回到”，

呵，好像说北京是我的小家乡，那时候，我一个流落甘肃的女伴也恰好来了。我和朋友们曾快乐他①聚会几天，但不久，我们无法过活，她又离我往山东谋生。我决意接受她的好意，她每月分点生活费寄来给我！我好在北京创作一部剧曲。三块钱的房费，两块钱的茶水。北平，呵新名词，北平虽不及莫斯科寒冷，但屋子里的水全要冻冰，一个整整的冬天，我是从没烧过一朵火，夜夜三更到夜深，我就是那么样的创作创作呀，写到我的手、我的脚太冷地发痛了，我起来，打一阵，跳一阵，打跳得有些热了，我又坐下去创作！创作！创作到我身体太不能支持的时候，我去睡了，我咬紧牙齿脱了衣服睡下去，我在冷地发抖呢！睡下去，至少要半点多钟才睡觉。我曾经凭了我的全生命过流落生活，我又是这么地创造那部大剧曲！先生！凭你说，我这样地表现态度还有愧于那戏曲的本身，还有愧于一切读者吗？

老作家　这是——是，这在伟大的艺术创作者是很普通的！但造就的深浅那是另外一个问题。

青年　我少读书，我的处境。而且这几年来，或者我曾对你说过吧，我断定：要别开生面的创造伟大艺术吗，在我，多读书是不必要的。最必要是努力奋勇实生活。这尤其在诗歌方面我暗地这样主张着。

老作家　相当的读书培养是要的。

青年　又在讨论了！我这蠢东西！先生，人们，尤其是留学回来的，总以为中国青年没有一篇东西赶得上欧美底名作；我极少知道欧美的东西，等我死后，而且死后很久吧，假使我的大曲没有被烧毁，我愿有人用欧美的东西来把它们打个粉碎。——我在这样说，也许中国有几位作家以为很可笑。因为他们的大作已经译成几国文字

① “他”当为“地”。

了。我在嫉恨他们吗！

老作家　这也是常事。

青年　听说，俄国八九十年前的文艺是很荒芜的，八九十年的艺术是站在世界艺术的前一线了。俄国人的魄力我很爱。但我热望着，至少在文学一方面，中国将有超于俄国的文学出现！我以为这是最可能的；当然要以生活的真实魄力做保证。

老作家　关于这个是很悲哀的！

（风更振动窗子了。大家看着窗约五秒钟。）

青年　我来干甚么的？唉！夜是深了，你们该睡睡，我该，我该前去我的！

少妇　你作下的那部剧曲很长吗？

青年　一万行来的。

少妇　你可以，但是——

青年　但是我们的心完全不能相通吗？

（少妇看了老作家一眼，好像探问老作家的意见。）

青年　哎！不能再耽搁，也吧——先生！我要告诉你：我那剧曲，我费了一整冬写下的剧曲，假使没有我那女伴寄些生活费给我，我当然不能够在那时写成的。但是，我这女伴，如今，最近遭遇了不幸，不幸的很呵，她很穷，最紧急，最紧急是需要几十块钱去打救她，救她的活命！而我惟一能够救她的只有发卖这部剧曲了！我愿意贱价卖，只要能卖，卖你们五分之一，十分之一，二十分之一的稿费都可以！

少妇　这还没有卖处吗？

青年　没有谁肯买我这东西！我托人去卖也被几家书店回绝了。有的书店回话没有钱，有的书店说是戏剧不好卖，有的看见剧中多是歌曲更不愿印了，有的大概恐怕政府要禁止——归根说来就是我没有“名气”吧了！——

少妇　那末你是想来找介绍的吗？

青年　有一两家书店最令我忿恨！他们在，他们在借重你先生，你顶顶大名的先生呵，他们恐怕发表了我的稿子，你先生要生气愤怒，要与他们断绝关系。这可了不得，你先生底屁，他们也要捧在他们的神堂上去供着，去三拜九叩呢！凡你先生势力可以到的地方，我都要碰壁了！我都该受拒绝了！

少妇　他上前还在骂着，人们争着卖他的血肉呢！

青年　呵——我现在没有法救活我的女伴，我说我要出街抢掠呢，先生必定最赞成，但是我就抢先生的家，先生必然反对我，先生将借武力报复我？那末先生不是资本家而是文学家吗？

老作家　哼！——

（老作家严重地防备青年）

青年　你们不要似防强盗地在防备我！我心已经变得和平多了！听我，我只讲一个故事我便前去。这故事好像是梦里的故事。就直接讲是一个梦里的故事吧：

没望了，没望了，穷的没望了！一个我这样的青年，他默默地走了几条街，几条弄堂：没望终归是没望？他恨他的手里没有枪！有枪许有望。——后来他走进一条背静的弄堂，他遇见一个漂亮的公子，他拔出他怀里的一把尖刀，（他立刻拔出尖刀，老作家和少妇吓慌了）你们不要怕！我对你们素来无歹意，我演活剧给你们看呢。他拔出尖刀来对着那位阔公子，他没有杀他，他只剥下了他底西装。他穿着这不合体的西装到公司里去逛。正逛着，有个姑娘勾引他，他是从来没有逛过窑子的，可这回，他约这姑娘到一座酒楼上去了。他俩喝着酒，他假借，他抢了你先生的大名，请来一位书店大经理，全都假借你，借你去招摇撞骗，后来（故意停下一会不说，只将刀举起）——

少妇　你不要吓人！后来怎样呢？

青年　后来，结果是这么一刀！两刀！结果了，他将他抛出窗外！

少妇　呀呀！凶手！

青年　是的！凶手！他也从那窗外逃走了。他逃走，他把那染血的西装脱扔，他一直逃到先生这里来！（停一会）

（老作家想摸手边物防身，但没有。）

青年　先生们！先生别怕！别怕！现在我是心平气和得多了，虽然我们目前的紧急问题一点没解决。我身边是一个钱也没有的。夜深了，你们想睡觉了吧？我应该前去我的！我们的朋友在等待着我呢！这小刀，我愿他留在这儿，做个纪念；不管先生恨他不恨他！

（青年很和爱地将刀搁在桌上）

（向老作家）请了！再会？（向少妇）再会再会！

（青年出）

少妇　我给你开门去！

（外面风更大）

（少妇赶上青年出。老作家不自觉地抱起腕来，似雕刻的一座立像；两眼极沉重地看着青年出路，仿佛眼珠发出死光来，约半分钟后，眼里有着热泪了！仍站着望着，又五六秒钟，幕缓缓垂下。）

［《北平日报》“狂飙周”副刊第1期（1930年2月11日）、第2期（1930年2月18日）、第3期（1930年2月25日）、第5期（1930年3月16日）、第7期（1930年3月25日），署名“仲平”］

高长虹《北平日报》佚文辑校

给

长虹

我的爱，
你住在那里？
白云中没有你的家乡。
你以歌者的名义，
从天外飞来，
所以你也是舞者。
可是，我的爱，
你住在那里？

你如住在未来，
哦，那绵远的光明！
你如住在古典，
唉，你孤苦的母亲！

我独来独往，
这时间是在天的下面，
是人间的创造者，
远者来而近者悦，
我才寂寥在虚荣的世界，

而引你为惟一的实有的伴侣。

这时间，我从夜晚早别，
在曙色中顾盼自己的影，
而神住于海滨，
那里有你，有我，有太阳和风，
我对太阳，风，海们说：
跳一套朝阳舞吧！
为着我和我的爱！

“在无生的世界，
它们的舞是最美的。”
你在低声同我说。
风，海们默会了你的意思，
纵着你的声音唱起短歌来，
太阳的神灯有多么红，
表示它这次是第一次的高兴！

那末，你将说，
你为什么没有见[①]它们的歌，
而且，看见它们的舞呢？
因为，到我的诗成时，
歌舞早消歇，
而且你仍住在山之西，
在我的诗的世界！

唉，我的爱！
你真住在我的诗的世界吗？

---

① “见”前当有“听”字。

在我的诗的世界里，
有那么多网状的路，
在通着：
一切，一切的去处。

一，一二，一九二九。

（长虹：《给》，1929 年 12 月 6 日《北平日报》“北平日报副刊”第 141 号）

每日评论

长虹

前两日在天津，我译了一些邓肯的书简和谈话——咳，过去一切女性中，没有再比她使我不能自禁其热爱的。我介绍她，我恍惚觉得这是一种向她求爱的行为。

介绍邓肯，也是我对于中国妇女的义务，我介绍给她们一个最先驱的朋友。

当我遇见那偶然的大小失败的时候，我常自问：我曾有几次同“自然”竞走？

当那“自然”把他的命运给与我的朋友的时候，我便发喊道：“我来救你!”但是看呵！他，我的朋友，不可移动地被那最大的决定决定了。

我将没有完篇的时候吗，这一本悲剧超于浮士德以上的，一个人在同自然比试他们的力量?

科学能不能把这本悲剧涂抹了，换成一本喜剧?

征服自然的科学——是的，这里的征服，这里的自然，他们是有多么大的含义?

在艺术的世界，“自然”是我的表现。

映在什么镜子里，我有什么形态。我不毁誉镜子，是我的达观。

镜子反来同我吵嘴，不太无聊了吗？

参加过狂飙运动的文艺作者，以朋其为最右倾。我想起这个，是因为艺术学院这几晚在演他的剧本：《他的兄弟》。

歌德和拿破仑，如不生在罗曼的时代，也没有少年成功的道理。

把我的全人格放在北平，他也许会逐渐衰落下去。因为在破瓶中装水，没有装满的时候。

天津，他像是我的少子，他却成了纨绔子了。他使我伤心，不下于那些最使我伤心的人。

是冬天了。卖了照相机，买话匣了吧。坐在屋里听音乐，不是野外摄风景的时候了。以耳代目——

女子仍是爱中心主义者。

我的那个最好的朋友，她曾想卖了脚踏车买话匣子。她说她对于脚踏车已经没有热情了。

我对于我的那副照相机，也许根本就没有爱过。

缺点也有美的。

一年来的文艺界，完全是一片沙漠了。

我的文字生涯，已经达到过一次高潮了。我的演剧运动，才还像小孩子学步走——所以笑我的人可骂，骂我的人可笑。

若说我的做事，——不如说，那个做事的我，也许还没有未世呢！

二九，一一。

（长虹：《每日评论》，1929 年 12 月 9 日《北平日报》“北平日报副刊”第 143 号）

每日评论

长虹

我同了一百个旅伴去登泰山，我们的目的一样是要追求那旅游的快乐。我们开始登山了。于是我看见离那山顶越近，我的旅伴越少了。最后我一个人上了泰山的绝顶，我达到那最后的目的和最后的失败。我像在做了一件极其寻常的事，我俯首下望——满山满峡，手舞足踏的，都是我的旅伴了。是的我们成功了，我们一百个人登山，而每一个人都满足了他的游兴。

我在绝顶题了这样一句什么：——不错，泰山的绝顶，只有一个！

我赞成那些以艺术目的而加入恋爱运动的，不赞成那些以恋爱目的而加入艺术运动的。

在低级的时代，一切都需要低级的。

一样的几句话，在高级的时代，可以惊心动魄，在中级的时代，可以发聋振聩，在低级的时代，都只是放言高论。

唉，洗不掉的这时代色彩！

假如我能够同现在的这个社会妥洽，那意思就是说“没有我”。

当我同人谈话的时候，我时常会想起：我在同石头谈话吗？他知道我是谁吗？

三〇，一一。

我这一年，手头总过了有四千元钱，然而现在，我没有一件大衣，也没有两元钱，我关在房里写文章，译书，度寂寞的生活。

那最使我不快的，是关于我的批评太热闹了！我宁愿过一种小有乐的生活，而无闻于世。

没有多少资本家，也没有多少工人，光一些中产之家，又多靠政府生活。中国的经济的衰落，由于这个。所以首都南迁，北平退而为乡村。

一个朋友来说，艺术学院演剧，表演得不错，而剧本不好。

我不知道那些被绞死的人流没有流过眼泪。我只在想，假如我现在被绞，我一定不会流眼泪。

我有过两个不很熟识的朋友，他们都是被绞死的。我为他们吃过惊。但是，假如我自己被绞，我一定不会吃惊。

我能够自己绞死自己，用一千次勒痕。我能以快乐面对死，虽然我轻视自杀。

人！唉，我只能发见他，但是我不能发明他！

唉，人！我只能给他一些什么什么的机会，然而我不能创造他！

跛子笑我不会走路，瞎子笑我近视，做梦的人笑我空想。我拿我的文章给他看，他笑掉了牙齿，虽然他不识一个大字。

唉，喜剧太多了，我登上这个笑舞台！

一，一二。

（长虹：《每日评论》，1929 年 12 月 13 日《北平日报》“北平日报副刊”第 144 号）

每日评论

长虹

歌德说：拿破仑把那最相反的气质结合在一块了——他的那样

好奇立异是诗人的气质，他的那样乐于征服一切困难，是数学家的气质。

二，一二。

一个少年朋友，从前很写过一些富有想象，情绪和美的诗的，近三年来，绝笔于文艺，专精研究起科学和法文来。这样的行为形态，我叫它做少年时代的代表的行为形态。这行为的特点：第一是能行；第二是能行所当行；第三是能行到底。热望于未来，那把人群的利害比自己的利害看得更重要的朋友们，留心着这个，只要这种行为的形态不但不消灭，而且逐渐增加时，那未来是有望的。

这个朋友，他前几天拿了一张关于轻便飞机的图和说明给我看，想找一个试验的机会。我第一，先介绍他教育文化基金会，第二是一个军事当局。我们最后却决定了先寄给一个住在瑞士的朋友去。

这个朋友，我同他谈了一些科学方面的话之后，我问起他来，近来他有没有一个女朋友。他答说：没有，因为他所看见的，都引不起他的爱情来。

是吧——一个科学家，那引起他的爱情来的，是那希望中的实验室和假定中的轻便飞机！而且，唉，他也越穷了，这个，也不容易引起女子的爱情来。

这是一个问题，我常在想着。因为我总是偏爱那些创造者们。

我早已在那篇《最后的著作》中写过一个成功之后自杀的老革命家了。我对于这个被创造了的人物的真实，完全负责。真的，在我自己，那些被我做成功的事情，有一些；我是要命地怕听到它们！

我没有一个固定的工作可做时，我便想四处跑了。只有工作能把我拘留在一个地方，因为我是为工作而生的。

这两天，我想到绥远，哈尔滨，武汉，云南和广东。

制谱，我现在完全来不了！

我想用跳舞表现中国民族的全生活，这在我还见那个少年跳舞的朋友时，我便触动了这种志向了。但是，我感到的第一困难，就是在空间上，我还没有看见那个全中国。所以我有一种很热切的需要是：我去走遍中国的东北，西北，西南和东南。这些地方，亦都已在热爱着它们了。但是现在，它们同我，已经像是共同创作者似的，我再也不能迁延着，不去同它们见面。

我的第二个时期的艺术工作，我选取了跳舞，唱歌和演剧。我所需要表现的一切，或者说那一切中最重要的，我都要用它们去表现。

我需要学制谱。

看那大风在拥抱沙漠，太阳的光像烧焦了似的，剥落着那些黄褐色的碎屑，那实质，如其吹在你的皮肤上，便知道它们是土块，是石头……换一个场面，便又是大山，大水，大森林，风状的波和波状的风……这一切，当它们□形而在一个舞势上，某个角色的某点特殊的性格上，歌者的某一音浪上显现了时候，你从那里所收为受的将是一种什么印象。

再不，再——那些为贫所苦的，那些为兵，为旱，为匪，为官，一切所苦的民众，他们的喉咙哑了，还没有哑的他们的生命死了，这里有真正的艺术，有真的人声和姿态，有那能够表现了永久的人类的痛苦的，和希望的姿态，而且从这里，也可以锻炼出舞台上的那种真能够肩挑了民族复活的责任者的性格。

再呢，——片刻的欢笑，也未尝不应有，只限于不要滑稽化了人生。不至于醉生梦死，江南的风景和鱼米的食客们的局部的享乐也未尝不可以给我们艺术世界一些轻巧，新鲜的点缀。

有十个真的艺术家，便可以完成一件工程。而一切又都取决于我的旅行！

三，一二。

（长虹：《每日评论》，1929 年 12 月 15 日《北平日报》“北平日报副刊”第 145 号）

每日评论

长虹

看了除夕及其他，而想起沁孤集的可爱，虽然沁孤的剧本，当我看它们时，只觉得骑马下海的人很不错。

我是最不喜欢看喜剧的，然而看中国的悲剧，常觉得还不如外国的喜剧意味深长些。

中国人的创作，中国人的理论，都幼稚得可怕，使战士失色！

中国人有一分才气，便有九分浮气，总不把自己看得成器一点。各种生活上，都害的是早婚病。

中国的剧本，能像《哑妻》，《打狼》，《女店主》那样的都很少。虽然这些在艺术运动上都是要不得的剧本。

连外国歌舞团来的，几乎也是滑稽的。有人劝我做演剧运动应该注意滑稽和趣味，我觉得那是可耻的行为。但外国的滑稽拿到中国来，反像是通俗哲学。

一〇，一二。

外国的短剧，像太[①]戈尔的《契屈拉》，斯特零堡的《热风》，沁孤的《骑马下海的人》，都是演剧运动中很可试演的剧本。

现在的演员们，大抵都是只想受观众的欢迎，而不想对于艺术有深切的追求。不在艺术上用功夫，而只想借灯光、服装吸引观众的注意。一般地斩断了他们自己和演剧的活路。

---

① 今译作“泰”。

我不相信有五个真正的演剧艺术家造不成新的演剧艺术来。与其说五个太少，倒不如说五个太多了！

一般人以为天才是从天上掉下来的才，这才真是不成才！

如有天才的话，天才就是最大的热诚！

报传景宋生子，如其不是误传，则第一证明景宋是女人，第二证明鲁迅同景宋恋爱不是人家造谣言。好像三年了，我只在等候她这一件新闻。

夏间在张家口遇王化民女士，问及景宋事，我说我同他们几年没往来，听说已同居。又觉同居不妥，但无更妥字。

演剧运动最需要的，是一个只容纳四十个观众的小剧场。观众的多少与剧本的好坏成反比例。

一〇，一二。

中国现在有两种相反的行为形态，而结果相同，必有消灭的一日：一种是忍耐，一种是暴厉。中国的新生的行为形态是暴厉和忍耐的化合品：刚毅。

饮恨而没，恨恨而也没。

思想家们把时代的趋势安排妥当了，于是拿破仑出来乘其势而利导之。列宁的机会更好，因为他的大半的工作，德国已替他做好了。

中国一般竞争者的思想，都是想，割人其头而我为其头。

民众的要求如有一个共同的水准时，好的时代便来了。

人可与共患难，不可与共安乐，所以劳动家握最后之胜利。水准也是一个最低的水准。

以体力吃饭的，便叫做劳动家。无论手工人或机器工人，都以体力吃饭，所以都是劳动家。此外，无论其思想如何，和他对于劳动家的态度如何，都不是劳动家。

靠工厂做工吃饭的，叫无产的劳动者。

小有田的自耕农，叫小资产的劳动者。
一切的农业佣工者，叫游离的劳动者。

无产也不做工的，叫无业游民。

有产而不做工的，叫资产者。

有产而不做工，而其思想则拥护劳动者，这叫做劳动主义者。

前五为经济人。后一则只是思想家。

在经济上不能独立的，不能算是经济人，如小孩同多数妇女以及其他少数男子。

劳动者的总称是劳动民众。

一一，一二。

（长虹：《每日评论》，1929 年 12 月 23 日《北平日报》“北平日报副刊”第 148 号）

每日评论

长虹

人，或者不如说我，总常在需要着一种高度的奋发，完成一件艰难的工作，写一首高华的诗，或者交一个朋友，寻访一次风景，一次热情的爱，或者看一本使你心满意足的书。这种种切切，如果什么都遇不到的时候，这种生活，比关在监狱里更难堪得多。

我，自然了，时常需要的，更是这种种切切的全体！

一个思想家或学者，像女子有时候渴想生孩子，有时候渴想教几个学生。

一个军人有时候想打战，就像一个人有时候想当军人。

有的人，生命建设在决斗上，有的人，生命建设在杀人或自杀上。

个人自扫门前雪，不管他家瓦上霜，这就是资产阶级的劣根性。

看电影，常感到明星不坏，只惜被导演连累坏了。

一一，一二。

地球是圆的，而人走直路。

远处有天，上面有远，所以天不必在上面。

动物不能享受幸福，是因为动物没有知识。人类不能享受幸福，是因为人类没有胆量。

有时候，一封信的力量比宇宙还大。因为，有时候，当那宇宙最讨人厌的时候，而一封信的力量，可以使它立刻变得可爱。

“我永远不会有一个爱人，朋友，因为我缺乏那种私有的观念！”

一二，一二。

这几天，我的耳朵没有聋，但是，我忽然听不见声音了，这是因为——

我不愿意看日本的书，因为它的一百句话中顶为有我要听的一句话。

看过一本日本的文艺作品之后，恍惚自己是从一头狮子变成了一只耗子。

苏俄的书较有生气，较有力量，又可惜它们本本都太相像。

一三，一二。

在形成民众的情绪的一致这一件工作上，一个艺术家十年的努力并不太多。在形成人类的情绪的一致这一件工作上，一个艺术家用了全生命的力量去做，也没有做完的时候。当我说，艺术是人类的灵魂的时候，就是说，只有艺术能够做这一件工作，人类是没有灵魂的，但是有一种东西具有所谓灵魂的那一种功用，那就是艺术。

一个人的美点，就是他的特点。莎士比亚创造的人物没有可爱的，是因为他们没有特点的原故。

在国际的形势之下，如其他不是那个优胜的国，保守主义早晚总会失败的。

在一日千里的文化竞争之下，如仍缓步当车，那就是自寻死路。

中国的军人那怕是铤而走险，同帝国主义者打一战，他给与民众的印象，总会比一个国内的长胜将军好得多。

我们需要一个加里波得，不需要一个曾国藩。

无论如何，从内战到打倒帝国主义，是一条走不通的路。

什么时候，是那民众的多数分子每一个每天从床上觉醒的时候，那觉醒的第一个思想是打倒帝国主义？

那怕是几个简单的观念，而能够成了万众所共有的观念，而共有其一致的行动，那怕就像欧洲大战那样充满了罪恶和丑，也终有它那美的一面。

最丑的民众的丑德是相互倾轧。

梅兰芳到北大，比梅兰芳到美国更是可注意的新闻。

一旦梅兰芳也参加了狂飙演剧运动，那中国就算什么学都有了。

我初次看报答诺夫的著作的时候，我很惊奇，我的那许多自谓是独创的经济学的思想，他已经披露了不少了。同时，我也非常欣幸有这种事情，我至后便非常喜欢看我的这个共鸣者的著作，我并且时常在□颜介绍他给我的朋友们。

一四，一二。

（长虹：《每日评论》，1929 年 12 月 27 日《北平日报》“北平日报副刊”第 149 号）

评《黑暗的势力》

高长虹

这部托尔斯泰的有名的剧本，我最近总算看过了。托尔斯泰的作品，在艺术的表现的有力，生动，充满这几点上，他的大作《安娜加来泥娜》[①] 所给与我的印象，十年如一日。直到现在，当我想到小说的时候，最活跃地呈现在我的想象中的人物，是如《安娜》里的人物。所以我无意之间总以为《安娜》是世间最好的小说。但是，同样是他的大作，如《复活》，看过一次之后，我便再不想看去了。而且，除了粗阔的事迹之外，我再不会回想到他的其他其他。

托尔斯泰的剧本，——我似乎总以为他不会写剧本。我看过他的《店尸》，很像《天路历程》□类书，在教人“你要怎样”，或“你不要怎样”。同《复活》合拢来给我一个判断，是“托尔斯泰完全不

① 今译作“《安娜·卡列尼娜》”。

是一个剧作家，后半期的托尔斯泰完全不是一个艺术家”。

我近来很想看些描写一般民众生活的剧本。这方面，我没有写过好作品，我也几乎没有看过好作品。如《织工》之类，一代有名的代表作，然而我看时不受一点感动，看后没有一点回味。民众的艺术，不但是更切要，而且也更艰难。如能把释迦牟尼的行为的姿态、浮士德的行为的姿态，表现在民众生活里的，那一定是艺术世界最大的工程，大于哥伦布发现西半球，上帝没有创造实际的世界，但他创造了传说的世界，而且他统制世界之久也几达于两千年。艺术也需要那创造民众艺术的新上帝。

为了去发现上帝，我几天的工夫渴想一读《黑暗的势力》，因为想：也许新上帝在这里吗？这是一种最无望的希望。

于是，我看过《黑暗的势力》了。它所给与我的，并没有多于《复活》者。

给《黑暗的势力》作了基本的势力的，是那稀有的恶和没有的善。《黑暗的势力》完全是反自私的作品。

美就是真实。最高的美就是最高的真实。

有人从现在看到未来。有人看了现在而回忆过去。有人从无善恶踏过去而追求更前面的无善恶。有人看见恶而想挽救之以善。托尔斯泰不幸做了这后一种人了。

这作品同中国的古典作很有相类似的地方。农民们从这里找不到出路。

这里的黑暗不及于黑暗，这里的光明不及于光明。所以这里也没有什么势力，而且也表示得托尔斯泰在艺术世界没有什么势力了。

我想去发见上帝，然而我连魔鬼都没有遇到。锄头，来吧，我递给你我的手！

十二月二十八日。

（高长虹：《评〈黑暗的势力〉》，1930 年 1 月 1 日《北平日报·元旦增刊》第 4 版）

给

长虹

我像第一次走进世界，
经验使我变成个小孩，
我在试探那个可爱的女子，
她究竟在真心爱我不爱？

我在真心地把她爱了，
这证据是我怕把她失掉，
如那个该死的再敢爱她，
便请他尝我的解手尖刀！

假如她也在真心爱我，
她便会忘记了母亲和怯懦，
携带着勇敢和“我爱”，
伴我去走遍天涯海角。

假如她也在把我欺骗，
尖刀就是我最后的祭献，
再请两个客人来赞礼，
一个是真情一个是死亡。

（长虹：《给》，1930 年 2 月 11 日《北平日报·狂飙周》第 1 期）

狂飙运动

长虹

狂飙运动是科学运动，艺术运动，科学的艺术的劳动运动。

狂飙的科学运动：一，建设科学；二，生产的科学化；三，行为的科学化；四，实生活的科学的组织。

狂飙的艺术运动：创造行为的艺术和艺术的行为。

狂飙的劳动运动：在使智力发达者也，从事体力的发展，文化上有贡献者也参加生产上的贡献。

在科学上有发明，或在艺术上有创作，而赞成狂飙运动者，可加入狂飙运动。是为狂飙运动者。

狂飙运动者：必须从事劳动运动；又不得以政治为生活。

在科学或艺术或劳动，有愿合力于狂飙运动者，可参加狂飙运动。

狂飙的科学运动或艺术运动或劳动运动□表同情于与以实际的赞助者，是为狂飙运动的赞助者。

（长虹：《狂飙运动》，1930 年 2 月 18 日《北平日报·狂飙周》第 2 期）

浮　鸥（诗）

叮当叮当，你挣扎着大腿，
循声进退昂底，我的妹妹！

切莫害羞，也莫意志萎颓！
向前瞩光明一线！死哟退。

我们有粗壮的双手，妹妹！
带着歌声，执着一柄铁锤。

为了生活，擎起铁锤摇挥，
为什么羞辱哟，我的妹妹？

会有那一天，鲜血染铁锤！

旧世界崩了，我们的雄伟。

长虹，一九，二，在上海。

［长虹：《浮鸥》（诗），1930 年 3 月 16 日《北平日报 · 狂飙周》第 5 期］

布兰特斯的《易卜生评传》

有名的布兰特斯的有名的《易卜生评传》，看起来单纯，空虚得很。大部分的有名的批评，大部分是些巧妙的议论。会用嘴说话的人是交际家，会用笔说话的人是批评家。自然，有不少批评家同时也会用嘴说话。

科学的批评，难得得很，我没有看见过几篇。我们把某时代的某环境中产生的某作品分析地归还了他给那某时代的某环境去，这是多么难得的批评呵！

艺术的批评，也不多有吧！因为艺术家们很少兼做批评的。

最多的批评，仍然是思想的批评，批评的批评。

布兰特斯不知道易卜生和尼采两人那一个的名誉更为永久。我愿意宣布这个：在最近两个月中，曾有过两个朋友同我说，他们很想看尼采的书。

——长虹，12，3.

（长虹：《布兰特斯的〈易卜生评传〉》，1930 年 3 月 25 日《北平日报 · 狂飙周》第 7 期）

石家庄的早晨

今天下午四点一刻钟，我便到太原了。这就是说，我现在是停在石家庄的一个客店里。这个客店的名字，我想它没有不朽的必要，所以我无须写出它来。总之，我是这个客店里是最阔的一个客人，这可知道这个客店够多么小。我常自命是从民间来的，今天又觉着，仍然是到民间去的。不过，这其间，也当然还有别的解释。石庄是一个最冤枉的地方。我经过这里不止二十次了。除了一次因为遇到旧历年，须住一天等车外，我在这里停的时候便总是黑夜。我没有看见过一次石庄的全豹，这里也无高可登。我也没有同它谈过一次心，因为它也是无心的。我问伙计说，这里有什么好去处。他的答覆是，戏园和窑子。当我说，此外再没有什么地方了的时候，他也说此外再没有什么地方了！我的文美中①，又怎么好，可以摄取石庄的倩影呢？朋友们都说，石庄是一个最没有文化的商埠。我直到今天，听人说过石庄好处的只有一次，可是那好处是，石庄窑子住夜最便宜！

我现在从窗里望出去，一滩平屋顶之后是树木，最远的那个屋顶上有几个劳动家在做工。好，我破例为石庄照一次像吧！

——长虹

（长虹：《石家庄的早晨》，1930 年 5 月 6 日《北平日报·狂飙周》第 13 期）

每日评论

长虹

太阳的一瞥

忽然我看见太阳出来了。住在上海。我才更明白太阳的可爱。月亮，也是的，人总没有厌烦了她的时候。上海，第一，天阴时多，第二，事情忙，所以，当我看见太阳或月亮时，我常像是第一次看见他们。他们时常是新的，时常给我以一种惊奇的感觉。我像时常在寻找他们。可是，我又时常像把这回事忘怀了。所以，当我看见他们时，第一种惊奇，是我看见他们，第二种惊奇，是我又想起我在寻找他们。

---

① 原文如此，疑有误。

一个月的过半数，荒废在阴雨中了。自然的，这对于晴天很有益，它增加了那晴天的重量和美德。

现在，我只是有一分钟的光景看见太阳，现在，他又隐蔽起来了。半点钟以前，还像在下雪，我那时又预备来写《雪的世界》。可是，现在，我写完了《太阳的一瞥》，我又失却那太阳了。

二，三。

我的周刊对于每一个人都有用

我只想，我的周刊对于每一个人都有用。我不爱名誉，我不知道夸张，我更不是一个个人主义者。我只想，我的周刊对于每一个人都有用，像一架照像机、像一支自来水笔，像一只手表，乃至像一支香烟，一支无用的香烟！

当我到剧场的时候，我看不见一个人拿着我的周刊。我想，我的周刊对于演剧的贡献太少了。那怕只做成一本观剧指南都可以！在电车上，在工厂里，在一切茶室、游艺场里，我都看不见有人看我的周刊。我的周刊，尤其是对于劳动家们，对于穷人们，简直没有一点用处。

也常有朋友们告诉我，他们在那里，那里，看见有人在看，在买我的周刊了。但是，我自己没有看见。

我的周刊——好了！这时太阳又出来了，我要给我的周刊寻找一些新材料去！

二，三。

最真确的新闻从什么地方去找呢？

我们如想知道一点关于时局的新闻时，我们第一是可以考看报纸。可是，报纸的缺点则又是，一，不敢登重要的或真正的新闻，二，各派报纸有各派的新闻。我们第二，便直接去那各派的内部打听。而，也是。各派有各派的新闻，我们不能决定究竟那一种是最真确的新闻。其实，新闻便根本有些揣测在内。你就是听了那各派的当局者最坦白的述说，你也不能够完全信以为真。因为，一，各派的当局者自然也各有各的新闻，二，各派的当局者其实连他们自己的事，昨日的不能给以最确当的解释，明日的不能预先有最确当的推测。因为，新闻在根本上便是大家造成功的。人与人的行为，都是相互影响、相互反应的，没有人能绝对地左右别人的行为，所以也没有人能绝对地决定自己的行为。人的行为像赌局，没有能够筹筹猜中的。那末，最真确的新闻从什么地方去找呢？

这又是一段太科学的议论。

六，三。

干：　怎么干？

就事论事，大不了，也只有这个问题：怎么办？如其十个人在一块做事，乃至十，百万人在一块做事，如每一个人都承认只有这个问题，那事便没有办不好的。

办事，是的，应该只有这一个问题了：怎么办？可是，事实总常不是那样！一切纠纷，都常出于这怎么办之外！

纠纷之后，又应该怎么办呢？那末，说到头来，仍然是只有这个问题在作怪：怎么办？

是的，我们第一要干。我们第二便是问要怎么干？是的，我们要自始至终只知道干。我们第二要自始至终只知道怎么干。

八，三。

怀疑是古物

关于真理的怀疑是好的，关于人事的怀疑却不好。怀疑派，在思想史上确有相当的贡献。但怀疑于人生，则只能成为悲剧的原因罢了。汉谋列特式的人，我自己完全不能体现地明白他，我完全没有那种质素。我也不是思想上的怀疑派。如其不能时是没有法子的，但我终相信我的思想是真理。

怀疑这件东西，我只能够把它看作是十九世纪以前的古物了。纵然它有相当的价值，它也只有的是那历史上的价值。悲剧既已失掉了现代的艺术的意义，乐生与苦行，才是实生活上的新的标准呢。

可是，有时候，人为了宽容，而以怀疑任怨，伟大的宽容呵！可是，如其这怀疑才被误为真实时，伟大的怀疑呵！

如其一人死而一切人类都能生，我愿意做那乐死的一人！如其关羽的显圣能够吓跑帝国主义时，我愿意抹红我自己的脸子！

一〇，三。

从赌场到赌场

我在一个朋友家里坐着，他们要赌牌，我便从那里出来了。我这时便想起爱多亚路有一个什么公司，是规模宏大的赌窟，我这时便参观去了。

那里赌的花样，的确是复杂得很，我一点都叫不来那是些什么花样。赌的标准，每次自一元至五十元。我看他们赌得很有兴味，但我看得很干燥，就像看数学的公式。

据说，广州的赌风最利害。我没有到过广州，所以觉得，在我所到过的地方中，上海的赌风是最利害的了。这也是一种运动。但我是没有一点能力去参加的。

十二，三。

永别了爱人

为信上帝而死，而为不信上帝而死，一样地荒唐。所以，你可以说："永别了，上帝！"但是，你不可以同时又说："永别了，生命！"

二七，四。

乐的价格

假如现在我有一千元钱拿到手，我便乐了。然而，我没有地方去拿。

我知道的：干，干，干！然而，没有钱，没法子去干，去干了，又越干越没有钱。

我知道的：干的结果是，某时以后，有千万元钱才能乐，某时以后，有千万元钱才能乐，某时以后…………这便叫做乐的价格升涨。

我说的是什么乐呢？乐就是干，干得下去！

一二，三。

战争与和平

人常爱和平，然而人常不得不战争。

就说这几天，传说真利害得不得了：开战了！然而直到今天为止还是没有开。要我来猜一猜，我觉得没有十分准的把握。不但是我，我觉得连蒋介石，李宗仁，李济琛他们，也一样是不能猜得十分准。如说我希望什么，我则说，我什么都不希望。

我还是来说，人常爱和平，然而人常不得不战争。

一二，三。

欢乐的药

我有一个朋友，问我说："用什么东西可以炼成那种欢乐的药呢?"

我对他答道："用十种最苦的草。"

"是十种什么草?"他问。

"这十种草，你无论在什么书上，总找不出他们的名字。"我回答。

"那你怎么知道有这样十种最苦的草呢?"他问。

"因为我已经找到了他们九种了。我已炼成了欢乐，然而我的欢乐还不能够使每一个刹那都变成永久，我的药还不能够毁灭那刹那的毒菌。"我回答。

"那你缺乏的又是一种苦草呢?"他问。

"我不知道他的名字，因为我还没有找到他。但是，我想，他也许便是叫做刹那的苦味。"我回答。

但是，我的朋友，他始终不知道用十种什么苦的草能够炼成那欢乐的药。

十，三。

（长虹：《每日评论：太阳的一瞥，我的周刊对于每一个人都有用，最真确的新闻从什么地方去找呢，干：怎么干，怀疑是古物，从赌场到赌场，永别了爱人，乐的价格，战争与和平，欢乐的药》，1930 年 5 月 6 日《北平日报・狂飙周》第 13 期）

艺术运动史上的三个时期

长虹

我们把艺术分作九类，那末，中国的艺术运动史上便会显示出三个时期来。第一个时期，今年以前，是诗歌，小说，绘画时期。第二个时期，三年以内，是演剧，音乐，跳舞时期。第三个时期，三年以后，是雕刻，建筑，电影时期。

我这三年以内的艺术工作，比较地是注重在演剧，音乐和跳舞。三年以后，我又将开始雕刻，建筑，电影的工作了。

这其间，电影的时间性是较可前后伸缩的。

二二，四。

（长虹：《艺术运动史上的三个时期》，1930 年 5 月 13 日《北平日报》“北平日报副刊”第 199 号）

时代的内容

长虹

左派在议论上，的确要光明一些。但假使把这些议论译为事实，不知道信达两字，能保持到多少程度。

中国在客观的环境上，自然需要的很多。和平需要，战争也需要，建设需要，破坏也需要。所以，如真能相安于一时，如真能做出些建设的工作，当然也是光明的一面。然而，如其这建设的只是官僚五百，机关五千，而和平又是战争的酝酿，则在名实上，一样是不足取的。

目前的时代，很显然地是一种过渡时代，长期的和平，长期的建设，都难做到。那便，破坏，战争，是免不掉的工作。现在没有一个人，或者说，没有一种力能够游两[①]有余地担保起中国的和平与建设。如其有时，那他便是对的，而且是好的。如说，没有一个人与力

① “两”当为“刃”。

有这种力量，这话自然最真实。因为历史是行为同行为造成的，而不是某人，或某种的行为造成的。这话最真实，但是他使我们不能够不承认现在的一切也都是对的。

一五，三。

（长虹：《时代的内容》，1930 年 5 月 13 日《北平日报》“北平日报副刊”第 199 号）

W 夫人

长虹

W 夫人：

请你恕我，我一开头便给了你这样一个头衔，你也许会不喜欢它。但是，我只是随便写出它的，我写它的时候，我一点含意都没有给它，它只是一个单纯的称谓罢了。可是，如其你不听我的解释，你仍然不喜欢接受它时，那便，换一个调子，我仍然称你以朋友好吗？唉，我的久别的，如像天上与人间久绝音问的，我的负罪使我把你这一向来完全忘怀的朋友，唉，那雨量如何能表示我的悲哀和怅惘呢？我昨天来到大同，今天下雨了。明天我将到张家口去。我本想去游云冈。有人说，只是一座庙，有点古气罢了。前天我看见你的照片时，我还在想：人正是风景之一，最好的风景呢！我这两天来，真的，我每天也许会看你的照片到一百次！有的风景是美，有的风景是因爱而美，有的风景因未曾亲近而美。这三种美，都是有在你身上了！唉，我离开太原，只不过是四年有余五年不足的时光罢了！这五年中，我也不是没有听到你的消息，我只是没有把它们当做是于我有关系的消息，而其实它们也不是于我有关系的消息。即如说，你在什么地方当教员呀，又在那里当什么家庭教师呀之类，这些消息，除使我听了伤感你的漂泊之外，我还能找出什么意义来呢？我就在一个月以前吧，还有一位女士曾问我：你认识 W 吗？我说：不认识！唉，朋友，在 W 的下边，我填了不认识三字，这够多么离奇得真实！也许那位女士还在不相信我的话。我才没有一点不良的念头在心里！可是，我那时也许对你没有什么眷恋的情肠，我也无须隐瞒吧！本来，既没有藕断丝连在其间，我的历史的段片也便无须我再去温习了！总之，我以为，在这五年之中，你已经也完全把我忘怀了呢！

朋友，我这次回到太原，我虽只经过五日的停留，然而故乡给我的，有出于我所希望者的一事，我愿永久纪念着它呢！我一到太原，我便想：怎么能够同你见一面？为什么？我实在没有什么预定的计划，只是单纯地想同你见一面而已！好像不同见你一次，我的生活上有什么难补的缺陷！辗转了四天，我没处下手。我只听得两个关于你的消息：一个是你仍住在太原，一个是你去年曾打听过我的消息，后来同一个河南人结[①]婚到开封去了。直到第四天的晚上，恰好我的那个朋友也正在这个时候回到太原了。不用说，我这才得到了你的生活的实录，而且，我这时，才知道你真的结了婚，而且，他那里还有了一张你的照片，我次日便去会见了他的夫人。她告诉了我今年有一次在街上遇见你，你笑了，她才知道你结了婚之外，她并且为我说明你的那张照片的来历。我接到你的照片在手里时，我沉默了好久好久，我真不知道那是你的照片还是你呢！他们夫妇俩都说，从我那年走了之后，再听不到我的消息。只到去年才从同乡们的传说中听得我在上海，而且要同 B 女士结婚呢！唉，结婚这两个字，我同它终身绝缘了！珍贵的是曾经依违于爱的历史呵！你的这张照片，那次奇异的遭遇，具体地化而为美丽，而永久享有其存在了！你前年还曾问过我的消息，我那年的春天不是在北平，夏秋不是在西湖，而冬天停在上海吗？我那时，只是没有听到你问我的消息，所以我也没有能够给你以我的消息！唉，那年的春天，还正是我的拿破仑时代呢！而我们的故乡，总简直探问不到我的行踪！娘子关不但是军事上的天险，它阻挠那文化的流通，更甚于阻挠敌人的窥视！唉，已来了呢！既然是一切都在破坏人间的幸福，那不流血的惨案不是也大可为人类史增一些和平之光！唉，我们的沉默道路与沉默的悲哀！

我在太原住到第六日的早上六点钟，我便再不能够多停得一分钟

---

① “结”原文为“接”。

了！这正是我知道了你的确实的消息以后的第一个早晨！你的住处，就连那位最熟习你的生活的夫人都不知道，我能到那里寻访你呢？可是这一面的认识，有时候，也许比有生还更为难能！朋友，我们此后的遇合，不知更当在何时了！可是，如其你不愿意忘记我，我也将永久是你的朋友。我用十分的真诚希望你回头再努力于你的文艺生活，你曾经做过创作的内容，艺术的世界，会因你而养生过一些希[1]有的作品。但是，那最逼真于你的美丽的肖像，还待待于你亲手去点染呢！再则，你既已享受到那难得的机遇，你的才质与思想，既然都可以为人类同你们女性多担负一些责任，——那最伟大的，不是对于爱的贡献和信托，而是那对于人类的！未来的历史立候在我们的前面，十年也像一天，唉，我的那亲爱而美丽，而尊严，而可以责托以伟大的使命的 Bbat reas 呵，在我们的光荣的奋进中，终会有那光荣的认识！

一〇，七，一九二九，在大同。

（长虹：《W 夫人》，1930 年 5 月 15 日《北平日报》“北平日报副刊”第 200 号）

每日评论

长虹

时局的真实

我是一个科学家，而不是政治家。所以，我可以谈说时代的真实，而不必发表对于时局的宣言。但是，如其某种时局客观地在需要某种宣言时，则这种宣言，科学家去做得会更好一些。

我现在完全不需要说及我对于时局的意见。我只想说，时局将怎样，或者，如其怎样时便又将怎样。

时局的表面，变化得的确很快。但我们如把那时局解剖了看时，则变化得又很慢。时局变化有时候也许奇怪一些。然而，如能知道那时局的基址，而又解剖了那基址去看，则也平常得很。

---

① “希”当为“稀”。

三十年中中国时局的变化是很可以显明地预知了的。

一〇，三。

人造人

在银幕上看过人造人的影片，可惜那正是关于人造人的一些片子被删去了，时以看得莫名其妙。我不是又要谈电影，这只是一个引子。

我是说，我自己便能够造人，而且我一点钟内能够造一百个人。批评者说：“这是空想！”是的，说的对，所以我造的人便叫做空人。

我现在便造起来。我第一先造一个有哭无泪的人。这人经验太多，变成白痴了。再痴一些，便变成木偶，木匠们都能去做了。再痴一些，又变成石头，无论什么人都能去做了。再痴一些，便又会变成空人，但他又是一个有影无形的空人了。

我再造一个人，他叫做不生的生。我再造一个人，他叫做 XB。我再造一个人，他叫做——是的，他又叫做人吧！

我能够造人，但我不愿意造人。因为这对于人不大好看。

我还是在银幕上看那莫名其妙的人造人的影片去。

一二，三。

风筝之类

当那风筝断了线的时候，他便把它收回来了。

“你的话是什么意思？我不懂！”

你猜得对，我的话的意思就是“不懂！”

那天，我遇见一个乞儿，他穿得衣服很整齐，吃得很胖，不像一个乞孩。他问我要钱。我握了他的手要他同我逛去。他不肯，只是笑着要钱。

这个乞儿大概不是一个乞儿，因为他不像一个乞儿。像这样乞儿，我每天想遇见十个。

望街上看人：人，人人人人……

对事说，世间没有坏人。对人说，世间没有好人。所以好的世界的主义是惟事主义。

两年来，我没有杀人的思想了。有时，我只有防御——

放火的人同救火的人做朋友，是件难事。放火的人放起火来，救火的人去救火，而又都是朋友，是更难的事。放火的人放了火，救火的人救了火，而又仍然是朋友，是最难最难的事。

容易事没过于旁观了。

忧愁夫人，放火的是父亲，救火的是儿子，而放火的人被烧死。考伯斐尔德，则又是救火的人想自己去放火，虽然只是他一时的空想。

当我没有做某一件事情的时候，我想，我要怎么样做，我要怎么样做。这里的“我要”，同《家庭与世界》小说里边的主人翁的“我要”又不一样，这完全是想把事情做得好一些。但是，当我去做某一件事的时候，结果却常是，我须怎么样做，我须怎么样做。事实对我的讲话，完全是命令式的。

我对于无论那一个人，都没有恶意。这个，我敢保证。

我对于无论那一个人，都不绝对地反对。

一五，三。

昨日的经历

昨日早九点钟，我从北平起身，原定一个礼拜赶回北平去。除路上须担搁四天外，太原只能住三天。平汉路，至少从北平到石庄这一段，走得人最没兴趣，到石庄，更是达到顶点了。我一到石庄，便不大愿意二次再从这里走。所以，我如其能拿出半个月的工夫时，我想绕道从张家口回平了。

昨日天气很热，行人也很多。其实，只因为车辆太少，而且行车又没有计划。我八点到车站，已经很少空座了。所以后来的人，只好随便找一隙容身之地立着去。到保定之后，便连立的空地都像黄金了。天气又阴了起来。全个车上像遭了瘟疫，有风都没处通过，何况还没有风呢？大家都在担着心。终于，西面雾气朦胧，像在下雨了。火车向着那里尽气地跑，向要从人的热呼吸里解放出它自己来。它果然走入了一个新的地带。雨是这个地带的远景，是它的假象。它的真面总是风呢。火车走进风区，世界完全改变了。有的人忙着穿衣服。望那些风中坐着的娘儿们，她们的头发飘荡在煽动中要逃走呢！风的确也是福音之一，只看它从何处来，到何处去。

车上我巧遇的惟一伴侣，是一个旧同学，现在是军人，他带了一朵花，就是说，他同行的还有一位漂亮的太太。

四年之后的太原

八点五十八分钟，正太车发动了。沪杭车的环境是最美的环境了。然而那本身最美的是正太车。她时常像是初出浴那样清新。她走路的姿态，婉如游龙之外，的确还可以再添一句是翩若惊鸿。她在万山中蹁动，像是从万朵云彩中，那一缕霞电飞降了。你只有站在正太车上时，你才能看见车头和车尾，因为她喜欢绕湾子。娘子关是山西的天险。正太车是山西的天骄。

下午四点钟，我到了太原。我的故乡总是这样落寞，她常使我一来便想去。我真不愿意停三天以后。我住了正太饭店的中餐部。

从上海到南京，南京是灰色的，从南京到泰安，泰安是灰色的。总括一句话：天津是例外，其他如济南，北平，太原，都是越走越灰色。这灰色的原因，一是雨量少，一是机械少。我将从太原到大同去呢，还是回北平去呢？

我还是四年之前来过太原的。现在看来，并没有什么显明的变化。跃进终须受地带的限制！

三，七。

（长虹：《每日评论：时局的真实，人造人，风筝之类，昨日的经历，四年之后的太原》，1930 年 5 月 30 日《北平日报》“北平日报副刊”第 208 号）

少年邓肯的创造

妇女中的歌德
音乐界的悲多汶

长虹

我的纽约的第一印象就是它比支加哥美丽而且艺术得多了。再呢，我很喜欢我二次又住在海边，在内地的城市里我常觉得，放不上气来。

一天早上我去达利剧场的舞台门口报到。我又被引见了那个大人物。我要从新给他说明我的理想，但他似乎很忙乱的。

“我们请来那位哑剧的大明星，杨曼了，”他说，“从巴黎。假如你要能演哑剧的时候还可有一个角色给你。”

在纽约停了三个礼拜之后剧团便上道旅行。我每礼拜可有十五元的报酬，除我的费用之外我可以寄一半钱到家里给我母亲维持生活。两个月后旅行团便又回到纽约了。

一年便这样过去了。

我非常地不幸。我的梦，我的理想，我的野心：都似乎没有用处。我在剧团里只有很也①的朋友。他们都把我当做一个怪物，我常到布景后面去读阿里勒的书。我竭力用斯多噶哲学排解我所感到的那里②绵延的悲哀。

邓肯：《我的生活》

（长虹：《少年邓肯的创造——妇女中的歌德音乐界的悲多汶》，1930 年 6 月 6 日《北平日报》“北平日报副刊”第 211 号）

---

① “也”当为“少”。

② “那里”当为“那种”。

救救孩子们！

长虹

自从《月明之夜》等曲流行以来，中国的少年男女二次又学会歌舞了。这是文化复兴一幕剧里应有的场面。可是，也自从《月明之夜》等曲流行以来，中国的少年男女雷同化，除掉彼此仿效、陈陈相因外，再不知道其他的歌舞了。《月明之夜》等曲，如其只交给四五岁的孩子们去游戏，虽然不好，也还觉未可厚非。小孩子中的小孩，赤脚板，光着腿，活活泼泼地跑着，唱着，不必要唱的。跳的一定是什么，总可表现一点孩子气。但最好，还是能够引起他或她们的一些孩子心思，怪想头，给实际世界生一点色，就像给苍天添几朵云彩，给秋草挂几滴露珠，海面上点缀几只白鸥。这个，我们现在真的谈不到吗？我们真的不能希望有安徒生样的歌舞剧作者，而必须去听老生常谈，去看丢色子一般的动作吗？走八卦，跳圆圈，颠来倒去总是那几个花样，中国的儿童歌舞尽于此了吗？儿童！唉！果真只限于儿童歌舞，那也许还是可赞美的呢！不的！现在是，差不多二十岁以下的男女们，只要是歌舞的，便都是《月明之夜》等的主人呢！那样萎靡昏庸的思想，少年们习之成性，我不敢想从那里蒸发出来的是什么行为！

麻雀与小孩，三蝴蝶，——还有四蝴蝶，五蝴蝶，总之，除了花鸟，虫，中国人的想象在没有可着落的地方了。尼采说，人的精神有三变。在中国，便是由花而变成鸟，由鸟而变成虫。偷安，柔弱，排偶，是中国绝命的绝技。应该忘记了吧！学一些义勇，刚健，突兀，铸成行为的新型。时候该到了吧！

无歌的中国！如我不能给你以歌时，我终将弃你而去！

昨天，我问了一个小朋友借了三本三蝴蝶，神仙妹妹，春天的快乐看[①]，我通体看完了。我只看见有一句较近于歌的题目，那是那个

---

① “看”疑为“等”。

朋友用铅笔写在封面上的：O! My Love Only You 呢！此外我所看见的，可以说，没有一句不是我要立刻把它忘记的。我除了惊讶作者的无聊取闹外，便只有长叹中国人创作力的贫乏了。唉，从洪洋洞到天女散花，从天女散花又到三蝴蝶的中国的歌与舞呵！

整个地说，中国现在完全没有成形的歌舞。所有谱出来的歌没有一只好歌，所有流行的舞没有一套好舞。我们在高小，中学时代为什么不喜欢唱歌？因为它们除使我们讨厌外，再不会给我们以别的观感了。从小学唱歌集看到名曲谱，你看忘[①]，如其你有歌者的天分，你将会无意之间顺口唱出一支哀歌来，而且这个歌还一定是歌舞史上的关关雎鸠第一篇呢。

狂飙运动者还能够不赶快把创造力伸进歌舞界吗？狂飙运动者除了创造那表现中国民众生活的歌舞之外，还能不再分一点责任来为全国的儿童，少年们供给些美的想像的，空灵的，博大的，勇敢的，可作起人之初步练习的游戏吗？

（长虹：《救救孩子们!》，1930 年 6 月 20 日《北平日报》“北平日报副刊”第 218 号）

每日评论

长虹

我以科学方法做事，不用手段对人，但人如以手段对我时，则我也以手段去防御，但我不伤他，但他如自谓受伤，也随他的便。

我是这样坦白地反对手段，我宁愿为消灭手段牺牲了一切，不愿被手段牺牲了一切。

科学方法是客观的路线，手段是个人做的圈套，十个人成的集团，科学方法对于每一个人都好，但手段则对于有些人好，有些人不

① 原文如此，疑误。

好，手段是历史的、因袭的，科学方法是创造的、革命的。

世间如没有调停人的时候，世间总可以少发生一些风潮，因为调停的作用常是反调停的，结果常是推波助澜。

我的一个朋友说，狂飙运动者都有一种破釜沉舟的气概，这个批评很对，这也是由于狂飙运动的实质现在是艺术的，大抵艺术总是容易倾向于悲剧的。

所以，狂飙运动的科学运动如不能做起来时，狂飙运动总是不健全的，结果总不出于壮快的失败。

一个主张泛劳动的人他应该宽容，但是有一点他不能宽容。他不能赞成人不劳动。

一个人走进一个劳动国里，他可以受那里的优待，但是他不应该向那个国里要一个人来服伺他。

一个狂飙运动者一定是一个劳动者，虽然目前可以不在工厂里。

今天同两个朋友在夫子庙新世界听唱，有两个最小的歌女是那里的最好的，而这两个最小的里边又是那个最小的最好。她的名字叫爱仙女。灵活可爱，只可惜喉咙有点哑了。我一看见她，便想起那个歌女来。我问茶房她多么大年纪，答说十二。我更不能够不假定这或许正是那个歌女了。

前几天，我的一个朋友来同我说，他认识的一个十二岁的女孩子，在夫子庙卖唱，很好。她的母亲很爱她，怕她把喉咙唱哑，常想为她找一个读书的地方。现在的喉咙已有些哑了。他想介绍她进狂飙演剧部。我因为现在没有什么办法，所以也没有叫她来谈谈。也没有问她是在夫子庙那一家唱。我自己凭信我，我听到这些不幸的小孩子们，只要我有能力，我是一定要爱护他或她的。我现在实在是没有好的办法。那个朋友说，那女孩子的母亲同他说过很几次，托他为她们想想法子。我这几天正在对于这件事想放又放不下、不想放又得放下的当口，不料今天恰遇见这个歌女。她同我的朋友所说过的那个歌女竟然不能够分辨出是两个来。

我已经说过，我是同两个朋友来听唱的。这中间有一个朋友点了那两个最小的歌女一出武家坡，半天，她们出来了。在这个世界里，她们最受人欢迎。她，那个最小的，唱王三姐，她的喉咙唱得很吃力，我听得真有些不放心，我真在为她的喉咙不放心了。她几次要求那个大点的，唱薛平贵的不要唱了，他却总是唱下去。她在同她的喉争命，她也许这一生再不能够唱出好的歌来，她将把绝望永存在她的喉音的破裂里。她被拒绝了她的要求，而她不能生气，她只能代之以微笑，那是多么痛苦的微笑，我在为她痛苦，如其她正是我那个朋友介绍给我的那个歌女，我如拒绝了她，我一定比那个薛平贵更可恨！他终于答应了同她回去，她的喉咙在同它的命运奋斗，她再不能唱得上来，我须救她……

在剧场里已经证明，少数的观众对于象征剧很表示一种爱好，这在演剧运动的前途，是最令人乐观的消息，象征的气分，在中国本来不是纯然新来的东西，这使我觉到，表现剧也很可以有演来一试的必要了，中国人的行为里也本早有表现的气质呢？

现在在中国文字里所能找到的表现剧，译的三种，作的只有一种，我的那篇《一个神秘的悲剧》是中国惟一的创作的表现剧了，这个剧本，我当时只是文艺地去写的，一点都没有兼顾到舞台方面，所以，也许有不曾适于表演的地方，我也还没有审查过他一次，再呢，这个剧本也没有充分地去表现他所需要表现的，但是，如其他能上演，或者能使他上演，我倒很喜欢演他一次试试，再知道一些观众的赏鉴艺术的分量。

政治曾经被认做哲学，伦理，手腕，权力及其他，到政治只被认为是组织时，政治便要请[1]明了。革命是一种方法，他的目的只在要创造出一种新组织，革命的科学也就是组织的科学。

（长虹：《每日评论》，1930 年 6 月 27 日《北平日报》“北平日报副刊”第 222 号）

---

① “请”当为“清”。

宗法的余威

长虹

“光出了乐园不行，吃了智慧树上的果子才算是人。”

中国的女子大半还没有知道什么是爱。她们以为爱同秘密卖淫差不多。她们最怕的就是人家说她们爱了某人了，就像她们最怕人家说她们秘密卖淫了。在外国，爱是光明的生活，当局者得意她们的爱，傍观者美谈她们的爱。在艺术家，爱是最高的艺术。一个人写一首诗而不敢叫人知道，写了后又不敢让人看见，不用说是偷得别人的创作。中国女子，愿意人家恭贺她们结婚，恭贺她们生孩子，然而不愿意人家传述她们的爱。没有肉体关系，或者即使有肉体关系，没有经过正式的结婚手续，她们以为那是一种耻辱，虽然并不因为那是耻辱便不要那样做，但她们以为那样做而被人知道、被人说出是一种耻辱，她们有充分的理由可以侮辱人家。其实只是蔑视了自己，蔑视了自己的行为，丑化了自己的美，兽化了人间。

如其我办教育，我以纠正女生们这种错误思想为一大任务。

无论什么人谈到什么人同什么人爱了，我大半是不赞一词的。所以如有人以为我的论调类似是一种辩护之词的时候，那才是最大的笑话。

收束了吧：爱是人生，是艺术，是美，是一刹那的幻想，也是永久存在的情操！

（长虹：《宗法的余威》，1930 年 7 月 3 日《北平日报》“北平日报副刊”第 224 号）

高长虹在《北平日报》发表作品目录

长虹：《流亡者》，1929 年 11 月 3 日《北平日报》“北平日报副刊”第 129 号。

长虹：《流亡者》，1929 年 11 月 4 日《北平日报》“北平日报副刊”第 130 号。

长虹：《流亡者》，1929 年 11 月 8 日《北平日报》“北平日报副刊”第 131 号。

长虹：《给》，1929 年 12 月 6 日《北平日报》“北平日报副刊”第 141 号。

长虹：《每日评论》，1929 年 12 月 9 日《北平日报》“北平日报副刊”第 143 号。

长虹：《每日评论》，1929 年 12 月 13 日《北平日报》“北平日报副刊”第 144 号。

长虹：《每日评论》，1929 年 12 月 15 日《北平日报》“北平日报副刊”第 145 号。

长虹：《每日评论》，1929 年 12 月 23 日《北平日报》“北平日报副刊”第 148 号。

长虹：《每日评论》，1929 年 12 月 27 日《北平日报》“北平日报副刊”第 149 号。

高长虹：《评〈黑暗的势力〉》，1930 年 1 月 1 日《北平日报·元旦增刊》第 4 版。

长虹：《给》，1930 年 2 月 11 日《北平日报·狂飙周》第 1 期。

长虹：《狂飙运动》，1930 年 2 月 18 日《北平日报·狂飙周》第 2 期。

长虹：《浮鸥》（诗），1930 年 3 月 16 日《北平日报·狂飙周》第 5 期。

长虹：《布兰特斯的〈易卜生评传〉》，1930 年 3 月 25 日《北平日报·狂飙周》第 7 期。

长虹：《石家庄的早晨》，1930 年 5 月 6 日《北平日报·狂飙周》第 13 期。

长虹：《每日评论：太阳的一瞥，我的周刊对于每一个人都有用，最真确的新闻从什么地方去找呢，干：怎么干，怀疑是古物，从赌场到赌场，永别了爱人，乐的价格，战争与和平，欢乐的药》，

1930 年 5 月 6 日《北平日报·狂飙周》第 13 期。

长虹：《艺术运动史上的三个时期》，1930 年 5 月 13 日《北平日报》“北平日报副刊”第 199 号。

长虹：《时代的内容》，1930 年 5 月 13 日《北平日报》“北平日报副刊”第 199 号。

长虹：《W 夫人》，1930 年 5 月 15 日《北平日报》“北平日报副刊”第 200 号。

长虹：《每日评论：时局的真实，人造人，风筝之类，昨日的经历，四年之后的太原》，1930 年 5 月 30 日《北平日报》“北平日报副刊”第 208 号。

长虹：《少年邓肯的创造——妇女中的歌德音乐界的悲多汶》，1930 年 6 月 6 日《北平日报》“北平日报副刊”第 211 号。

长虹：《救救孩子们!》，1930 年 6 月 20 日《北平日报》“北平日报副刊”第 218 号。

长虹：《每日评论》，1930 年 6 月 27 日《北平日报》“北平日报副刊”第 222 号。

长虹：《宗法的余威》，1930 年 7 月 3 日《北平日报》“北平日报副刊”第 224 号。

高长虹《全民报》佚文辑校

“长虹周”[①]第 1 期（1930 年 1 月 6 日第 4 版）

本刊的降生和任务

“长虹周”今天出版了。读者诸君中，有看见过《长虹周刊》的，也有没有看见过的，想来都会觉得这件事情很新奇吧！看见过的呢，是说，已经有过一个《长虹周刊》了，为什么又要来出“长虹周”？没有看见过的呢，又说，个人出刊物是个人主义的表现。今天同诸君在当时此地，是初次见面，所以我想先来做一次介绍，为“长虹周”写一点简明的解说，给诸君以正确的认识。

第一，“长虹周”是个人刊物，但不是个人主义的刊物。他的内容，精神，代表的是大众的大众，人类的全体。他的生命的意义是为中国民族的新兴而努力，为全人类的幸福而奋进。他的工作是，创造科学、艺术和人与人中间的新关系。

第二，《长虹周刊》和“长虹周”，是同心而异体的两个刊物。虽然也因为，《长虹周刊》出到二十二期后，一时中断了，而此后又有改作月刊的进行。但是有《长虹周刊》，也不妨再有“长虹周”。此后的“长虹周”和《长虹周刊》或《长虹月刊》的分工，是后者多发表些论

① 《全民报》“长虹周”副刊是高长虹的个人刊物，该刊发表文章一般不署作者名称，皆可视为高长虹所作。高长虹在《长虹周刊》创刊号《我来为世界辟一条生路》一文说：“《长虹周刊》，只这个名字便把一切都说明了。第一，说明是一个周刊；第二，说明是我个人的刊物。在这里发表我所有的文字，与关于我的文字。”“长虹周”与《长虹周刊》性质相同，为高长虹个人刊物。为便于高长虹研究起见，这里把其他作者发表的少量关于高长虹的文章一并整理收录。

著，前者多发表些明快的谈话。

谈话既已开始了，便应该再详细点叙一叙："长虹周"的出现，究竟有什么任务呢？

在一切创造中，科学的创造最重要。人同动物的最大区别之一是人能造机器。人怎么样才能够更懂得自然，更能够适应自然，以完成自己的生活，是靠着发见和发明。现代人类的进化和扰乱，一切新生的问题和困难，都是由科学造成而又须用科学去解决的。所以"长虹周"的第一任务，就是在可能的范围里想时常发表点关于科学的文字，常供给读者以一些科学的新兴趣和新志向。

在新兴的科学中，行为的科学是最新兴的，他所研究的不是关于人的，而是人的，他不是归于科学的，而他本身正是科学。"长虹周"的第二任务，就在多讲到一点这行为的科学的新端绪，新企图，怎么样由行为学而去建立行为的经济学，行为的两性学，教育学，艺术学和行为的逻辑。

关于艺术方面的，诗歌，剧本，小说等创作，不用说是时常有。在中国少见的外国艺术家的传记和理论，有时也译述一些来发表。跳舞，唱歌，演剧，电影，是最行为的艺术，在中国却还很幼稚，"长虹周"的第三任务是想在这方面多出点力。

第四任务，"长虹周"想多发表一点科学界和艺术界的小通讯。目前的新闻纸都被政治事件占满了，被压迫的弱小民族"文化"挤在世界的极边去开辟鲁滨孙的新天地。

新的演剧取消了舞台，观众和演员合伙了，这是生活化的艺术。"长虹周"又来艺术化，以同读者多发表些问答作为他的第五任务。

谨以至诚感谢全民的主人为我印行"长虹周"的好意，并致敬于可爱可畏的现在和将来的读者，并预祝本刊的长生！

少年邓肯的创造

妇女中的歌德

跳舞界的贝多汶

我在儿童时代我的全生活便已浸润在音乐和诗歌中了。这是要归功于我的母亲的。一到晚上，她便坐在钢琴前面玩好几点钟音乐，也没有起床和睡觉的一定的时间，也没有一点生活的规律。反倒是，我常以为我母亲简直把我忘掉了，而去神游于她的音乐和在朗诵着的诗歌的世界。她的一个妹妹，就是我的姨姨奥古斯托，也是很有才干的。她每次来看我们，总要举行一次私人表演。她很美，黑眼睛，炭黑色头发，我还记得她像汉谋列特似乎穿着黑绒短裤。她有美的声音，要是去做歌者，一定会有一番伟大的事业，只可惜举凡关涉及剧场的一切事情都被她的父母看做是魔鬼的勾当。我现在才知道她的终身都是被那种而今难得说明的东西——被那种美国的清教徒的精神给毁灭了。美国早年的遗尼随身带来了一种精灵的感觉便再没有失掉过。他们以特殊的力量加诸野蛮的地方，征服了野蛮的印第安人。但是他们也一样的常在想法征服他们自己，巧妙地去要求那不祥的结果。

从她最早的儿童时代，我的姨姨奥古斯托便被这种清教徒的精神给压服了。她的美，她的内德，她的华壮的声音，一切都消灭尽竟了。那使那时的人们嚷着“我宁愿看见我的女孩子死也不愿她上舞台”的是什么呢？在而今，在这伟大的男女演剧家开创了他们独特的天地的时候，去了解那种情感几乎是不可能的了。

我在孩子时候便常反对这种清教的暴虐，我猜这是要归因于我的爱尔兰的血液。

我们搬到我父亲给与我们的大房子里之后，最先的效果之一，就是我的哥哥奥古斯丁的剧场在仓库里开设了。我记得他从客厅里撕下一块软毛毡来用做李王恩克尔的胡须，他扮得他那样逼真竟使我突然流下眼泪来。我们都是很任性的，不受一点拘束。

小剧场在邻近逐渐变得很有名。俟后便引起我们海滨旅行的念头。我跳舞，奥古斯丁唱诗，以后我们又表演了一个喜剧，易利沙白和莱孟德也都去当了一个脚色。虽然那时我只十二岁，他们也都不满二十岁，然而我们在海滨旅行了好些地方，都是很成功的。

我儿童时代最占优胜的特性是那对于我们生活在社会间的狭隘的反抗，对于生活上的限制的反抗，和一种常在向着我想象的更为阔大的地方飞跃的不断的欲望。我记得时常反覆给我的家庭和亲戚们狂言乱道，结果总是，我们必须离开这地方，在这里我们再没有可做的事情了。

邓肯：《我的生活》

一九三〇年第一个早上

一个人最懊恼的时候，
是那初从梦里醒来，
看见一切才都是空的。
那曙光的白脚，
踏碎幸福者的梦想，
给得者以复失去。
本来比真的更真，
我爱的那个小姑娘，
她从家里偷跑来了。
她比真的更小，
她同苏俄相仿佛的年龄，
以致她到我身边的时候，
我第一个念头便是，
她是一个小孩！
月亮虽然是个卫星，
她也同地球调情，
一年也总有几次的聚会，
不顾太阳的嫉妒。
我的月亮她很疲倦，
她的光华也像蚀了一半。
她说，我的信被人家看到了，
她的家里没有一个珍藏的地方。
她的母亲便生气，
便责备她，她便跑了。

当慧星走出她的轨道的时候，
我是会高兴的吧！
无地之前星云的分裂，
我也会是很高兴的。
因为我那时候很高兴，
我听得那封建情操的破灭！
人们问，这来的是那一位呢？
我说，这是我最小的小友，
人间最大的跳舞家，
天上的歌者，
革命的最勇敢的先驱，
未来时代的创造者……
我一迳地往下叙说。
我搜寻着那最好的字，
直到他们高兴得踊跃起来：
我说，这是你的世界了！
我把她抱在我的怀里，
我像抱着一只氢气球，
或者是一种诗的想象，
因为她并不跳舞或歌唱，
却熟睡在我的身上。
而我却醒来，
知道我将去做从军记者，
她有一礼拜没有给我来信。

1，1，1930，在北平。

出版界每周新闻

1. 有些读者不知道《长虹周刊》第二十二期封面那位裘霞娣是谁。他就是悲多汶的爱人，月光曲的主人公，那位弄情卖俏的小姑娘。

2. 谭正璧君著的《中国文学进化史》，说《长虹周刊》出了几期便停刊了。希望谭君赶急要更正，因为《长虹周刊》已出到二十二期了，二十三期也已在印刷中，虽未能按期出版，然也未停刊，现在问世的“长虹周”，又是他的生命的第二表现了。

3. 长虹周刊有改作月刊委托一家书局印行的计划。

4. 数年来加入狂飙运动之新兴文艺家、演剧家、科学家，其最近消息如次：沐鸿因病家居，高歌在安庆民国日报社编辑《晨光副刊》，培良在上海为南华书局编辑《青春月刊》，尚钺失踪，仲平在上海建设大学讲授新兴艺术论，凝秋在哈尔滨与一影戏院合作演剧，而惟一的科学家德荣却在南京中学当了教务主任。

5. 狂飙运动参加者的消息：朋其回川数载，不通消息，月前艺术学院曾表演其所作剧本名《她的兄弟》；申府在中国大学讲授哲学，并为天津《民国日报》编辑科学周刊，上海建设大学想请他去做文科主任；罗西在南京拨提书店当编辑。参加过狂飙演剧运动的女演员沈樱，近也有短篇小说数集在光华等书局出版。

新书介绍

行为主义论战

华震与麦独孤著，黄维荣译，郭任远序，黎明书局发行，实价三角。

经济学答问

报答诺夫著，□□译，泰东书局发行，定价一元。

“长虹周”第2期(1930年1月13日第4版)

科学和组织

科学所研究的是万有的组织。逻辑所研究的是科学的组织。

知道了宇宙间万有是如何组织，而去变更它的小组织使适合于人生，科学在做这一件工作。

科学不能根本地变更宇宙间的全组织，但能根本地适应宇宙间的全组织。

一切发明，便是科学知道了宇宙间的组织而去变更它的小组织所发生的结果。一切发见都使科学成为适应自然的更好的工具。

科学是一种行为，是人类的唯一的有组织的行为，它在统驭人类的一切行为。

科学组织了人类怎么样去组织自己的行为并用以去组织那可顺应的组织的自然的全体同那可变更的小组织的自然的一部的那种行为。

行为的科学组织了生命的科学和物质的科学，而逻辑组织了一切的科学。

逻辑是基本的科学，而行为的逻辑就是有组织的实验和实行。

7，1.

少年邓肯的创造

妇女中的歌德

跳舞界的贝多汶

全个家庭中我是最勇敢的，而且当一家没有一点东西可吃的时候，我便自告奋勇去找到屠夫千方百计地感化他不要钱给我羊肉。我又去找到面包师劝诱他继续赊账。在这些差遣中我得到真正的冒险的快乐，尤其是当我成功的时候，而且我大半是成功的。我常是欢喜地一路上跳舞回家去，带着掠夺品觉得就像是一个强盗。这是很好的教育，因为我从这学习着去哄骗凶暴的屠夫上头，我才获得那种技术使我以后能够应付凶暴的经理。

当我听得家庭的父亲们说他们做事是为留给他们的孩子以一笔钱的时候，我便奇怪他们怎么不知道这样办法他们便会消灭尽了他们孩子一生的冒险的精神。因为他们留给他们的每一块钱都足够使他们变成弱者。你能够给与孩子的最好的遗产是要让他走自己的路，完全用他自己的足。因为功课我同我的姐姐也曾去过山藩昔士哥最富的人家。我不嫉妒这些有钱的孩子；反之，我很可怜他们。我很惊讶他们的生活的狭小和呆板，而且，同这些富豪的孩子们去比较，我在那使生活值得的一切事情上似乎有一千倍的富。

我们的名誉有加无已。我们叫这些做新式跳舞，但实际上是没有方式的。我信着我的怪想头随口唱着，教着一点我随便想起来的美的举止。我的最先的跳舞之一是朗□罗的诗，《放箭入空中》。我常好朗诵诗歌，叫孩子们用姿势和运动体会它的意义。在晚上我一创作跳舞，我的母亲便给我们演奏钢琴。一位老太太朋友时常来同我们消夜，她是住在维也诺的，她说我使她想起佛尼爱斯勒来了，她便给我们详述佛尼爱斯勒的了得。“伊沙多拉将来会是第二个佛尼爱斯勒呢，”她便说了，这个便鼓动起我的野心的梦来。她告诉了我的母亲送我到山藩昔士哥一个著名的歌舞教师那里，但是他的功课没有满意了我。当那教师告诉我要用脚尖站着的时候我便问他为什么，而且当他回答（“因为这很美”）的时候，我便说这是丑的而且是反自然的，三课以后，我便离开了他的学校，再也没有回去。这种死僵而且庸俗的体操，他称之为跳舞的，只扰乱了我的梦。我在梦着别□的跳舞。我不知道那是什么，但我觉出有一个看不见的世界，只要我找到那□匙，我预料我便可以进去。我的跳舞当我是一个小姑娘的时候早已在我的心目中了，这也是要归功于我的母亲的英雄的和冒险的精神。我相信孩子无论一生去做什么，一定要当他很小的时候开始。

我的母亲有四个孩子。也许用一种管束和教育的方法她可以使我们养成实际的市民吧，有时候她便伤心了，“为什么四个人都是艺术家而没有一个实际家呢?”但那使我们成为艺术家的是她自己的美和不息的精神。我的母亲不关心于物质的事情，她教给我们对于产业如房屋，陈设，所有这一类东西的一种轻看和蔑弃。这是由于她以身作则，我一生没有看见她戴过一件首饰。她教给我们这类东西都是些桎梏。

我离开学校以后变成了一个渊博的读者。我那时住在的阿克兰有所公共图书馆，不管我们离那里有多少路，我跑着，跳舞着，踊跃着，去了又回来。图书馆主是一个很奇怪、很美丽的女子，加里佛尼的女诗人。她鼓励我读书，我以为当我向□要那些好书的时候她时常显得很满意。她有很美的眼睛，炽热着火焰和情欲。以后我听得在一个时候我的父亲很情重地爱过她。她显然是他一生最大的情欲了，我所以同她合得拢来当然是由于这种环境中的看不见的线索。

在那时我读了所有的迭更司[①]，夏克雷，莎士比亚的著作，和此外的许多小说，好的和坏的，有兴味的书和无聊的——我一齐都吞了下去。我常在黑夜坐起，点着我白日里收集来的蜡头读到早上。我也动手写小说，这时我又出版了一种新闻，社论，地方新闻，短篇小说，一切都是我自己去写。此外。我还保有了一本日记，我给她发见了一种秘密的语言，我在这时有了一种大秘密。我爱上了人。

孩子们的学校之外，我的姐姐和我又收了几个年纪大点的学生，也教给他们那时所称为"社会舞"者，瓦尔支，马如加，波尔加，等等，这些学生中间有两个是青年。一个是青年医生，别一个是化学家。这化学家美得惊人，又有一个可爱的名字——威侬。我那时十一岁了。但是我拢着头发，衣服长大，看去要大一点。就像利陀的女英雄，我在我的日记里写着我发狂了，我热□于爱，我相信我一定是这样。威侬是不是意识到这个，我不知道。在那样年纪我对于宣布我的情欲是太害羞了。我们去跳舞会，我常同他跳各样的舞，以后我便一直坐到半夜在我的日记里记载我所感到的恐怖的颤抖，"飘摇无主"，诸如此类，"在他的怀里"。白日里他在一道大街上的一家药店里做事，我常走了好远的路只为要经过那药店一次。有时候我聚集起十足的勇气进去说，"你好吗？"我要知道了他住的地方，晚上我常从家里跑去探望他的窗里的灯光。这种情感延长到两年，我相信我难受到十分地刺心了。到了两年的头上他宣布了他将要同阿克兰社交界的一位青年姑娘结婚。我把我的要命的绝望都关在我的日记里了，我记得行婚礼的日子和我看见他同一个罩着白面纱的朴素的女儿走下廊路时我所感到的。那以后就再没有看见他。

我在山藩昔士哥最后的那次跳舞的时候，有一个雪白头发的人进了我的化妆室，但是看去还十分年青而且非常之美丽。我立刻认得他了。那是威侬。我以为在这么些年代以后我可以告诉他我少年时的情感了。我以为他一定会愉快的，不料他总非常之吃惊，而且谈起他的妻子，那个朴素的女孩子来，似乎她还在活着，他的痴情似乎也没有

① 今译作"狄更斯"。

从她那里迷失过路途。有些人的生活够多么简单！

那是我的第一次恋爱。我发狂地爱，而且我相信我那以后就没有中断过。在现在这个时候，我还在□那最后的打声，那似乎是有一种暴力和灾难的打击中复原着呢。可以这样说，我是在那最后一幕之前的闭幕期间复原着，不这公案便算是完结了吗？我可以发表了我的照然①像而且问一问读者们他们想的是什么。

邓肯：《我的生活》

邓肯文件三则

邓肯给卢那夫卡夫斯基的信

我再不愿竟听到拿金钱来交易我的工作那种事了。我要一个艺术工作室，够我自己同学生们居住的一所房子，简单的食物，简单的衣服，和一种最合适于我们的工作的机会。我痛恨中产阶级，商业的艺术。我一向没有能够把我的工作给与那些所为而创造了的人们。我才偏要以五元一座出卖我的艺术。我痛恨近代的剧院，与其说是艺术的堂庙，反而更像是卖淫的窟宅，艺术家们本应该占有高等教士的地位，却反而自贬身价用了商人的技俩去一夜多少钱地出卖他们的眼泪和他们的灵魂。我要为民众跳舞，因为劳动的人们需要我的艺术却一向没有钱来看我。我要为他们跳舞，我什么都不要，因为他们真正地需要我能够给与他们的东西。假如你接受我的话呢，我便要来为俄罗斯共和国和它的孩子们的未来而工作了。

易沙多拉，肯邓②。

卢那卡尔斯基的回电

来莫斯科吧。我们要给你学校和一千个孩子。你可以尽量实行你的理想。

再答卢那卡尔斯基

接受你的招请。七月一日预备从伦敦放洋。

---

① 原文如此，疑有误。

② 原文如此，疑有误。

出版界每周新闻

1. 一九二九年上海的新出版界，出品最多，销路最广的，是社会经济科学的书，其次是文艺、艺术理论的书，而翻译的小说居第三位。这三类出品中，又几乎十分之九是出于某种方式的。这坏原因的一面，是中国人创造力的贫乏。物质科学的书稀有，剧本略抬，诗歌几绝。歌舞潮升，而歌舞的出版物很少，且没有一种有艺术价值的。因为以上的原因，所以上海的新书店营业，乐群、南强等新兴书店为最，光华等以文艺为主要营业者次之，泰东等略差。近日接得赵南公，沈松泉信，泰东今年拟力求振拔；光华则预备多出文艺批评和理论的书，并期望记者之指导云。

2. 西哈诺一剧，在去年翻译的文艺出版物中是最好的一种。然据其出版机关自谓，该书为其出版物中赔本之一种，并以后不愿再印刷本云。

3. 天津《益世报》自增设副刊后，很引起阅报界的注意，实亦，不但天津，全北方报界的副刊中，在目前论，它是材料最丰富的一种了。记者近日曾披阅一期，见有一诗很像某女士的作品，字句略嫌装饰，然韵味缠绵，音余弦外，总异于凡俗一流。其诗像来自天上，不知有人间，是其不能通过现代，直入未来的原因。庐隐女士的近作，也较前精彩。

你最爱读的是那一本书

应征者答案请投寄本刊编辑部

1. 一九二九年的出版物中，你最爱读的是那一种？
2. 狂飙出版物中，你最爱读的是那一种？
3. 翻译和创作的剧本中，你最爱读的是那一种？
4. 经济学的书，你最爱读的是那一种？

“长虹周”第 3 期（1930 年 1 月 20 日第 4 版）

我所希望于中华教育文化基金董事会者

近一年来，国内出版界，经济社会书籍以无比的力量，风起云兴，几乎可划分一新的时代。使素日在文化消场占最大势力的小说文艺，几于无人过问，一蹶不振。乐观的朋友们都说，科学的时代来了。现在是社会科学时代，再进一步，便是自然科学的时代。

因为时代的这种推进，所以一向没有注意过中华教育文化基金董事会的我，今年也多少加以一点注意了。既然注意到，便时常有所感触，想发表一些意见出来贡献贡献。

中华教育文化基金董事会，既以教育文化字样标名，则关于文艺美术，本不应该在摈斥之列。这当然是因为历年主其事者，都是较接近于科学的，而没有一个文艺家、美术家的缘故。不过，这倒不是我现在所要提出来讨论的题目。现在我只想说，中华教育文化基金董事会既以振兴科学为己任，则对于这经济社会研究热的时代来到之时，应该对于经济社会科学的振兴有一些什么确实的举措？

科学研究补助金的规程，直到现在，仍然只限于天文，理化及生物科学三类。科学上最新的分类，本应当是：1. 天文，理化等物理的科学；2. 生物的科学；3. 行为的科学。经济社会的科学是属于第三类。现在补助的规程仍然分作三类，而把第一类又分成两类，所以第三类便被挤掉了。但是我们现在特别要提出来讨论的，却正是这第三种科学应该怎么来提倡？

查中华教育文化基金董事会之全般的自办和补助事业中，并不都限于天文，理化，生物三类。如图书馆，社会调查部，甚至华美协进社的设立及各文化团体之补助，且多溢出于科学的范围之外者。甚至拒毒会也有补助，则更溢出于教育文化的范围之外。

社会调查部既可设立，则补助金何以不可行之于社会科学的研究者？这是值得提出来的问题！如故宫博物院，国语统一筹备会，中国地学会一类机关都有补助之必要，则何以不去补助经济社会研究的团体？这是值得提出来的问题！

自然科学的时代还没有来到，这是事实，是大众都承认的。什么缘故，我们以后自然有来说明的时候。我们审查研究补助金的领受者的研究计划，便可以知道大半都是些很□屑的问题，简直没有什么大的假设。离大发明的时代，当然远了。乘其势而利导之，怎么样来倡导社会经济的研究，来促成行为的科学的建立，却真是当务之急的工作。中华教育文化基金董事会，如仍一成不变，于研究补助金则局之一隅，于机关补助则又散而之四方，而独遗社会经济于不顾，则提倡科学的计划也许反是阻挠科学的实施呢！

我们希望中华教育文化基金董事会来注意这个！

2，1，1930，在北平。

少年邓肯的创造

妇女中的歌德

音乐界的悲多汶

受了我读过的那些书的影响我计划离开山藩昔士哥到外面去。我的意思是想跟着一家大戏班一同走，一天我去见那订了一礼拜的合同正在山藩昔士哥演剧的一个旅行团的经理，要求在他面前跳舞。考试是在早上举行的，在一个大的，黑的，空舞台上。我的母亲给我伴奏。我穿着小白长衫跳了一首孟德桑的《无字之歌》。音乐奏完的时候，经理仍然沉默了一会子，然后对我母亲说：“这种玩意在剧场里没有用处。这在教堂里还较好些。我劝你带你的小姑娘回家去吧。”

失望了，但不服气，我又定了另外一种走的计划。我召集家庭开了一个会议，用了一点钟的演说叫他们明白那一切在山藩昔士哥不能生活的理由。我的母亲还是有些迷□，但准备了随便那里都跟我去；最先我们两个人便出发——两个旅行者买票到芝加哥去。我的姐姐和两个哥哥留在山藩昔士哥，意思是要等我给家里发了财的时候再跟我们出来。

我们到了支加哥[①]的时候，在六月里一个热天，我们身边只有一

① 今译作“芝加哥”。

个小箱子，我祖母的一件旧式首饰，和二十五元钱。我料想是我立刻便会找到职业，而且一切事情都是很快意，很简单的。但这个不合实情。身上披着我的小白的希腊长衫，我去拜访那些经理，给他们跳舞，走了一家又走一家。但他们的意思总是同那第一个的一样。“这是很可爱的，”他们说，“但不合剧场里用。”

一个礼拜过去，我们的钱干了，当了我祖母的首饰也没有带回多少钱来。难关到了。我们不能够开房钱，我们的行李留在那里，一天我们才知道我们没有一个便士流落在街头上了。

我还有一付小真花边项圈带在我的衣领上，我在那烘人的阳光里走来走去地走了一天，想卖掉那花边项圈。终于，在很晚的下午，我成功了。（我想把它卖十元钱。）这是一件很美的爱尔兰花边，卖给我的钱足够租一间房子。剩下的钱我便买了一箱子番茄，我们可以吃那些番茄过活一个礼拜——没有面包或盐。我的可怜的母亲变得这样衰弱，□再也不能坐起来了。我每天早上还是很早地动身出去接洽那些经理。但我最后便决定我无论找到那种工作都可以做，我便求到一个雇佣所里。

“你能做什么呢？”柜台里的女人说。

“不论什么，”我回答。

“好，你看得什么都不能够做！”

绝望之中，我一天去求共济院屋顶花园的经理。他的嘴里衔一支大雪茄，他的帽子盖住了一只眼睛，他用一种目空一切的神气看着我跳舞，我在飘摇无主地一来一去跳着孟德桑的“春歌”的调子。

“好，你很漂亮，”他说，“也很娴雅。假如你要换一个样子，做一件罗纱衣服的时候，我便雇你。”

我想我的可怜的母亲在倒在家里，只剩着最后的番茄，我便问他他看用什么罗纱做什么好。

“好吧，”他说，“你不要做那种样子。有一种有边缘的，有折皱的，有低边的。现在你可以先穿希腊衣服然后再换有折皱和低边的，这便会是一种有趣的变化。”

但是我在什么地方取得那折皱呢？我看出来请求什么借贷或先期

供给一定是无用的，所以只说了我第二天带了折皱和低边和罗纱回头再来。我出去了。这是一个热天——通常的支加哥的天气。我在街上徘徊，疲倦得很，当我看见马夏非尔一座的大商店在我面前的时候，我已饿得发昏。我进去求见经理，我被引进办公室，我看见一个青年在写字台的后面坐着。他有一副很仁慈的形容，我对他说明我次日早上要一付有折皱的花边，假如他要给我赊账的时候我一定能够拿工资还他。我不知道是什么东西鼓动了这青年赞同了我的要求，但是他这样做了。我买了材料：做裙子和花边折皱的白的料子和红的料子。我一包把它夹在胳膊底下回到家里，看见我的母亲正在挣扎最后的一口呼吸。但是她勇敢地在床上坐起，去做我的服装。她做了整夜，傍明时那最后后的折皱便做起了。穿着这身服装我第二次又去见屋顶花园的经理。音乐队已在准备了考试。

音乐奏起，我便聚精会神给那经理跳罗纱之舞，我跳着随口唱着。我高兴得傻了，从嘴里取出雪茄说道："妙极了！你明夜能够来时，我要有特别的报告。"

他一个礼拜报酬我50元钱，而且和气得了不得，他都预支给我。

我用假名在这个屋顶花园得到了很大的成功，但是全盘的事情都使我厌弃，所以，到一个礼拜的头上，他向我提议继续订约，再不就来一次旅行，我拒绝了。我们已从饥饿得救了，但是我也曾用尽了我的力量用那种违反我的理想的玩意讨观众的欢喜。我这样做那也是最先和最后的一次。

我以为这一年夏天是我一生最痛苦的一段，以后每次，我到支加哥来，一见那街道便会给我一种病的饥饿的感觉。

但是经过所有这可怕的经验我的最勇敢的母亲总没有提议过一次说我们应当家去。

邓肯：《我的生活》

关于北大民众心理测验的几句话

这次测验的结果，我想抽出那与艺术有关系的几条来讲几句话。

1. 最普通的消遣：电影，四十一人；看小说，三十八人。我曾说过电影有代替小说的趋势。因为，一，小说的好处电影里都有，电影里的好处小说里却没有；二，小说的动作，情节须一面去看，一面去想，电影的动作，情节可直接诉之于感官。现在看电影的人数已经多于看小说的人数，也可以证明这种趋势是确有的。

2. 读过的文学作品那本最好：最多的是《呐喊》，《超人》，《西厢》，《红楼》四种。近数年来出版的新书，只有《苔莉》，《飞絮》两种，而一共又只三人。这可知道读书者不能跟着文艺的进步去进步。青年学生还是这样，《三国》，《七侠》之仍然流行于民间，更是应有的现象。

3. 最崇拜的思想家：陈独秀，三十九；胡适，二十七。陈，胡都是过去的北大教授，这是北大的光荣，但似乎不算中国的光荣。

7，1.

出版界每周新闻

1. 邓肯的《我的生活》，莫索利尼的《自传》，是现代的两大世界的名著，前书已由记者摘译在本刊发表。将来预备译足七万余字的稿件，并已制就铜版二十余幅，补充《长虹周刊》第十四至第十七缺额，出一四期合刊的邓肯专号。莫索利尼《自传》，新近在上海筹备的金马书堂，据说将有译本行世云。

2. 光华近出《萌芽》周刊，有鲁迅作《新月社批评家的任务》一文。说者谓鲁迅有三种态度：对《新月》，进攻；对《创造》，防御；对《狂飙》，退避。

3. 申府来信说，天津《民国日报》的“科学周刊”没有实现。本拟由他的两个弟弟崇年、岱年编辑。他俩曾为北平《益世报》编辑过“科学运动”，出过十几期，很能忠实地为科学努力。

4. 《狂飙》为中国新兴文艺的代表。一九二六至七年由上海光华书局印行的《狂飙》周刊，挟其无比的生力，风靡一世。各地青年，以手执《狂周》一册为光荣。贫穷没有购买力的学生，更是辗转传诵，有一册竟经过二十多人之手，直到破烂不能再看为止。惜出十七期后，遽尔停刊，留为出版界的永久的遗憾。近已与《北平日报》商协妥当，先附出一周刊，便叫做“狂飙周”，以继续中断的工作。并拟再进行一便叫做“狂飙日”的副刊，为中国文化，做全力的再造云。

“长虹周”第 4 期（1930 年 1 月 27 日第 4 版）

“艺术旅行团文件专号”

怎样去表演《白蛇》

高先生叫我看看他的大作，两篇剧本，一个是《火》，一个就是这里所说的《白蛇》。把这两个选出一个来，说明怎样去表演它。但是这个问题，真可谓难住我了。就是说：一个现成的剧本，它本身就已含有表演的意义，而演剧者也自然可以依照它的情节，说话，创作，表演出来就是了。这样说来，还用得说怎样去表演吗?！我当时听了高先生这样的问，我就渺茫乎其间，故惟有哑口无言，瞠目难对。但是我一转念：看了剧本以后，或者迷途略释，有线可寻了。因之看剧本的热切要求，简直是防遏难甚于防川了。回来后把两个一起的看完了；但是令我依然不知其所以然，其中表情，便在看的时候，就容易遗忘了去。看后思了再三，依旧是莫知其所以，我用了以前看过类此的剧本一样的惊奇看它，最后思之结论，我的思想焦点，由剧本上面转移到高先生整个人的身上了。高先生的大名，在中学初年时，就从多种的文学刊物中，印像在幼稚的脑海里了。那时候一直到最近认识的以前，仅知道是长虹二字，而并不知先生还有一个贵姓高呢！在这时候，我因为文学的修养不充分，了解力还幼稚，仅因为有一种莫名而名的文学爱好欲，极喜欢浏览些艺术的东西，然而还不甚了解个中的意义。这时我所想像的长虹其人，一定是文学中的楚楚，极富于艺术性的一个人，正如同他的名字所像征的吧！无形中伏下了一种莫名崇拜的潜意识，直到现在还游离在我的意识界里。现在看了这两篇作品，使我对于以前的感念，更有一层具体的证明，而我的长虹的认识，也有一个相当的限度了。我觉得高先生的艺术性的限度，是高出于一般的人们，他是情感最灵活的一个人，尤其是最富于观察力，与想像力的。他的作品，尤以剧本，最能表现出：可以说是纯粹发挥自我的艺术。因之任灵之所感，想像所得的，情的奔流，产生出真的艺术东西来。这种真的艺术不同一般所谓艺术而实无艺术性的可比拟，所以一般人也不易去了解。这就是：一个有艺术的修养，处处站在艺术的立场上；一个是没有艺术的修养，处处是不忠实于艺术上。二者的不同，显然的启示出来了。这种现象，在过渡时代，是当然的，因为他们的表现，象征，当一般人们还不了解它们的时候，有两种不同的批评，一种是：觉得它们的主人，俨乎是神不可言、高不可攀的；觉得他们是先驱，可望而不可及的。再一种是：觉得它们是妖说、谣言，他们是白痴、狂者、叛徒；可是一经达到那种真的境地时候，人们也就觉着实事如此，无足奇怪了。所以像高先生这种人生艺术化的人，在中国还不多见，虽然鲁迅也是过来人，但是他是老了，没有高先生的虹长了！总之，在我们青年里头，有这个艺术的先觉者高先生，作我们的向导，使我们这些有志于艺术，而且终身职于艺术的青年同志，有一个明确的方向，不致走入迷途，也就是我们的幸福，同时也是艺术的幸运了。

《白蛇》这个剧本，看来看去，是看不出他的真意义来。这剧的取材，想必是根据中国旧说部中的神仙故事的类吧？但是我可以说，这是一个象征的剧，所以人物及情节，都是一种象征的。表演时人物方面，以实体的人而扮演他所象征的角色。这个剧象征出爱的伟大的，只要爱是真实，正不分妖神与人呵！爱的伟大虽牺牲于一切亦在所不惜的。白蛇为了爱许仙，会冒大险到天宫去偷取仙草，而治救许仙的病。她那带有超人间的至情至感，在在都显出她的一种凄美而多情的性格。她与许仙结合了那样久长的时间，经过了多少的悲欢离合，临终时完成了她的使命，为人类降生和平的使者，始安然的冥目已遂其生。就这点的伟大，也足以启示人类的真爱，开辟美善的天地。她固然是一条蛇妖，但是她比人类更具有善良的心，比人类更伟大，使人们敬之爱之，敬之如天神，爱之如慈母，这种超人类的伟大力，足以使我辈人们生愧呵！表现白蛇的人，应当深深了解这种的性格，还有每幕的扮角，都是她一人变化而扮出的，第一幕的白蛇，是一位小姐，第二幕的白蛇是一个店员，第三幕的白蛇是个看护妇，第四幕的白蛇是个剑客，第五幕的白蛇是个母亲，这五幕的白蛇，都有不同的性格，而举止动作也各异其趣。表演的人，务必彻头彻尾明白她的个性，而后表演出来，不致有生疏差池的危险，关于表情一层，表演人尤须揣摩体会，要真能表现白蛇的白蛇来，至于许仙呢，他是一个富于情感而缺少伟大与悲剧的一个人，他的感觉要灵透，要敏锐，表演出来不能带一点死板，同时也不能夹杂些浮躁气味，这种角色是表演的难点，非深明许仙的个性者，恐难奏效，这两位特殊的角色，适当的配合起来，始有特殊的白蛇表演在剧台上，得到他应得的成功。

末了，我看完这个剧，仅能大略的说出，但是我读了它后，不能说是全看得懂，而所给与我的印象，是深刻的啊！我很希望中国多产些这类的剧本，导倡和平之和声，提发爱神的普施，促人类的残忍罪恶。早日摧毁尽净，新的世界早日降生下来，所望真艺术的产生，人生的艺术全部化，高先生引导于前，小子亦当尾随致力也！

林迁，一九二九，圣诞节。

与长虹讨论《火》的演员问题

长虹兄：

今天见了钧初先生，他交来一封信，让我转送给你；但我因为功课很忙，不能前去，只好付邮寄上。

顺便再说两句话吧：我个人这次加入演剧，完全是为了爱好艺术，所以牺牲了我的时间，耽搁了我的功课，并每日往返于长安道上，均在所不惜。只要这次我们的成绩，还过得去，就算很好，并不敢希望有什么成功啊！但是，我很害怕，我们演的成绩实在太不好，第一在我的眼里先过不去，至少是我自己——我担任的“老仆”，言语、动作、表情，都很困难，我看我实在难胜斯任，将来演出来，一定要出丑的，那时非惟我个人受人们的唾骂，即先生亦不免受人们的指摘呢。的确，不应该因为一个小小的演员，累及先生自己！从前柴霍甫作的《海鸥》，有人要求上演，柴先生便答应了，但是演的成绩实在不好，所以一般人都归罪戏剧作者，以为柴氏不会作剧。柴氏经过这一番非难，大为生气，以后又有许多人要求重演，他却无论如何也不答应了，因为在俄国演剧须得作者的许可。后来，他的一个朋友强迫住他，要他答应这个要求，他无奈便答应了，可是他亲自上台指导，结果，上演出来颇受观众的欢迎与称赞。从此人们也承认柴氏是一个 Play-writer，这个轶事至今传为佳话。由此足见一个同一的剧本，因演员之优劣，竟有这样不同的结果。这关系是很大的，我就是鉴于这一点，所以很害怕将来要失败，以致先生因我而受人评讥。况且《火》是一个理想的象征剧，演员非有天才不能揣摸到剧中人的个性和表情，因此也就难装得惟妙惟肖，恰如其分。（关于这一点，我以后要本着上演的经验，作一篇《〈火〉的剧中人的个性研究》。）并且，并且还有一层困难，现在我们中国的观众，实在没有看这样剧的资格，他们看了一定不懂。因此种种关系，我敢担保我们一定要失败的！不知你以为怎样？

我还有一点意见，我们在表演以前，应该组织起来，可分总务部总管本部一切事务，财务部管理出入账目，庶务部担任一切杂事，以及化装，布景，招待，验票，均须有专人负责，以免临时脚忙手乱，无人照理，破坏了剧场空气。这样你以为可否？

我还有一点疑问，我们这次加入演剧的人，是否就算是狂飙社员？在演剧以后，是否在北平成立固定的演剧团体？以我的意见，顶好以演剧所赚来的钱作基金，创办剧社，作大规模的永久的狂飙运动。这样，我们这次演剧才有意义，我们的牺牲也有了代价，长虹的精神与狂飙运动也将永久留在人间，与日月争光，虽万世而不朽了！……

忠实的老仆敬上

在我第一次献身舞台的时候，你便以“忠实的老仆人”来送我，这实在是一件可纪念的事，所以我便把它做了我的名字。

——芜情

出版界每周新闻

1. 一九二九年十二月号前期——一月两期——的《活时代》载登英译的海声克利沃的《拿破仑和郎德鲁》一剧，是一种想象的对话。郎德鲁是一个女性的谋害者，曾害过十一个女子。海声克利沃的《人类》一剧，早由朱春舫中译，记者曾竭全力为之宣传，颇得新兴文坛之欢迎。作品英译的很少。《拿破仑和郎德鲁》，约七八千字，没有人译他过来吗？如果想译的，可到北海图书馆看去。

2.《民言报》及《大公报》的“戏剧周刊”，近来有文字讲述狂飙演剧部，艺术旅行团和记者个人，其批评得失，姑视为言论自由，不加辩正。兹将其事实上的错误，为之更正如下：

（1）《海夜歌声》是歌舞，不是剧本。

（2）艺术旅行团在津表演，演剧外更有跳舞，但没有唱歌。艺术旅行团不是所谓演剧旅行团，所以并不是剧外添了什么，与游艺无关。

（3）记者曾在“北平日报副刊”发表《每日评论》，并不是什么《民报》的副刊。站在艺术的立场上，记者的演剧运动正像小孩学步走。一者，是一种新的开始。二者成，功在将来。与无艺术价值的演剧不同。

（4）平安演剧六点至八点，无论事实上或根据正确的计算，只有两点钟，不够三点钟。赁价买交百元。赔本或赚钱，与艺术的本身无关。

（5）艺术旅行团不是狂飙演剧部。

（6）记者所作剧本，一概不知道有所谓主义。

（7）先天不足，后天失调，语近轻薄。本诗人敦厚之旨，仅以原件奉还，并望发言者投之沟壑，勿再侮人，亦勿笑骂由他，自暴自弃。

“长虹周”第5期（1930年2月3日第4版）

本刊启事

本刊上一期（即第4期）为“艺术旅行团文件专号”。“艺术旅行团文件专号”九字，被手民排落了。特此申明。

少年邓肯的创造

妇女中的歌德

跳舞界的悲多汶

但是夏日渐尽，我们又没有一点资本。我断定了在支加哥是没有事情可希望了，我们必须到纽约去。但是怎么样去呢？一天我在报上看见那个伟大的奥古斯丁达利和他的班子，同阿达来汉明星，正在城里。我决定了我要去见这位负有盛名是美国最爱好艺术又是爱美的剧场经理的大人物。我在剧场的舞台门口站了有好多下午和晚上，三番五次地拿进我的名片去求见奥古斯丁达利。他们告诉我说他实在太忙，我可以见他的随从。但我拒绝了这个，况我有很重要的事件一定要见奥古斯丁达利本人。这才，一天晚上，黄昏时候，我被引到那位主人的面前。奥古斯丁达利是非常之好看的人，但是对于不认识的人都知道怎么样装出一种顶凶的形容。我吃惊了，但是我聚集起勇气作了一次长而且卓绝的演说。

“我有一种伟大的理想要向你发表，达利先生，你也许是这个团里能够了解我的惟一的人。我发见了跳舞。我发见了那二千年来久已失传了的艺术。你是最高的剧场艺术家，但有一件事情在你的剧场里还缺乏着，那就是使古希腊剧场伟大，这就是那跳舞的艺术——那悲剧的舞踏。没有这个那就是有头和身体而没有腿去转运它们。我把跳舞给你带来了。我把那种可以去革我们全时代的命的理想给你带来了。我在那里发见了它的呢？在太平洋上，在西拉尼瓦达的波状的松林里。我看见了青年美国在从重岩顶上跳舞的那种理想的形体。我们国里最高的诗人是华尔特惠特曼。我发见了那配得上华尔特惠特曼的诗歌的跳舞。我的确是华尔特惠特曼的精神的女儿。我要为美国的孩子们创造那将要表现美国的新跳舞。我给你的剧场带来它所没有的活灵魂，那跳舞家的灵魂。因为你知道，”我继续说下去，一点也不理会那位大经理的不耐烦地阻止（“这就足够了！这就足够了！”），“因为你知道，”我继续说，抬高我的声音，“剧场的起源是跳舞，最先的演剧家的跳舞家。他跳舞而且唱歌。那是悲剧的起源，一到那跳舞家拿他天授的伟大的艺术，回到剧场里的时候，你的剧场在那真实的表现上便再也没有生命了！”

奥古斯丁达利不十分知道什么东西会使这个瘦弱的、奇怪的孩子有这么大的胆量用这样态度骂得他一搭糊涂。他所有的回答只是：

“好吧，我要在纽约上演一次喜剧还要一个小脚色。你能够八月一号演习报到，你如合适的时候便可以受聘。你的名字叫什么呢？”

“我的名字是伊沙多拉，”我回答。

“伊沙多拉，那是个很漂亮的名字，”他说，“好吧，伊沙多拉，我十月一号在纽约同你见面。”

欢喜得了不得，我跑回家去见我的母亲。

“这一下子，”我说，“可有人赏识我了，妈妈！我被伟大的奥古斯丁达则聘请了。我们在十月一号必须赶到纽约。”

“是的，”我母亲说，“但是我们怎么样去买火车票呢？”

现在那就是个问题。我于是有了主意。我给山藩昔士高的一个朋友发了下面的电报：

“胜利的契约。奥古斯丁达利。十月一号必须到纽约。电汇一百元路费。”

奇事出现了。钱到了。同钱一齐到的还有我的姐姐伊丽莎白和我的哥哥奥古斯丁，他们为电报所鼓动，断定我们已发了财了。我们便一齐收拾好取道到纽约去，因为兴奋和幸福的预期要发狂了。这一下子，我想，世界要认识我了！假如我知道那困顿的时候就要来到的话，我一定会失掉了勇气。

邓肯：《我的生活》

安斯坦的诗

每个人今天向我致敬，
各方都有贺仪给我，
爱者们无远无近，
写给我异常动情的书信，
并把各色各样的厚礼，

送给我这样一个劣鬼，
凡一个老年人能有的想望，
一齐荟萃到我身旁，
一切以甜美的和音，
美化了这良辰佳景，
虽是乞丐也还有不少，
献给我他们的莲花乐调，
因此我觉得我已超升，
宛似一只壮□的飞鹰，
现在是，白日已经快完，
我对大家敬礼纪我铭感，
一切一个，大家做得极好，
亲和的太阳在天欢笑。

安斯坦 14，Ⅲ. 29.

此诗系安氏由柏寄其现在纽约的儿时好友托尔梅医生的。原文载《东方杂志》二十六卷十号。特请友人玉堂译成中文，以饷读者。安斯坦是现在最大的科学家，对于文艺，他很喜欢歌德、席勒、莎士比亚的作品。

出版界每周新闻

1.《中国文艺论战》，一九二九年十月出版，所收文件，则是一九二八年的。语丝派一名，本由记者所命。二八年夏，记者旅居北平，过的是几近于第四阶级的生活，只能卖书，不能买书，所以没有参加战争。便使这本论战，也是最近才看见的。书确可以一看，但实战多而论少，有创造力的朋友，看过此书，一定会觉得为中国创造些文艺理论，是他的责任。

2. 山西人一向像是不朝理[①]文艺的，但近数年来中国文艺的新潮，山西人却几乎坐了主位了。记者曾以狂飙运动企绍过小说家高歌，诗人沐鸿。近又发现一新人，名李政平，诗极清快活跃，为新中

---

① 原文如此，疑有误。

国透露出一点稀有的朝气。不久，读者会在某种刊物上看见的。

3. 复旦社消息，据某科学家谈称，去年度中国科学界的出版品，定期刊物共有二十三种。兹为分类志之如下：

一、《总类》

1. 《科学月刊》

2. 《北大科学季刊》

3. 《自然界》

4. 《科学》

5. 《学艺》

二、《实业总类》

1. 《实业杂志》

三、《农业及放畜》

1. 《农业杂志》

2. 《农趣月报》

3. 《中华农会报》

4. 《中华农学全丛刊》

5. 《华北养蜂杂志》

6. 《中国养鸡杂志》

四、《矿业》

1. 《矿业周刊》

2. 《矿冶》

五、《生理及医学》

1. 《中国生理杂志》

2. 《中华医学杂志》

3. 《广济医院》

4. 《医学周刊》

5. 《国民医药学杂志》

6. 《医药学杂志》

六、《工程》

1. 《工程月刊》

七、《地质》

1. 《地质会报》

八、《无线电》

1. 《无线电月报》

这个统计当然不免有遗漏的。而且范围又只限于所谓物质的科学。从前《观象杂志》，很为著名，不知现仍续出否。近出的《统计月刊》，也是很实际的一种刊物。二十余种中，较为通行的，不过数种。比之艺术，政治两类刊物的踊跃和普遍，至少还差五年的历程。

去年度所出版的科学书籍，还没有统计。各报纸所附出的科学刊物及副刊中的科学稿件，也很稀少。

“长虹周”第6期(1930年2月10日第4版)

与达利的谈话

我今天跳马赛舞是因为我爱法兰西的缘故。我把这个文明世界上的各个地方都走遍了，我可以从心底说：法兰西是能够了解自由、生活、艺术，和美的惟一的地方；法兰西人也是那惟一的人。我对于俄罗斯有很大的希望。此刻现在，她正在经受着儿童时期发育的痛苦，但我相信她对于艺术家和精神是未来……

你知道你今天为什么缘故在这里吧。不是因为我，也不是因为你自己，而是因为那些在未来将要跳舞的小孩子们……

我不创造我的跳舞。它存在在我的前面，但是它躺着假寐。我只要看见它，叫醒了它……

当我说起我的学校来的时候，我说我不要纳费的学生，人们便都不明白了；我不为了银钱卖我的灵魂。我不要富家的孩子们。他们有钱，他们没有艺术的需要。我所渴望的孩子们是那些战时的孤儿，他们失掉了一切，他们不会再有他们的父母了。我吗，我一点都不需要钱。看看我的衣服。它们有多么简单；它们不会值多少钱的。看看我的装制；这些素朴的蓝幕还是我第一次举行跳舞的时候所用的呢。珍宝首饰吗，我不需要它们。女人手里的一朵花比全世界上所有的珍珠和金钢钻都更美丽得多。你不以为是这样吗？

他们总不明白我为什么愿意叫我的学生们住在学校里边；我为什么不要他们每天从家里走来，晚上又回到家里。这是因为她们回到家里的时候，无论在心身那一方面，都不会受到正当的教育。我要我的学生们知道莎士比亚，和但丁，和爱斯基里，和莫里哀。我要她们去读，去知道那世界的主心……

跳舞就是生活。我所需要的那个，也就是一个生活的学校；因为人类的富有是在他的灵魂和他的想像。给我，请你们的总统给我，一百个战时的孤儿，五年之内我便会给你们——我承诺这个——意想不到的美富。

也许在这次以后就会有一种生活。我不知道我们将有的是什么生活。但是我知道这个：我们在地球上的富有是我们的意志和我们的想像……

当我在二十岁的时候，我爱德国的哲学家们。我读康德，叔本华，赫克尔，和别的人们。我是一个智慧者！当我二十一岁的时候，我对日尔曼人倡议办我的学校。卡塞林答道那是不道德的！凯撒说那是革命的！以后我在美国提议我的学校，但是他们说那里的学校是为葡萄酒……和狄阿尼莎而设立的。狄阿尼莎是生活，是地球，而亚美利加是他们喝柠檬水的地方，人怎么能够在柠檬水上跳舞呢？我于是向希腊提议我的学校，但是希腊人才在忙于同土耳其人打战。今天我同法兰西人提议我的学校，但是法兰西人，那位和蔼可亲的美术院长当面给了我一个微笑。我不能够用了微笑教育我学校里的孩子。他们必须生活于果子和牛乳和西买特的蜜……

我吗，我等待着。帮忙我办我的学校。不的话，我将要到俄罗斯找那些布尔塞维克们去了。我一点都不知道他们的政治。我不是政治家。但是我要对那些领导者们说："给我你们的孩子，我要教给她们像上帝似的跳舞，否则……暗杀了我吧。"他们不给我孩子的话，他们总会暗杀了我。因为我如没有我的学校我便非常之愿意被杀。这总较好，较好于……

邓肯。

通信一

长虹：

听说你还在北平，而且又在计划着办一副刊。不知确否。我家居半载，病体粗健。但无论如何总是瘦不下去，真是颇累人呢！一月之后，我希望外出，但行踪将落在那里，不能预定，很有意思到大北极走走，看看旷野荒原，以长奇气，又不知能否如愿。绥远，河套，内蒙古，有半载泊流才好呢！而且，纪医凡不还在绥远吗？我们能在那里干个副刊，你说好不好？把大漠气吹嘘一些到中原，把海上的活跃，显示一些到荒漠，才是我们的责任与快乐。实在说，我觉得年来的生活太欠活泼了；我将否能借游历以畅襟怀？你前些时的大旅行，我只嫌时间太短促些。走马观花，变化无多，等于不变。我希望在每个旅行地里，都等着吃出它的精液和气味来。这就非长的时间不为功了。对于我们的艺术工作，我渐渐感觉其扩大，与自负。我希望肩任起我全个努力的责任来。然而我们的命运，却也被我认识地实际化而更真切了。——我们是无限的穷困！我们虽然也想脱掉这个可恶的困阨，然而正是帮忙我们脱掉这个困阨的东西，反来要重重的破毁我们的生命与艺术。自然，我们不能舍弃了生命，和生命的生命的艺术而去屈服于区区物质之下！于是而我们穷困了，无限地穷困了，我们非物质的理想主义者们。然而时代不曾在吃喝我们的滓糟吗？不又在吃喝我们的滓糟吗？我们为人们争得了吃与喝！而我们穷！——我不知我怨恨不？——我希望我不只有怨恨——正在人们吃喝着我们时，我们又已前进了，为我们开拓新的生命，为备给一些残余的滓糟与人们吃喝。你孤苦的行者呵，近来又如何生活？我只看见你头上的硬拔的毫光，真是愈冷冻而愈光明呢。亲爱的先觉，亲爱的哥，我只是不能不在此中觉到悲酸的意味呢！然而你前进了，永远开导着我们！请大呵一口气，把以前玩戏似的朋友间的意气，挥去尽净，而重复肩起狂飙再兴的大任来吧！为人类，为了我们的责任与命运！——我们不能散沙一点了!

玉堂说有一郭生玉女士，伴你旅行。我盼望少年的光阴，完全落脚在她的心上。我祝福你们的旅行。

北平能办一个副刊吗?

太原民副前被“墓中人”派于赓虞辈包揽。现在好像他们退出了，没有人干。我们要否把这个收接过来?太原需要如此。

再谈!

请覆!

祝你旅健!

精神良好的沐鸿 24，1.

通信二

生玉:

不知道你现在在不在北平。因为你有朋友们帮忙一切，所以我便卸肩。苦难不是仇敌。最大的仇敌是最大的诱惑，它穿的是漂亮的衣裳。别依违于俗人的论断。可接受人的好意，不可接受人的意见，虽就是父母!古人说，当仁不让。在个人创造的工程上，什么都不能让人，这人间难得的教言呵!但是，同时要记着:自己是一切苦难的民众中的一个!

我回太原住了一个礼拜，明天便走。一直回上海去，不路过北平了。从上海到日本，到欧洲。

效韫很关心你。不过她也说你现在在一种危险中了，我却很为她可惜!现在创造的世界巡视一切，在你们的朋友中，最危险的倒是海灵。她的本意，原只想做一位 lady。她又有点王熙凤的派头。只有艺术能够救她!从我们演剧时常见面之后，她脱掉了她的浮华的行为!我的能力有限，望她自爱!至于你呢，我只望你再不要因为想讨人人的欢喜，弄巧成拙!

旅行学校，一时当然难得实现了。还是做一个先驱者吧!我先站在那世界的文化最高巅上看一看欧洲人的阵容!告你并转达关心旅行学校的朋友们!

长虹，一月二十四日。

出版界每周新闻

1.《离骚》是中国艺术史上最好的诗歌。现已由厦门大学校长林文庆译成英文，与原文对照排印，由商务印书馆出版。卷末并附《辨骚》，《离骚的历史背境》，《屈原传》，《〈离骚〉与〈楚辞〉在中国文学史上的地位》，《离骚与赋之性质》，《草木名释》，《人名地名释注》等篇，编首有 Jagone 和 Giles 的序文。定价每册三元。

2. 今年度中国文坛上的问题，事前推测，或者是：什么是中国新兴文艺的理论和那些是中国新兴文艺的代表作？记者已准备把这两个问题正式提出并与以相当的解答。

3. 北平为副刊繁盛的地方。副刊虽不像书店有同样大的力量，然而如办得好时，也可以对于文化有次要的贡献。论者为北平副刊之不振，是由于用包办制的缘故。

4. 五年以前，在别处买不到的无政府主义的、共产主义的书和小册子，在太原的一家新书店都可以买到。记者这次回到太原，走了两家最新的书店，这一年来上海的社会经济的新出版物，却一本都没有了。狂飙出版物，在太原想看的人很多，卖的地方却很少。有一家书局要求记者为之提倡青年读书，记者答以太原没有出版物，又不贩运新出版物，所以除偶尔来旅行几天口头宣传外，实没有法子提倡。

5. 近三年来，文艺团体出作品最多的是狂飙运动者了。这不但证明狂飙文艺的创造力强，而且可以证明狂飙文艺的创造力富。狂飙作品，现在流行的二十多种中，除一两种例外外，几乎都是这三年来出版的。只可惜这三年中，反是这最后一年所出的书较少了。这自然也由于泰东书局的狂飙丛书合同期满后没有续订，狂飙出版部又无力出书，然而从事运动者的生活和工作的不稳定，也是很大的原因。创造，语丝两派，文坛争霸，互相雄长。莽原时期，因与狂飙运动者合作，语丝派气焰又盛。后复分裂，创造派又以其政治的作用，又卷土重来，做了文坛的盟主。然而两三年来，除翻译，杂文之外，两派所出作品，不到十种以上，近一年来且几乎消灭至无了。未名，沉钟与语丝互相提携，而活动范围不出于副刊之外。记者耐不得这种寂寞，决定回上海后为中国文坛掀起一些新的波浪，狂飙新出版物，不久又将布满各地的书场了。

6. 报载：教育部社会教育司最近将有《保护艺术品及艺术家条例》颁布，并拟与内政部合力创办一国家剧院。

“长虹周”第 7 期“邓肯文件专号”（1930 年 2 月 17 日第 4 版）

红色竞走场中的跳舞

在我的学校里住着上课的孩子们，已经有三年光景，在那种再困难也没有的局面之下，愉快的忍受着困苦的生活，今年夏天，他们举行了一次集会，而且，无论在种种方面，事实上他们都没有那种物质的富，然而他们是富的了。他们有那么富，他们感到有那种需要，把他们的珍宝给与别的人们。

他们决定了召集一次一百个工人子弟的集会，教给他们那种曾经给与过他们自己以新生命与美的艺术。这次集会是在红色竞走场中的那块大游戏场里举行的，他的领袖是巴德沃乌斯基。这些学生们，由巴德沃乌斯基的帮助组织了起来，今年夏天的整三个月，每天下午，我们的四十个勇敢的小学生在教那一百个孩子们跳舞。

第一次到会的孩子们，他们都是苍白虚弱，起先几乎不能够走路，跳跃，或者伸手向天，然而他们在空气的影响下面，在日光的影响下面，在音乐，在那少年先驱者们教给他们的跳舞的欢乐的影响下面，他们变成强壮的了。

他们的衣服是一种很单纯的红色紧身衣，没有袖子，下至胳膝上面为止。我守望着这一百个孩子们跳舞；有时候他们像是一片在风中摇荡着的红罂粟花田。在其余的时候，看着他们一起向前面奔跃，你会感想到他们是一对少年战士和女军在准备了去为新世界的理想作战。但这一切中最好的一点仍然是孩子他们自己的热心和快乐。他们在怎样爱把他们的心和灵魂投入这些美的运动里边；而且当唱歌再加以跳舞的时候，似乎是他们的全存在都上升到那完全而欢快的少年的韵律的高空去了。

运动也是一种语言，像文字一般有力而且富于表现。我不能够用了文字对这些孩子们说明我的功课，但是我用了那运动的语言对他们说，他们也用了他们的感应的运动表示给我他们是了解了。

“孩子们，把你们的手放在这里，像我似的，放在你们的胸上去；去感觉你们深藏的生命。”这个运动的意思是人。这些孩子们便同声答道：“契勒沃克。”“现在再把你们的胳膊向上，向外，慢慢的升向天空。这个运动的意思是宇宙。”孩子们齐声道：“魏塞来拿雅。”“现在让你们的手慢慢地向着地球落下。”孩子们又同声应道：“塞谟利亚。”“现在把你们的手向我伸出，表示出爱来，而且这个意思是同志，”齐声道：“陀沃利希。”

邓肯。

对波士顿观众的演说

这个是红色的！我就是红色的！红是生活和精力的颜色。你们都曾粗野过的，不要让他们驯服了你们！

波士顿的批评家不喜欢我，谢谢上帝。假如他们喜欢我来的话，我一定觉得我没有希望了。他们喜欢我的摹本。我给你们从心里出来的一些东西。我带给你们一些真实的东西……

你们应该读哥尔儿。他说过有三种人：黑色的，灰色的，红色的。黑色的人就像昔日的凯撒或者故沙——是带来恐怖的人，是需要命令的人。红色是那些欢乐于自由，于灵魂的不受拘束的发展的人。

灰色的人就像那些墙壁，就像那厅堂。看着头上的这些塑像。他们不是真实的。打下它们来。他们不是那真实的希腊的神们的塑像。我简直不能够在这里跳舞。在这里生活不是真实的。佛兰可先生做得很好，但他也简直不能在这里演剧。我们是红色的人，佛兰可先生和我……

与波士顿新闻记者的谈话

假如我的艺术是一件什么东西的象征的时候，那它就是在象征女人的自由和她的解放，去脱离那为新英格兰清教主义的绳索和布匹所做成的顽固的习俗。

曝露人的身体是艺术；遮掩是粗俗。当我跳舞的时候，我的目的是在要唤醒人的尊敬心；不要引起一点粗俗的念头。我不诉诸人类低级的本能像你们的短衣窄袖的合唱队的女孩子们所做的那样。

我宁愿完全裸体了跳舞也强于那些趾高气扬的淫荡，穿了半截衣服，像现今美国街上许多女子那样。

裸体是真理，裸体是美，裸体是艺术。所以裸体永不能够是粗俗的；永不能够是不道德的。假如不是为了它们的暖和，我一定不穿我的衣服。我的身体是我的艺术的坛玷。我曝露它像给美的敬礼所预备的圣地。

我要从那束缚他们的铁链之下解放波士顿的观众。我看见他们在我的前面，羁绊于风俗和环境的一千种铐链。我看见他们被清教链着，被波士顿的婆罗门教缚着，役使了，固陋了心身。他们需要恢复自由；他们嚷着等什么人解开他们的铁链。

他们说我把我的衣饰处置失当了。只是个衣饰的杂乱算不了一回事。我为什么要注意我那显露在外面的一部分身体呢？为什么这一部分会比那一部分丑恶？身体和灵魂不都是一种媒介艺术家要用以表现他的美的内在的使命的吗？身体是美的；身体是真实的，是真理，是不可拘束的。身体不会动人恐怖之心，但是会动人尊敬之心。那就是粗俗和艺术中间的争点，艺术家是要安置他的全个的存在，身体和灵魂和心，在艺术的宝座之上。

当我跳舞的时候，我使用我的身体就像音乐家使用他的乐器，就像画家使用他的调色盒和毛刷，也就像诗人使用他心里的想像。我永远没有动过那种念头，去把我围裹在服饰之中或者扎住我的肢体，束住我的胸脯，因为我不是正在奋力要熔化灵魂和身体于美的那种一致的想像吗？

现今舞台上的许多跳舞家们都是粗俗的，因为她们遮掩，不因为他们曝露。假如她们要裸体的话，她们一定会少淫荡得多了。她们终竟允许表演，因为她们可以满足遮掩性欲的清教的本能。

传染上波士顿的清教那就是病症。他们需要满足他们的卑根性。他们害怕真理。裸体的身体使他们抗拒。淫荡地半衣的身体使他们高兴。他们害怕被那种正当的名字唤起他们的道德的弱点。

我不知道为什么清教的粗俗会在波士顿保存起来，但那似乎是事实。别的城市感受不到美的恐怖和可笑的藏头露尾的假笑的趣味。

与纽约新闻记者的谈话

我真地不应该同你们新闻记者说一句话了。你们已经达到目的，破坏了我的旅行，我满望着在这次旅行中赚一些钱给我的在莫斯科快要饿死的孩子们寄了回去。不但没有弄回钱去，我反而落得不得不向朋友们借钱。

你们的报纸盈篇累幅牺牲了去登关于我个人在旅行中的生活！我吃什么，我喝什么，我接识的是什么人，但是没有一个字提到我的艺术。物质主义是美国的祸根。你们在美国看见我，这是最后一次了。我宁愿住在俄国吃黑面包，喝伏特加，也不愿住这个最好的旅馆。你们不知道什么是爱，是营养，或者艺术。

在俄国有的是自由。这里的人们不知道自由是什么。这里的自由吗？呸！你们资本主义的报纸破坏我的旅行，因为我来到这里教给人们什么是真的自由。你们人们不需要艺术。当我到这里来给你们真的艺术的时候，他们却置我于爱理斯岛上。假如有什么人在这里说出他的心事，政府就要检举他，但是他们不能够停止他喝酒！

禁止吗，就像他们所叫的！没有禁止我的艺术的国。我在这里喝过的一点里谷酒一定可以杀掉一头象。假如我再要停下去，也一定会杀掉我。我回莫斯科去才真是再好也没有的一件事。

我到这个国里来如是一个外国的理财家借款的，我一定会受到极大的欢迎。如我只是一个熟识的艺术家来到这里，我便要被看做危险的人物发送到爱理斯岛上去了。我不是一个无政府主义者或一个布尔塞维克。我的丈夫和我都是革命党。一切天才都配得上这个名字。现今的每一个艺术家都要去做一个革命家给世界做一种标帜。

再见了，亚美利加！我再不愿意看见你了。

给巴黎的报纸

叶遂宁死时

叶遂宁的悲剧的死的消息造成了我最深切的痛苦。他年青，美丽，而有天才。不斤斤于这所有的天授，他的放荡不羁的精神才专好搜求那不可获得的东西，他愿意下与非利士人为伍。

他已经毁灭了他的青春而华美的身体了，但是他的灵魂将要永生在俄罗斯人民和那些珍爱诗人们的人们的灵魂里。我极端反对巴黎的美国报纸上所发表的那些轻蔑而不正确的记述。在叶遂宁和我自己中间一向没有一点点口角和离异。我用懊恼和绝望恸哭他的死亡。

伊沙多拉，邓肯。

邓肯在俄国①

第一章

一千九百二十一年七月十二日邓肯同她的学生放洋去苏维埃俄罗斯的时候，她的许多朋友和敬慕者们都以为她是伤感的。但是在那些真知道她的人们，对于邓肯的这种理想觉得一点都不见得奇怪。他们知道这不是脑筋随便一想的结果；他们知道她老早就爱俄罗斯和俄罗斯的人民，就像那少数人所能够做到的，那些人民了解她的艺术。总而言之，他们知道她彻头彻尾是，同一切真正的艺术家一样，是一个革命家。

邓肯爱俄罗斯，她早已到那里举行过三次的施行：一千九百零五年，一千九百零八年，和一千九百零一十三年。她所给与她的观众的影响，给与智识阶级的，和给与帝国跳舞团的团员们的影响，后来斯外特罗夫和巴克斯特在他们所著的《“俄罗斯跳舞团”的历史》里边已经说过了。血的礼拜日的牺牲者们那送葬的行列悲哀的景像，赤手空拳的民众，捧像持旗，由加本老父领导，在圣彼得堡和平地向着皇

① 《邓肯在俄国》发表于“全民副刊”第179期无作者署名，但连载于该刊第185、186期时，皆署名“长虹”，说明此文作者是高长虹。

宫进行，在她的心上所留的深刻的印象，读了她的著作《我的生活》便可以知道。此外就，凡是看过她跳契可夫斯基的斯拉夫进行曲的人便不需要再要知道邓肯对于俄罗斯民众所受的专制政治的压迫感想是如何了。

一千九百十七年她正在亚美利加旅行的期间她第一次听得俄罗斯革命的消息的时候，她便给那惊惶失措的观众跳了一次斯拉夫进行曲，这以前一向没有跳过这个。这便是，无疑地，倾心于俄罗斯虐政之下的解放，为人民而跳舞的观念，在她的脑中降生了。几年□后，她终于又回到俄罗斯，她住在那里，她在那里工作，在那里忍受了种种苦难，从一千九百二十一年一直到一千九百二十四年，她对一个朋友宣布说她在苏维埃俄罗斯所度过的三年实在是她一生中最幸福的三年。

一千九百二十年夏天邓肯在巴黎举行过一次连续的表演。一天她在秩序单上公布出萧宾的跳舞，她创出一种叙事的三部曲：悲剧的波兰；英雄的波兰；衰落和游荡的波兰。那天剧院里的人异常地多；欢会终了之后他们把许多束蔷薇花和百合花，紫罗兰和兰花抛掷到那弯下身来的艺术家的足下，直到舞台的前面几乎变成花团了。这时，为了答谢观众中反覆的欢呼，她又跳了一次马赛舞。到这套英雄的跳舞末了，呼喊和采声比从前更高，而且更加没有完结了。这样，把那跳马赛舞时用过的猩红色的披肩围在身上，她走出前面来致辞，她的敬慕之一，那位艺术家达利，正在一个暗黑的特别座上坐着，等那些语句从跳舞家的嘴上说完之后，他记录下这次的演说。她用法国话说道：

“我今天跳马赛曲是因为我爱法兰西。我在这个文明的世界上旅行过许多的国家，我可以从我的心底说：法国是了解自由，人生，艺术，和美的惟一的国家；法国人也是那惟一的人。我对于俄国有很大的希望。此刻她正在经受着那种儿童时代发育的痛苦，但我相信她是那未来对于艺术家和精神……”

“你们知道为什么缘故你们今天才能在这里。那不是为了我，也还不是为了你们自己，却是为了那在将来要跳舞的小孩子们……”

“我不曾创造我的跳舞。它存在在我的前面。但他却躺着假寐。我只要发见了它，叫醒了它……”

（全文已见“长虹周”，此处从略）

第二章

一千九百二十一年四月，离开那里的剧场的十二年之后，邓肯协同钢琴师鲁买又去伦敦举行了一次连续的表演。伦敦的公众热烈地欢迎这位大跳舞家。所有她的老朋友们，就像勇敢的太勒，小帝德的祖母，艺术家约翰，司各德夫人，和许多诗人、音乐家、图画家们，都聚集在她跳舞场里。各种新闻纸上都发表了长篇的赞颂的文字。其中就在这个时候，伦敦有一个职工委员会，是由苏维埃俄罗斯组织的，领袖的人是克拉新，是所有的波尔塞维克领袖之中最有修养和最使人快意的一个。听得这位闻名国际的跳舞家对于新俄国家的兴趣，他便到威尔斯的王子剧院里去看她的一次表演。恰好遇的这次正是契可夫斯基的作品之一，她跳斯拉夫进行曲，由伦敦交响乐队合奏。克拉新——也像那前前后后看过这表演斯拉夫的压抑和自由的□剧的一切俄罗斯的革命家们一样——被这位艺术家的描画形容感动得流下泪来。

演完以后他立刻便跑进后台对这位跳舞家表示他的敬意就在剧场的化装室里，他们便大略讨论了这位跳舞家到俄国去创办一个很大的跳舞学校的意见。克拉新答应了用他的全力去实行那种计划，他那个时候便给他同事打去电报，几天之后又来到易沙多拉的旅馆里，他给她拿出一张契约要她签字，她拒绝在“同志”中间用这种中产阶级的手续！易沙多拉是要把她所愿望的写出一个方案！他赞成了。易沙多拉便用书简的形式，给人民教育委员，卢那夫卡尔斯基写了这样一封信：

邓肯与卢那夫卡尔斯基往返的电报已在“长虹周”上登过，此处从略。

在这次电报的往还之后没有几天，易沙多拉在巴黎她的跳舞室里开了一次会。所有她的朋友们都到会了，他们中间有几个是俄国的移民：契可夫斯基小姐，从前专制政下农业大臣的女儿！马克拉可夫，从前俄国的驻法公使，和别的人们。当他们听得这位跳舞家认真打定了主意要到苏维埃俄罗斯去的时候，他们都老大地吃了一惊。他们所视为胡思乱想的才真地是一种热烈的愿望。契可夫斯基小姐双脚跪在易沙多拉像往常似的靠着在的凳子前面，恳求她不要去。她告诉了她接到过她父亲寄来的一封信，她的父亲又是从一个住在俄国的人听到了的，告诉了许多不可言说的恐怖。没有等得及易沙多拉问她，她活灵活现地把那封信拿出来，用下泪的声音去读了。

“看看他们干的是些什么。食物是这么难得，他们（布尔塞维克们）便把四岁大的孩子们杀死吊在屠户店里。”

易沙多拉自然不会相信这种夸张地神经错乱的描写，于是便有那几个俄国人出来证实这个新闻，同时他们用一切神圣的圣者的名字恳求她弃置了这次旅行，她却显得苍白而且狞恶地答道：“好吧，假如这些都是真的的话，我便一定要去！”

不久，所有的客人们都去了的时候，只剩下易沙多拉和爱玛两人，不能够忘记了关于布尔塞维克的这些恐怖的谈话，易沙多拉便玩笑地说：“不要苦恼，爱玛。他们总是先吃我呢。我有这么一大堆东西。这中间你可以想法子跑开！”

在六月初间易沙多拉在她的跳舞室里举行了一次留别的集会。来了两个法国的小说家，拉奇尔太太和威奈先生；知名的演员经理人，柯伯；塞维林，法国新闻记者的代表，一个为真理和正义的英勇的战士，为朋友和敌人同样地敬爱；达利，一个艺术家和易沙多拉的知友；和三个学生，爱玛，理沙，马加。

几天以后便有塞维林写的一篇文字在巴黎的一个新闻上发表出来。她描写那跳舞室的美和跳舞家快人的欢迎。她记下易沙多拉同她说到这次俄国旅行的谈话。易沙多拉，说着，说：“到我们这里来吧，野蛮人们说了。我们已经可怕地忍受过苦难，而且我们仍将忍受下去，但在冷爪饿牙之下我们却有希望，我们希望将来会有那愉快的艺术的容颜给我们出现。加利萍唱歌的时候，我们忘记了我们的困苦，你跳舞的时候，在一切的心里将有复活，在一切的眼里将有光明……来吧！穷人的共和国将要给你做那富人的共和国所永远不能做的事情。”

克拉新还说：“你要什么契约吗？”

“一个契约？”我笑了，“我不需要那个。我要的是学生，学校，一个创造我的工作的大厅。”

“再呢，”我又说，“我们可以有吃的吗？”

“有。”克拉新说着，惊讶着他在文化的人们中间多久了没有见过的这种淡漠。也许有一点情绪同他的惊奇聊合在一处。

“这天晚上易沙多拉给我们跳舞；有一打朋友。这是□临别的一次。她要动身到勃鲁塞，到伦敦。然后……

在大艺术家，莱乃威先生的弹奏之下，舞台上两架钢琴之一吹送出萧宾的序曲。易沙多拉从阴影中波动地涌出……

这时候，她在我们的心里唤醒了那高尚的姿势的剧剧[①]，在生活的运动里唤醒那优美的韵律！在她的云衣重里之下她体现出，绵延不断地，体现出不安，忧漪，怀疑，退缩，希望。她的脸就像那清波涟漪的湖面，就像那反映着风驰电掣的云彩的镜子。

“这样美得我们不能去喝彩。只有我们那强制的呼吸在静寂中泄露出我们那忍受着苦闷的默然热狂。

“她接着更叫出她的学生来。出发之前这一晚只有三个人，但那就像是三个女神已经站立了有一世纪多，从她们的台石上下来了。这些女神们所有的更多于线；她们有人生的魅力。她们一来一往，跳着轮旋舞，在她们的上面和周遭同时飘荡着普鲁在用以围绕爱的女神秀美的脸的那种肩衣。

“这是无比地醉人，清新，而且快乐。

“易沙多拉靠在我的身上：假如她们要是五百个的时候，假如她们是一千个的时候，你不以为她们会更可爱；你不以为他们会给与人

① 原文如此，疑有误。

民些什么去安息他们吗？因为不只是有我们；我的学生还会教给一切小孩子们。他们便会知道怎么样跳舞就像他们知道怎么样读书：那里有一切的欢喜？”

“那末假如你饿了？”有一个人问。

“易沙多拉耸了耸她的庄严的肩膀，用一种由于颠簸不破的信念做成的严肃的强音说道：我们跳起舞来是想不到那些的！”

“看那蟋蟀！高烈的蟋蟀可以羞死一群蚂蚁！”

离了巴黎，易沙多拉去到勃鲁塞也举行了几次表演，她又从那里去到伦敦。她同行的是她的三个学生，爱玛，塞莱沙，理沙。（后两个到最后的一刻拒绝了同她搭船去冒险。）同代浮指挥下的伦敦交响乐队合在一起，他们在皇后厅里举行了一次连续的表演。

六月的一天，易沙多拉和爱玛被克拉新请到使馆里吃便饭，她们看见职工委员和他的妻这样高兴的主人，她们关于波尔塞维克可怕的习惯所有的恐惧一齐都停止了。克拉新告诉易沙多拉说莫斯科当局已经决定了随她的意思去处理，不止是她所愿望的一千个学生，而且还有克现米利瓦梯的美丽的皇宫。

一切事情都似乎圆满。有美丽的气候，有丰饶的地域，一千个有才能的孩子可以在露天底下受教育。他们会优美地运动，就像希帕莱树的运动，而且韵律地跳舞，就像洗濯城垣花园的石墙的那平静的碧海的波浪。一定有房屋很多的邸宅她们可以愉快地住在里头；一切之上还一定会有那远见的政府慈善的照拂。她还能再希望什么呢？

也许，她看着一千个孩子跳悲多汶第九交响乐的那种伟大的理想终于要实现了。

也许，终会是，兄弟爱的伟大的波浪，借跳舞的助力，会溢出俄罗斯到外面，去洗濯尽欧罗巴所有的偏狭和它所有的自相残杀的憎恨……

也许……

（1930 年 3 月 26 日第 4 版《全民报》“全民副刊”第 179 期）

第三章 （上）

巴尔他尼船定期在七月十三日从伦敦放洋了，十九日一路平安到了莱瓦。在码头上站着的有两个女人，利特维那夫太太，外交部助理秘书的妻子，和她的同伴。她们是被苏维埃政府派遣来招待来宾的。利特维那夫太太欢迎着她们，看着把笨重的行李封印好了派送到领使馆里去。已经准备好了给三个旅客在领使馆住宿，但是同密契尔姑娘和爱次——将军，从船上相识的两个朋友，在城里游逛了一回之后，她们又都回到船上过了一夜。

次日早上她们守望着船慢慢地从莱瓦港口开行出去才摆着手同她们的朋友别了。船行渐远渐远，她们不愉快地感到孤独和离散，仿佛他们是被那船长丢到荒岛上去了……

这天中夜，由利特维那夫太太护送，易沙多拉，爱玛，和法国女仆，约翰，上了到莫斯科去的火车。同车的有一个少年做她们的随从。车行到俄国境界的时候，她们看见红军的兵士在那新共和国的赤旗下站着，她们比那听说到的时候所受的感动更加利害了。

莫斯科的尼古拉斯基车站是黑暗而又空旷。旅客们一到城外便受到很使她们失望的刺激就是她们看见没有一个人来接待她们的时候。没有朋友的欢迎的声音；没有花冠或□□。甚至没有一个声音问说“邓肯”在不在那里。很少的几个乘客都从车上下来，慌忙地走出那荒凉的车站去了。

邓肯向那个同感的少年随从表现出她的震惊来。她算是做了苏维埃政府的客人来到俄国了。她的来去，就是在欧洲和美国最隐僻的地方，都时常会在那些居民中间引起一种骚动。现在她来到这里，政府请来的世界闻名的客人，他们竟然没有派出一个苦力接待她或者告诉她到什么地方去！

“等一等，”那少年说，他也同易沙多拉一样的惊奇，“我到外面看看有没有汽车或者是什么等着。也许在外面的候车室里有人，再不就是有什么人在那方场里边的汽车上打瞌睡。”

没有一会担阁，他便带着新闻回来了，只有一辆汽车在外面等着——从外派来一个属员专为来给她们领路。假如她愿意呢，他说。他可以领着邓肯太太到外交部去，还有那两位夫人也一块儿去。一到部里他便可以知道已经安置了什么地方给她们去住。

不声不响地，疲倦的旅客们上了那辆红色小汽车，很快地在那没有灯光的石子街道上跑了去。经过了高墙的地方场，经过了大大小小的礼拜堂，屋顶梦幻地把影像射在月光底下，经过了阴黑的建筑，随从告诉了驶车的一句话，她们终于停在那座华丽的旅馆的前面了。随从在想也许有房间留在那里边。他进去问时，才知道并没有房间给邓肯留着，而且无论如何也没有房间给新来的客人们住。这座华丽的旅馆是专为留宿远来的正统的共产党的。

这一部分人便只可以向演剧场那边去，那里那家华丽的首都旅馆，苏维埃第二院会在里边安设过，外交部委员卡塞林和他的部员们在那里做办事处。女人们在汽车等着，随从去发落他被派遣的种种事件。汽车停在那里，方块里没有生的印记。头上，远方，耸起那克林姆宫的黑墙。那景象望去俄国民间故事里的一幅插画；完全是寂灭而不真实的。

易沙多拉和爱玛紧靠着坐在一块。她们被这三天的刺激和疲倦的旅程弄得精疲力竭了。而且她们担心的是，唉，这样地饿！从巴尔他尼船上上陆以来她们没有吃过一次规则的饭。食物很难得，她们立刻便觉出来了，而且没有地方能够看得见。而且即便看见的时候，也不能够买得到，因为每一个人都是被政府按定量分配的。在第一天上火车之前，爱次——将军□□□里的一切早已消化了。在火车上拿来的粗硬的黑面包不能够吃。第一片就把没有那种习惯的胃口给颠倒了。

（1930 年 4 月 5 日《全民报》第 4 版“全民副刊”第 185 期）

第三章 （下）

在露天汽车上坐着，又冷，觉得被上帝和人所遗弃，她们的思想十分自然地转回到热咖啡和甜面包上头。在巴黎时，她们想，早已有许多小食摊子在那些角落周遭了；在伦敦有的是露天咖啡店；在纽约更是从浴室的小孩到廉价物汽车上可以随便让人选择了。涂着真牛乳的芬芳的咖啡，从面包店里新烤出的热面包。咳………

从那二层楼上窗子里边忽然射出一线灯光，一个人形的模样便伏在窗上，把她们美味的默想打断。他向着汽车上座着的人下望，想从黑暗里辨别出她们。这里，她们想，他们来握手的是我们第一次看见的真正的波尔塞维克。人形从窗里撤了回去，没有几分钟之后便有一个高大的人穿着黑衣服望着汽车走了下来。他向前俯下身来，接吻着易沙多拉的手，说道："不记得我了吗？"

易沙多拉靠近一看才想起这说话的人的名字——佛罗林斯基。她在一千九百一十八年在美国遇见过他，同尤劲斯吞勃男爵相跟着。他原来是佛罗林斯基伯爵。易沙多拉和爱玛突然大笑起来。事情真太好玩！她们在莫斯科的内地第一次看见的真正的波尔塞维克才是——佛罗林斯基伯爵！一尘不染地穿着礼服和鲜明的皮鞋，他站在那里奇怪着她们为什么这样地笑。

没有几分钟过后她们便坐在佛罗林斯基的私邸里了。

"你很疲倦吗？"

"疲倦还没有饿得利害呢，"易沙多拉说，"我们三天了没有真正地吃一次饭，我们再也不打算吃饭了。我真的再也不相信人在俄国还能够吃饭！"

"为什么，"波尔塞维克伯爵说，"我刚从土耳其领使馆吃了很好的饭回来呢。我们吃的有鸡肉汁，有煮鸡，有白面包和乳油，有葡萄酒，还有顶好的咖啡！"

但是，除非她们亲自参加过他们里边，饥饿的旅客们是不去相信有这类东西存在的。佛罗林斯基所以就请她们到近旁的一家美味饭店去，他在那里有一间房子。他给她们叫了一些花卷，乳油和一点不很好的茶吃了。他想给她们在饭店里找一个停歇的地方。只剩有一个房子好住。她们进去的时候，她们看见只有一只床。也没有床铺，也没有枕头。易沙多拉便在那上头躺了下去。爱玛弯着身子坐在小沙发上，约翰，惊奇着她为什么会离开家里会有这么，直直地坐在那惟一的一张椅子上头。她们都入睡了。但是不久她们就被那骚扰的苍蝇的军队□醒，曙光刚一进到房里它们已经动手喧闹了。空气似乎被它们弄成黑的。它们厮守着人脸不去比蚊子更是不屈不挠。它们决定了房里的外国主人们不应该再和平地睡下去了。苍蝇们也在受了昆虫世界更小的别的分子的帮助来做它们的工作。

他们都觉得继续往下去睡是不可能的时候，易沙多拉和爱玛便都起来。她们洗了脸，便出去看她们的朋友佛罗林斯基看能不能想法找到几个给她们这一来拿一个办法出来。是礼拜日。政府的机关自然都关了门。佛罗林斯基几次给各位当局的家里打电话，主要地更是教育和美术委员，卢那夫卡尔斯基，他是已经有莱瓦苏维埃领使报告了跳舞家的来到的。但是没有一个要人在家里。他们都到乡下享乐他们的七月里的礼拜去了。

（1930 年 4 月 6 日《全民报》第 4 版“全民副刊”第 186 期）

附　录

20 世纪 30 年代报刊与复杂多元的文学态势

20 世纪 30 年代，是现代报刊发展最为繁荣的时期，其中 1934 年被称为“杂志年”：“本年新创定期文艺刊物盛行，尚有年鉴及文学专号等。据舒新城估计，全年出版杂志 716 种，和 1933 年相比增加了 81 种。故史称 1934 年为文化史上杂志年。”[①]《申报年鉴》依据国民政府内政部所作的统计，与此数字稍有差异。据《申报年鉴》，1931 年，上海报刊由 15 家增长到 29 家，南京由 31 家增长到 43 家。全国报刊总数，1931 年只有 488 家，1932 年增至 868 家，1935 年达到 1763 家。[②] 与期刊杂志大量繁荣相伴而生的，是报纸的大量出版和报纸文艺副刊的大量出现。中国现代文学在 20 世纪 30 年代的发展，与报刊的繁荣有密不可分的关系。没有报刊的大量出现，20 世纪 30 年代文学的发展是不可想象的。同时，文学的发展，文学新人在 30 年代的大量涌现，[③] 读者对文学的召唤，文学对于刊物的形塑，

---

① 尚海、孔凡军、何虎生：《民国史大辞典》，中国广播电视出版社 1991 年版，第 335 页。

② 参见叶再生《中国近代现代出版通史》第 2 卷，华文出版社 2002 年版，第 1032 页。

③ 茅盾曾说：“三十年代前半期，国际、国内，都可说是动荡的时期，然而在这时期，文坛上新人辈出，如上面提到的吴、张等人，又有沙汀、叶紫等等，可以举出一大串，借用吴梅村的诗句，可说是‘此地异才为乱出’。”（茅盾：《一九三四的文化“围剿”和反“围剿”》，见《茅盾全集》第 34 集，人民文学出版社 1997 年版，第 673 页）茅盾所说 20 世纪 30 年代新人辈出的情况，是仅就左翼作家说的，其实，“此地异才为乱出”的现象，不仅限于左翼，这是整个 20 世纪 30 年代文坛的突出特征。

又进一步激活报刊与作家、读者间的互动，带动了报刊繁荣。可以说，在 20 世纪 30 年代，报刊与文学，互相塑造，彼此依存，形成良性互动关系。

20 世纪 30 年代，现代报刊发展态势，与前一十年相比，具有很不相同的特点；与 20 世纪 20 年代相比，政治及政治背后的思想观念与意识形态，对于报刊的发展、影响与制约与日俱增。20 世纪 30 年代，不同政治派别与思想流派之间的竞争越发激烈，与此相伴而生的，则是不同政治力量和思想流派对于话语权的争夺、对于报刊的争夺。报纸与期刊作为发言的阵地和窗口，其影响力和重要性逐渐为大家所认识到。

具体到文学方面，20 世纪 30 年代文学报刊的繁荣，是不同政治与思想所代表的不同文学倾向、文学团体与文学流派相互激烈竞争和彼此对话的结果。不同思想倾向、政治倾向、审美倾向所代表的不同话语力量的交锋，是 20 世纪 30 年代报刊发展的内在动力。各种不同话语力量的交锋，在催生大量报刊的同时，也使得 20 世纪 30 年代报刊的个性更加鲜明与突出。

与 20 世纪 20 年代相比，20 世纪 30 年代报刊的政治倾向性日益凸显。在国共竞争的大政治格局下，不同的报刊分属不同的政治派别，拥有不同的政治立场，即使宣扬不过问政治、超脱政治者，所宣示的也同样是一种“政治”观点。可以说，20 世纪 30 年代政治对中国社会的一切领域都进行着强力渗透，文学与文学的载体报刊同样概莫能外。20 世纪 30 年代不同报刊的竞争、对话与交流背后，皆可看到政治的魅影，看到不同政治力量的对话与交锋。政治力量的交锋外，中国广大民众民主意识的增强，广大民众备受压抑，欲一吐为快，也是重要原因，就如阿英分析的，“在经济而外，还有使杂志繁荣的其他条件，这是许多人不曾注意到的。条件之一，是大家有更多的话要说，更多的话希望有人代说。中国的民众，现在是处于非常不幸的地位，外而帝国主义的压迫，内而封建势力的侵害，使大家陷于极端的苦恼，烦闷。有苦恼希望诉说，在迷途要摸索一条路，这是不可变易的事理。这些，只有杂志能随时随地担负起，一一的去实践。

‘杂志年’的形成，这也是主要的原因之一”①。阿英指出了20世纪30年代杂志、报纸繁荣背后的深层原因。

20世纪30年代中国社会的政治格局大致可划分为左、中、右三个板块，“左”即共产党，“右”即国民党，“中”则是超越党派政治的大量民主主义、自由主义的中间力量。这样的政治格局决定了20世纪30年代的报刊大致分属于这三种政治力量，其中，标榜无党无派的报刊占多数，属于左翼的报刊次之，相对而言，国民党控制下的右翼刊物，无论在数量还是在影响上，皆无法与上述两种刊物相比。

一 “杂志年”——商业文化、政治文化介入下的文学生态

20世纪30年代，对于现代文学与现代报刊影响最大的，一为商业文化，一为政治文化。这里先谈商业文化对现代报刊及现代文学的影响与制约。

1927年后，国民党定都南京，北平不再是政治中心，上海取而代之成为30年代的经济、文化、商业中心，海派的商业文化对现代文学的影响越来越大。诚如鲁迅所说，京派近官，海派近商，商业文化对于现代作家、现代文学及报刊的制约更为明显。20世纪30年代，大批文人南下上海，就是看中上海浓厚的商业文化氛围能给文人提供比较自由的生存空间。在这样的文化空间中，文人可以靠手中一支笔进行谋生，文章成为商品，可进行买卖和换钱，以此，文学代替仕途，成了作家赖以安身立命之所在。中国传统文化给予文化地位虽然很高，但文化的价值来源是“官”，所谓“仕途经济”。离开“官”，不能由科举而进入仕途，即意味着文化不能兑换“前途”与“钱途”，文化便不值一钱。在海派的商业文化空间中，文化的价值来源是“钱”，只要文化能换来钱，文化便有价值。因此，海派文人并不把卖文为生看作自贬身价，谈起钱，海派的文人是理直气壮的。

1933年10月18日，沈从文在天津《大公报·文艺副刊》发表《文学者的态度》一文，毫不客气地批评上海一些作家以“玩票白

① 阿英：《杂志年》，见《阿英全集》第4卷，安徽教育出版社2003年版，第49页。

相”态度从事文学活动，“这类人在上海寄生于书店、报馆、官办的杂志”。沈从文对上海文人的批评招致上海作家的反感，杜衡随即以一篇《文人在上海》予以回击，他说：“新文学界的‘海派文人’这个名词……它的涵义方面极多，大概的讲，是有着爱钱、商业化，以至于作品的低劣、人格的卑下这种种意味。文人在上海，上海社会的支持生活的困难自然不得不影响到文人，于是在上海的文人，也像其他各种人一样，要钱。再一层，在上海的文人不容易找副业，不但教授没份，甚至再起码的事情都不容易找，于是在上海的文人更急迫的要钱。这结果自然是多产，迅速的著书，一完稿便急于送出，没有闲暇搁在抽斗里横一遍竖一遍的修改。这种不幸的情形诚然是有，但我不觉得这是可耻的事情。”① 沈从文的批评与杜衡的回应由此掀起了现代文学史上著名的京海之争。京派与海派的论争，不单纯是文学观念之争，背后还隐伏着对文人与商业文化关系的不同看法。沈从文更强调文人应远离金钱和商业文化市场的影响，全身心投入文艺自身，杜衡所代表的海派则强调在商业文化空间中，文人谋生之艰难，文人之多产，皆与商业文化制约有关，有其客观现实原因。杜衡特意强调海派文人之多产，并非可耻之事。这是因为在海派的文化空间中，被传统认作“名山事业”的著述，不过是一种可以换来金钱的商品而已，与其他各行各业相比，并没有高下贵贱之别。杜衡特意指出上海文人之所以急于要钱，是因为他们没有其他副业，文学是他们唯一的谋生手段；没有其他副业，特别是不能在大学担任教职，基本生活无保障，所以，不可能安下心来从事于艺术之精雕细琢，不可能去追求艺术之完美与永久；文学成为谋生手段，所以，海派文人更为重视文学作品的读者市场，善于揣摩与迎合读者心理，因为读者是他们的衣食父母。可以说，在海派文学那里，文学的商业性，文学于文人的职业意义，商业文化对文学的各种影响，都得到了放大凸显。当然，依靠写作来谋生、把文学作为安身立命之所在的现代意义上的知识分子，从近代已经产生，早期以“礼拜六派”和鸳鸯蝴蝶派为代表的

---

① 杜衡：《文人在上海》，《现代》1933年第4卷第2期。

通俗文学作家，其主要谋生之道，乃是投身于文学，他们可看作海派文学最初阶段的代表。由于“礼拜六派”重视文学的商业价值，文学本为谋生之具，这在某种程度上确实给文学带来了一定负面效应，所以，在讲求文学的艺术性与永久性的作家那里，“礼拜六派”就成为文学堕落的同义语，而海派，也因为其对商业价值的重视，而被看作与“礼拜六派”一丘之貉。沈从文就语带鄙夷地说：“过去的‘海派’与‘礼拜六派’不能分开，那是一样东西的两种称呼。”[①] 但是，中国文学从传统向现代的转型，其重要标志之一是文学作品可以作为商品流通，作家可以凭借文学谋生，从这个意义上讲，不管是近代文学，还是现代文学，其文学现代性就生成于这种“海派”属性。因而，京派近官，从政府拿钱，接近传统文人；海派近商，靠市场谋生，倒是更加现代的。对此一点，曹聚仁看得很清楚，他认为京派是深闺中小姐，关在玻璃房里，和现实隔绝；海派像穿高跟鞋摩登女郎，在街头狂奔，在市场中往来，还算是社会的，和现实相接触的。那些裹着小脚、躲在深闺的小姐，对之当有愧色。[②] 由于现代文学的现代性之一体现在文学的独立自主上，文学拥有自身商业价值，作家成为一种社会职业，所以说，现代文学，不管何种流派和团体，其实都具有某种程度的海派属性，只不过，这种属性，在不同文学流派、不同观念的作家那里，表现的程度有别而已。沈从文批评海派文人，但沈从文自己同样得益于上海的商业文化空间，其早期文人生活虽备尝艰难，但也正是文学养活了他和家人，在他身上，同样具有鲜明的“海派”属性。

文人可以卖稿挣钱，这是因为有了现代出版业和稿酬制度。出版商从文人手中买来稿子出版，卖给读者挣钱，文人把稿子卖给出版商，从出版商那里得钱养家糊口。抛开文化的光环，这之间纯粹是商业买卖与利益交换的关系。郭沫若曾说：“上之想借文艺为宣传的利器，下之想借文艺为糊口的饭碗，这个我敢断定一句，都是文艺的堕

---

① 从文：《论“海派”》，《大公报·文艺》1934 年 1 月 10 日。

② 参见曹聚仁《京派与海派》，《申报·自由谈》1934 年 1 月 17 日。

落，隔离文艺的精神太远了……”① 这话等于抹杀了文艺的商业价值。文人要糊口，当然要把文艺作为饭碗，现代作家中有一大部分作家的写作，是既有艺术追求又有经济考虑的，包括现代文学的奠基人鲁迅。鲁迅早期很多作品皆由有新文艺出版社老大哥之称的北新书局出版、由北新支付版税。当北新故意克扣版税时，鲁迅不惜与书局老板李小峰对簿公堂，从而逼迫北新支付应得版税。从这个角度讲，鲁迅同样是一“海派”。

考察近现代文学“海派”属性的生成，出版社（书局）是绕不过去的。没有出版机构，就没有现代意义上的书籍、报纸与期刊，现代文学也随之失去了存身之所，现代作家也就失去了谋生之道。现代文学与报刊发展史，与现代出版史、现代出版机构史紧密关联。现代文学第一个十年最重要的大型综合性文学期刊《小说月报》之所以阵容强大，持续时间长，与当时中国最大的出版机构商务印书馆的强有力支撑有直接关系，就如胡适所说：“得着一个商务印书馆，比得着什么学校更重要。”② 没有强大出版机构支撑，报刊的发展就无从说起。到了 20 世纪 30 年代，随着政治环境愈加险恶，文化市场竞争愈演愈烈，出版社（书局）之间的竞争更加剧烈，出版商要考虑的因素增多，所以对于报刊编辑的要求也越发苛刻，出版社对于报刊的制约也随之加大。

20 世纪 30 年代，上海的资本市场已发展得比较成熟，资本的本性是追逐利润，而文化资本市场则存在着较为广阔的利润空间，加上当时国民党政府对于进入文化资本市场的限制不是很严，上海公共租界的文化管制则更为宽松，拥有一定资本皆可自行开设出版社（书局），雇人出书办刊，为此，有不少有点经济实力的商人或文化人，都把投资的目光转向文化市场，个人出资或几人合伙办书局；有的出版机构则有官方背景，由官方出资成立；有的为某一政治团体、思想团体或宗教文化团体所办；有的出版机构则有财力雄厚的公司在其后

---

① 郭沫若：《论国内的评坛及我对于创作上的态度》，《时事新报·学灯》1922 年 8 月 4 日。

② 胡适：《胡适的日记》（上），中华书局香港分局 1985 年版，第 24 页。

支撑。总之，20 世纪 30 年代各类出版机构错综林立，性质各异，彼此的竞争相当激烈，而其中民营性质的书局占了最大份额。这些民营书局属于私营性质，自负盈亏，投资方开办书局出于纯粹商业考虑，是为了赚钱。这种纯粹的商业利益追逐对 20 世纪 30 年代报刊产生了极大影响，内在制约着报刊编辑与出版商的合作模式、报刊的经营模式、报刊的编辑模式等各个方面。这里以张静庐主持的现代书局为例。

张静庐为现代著名出版家，现代书局是他与洪雪帆、卢芳三人合资开办的出版发行机构，以出版《现代》杂志而在现代出版史上留下重要一笔。张静庐本人对新文学很感兴趣，所以他创办的书店重视新文艺书籍的出版和发行，在办现代书局前，张静庐曾工作于泰东书局、光华书局，泰东书局为创造社摇篮，光华书局为上海福州路第一家新书店，皆以出版新文艺书籍见长。现代书局出版过几种重要的新文艺刊物，最重要的为左翼刊物《拓荒者》月刊，1930 年 1 月 10 日创刊，太阳社主办，蒋光慈主编，从第 3 期起，成为左联的机关刊物之一，1930 年 5 月 1 日出版第 4、5 期合刊后，被国民党上海市党部查禁。由于出版左翼刊物，现代书局被冠以“宣传赤化”罪名，要从严取缔。在张静庐等人疏通下，书局暂不查封，但条件是必须为民族主义文艺运动服务，出版宣传民族主义文艺的《前锋月刊》。《前锋月刊》对民族主义文艺的宣传受到左翼阵营严厉批判，加上日本发动一·二八事变，使其宣传的民族主义不攻自破，《前锋月刊》虽在政治、经济上得到国民党大力支持，但也只好在 1931 年 4 月 10 日出至第 1 卷第 7 期后停刊。从《拓荒者》到《前锋月刊》，两个刊物的旋起旋灭使现代书局经济与名誉皆受重创。淞沪战争结束，在上海文化大萧条背景下，张静庐亟须通过办刊来重振现代书局，于是才有了施蛰存主编的《现代》杂志创刊。由此可见，张静庐办《现代》杂志的目的，完全是出于投资商兼文化商人之考虑，发展新文艺为其次要目的，主要还是为了逐利。现代出版机构皆热衷于办刊，因为一个期刊或报纸对于出版机构，特别是中小型的出版机构来说，能带来综合经济效益，“如果每月出版一册内容较好的刊物，在上海市，可以吸引许多读者每月光顾一次，买刊物之外，顺便再买几种单行本书回去。对于外地读者，一期刊物就是一册本店出版书籍广告”①。事实证明张静庐的决策是正确的，《现代》杂志创刊号再版两次，销售六千册左右，创下了当时新文艺刊物发行量纪录，因为一般的文艺刊物，能销售两千册，已为了不起的业绩。《现代》第 2 卷第 1 期发行量更突破一万册。《现代》的发行，不但大大提升了现代书局的声誉，也使现代书局获得了不菲的经济效益。在《现代》杂志的带动下，现代书局进入了发展的黄金期。

《现代》杂志之创办，代表 20 世纪 30 年代一种全新办刊模式。首先，刊物生成模式不同。20 世纪 20 年代，刊物多为政治或思想文化上的同人刊物，刊物诞生于某种政治思想或文学主张之宣传，是主动的，刊物编者居于主体地位。《现代》则为非同人刊物，刊物诞生于文化投资商追逐经济利益之驱动，投资方居于主动地位，刊物编辑则居于被动地位。施蛰存作为《现代》主编，是张静庐依据一定标准选中的，事先施蛰存完全不知情。这种刊物的生成模式，完全是商业性的，其内发驱动力是资本的逐利需求。其次，出版机构与刊物编辑的关系模式完全是商业化的，是投资方与经营方的关系，是雇主与被雇用者关系，两者联系纽带并非传统的同学、同乡、师生关系，而是现代的契约关系。投资方可以解雇雇用者，被雇者也可在不违反约定前提下随时离开。再次，刊物编辑受雇于资方，刊物性质由资方决定，而经营方针完全由经营者即编辑自由规划，资方不得干涉。这种刊物的运营方式，也完全是现代企业式的。可以说，《现代》是上海一·二八事变后出现的第一份大型纯文艺刊物，同时也是 20 世纪 30 年代第一份按照现代企业经营理念发展运营的纯文学期刊。

商业雇用关系、盈利的要求，极大激发了刊物编辑身上的能量，使得他们把报刊经营放在第一位去谋划和思考。仍以《现代》为例，《现代》之所以成为一·二八事变之后发行量最大的纯文艺刊物，与

① 施蛰存：《我和现代书局》，见《沙上的脚迹》，辽宁教育出版社 1995 年版，第 60 页。

施蛰存的苦心经营密不可分。施蛰存非常重视刊物的文章质量，广泛邀请各路名家，构筑强大作者阵容，大量翻译西方经典作品，与西方文学同步；栏目设置出新意、出创意，设置“小说”“诗”“文”“杂碎”“艺文情报”等栏目；注重文图并茂，文字中植入各种图片与绘画，并创办“现代文艺画报”栏目；在刊物量上下足功夫，在不提高定价情况下，增加刊物页码，出特大号、狂大号及各种文学专号，给读者实惠；向报纸学习，注重期刊的新闻性与时效性，紧跟现实，萧伯纳来了，办萧伯纳专号，法国作家古久列来了，就采访古久列并约稿，鲁迅到北平，马上刊发鲁迅“北平五讲”的内容，丁玲被捕，随之发表与丁玲有关的各种消息及作品；注重编者、作者与读者的良性互动，吸引读者的广泛关注，拉近刊物与读者的距离；注重广告；等等。徐懋庸认为海派最主要特征为“商业竞卖”，这一特征在《现代》杂志这里体现得淋漓尽致。为了“商业竞卖”，施蛰存可谓使出浑身解数，显示出非常高超的编辑技艺和编辑智慧。“商业竞卖”本为贬义，但在现代的文化市场中，“竞卖”乃天经地义之事，若不竞卖，何来市场之繁荣？若不竞卖，何来文化之繁荣？正是在上海残酷的市场竞争的氛围中，施蛰存内在的潜能才被完全激发出来，才会把《现代》办得如此出色，使其成为现代期刊史上的一段佳话。

20 世纪 30 年代，现代文学的发展受制于报刊，报刊的发展受制于出版（书局），出版的发展则受制于政治。20 世纪 30 年代的政治文化与 20 世纪 20 年代相比，有了很大不同，这源于 1927 年蒋介石国民政府的成立。国民党政府成立前，北洋政府或其他军阀，对文化出版无力管，或不屑管，文化出版相对自由。按张静庐的说法：“从民十四至民十六年的三年间，我们也可称它为新书业的黄金时代。”①新书业黄金时代的出现，与当时狂热的革命氛围、乱世中相对宽松自由的环境、读者对新知识的渴求皆有关系。然而，1927 年，随着国民党形式上统一中国，新书业的发展开始受到诸多制约，“狂热的情形到十六年清党运动以后才一落千丈，此后的新书业，真度着艰苦困

① 张静庐：《在出版界二十年》，上海书店 1984 年版，第 126 页。

顿的日子，那种痛苦（精神的和物质的），恐怕只有在这时期的出版家才真正尝到。直到‘八一三’抗战发动后，再度抬起头来”[①]。张静庐所谓的新书业艰苦困顿的时期，为1927年到1937年，这是国民党执政的最初十年。1928年，国民党颁布《著作权法》，1929年国民党中央宣传部公布《宣传品审查条例》《查禁反动刊物令》，1930年公布《新闻法》和《出版法》，1931年公布《出版法施行细则》，1934年2月19日，上海市党部奉国民党中宣部令查禁149种进步书籍，牵涉书店25家，牵涉作家28人，鲁迅1927年以后翻译的文艺理论和所写的杂文集全部被禁。1934年4月国民党中央宣传委员会图书杂志审查委员会成立，1934年6月1日公布《修正图书杂志审查办法》。依据《修正图书杂志审查办法》，“凡在中华民国国境内之书局、社团或著作人新出版之图书杂志，应于付印前依据本办法，将稿本呈送中央宣传委员会图书杂志审查委员会，呈请审查”[②]。审查范围为文艺及社会科学出版物，先在上海试办。这十年是国民党文化上对左翼采取高压，而左翼进行着各种文化反围剿的十年。身处于这种左右夹攻的政治格局中，出版商真可谓“左右为难”。现代书局办刊经历是一生动例证。它所办的《拓荒者》与《前锋月刊》，一左一右，左的《拓荒者》不容于当局，右的《前锋月刊》则不容于左翼与民意。正是在这种左支右绌之中，以张静庐为代表的出版商采取了走中间路线的应对策略，不左不右，不介入政治。为此，张氏对刊物编辑的选择可谓煞费苦心，选中施蛰存是因为他政治上的灰色身份和有办刊经验，两者之中，政治身份的模糊无疑更为关键。除了《现代》杂志，20世纪30年代，只要生存时间长、发展比较好的刊物或报纸副刊，其政治倾向与编者，皆大体须拥有这种灰色身份。例如《论语》《宇宙风》，其畅行发展，与主编林语堂自由主义的思想立场以及他提倡的幽默性灵的小品文有关，这些都是远离政治或与政治关系不大的。京派的系列刊物如《大公报·文艺副刊》《文学杂志》，虽文学观念与

---

① 张静庐：《在出版界二十年》，上海书店1984年版，第126页。

② 《修正图书杂志审查办法》，见叶再生《中国近代现代出版通史》第2卷，华文出版社2002年版，第1273页。

论语派刊物有别，但在远离政治这一点上则是根本相通的。

以上大型刊物，《现代》标榜政治上走中间路线，论语派系列刊物与京派系列刊物在思想倾向上皆属自由主义。那么，20 世纪 30 年代具有“左倾”思想倾向的刊物怎么生存？怎样面对国民党政府的书报检查呢？在 20 世纪 30 年代的政治文化氛围中，“左倾”进步刊物的应对策略是什么？这里以茅盾、郑振铎实际掌舵的《文学》月刊为例。《文学》1933 年 7 月 1 日创刊，1937 年 11 月上海沦陷后停刊，持续四年多时间，是 20 世纪 30 年代上海大型文艺刊物中寿命最长、影响最大的刊物之一。《文学》具有鲜明的“左倾”倾向，为了应对国民党书报检查官审查，茅盾采用许多办法，力图淡化刊物政治色彩，使刊物以商业性面目出现。其中，起用傅东华为主编，目的是给刊物涂上一层政治保护色。傅东华原为商务印书馆高级职员，政治上属中间派，但暗里倾向左翼，易为茅盾所驾驭；其哥哥为江苏省教育厅长，由他出面编《文学》，在国民党上海市党部那里容易通过；傅氏之前还有喜欢进轮盘赌场赌博的毛病，这也给他涂上一层保护色。承担《文学》出版发行业务的，是邹韬奋领导下的上海生活书店，不同于那些随时面临国民党查封的红色小书店，它有着可靠背景——黄炎培的中华职业教育社。邹韬奋对于茅盾、郑振铎办《文学》的目的、方针、内容和政治倾向很清楚，也很支持、同情，但表面采取和《文学》订合同的形式，声称不干涉《文学》的编辑事务。1933 年 11 月，国民党上海市党部宣传部召集出版商和杂志主编开会，提出不准出版和发表“反动”书刊和文章，之后，《文学》从第 2 卷起，每期稿子都要经过国民党上海市党部宣传部特派的审查员检查通过才能排印，《文学》版权页编辑者不能署名“文学社”，须署主编姓名。于是《文学》编委会决定改署傅东华、郑振铎名字，主编由傅东华实际负责，茅盾则退入幕后，暂不露面，发文章则使用笔名，且常常变换。① 从第 2 卷起，为应对国民党政府书报检查官对刊物“大抽大

---

① 参见茅盾《一九三四年的文化“围剿”和反“围剿”》，见《茅盾全集》第 34 卷，人民文学出版社 1997 年版，第 597 页。

砍”而导致刊物常常脱期的情况，在茅盾、郑振铎策划下，从第 2 卷第 3 期连续出版四期专号，为杂志的连续出版争取了条件。《文学》商业化非同人刊物的面目，出版社的选择，主编的任用，专号的出版，敏感作者笔名的频繁更换，等等，每一环节，皆是为了对付国民党文化“围剿”，为了应对国民党书报检查官检查。

《文学》的编刊模式代表了左翼文化在 20 世纪 30 年代特殊政治文化环境中的应对策略，在国民党高压文化政策下，茅盾等左翼人士机智应对，从而使得左翼文化在国民党统治的核心区域得以延续与生存。在生成方式上，《文学》与纯商业性的《现代》完全不同，《现代》生成的驱动力来自出版商的逐利，《文学》生成的驱动力则来自左翼文学发展生存的内在需求，一被动、一主动，由此决定了刊物、编辑与出版商之间的不同关系。不同于施蛰存与现代书局的雇用关系，茅盾、郑振铎、傅东华所代表的《文学》编辑同人，与生活书店之间，则是商业模式掩盖下的委托关系，甚至同道关系，邹韬奋与茅盾、郑振铎一样，同样具有“左倾”倾向，他之所以接纳《文学》、出版《文学》，除了经济利益，还带有道义相助的性质。《文学》编辑同人与《现代》编辑同人之间的内在关系也不同，《现代》编辑先是施蛰存，之后又加上杜衡，编辑之任命皆出于出版商安排，杜衡任编辑，施蛰存无从拒绝，两者地位相同，彼此皆无法控制和影响对方。《文学》则不同。《文学》最初实行集体负责制，署名“上海文学社”，由以鲁迅、茅盾、郑振铎、叶圣陶等人组成的十人编委会集体负责。这种集体负责制违反国民党书报政策，后在国民党上海市党部宣传部要求下，编者改署“傅东华、郑振铎”，郑振铎远在北平，无法管理具体事务，真正负其责的为傅东华，但傅东华做不到事必躬亲，具体编校事务全部由黄源负责，而实际控制刊物的则为茅盾。可见，《文学》编辑人员组成及其运作系统，比《现代》要复杂得多。这与左翼文学在国民党文化管制下的应对策略有关。

在 20 世纪 30 年代的政治文化语境下，非同人刊物增多，同人刊物的生存空间变得狭窄。20 世纪 20 年代是同人刊物发展的黄金期，各种政治势力、思想流派、文化团体、同学同乡组织等，都可集聚一起而办刊物，作为发表主张、交流思想的阵地。最突出的例证是创造社同人所办的系列刊物《创造季刊》《创造日》《创造月刊》。创造社同人抱成团互相支援，通过故意挑起争端、“骂架”的方式，向当时有统一文坛意向的文学研究会发起挑战，最终“冲出一条血路”，确定了自己的文坛地位和文学史地位，同时也大大提升了刊物发行量，满足了出版方泰东书局的商业诉求，达到双方的合作共赢。不过，这种办刊模式，随着时代变化，变得难以复制。到20世纪30年代，随着国民党文化控制的日益严格，各种同人刊物特别是政治上的同人刊物，其生存发展的空间开始变得逼仄。现代书局办《拓荒者》终遭查禁，充分说明政治倾向过于鲜明的同人刊物或机关刊物在20世纪30年代已难以为继。20世纪30年代，大凡办得好、影响大、持续时间长的刊物，如《现代》《文学》《文学季刊》等，都是非同人刊物，或以非同人刊物相标榜。从整体上看，20世纪30年代刊物，凡是办得“杂”的，其生命力普遍要强于办得“纯”的。即使一些思想倾向比较突出和风格鲜明的刊物，如林语堂所办的《论语》《人间世》《宇宙风》，也并非同人刊物，而是尽可能向各路作家敞开大门，其作者队伍驳杂不纯。到20世纪30年代，有不少同人刊物，虽然政治倾向没有违碍，但由于追求“纯粹”，往往难以持久，周作人办《骆驼草》《世界日报·明珠》，梁实秋办《世界日报·学文》，都是例证。这些同人刊物的短命夭折，有多方原因，除客观环境，同人刊物稿源少、内容单一、形式不够活泼、思想不够活跃、与大众的现实关切比较隔膜，导致刊物发行量不高，多是重要原因。这类刊物以《骆驼草》为代表，其办刊方式比较传统，资金来源靠同人筹集，作者也没有稿费，延续《现代评论》和《语丝》惯例。刊物出版成本很低，仅为印刷费用。所以《骆驼草》属于典型的同人刊物，没有出版商在背后支撑，更没有畅通的发行渠道，刊物思想倾向又远离现实，稿源缺乏，虽然刊物在经济上一再节约，出版成本压至最低，但也无济于事，最终只能昙花一现。从经济角度讲，这类刊物以艺术为本位，追求小众化和艺术的先锋性，视逐利为庸俗，刊物没有稿费，作者亦不求稿费，故此不可能得到出版商青睐。在20世纪30年代海派文化的时代氛围中，这类追求高雅艺术的同人刊物，其朝生暮死是必然的。

由于特殊的政治文化与商业文化背景，20世纪30年代，持续时间长、影响力大的刊物大多在思想立场上持守自由主义、民主主义或政治中立立场，这些刊物的巨大影响力体现在它们对于现代文学史的深度参与和建构能力。例如，林语堂创办的《论语》《人间世》《宇宙风》直接催生了论语派，沈从文、萧乾主编的《大公报·文艺副刊》，朱光潜主编的《文学杂志》，成为京派的主要阵地，施蛰存主编的《现代》直接催生了现代诗派和现代文学史上第一个现代主义小说流派——新感觉派。鉴于以上报刊与现代文学之关系，已有许多论著进行了富有深度和广度的论述，因此，本书在探讨以上报刊与现代文学关系的同时，更为关注20世纪30年代特定文化场域中这些报刊的思想、政治立场、美学追求与商业文化、政治文化之关系；更为关注这些报刊作为主体，其发出的声音在其他报刊中所引起的回响；更为关注这些报刊所代表的思想主体与其他主体特别是左翼政治的交锋和竞争；更为关注京派和海派南北对峙与合流在刊物中的具体呈现；更为关注同一家族刊物，特别是京派系列刊物，在流派建构过程中其内在不同思想主体之间的彼此交流与对峙，力图通过报刊，更为具象地呈现京派的内在裂隙，进而还原京派在历史形成过程中的复杂面相。

二 林氏系列刊物与左翼报刊——“幽默”与“反幽默”

现代散文发展史上，1932年是一十分重要的年份，这是因为在这一年的9月16日，林语堂创办的《论语》问世，该刊由上海时代书店出版发行。1934年10月，林语堂把《论语》编务交给陶亢德负责。[①]继《论语》之后，林语堂1934年4月5日又创办并主编《人间世》

① 陶亢德主编《论语》从第27期（1933年10月16日）起，至第82期（1936年2月16日）止。自第83期（1936年3月1日）起，《论语》由邵洵美负责。第110期（1937年4月16日），邵洵美邀请林达祖参与编务，《论语》由邵洵美、林达祖共同参与编辑。抗战爆发，《论语》于1937年8月1日出版第117期后停刊。

半月刊，上海良友图书印刷有限公司出版并发行，至1935年12月停刊，共出版42期。在编辑《人间世》的同时，1935年9月16日，恰值《论语》创办三周年，林语堂与陶亢德创办并编辑《宇宙风》半月刊（其中第51期至第66期为旬刊），由宇宙风社发行。[①]《宇宙风》办刊方针，跟《论语》《人间世》完全一致。《论语》提倡“幽默”，《人间世》提倡“小品文”，《宇宙风》则兼而有之。第1期林语堂所撰的《且说本刊》显示了该刊办刊宗旨：“《宇宙风》之刊行，以畅谈人生为主旨，以言必近情为戒约；幽默也好，小品也好，不拘定裁；议论则主通俗清新，记述则取夹叙夹议，希望办成一合于现代文化贴切人生的刊物。正是以庆幽默之成功，无论何种写作，皆可有幽默成分夹入其中，如此使幽默更普遍化。”由这篇文章可看出，林语堂仍然走的是执编《论语》时提倡幽默的老路子，他主编的《宇宙风》，很好地贯彻了这一办刊方针。从第22期起，他虽然不再编辑，但继任者陶亢德、林憾庐却较为忠实地执行了他的办刊思想。

《论语》创刊后，反响很大，该刊也多次重印，1933年因此而被称为“幽默年”。《论语》出现的时机颇富意味。因为1932年1月28日，上海发生一·二八事变，商务印书馆毁于炮火，《小说月报》被迫停刊。伴随《小说月报》停刊的，则是左翼系列刊物《萌芽》《拓荒者》《艺术》《文艺讲座》及施蛰存主编的大型文学月刊《现代》和林语堂主编的《论语》半月刊的相继问世。一种新的文学格局在悄然形成。可以说，在现代文学作家的代际更迭和文学史版图转换中，《论语》与《文学》《现代》的创刊与发行，皆起到了举足轻重的作用。

林语堂创办的《论语》系列刊物，之所以能在现代文学史和报刊史留下浓墨重彩的一笔，与林语堂明确的办刊思想和对刊物独特风格的追求密切相关。林语堂创办《论语》的宗旨是提倡“幽默”，这

① 编至第22期（1936年8月1日），林语堂赴美，刊物改由陶亢德、林憾庐编辑。1947年8月10日终刊，共出152期，增刊1期，别册增刊3册。

是他一以贯之的思想和文学追求。沈从文曾批评《人间世》“这类刊物似乎是为作者而办，不是为读者而办的”[①]。编者的兴味显得过于狭隘。从另一角度考虑，正是由于《论语》《人间世》《宇宙风》被打上了鲜明的林氏印记，才使林氏系列刊物获得鲜明个性，产生了独特品牌效应，在报刊林立的上海出版界最终能站稳脚跟，并获得较大发展。

林语堂提倡“幽默”甚早，1924年他在北京《晨报副镌》发表《征译散文并提倡“幽默”》（《晨报副镌》1924年5月23日），认为“中国文学史上及今日文学界的一个最大缺憾”是不讨论、不欣赏“幽默”。[②]《论语》的创办，为林语堂提倡幽默提供了绝佳平台。因而，林语堂创办《论语》伊始，就提倡“幽默”，明确指出“《论语》发刊以提倡幽默为目标”。[③] 为此，《论语》专门开辟“幽默文选”专栏，选载古今幽默文章。其他栏目也与幽默有一点关联。如“卡吞”栏刊登讽刺社会现象的幽默漫画，“月旦精华”栏转载各报刊的幽默文章，“论语”栏刊载对时事和当时社会现象的批评文字，“群言堂”栏刊登对一些问题进行讨论的通信。这些栏目，皆与林语堂所宣扬的“幽默”格调有一定关系。在把刊物交给陶亢德时，为使刊物的幽默风格得以延续，他在致陶信中，也不忘对刊物的定位进行反复阐释、再三叮咛：“《论语》个性最强，却不易描写，不易描写，即系个性强，喜怒哀乐，不尽与人同也。其正经处比人正经，闲适处比人闲适。……或有人所视为并不幽默者，我必登之，或有视之为荒唐者，我必录之。……大概有性灵，有骨气，有见解，有闲适气味者必录之；萎靡，疲弱，寒酸，血亏者必弃之。其景况适如风雨之夕，好友几人，密室闲谈，全无道学气味，而所谈未尝不涉及天地间至理，全无油腔滑调，然亦未尝不嬉笑怒骂，而斤斤以陶情笑谑为戒也。‘两脚踏东西文化，一心评宇宙文章’，最吾辈纵谈之范围与态

① 炯之（沈从文）：《谈谈上海的刊物》，见《沈从文全集》第17卷，北岳文艺出版社2002年版，第93页。

② 林语堂：《征译散文并提倡“幽默”》，《晨报副镌》1924年5月23日。

③ 林语堂：《“幽默”与“语妙”之讨论》，《论语》1932年第1期。

度也。"[①] 这样反复申说，是为了让继任者能够了解其办刊方针和思想，从而忠实地加以执行。而他的继任者也确能紧随林氏思想，使得《论语》幽默的风格得以贯彻下来。

《论语》《人间世》带有鲜明的林氏印记，这一点在这些刊物出版不久已有论者论及，如胡风看出两个刊物的存在与成长和林氏在学术界的经历与地位有密不可分的关系，《论语》的"幽默"和《人间世》的"小品文"都是在林氏独特的解释之下被提倡、被随和的，都是沿着林氏的解释而发展了的。[②] 由于林氏刊物有着特别明确的刊物定位与思想立场，因此，它会严格依照林氏观念，对来稿进行选择，进而对作者形成某种思想制约，例如，通过删改来稿来达到凝练刊物风格、塑造刊物形象之目的。徐懋庸曾是《人间世》约稿作者，林语堂亲自给他写过约稿信函，但由于徐懋庸的观点常常超出主编思想划定的范围，所以，他的稿件，便经常以"太革命""太那个"等理由，遭到主编删削。[③] 从徐懋庸这个个案，可以看出林语堂对自家刊物风格和思想定位的坚守。

林氏系列刊物的办刊思路各有侧重，大致分三阶段。《论语》重在"幽默"，《人间世》重在"小品文"，到《宇宙风》，林氏才正式打出"幽默小品文"旗帜。可见，在林氏观念里，"幽默"和"小品文"本应连带一起，是二而一关系。在林氏看来，理想的文章应是"小品文"其体，"幽默"其里。小品文是从文体形式上说，幽默是从文章风格上说。或者说，小品文有了幽默风格，才是理想的小品文，而幽默的最佳寄寓载体，则非小品文莫属。林氏抓住"幽默"与"小品文"来进行办刊，其策略是巧妙的。从政治上讲，"幽默"走的是不左不右、非左非右的中间路线，既不追随国民党，且可通过幽默对当前社会进行适度讥刺而不犯禁，又与左翼保持距离，不致于染上赤色嫌疑而遭到查禁。从接受心理上说，比起高头讲章来，幽默

---

① 语堂：《与陶亢德书》，《论语》1933 年第 28 期。

② 参见胡风《林语堂论》，《文学》1935 年第 4 卷第 1 号。

③ 参见徐懋庸《〈打杂集〉题记》，见《徐懋庸选集》第 1 卷，四川人民出版社 1984 年版，第 150 页。

更接近于娱乐和消闲，因而更加投合城市一般市民的接受心理，易于、乐于为城市各个文化层次的读者所接受。从文体上讲，现代小品文是现代报刊与文学结合所产生的文体，小品文与报刊有天然亲和力，其短小灵活的形式，最适合在报刊上发表。从创作角度讲，由于形式短小灵活，取材广泛，创作起来比较随性，作家也乐于写作，可谓作者乐于写，编辑乐于编，读者乐于读。从审美上讲，幽默闲适的小品文雅俗共赏，对提升刊物质量和扩大刊物影响力很有帮助。综合以上诸点，提倡幽默小品文，是相当高明的办刊思路和营销策略。因而，林语堂对"幽默小品文"之提倡，不能仅仅看作文学思想和政治立场的展示，更应看作林氏为提高刊物的知名度和市场占有额，而有意采取的市场经营策略。从林氏系列刊物巨大的出版发行量和市场轰动效应看，林氏的刊物经营策略相当成功。《论语》和《人间世》刊行后，一时间，曾得到跟风式模仿，当时提倡幽默和小品文的刊物到处皆是，正如鲁迅所说："然而轰的一声，天下无不幽默和小品……"① 郑伯奇的描述是："自从林语堂先生发刊《论语》，公开地提倡幽默以后，中国的寂寞的文坛上，东也是幽默，西也是幽默，幽默幽默，大有风行一时之慨。于是，老作家，新作家，既成作家，前进作家，大家提起笔来，都要让一脉幽默的气息，滚滚然从笔底流出。"② 沈从文也提到"中国近两年来产生了约二十种幽默小品文刊物"③。由此可见，《论语》《人间世》《宇宙风》在 20 世纪 30 年代文坛所产生的巨大影响。

林氏对幽默和闲适的提倡，既得到过跟风式模仿，也得到过起哄式的丑诋和谩骂。《人间世》出版时，林氏在创刊号上以周作人为广告，刊出周作人的近影及周氏所作的"五秩自寿诗"，并附以沈尹默、刘半农和自己的和诗。该组诗刊出后，引起很大反响，蔡元培、沈兼士、钱玄同纷纷发表和诗，以显著位置刊于《人间世》。这是林氏杂志经营中成功的经典案例，对提升《人间世》的知名度发挥了

---

① 曼雪（鲁迅）：《一思而行》，《申报・自由谈》1934 年 5 月 17 日。
② 郑伯奇：《幽默小论——附论讽刺文学的发生》，《现代》1933 年第 4 卷第 1 期。
③ 沈从文：《风雅与俗气》，《水星》1935 年第 1 卷第 6 期。

莫大作用。不过，林氏的做法，也招致了批评。当时的《人言周刊》《十日谈》《矛盾月刊》《中华日报》《申报·自由谈》皆有批评林氏的文章发表，批评者当中也包括林氏的老朋友鲁迅、茅盾等人。面对批评，林氏表现得一点也不闲适和幽默，发表《周作人诗读法》进行断然反击，其中说“近日有人登龙未就，在《人言周刊》《十日谈》《矛盾月刊》《中华日报》及《自由谈》化名投稿，系统的攻击《人间世》；如野狐谈佛，癞鳖谈仙，不欲致辩”①。言辞激烈尖刻。鲁迅认为“幽默大师”林先生的激烈反应，“去‘幽默’或‘闲适’之道远矣”。但鲁迅对于林氏还是进行善意的规劝和提醒，认为批评的声音中各有“不同的论旨，不同的作风”，其中既有“真正的丑角的打诨”，但也有“热心人的谠论”。② 撇开“热心人的谠论”不算，那些“真正的丑角的打诨”，包括对林氏幽默小品的跟风式模仿或跟风式谩骂，其实只是为了纯粹商业利益，为了吸引大众眼球，想借此而提高刊物销路而已。林氏面对批评的激烈反应，也未尝不可看作“故作姿态”，具有巧妙的广告效应。由于林氏刊物的经营策略走的是不左不右的中间路线，其对幽默、闲适之提倡，在引来同一思想阵营同人的追随与吹捧同时，也必将引来异见者商榷、质疑、批评，以及无聊者煽风点火、胡乱起哄。不管是正面应和，还是反面批评，各种反应本身，已说明林氏思想主张的巨大影响和报刊经营策略的巨大成功。因此，对于各个报刊上的质疑与批评意见，林氏从内心应该是抱着欢迎态度的。正是不同思想立场间的交锋，促成彼此竞争的各类报刊，其销量一路上扬，这无疑是双赢。

林语堂及其代表的林氏系列刊物对幽默闲适及小品文的倡导，所受到的批判和质疑，主要来自左翼阵营，表现在刊物上，批判的声音主要来自《申报·自由谈》《中华日报·动向》《太白》《文学》。

对于林语堂提倡幽默，鲁迅自始就不太认同。有趣的是，他较早批评幽默的文章，恰恰发表在《论语》。为庆贺《论语》出版一周

---

① 林语堂：《周作人读诗法》，《申报·自由谈》1934年4月26日。

② 崇巽（鲁迅）：《小品文的生机》，《申报·自由谈》1934年4月30日。

年，林语堂约鲁迅写稿，鲁迅虽然给了稿子，但对其“幽默风”却提出自己的直言：“老实说罢，他所提倡的东西，我是常常反对的。先前，是对于‘费厄泼赖’，现在呢，就是‘幽默’。”[①] 鲁迅明确表示“我不爱‘幽默’”，认为《论语》“要每月说出两本‘幽默’来，倒未免有些‘幽默’的气息”，但究其实，“和‘幽默’是并无什么瓜葛的”[②]。《“论语一年”》在《论语》的发表，既显示了鲁迅的刚直不苟，又显示出林语堂的文人雅量，当然，不同的声音也是反响，同样具有广告效应。在这篇文章之前，鲁迅曾化名何家干发表《从讽刺到幽默》，刊登于 1933 年 3 月 7 日《申报 · 自由谈》。该文认为幽默“既非国产，中国人也不是长于‘幽默’的人民，而现在又实在是难以幽默的时候”。幽默很容易变质为“说笑话”和“讨便宜”。话说得还比较客气。之后，随着林语堂继《论语》创办《人间世》，大倡小品文，鲁迅在《申报 · 自由谈》连续发文，对之进行批评，语气也越来越严厉。如《小品文的生机》（《申报 · 自由谈》1934 年 4 月 30 日），认为《人间世》提倡“幽默”，不适合当下中国，中国和中国人并无幽默可言，包括林氏本人。“世态是这么的纠纷，可见虽是小品，也正有待于分析和攻战的了，这或者倒是《人间世》的一线生机罢。”《一思而行》（《申报 · 自由谈》1934 年 5 月 17 日），认为“小品文大约在将来也还可以存在于文坛，只是以‘闲适’为主，却稍嫌不够”。《零食》（《申报 · 自由谈》1934 年 6 月 16 日），认为小品文对上海人而言，不过类似“零食”，并不是新花样。《玩笑只当它玩笑》（上）（《申报 · 自由谈》1934 年 7 月 25 日），讽刺刘半农：“这些‘幽默’，又不免常常掉到‘开玩笑’的阴沟里去的。”明面上批评刘半农，话语指向则是林语堂。面对周作人、林语堂鼓吹性灵、捧明人小品，鲁迅又在《中华日报 · 动向》上连续发表《点句的难》（《中华日报 · 动向》1934 年 10 月 5 日）、《骂杀与捧杀》（《中华日报 · 动向》1934 年 11 月 23 日）、《读书忌》（《中

---

① 鲁迅：《“论语一年”》，《论语》1933 年第 25 期。

② 鲁迅：《“论语一年”》，《论语》1933 年第 25 期。

华日报·动向》1934年11月29日)，或讽刺林语堂标点《袁中郎全集》，却不会断句，或讽刺林氏将袁中郎捧得一塌糊涂，失去其本来面目。

对于林语堂提倡幽默闲适小品文，茅盾、徐懋庸等左翼作家也在《申报·自由谈》发表文章进行批评，茅盾发表有《文艺经纪人》(《申报·自由谈》1935年2月19日)等文章。对于周作人、林语堂提倡的“性灵”，茅盾也是反对的：“其间我也曾尝试找找‘性灵’这微妙的东西，不幸‘性灵’始终不肯和我打交道；但我却也以为‘个人笔调’是有的，而且大概不能不有的，只是此所谓‘个人笔调’倒和‘性灵’无关，而为各个人的环境教养所形成，所产生。”① 徐懋庸发表有《说小品文》(《申报·自由谈》1934年2月9日)、《冷水文学》(《申报·自由谈》1934年3月16日)、《杂谈幽默》(《申报·自由谈》1934年3月5日)等文章。《杂谈幽默》认为林语堂提倡的是盎格鲁—撒克逊式的幽默，“大概中国也是不能有盎格罗—撒克逊式的幽默的，因为没有盎格罗—撒克逊人那样的环境和遗传”。

《人间世》创刊5个月后，1934年9月20日，由陈望道主编的《太白》半月刊在上海创刊。《太白》与《人间世》同为小品文刊物，但刊物的思想倾向却大不相同。《人间世》提倡幽默小品文，《太白》则以提倡科学小品文和进步小品文为宗旨。陈望道在给叶永烈的信中曾说：“《太白》就以刊行科学性、进步性小品文为自己的任务，以与当时的论语派、以所谓幽默小品为反动派服务的邪气相抗衡的。”② 此信写于1962年，带有特定的时代印痕，如把论语派的提倡幽默看作“为反动派服务”。不过，他指出《太白》的创刊是为了与论语派刊物相抗衡，则确系事实。

《太白》对进步小品文的提倡，与鲁迅的小品文观和他的支持分不开。鲁迅认为小品文是“小摆设”，但他并不反对小品文，他反对

---

① 茅盾：《〈速写与随笔〉前记》，《速写与随笔》，开明书店1935年版。

② 陈望道：《关于“科学小品”探源的通信》，见《陈望道全集》第10卷，浙江大学出版社2011年版，第223页。

的是“幽默闲适”的小品文，反对林语堂所代表的使小品文成为供雅人摩挲、赏玩的小摆设的不良倾向。他认为能生存下去的小品文，“必须是匕首，是投枪，能和读者一同杀出一条生存的血路的东西”，小品文也能给人愉快和休息，然而不是“小摆设”，更不是抚慰和麻醉，“它给人的愉快和休息是休养，是劳作和战斗之前的准备”[①]。可以说，《太白》上发表的小品文，风格多样，有批判社会现实的，如匕首投枪，也有给人愉快和休息、格调轻松的。因而，《太白》的创刊，带有与《论语》《人间世》相互竞争的味道。

《太白》刊物阵容相当可观，编辑委员由艾寒松、傅东华、郑振铎、朱自清、黎烈文、陈望道、徐调孚、徐懋庸、曹聚仁、叶绍钧、郁达夫共11人组成，特约撰稿人有68人之多，皆为著名作家。从表面上看，刊物的政治倾向不太鲜明，但其主要成员如鲁迅、茅盾、陈望道、胡风、徐懋庸、聂绀弩等皆属左翼，所以，该刊所刊登的小品文不少都具有较强的现实性与批判性，如创刊号“短论”专栏的第一篇文章，即为鲁迅（署名“公汗”）的《不知肉味和不知水味》，第二篇为茅盾（署名“曲子”）的《“买办心理”和“欧化”》。在《太白》的撰稿人中，鲁迅与茅盾贡献最大，鲁迅共为《太白》（包括《太白》特辑《小品文与漫画》）撰文27篇，茅盾撰文24篇。由此可见，《太白》为左翼文学倾向明显的刊物。《太白》对复古读经的批判，对现实的批评，指向的是国民党的黑暗统治，而对幽默闲适格调的批评，矛头指向的则是周作人、林语堂所代表的自由主义知识分子。

在《太白》上著文批评林语堂的有鲁迅、茅盾、胡风、陈望道、徐懋庸、聂绀弩等。针对林语堂提倡性灵、挞伐“方巾气”，但向读者反复推荐的《野叟曝言》却并非性灵之作，而是方巾气颇浓的一部作品，鲁迅、聂绀弩皆发表文章进行讽刺和质疑。聂绀弩署名“悍膂”在《太白》第1卷第12期（1935年3月5日）发表《谈〈野叟曝言〉》一文，列举该书“最方巾气、不是性灵、否认思想自

---

① 鲁迅：《小品文的危机》，《现代》1933年第3卷第6期。

由、心灵不健全、白中之文”五点，以为该书“处处和林语堂先生底主张相反，为甚么林先生还要再三推荐呢”？聂文发表后，鲁迅不久即发表《寻开心》（《太白》第2卷第2期，1935年4月5日），对聂文进行声援。该文指出林语堂之憎“方巾气”，谈“性灵”，讲“潇洒”，也不过对老实人“寻开心”而已，何尝真知道“方巾气”之类是怎样一回事；也许简直连他所称赞的《野叟曝言》也并没有怎么看。1932—1934年，林语堂曾以《有不为斋随笔》为题发表文章，刊于《论语》和《人间世》，鲁迅作《“有不为斋”》（《太白》第2卷第5期，1935年5月20日），揭露林氏的虚伪：“‘有所不为’的，是卑鄙龌龊的事乎，抑非卑鄙龌龊的事乎?”该文对林氏的批评，在语气上已很严厉。这些文章外，鲁迅还在《太白》上发表《“天生蛮性”》《两种“皇帝子孙”》等文章，矛头皆指向林语堂。

茅盾与鲁迅一样，其批评林语堂的文章大多发表于《太白》的“掂斤簸两”专栏，如《“老爷”》（《太白》第2卷第1期，1935年3月20日）、《道在北平》（《太白》第2卷第6期，1935年5月5日）、《“中国本位文化建设”在〈人间世〉》（《太白》第2卷第4期，1935年6月5日）、《到哪里去学习》（《太白》第2卷第8期，1935年7月5日）。这些文章形式短小灵活，但如匕首和投枪，往往一言中的，令人解颐。如《“老爷”》讽刺林语堂提倡幽默，主张性灵，一派名士风度，雅人深致，但其文章《纪元旦》中的“老爷真苦”一语，却不自觉流露出一种主子和老爷的做派。《道在北平》讽刺林语堂对周作人的吹捧。《“中国本位文化建设”在〈人间世〉》掂出林语堂《闲谈中西文化》中“物质文明，吃穿居住享用，还是我们皇帝子孙内行”的语句，讽刺林氏昧于时事。《到哪里去学习》认为闲适的趣味，离我们所需要的通俗文学的趣味仍然很远，林氏的幽默文学，可以叫作绅士文学，“我以为，我们的通俗文学者，只有站在机器旁边，跟在牛屁股后面去学习，才能有所获得的”。

作为主编，陈望道在《太白》上也发表了多篇批评幽默、闲适与性灵的文章，如《过火的幽默》《知堂是唯物论者》《现代明人》《人杰地灵》（皆刊《太白》第1卷第8期，1935年1月5日）；《〈论语〉的新戒条》《幽默大师》《“随感录”的兴废》《伪造》（皆刊《太白》第 1 卷第 9 期，1935 年 1 月 20 日）；《知堂是什么唯物论者》《杂乱无章》（皆刊《太白》第 1 卷第 9 期，1935 年 3 月 5 日）。这些文章都是短论，写法与观点上与茅盾颇为一致。

《太白》出版一卷后，为了纪念，陈望道邀请作家撰文，结集为《小品文和漫画》一书，里面收录的许多文章，涉及对于幽默小品文的批评与分析，如茅盾的《小品文和气运》、胡风的《略谈“小品文”与“漫画”》、徐懋庸《大处入手——为太白社〈小品与漫画〉特辑作》等。

《申报·自由谈》《太白》《芒种》外，傅东华、郑振铎主编的大型文学期刊《文学》也发表过不少针对论语派的批评文章，作者有鲁迅、茅盾、胡风等人，其中胡风的《林语堂论》（《文学》第 4 卷第 1 号，1935 年 1 月 1 日），是以茅盾所开创的作家论形式，对林语堂的幽默、闲适文学观进行系统分析的重要文章。该文站在左翼思想立场上，从林氏个性主义的思想基础及个性主义在幽默小品文中的实践、“寄沉痛于幽闲”的自我辩解等方面，对林氏幽默闲适的思想观念，进行了有系统、有深度的剖析和批判。鲁迅对林语堂的批评主要采用杂文的形式，言简意赅而意味深长，胡风此文可看作从理论上对鲁迅批评的注解，代表左翼文学对林语堂的思想评价。茅盾在《文学》的“文学论坛”栏发表了大量杂感性质的文章，这些文章批评矛头之一指向的是林语堂，如《奢侈的消闲的文艺刊物》（《文学》第 4 卷第 3 号，1935 年 3 月 1 日），《杂志年与文化动向》《杂志“潮”里的浪花》（皆刊《文学》第 4 卷第 5 号，1935 年 5 月 1 日），《批评和谩骂》（《文学》第 5 卷第 2 号，1935 年 8 月 1 日），等等。

林语堂与左翼之间，围绕幽默、闲适与小品文展开的争论，主要源于两者对文学与政治、文学与现实关系看法不同。林语堂认为文学不应成为政治的附庸：“把人生缩小到政治运动，又把政治运动缩小到某党某派，然后把某党某派之片面的，也许甚为重要的活动包括一切人生，以某党某派之宣传口号包括一切文学，同调于我者捧场，不与我同调者打倒——这是今日谈文学者所常犯的幼稚病。……把文学整个黜为政治之附庸，我是无条件反对的，这也是基于文学的见解，无可奈何的一桩事。”① 但以鲁迅、茅盾为代表的左翼文学则坚持认为文学应该参与现实、改变人生。在鲁迅看来，林语堂对幽默闲适小品文的提倡，其实质乃是逃避现实、远离人生，对危机四伏的社会现实视而不见，对政治的黑暗和民众的疾苦视而不见。另外，林语堂提倡小品文时，特意宣扬“以自我为中心，以闲适为格调”，但在茅盾看来，小品文应该自由发展，不应为之设定界限：“……我觉得小品文应该让它自由发展，让它依着环境的需要而演变为各种格调，不该先给它‘排八字，算五星’。定要‘宇宙之大’似的载‘道’，固然是枷，可是‘特以自我为中心，闲适为格调’，也是镣锁。”② 林语堂认为自己有提倡幽默闲适之自由，纯属个人行为，与他人无涉。但鲁迅等人则认为，幽默闲适之提倡，会误导青年人，使之消极无为，失去改变现实人生的战斗意志。两者文学观的歧异，是导致论争的根源。鲁迅代表的左翼，持守的是行动的文学观，主张文学的价值在于使人成为行动的主体，而非退守无为、静观自得的隐士。林语堂所持的文学观，则与此恰恰相反，主张文学的价值在怡悦身心，安静灵魂，终止于无我、超我的境界。这样静观自得的自我，正是左翼文学所竭力反对的。正如阿英所说：“打硬仗既没有这样的勇敢，实行逃避又心所不甘，讽刺未免露骨，说无意思的笑话会感到无聊，其结果，就走向了‘幽默’一途。”③ 文学观的不同、思想立场的不同，必然导致林语堂与左翼文学阵营的交锋，这种交锋的外部表现，体现为林氏系列刊物与具有左翼思想背景或接近左翼的系列刊物之间的竞争。

林语堂与左翼之间的批评与反批评，基于政治立场、思想立场、文学观念的诸多不同。他们之间的往复论争，是20世纪30年代中国社会危机越来越严重的情境下，各种政治势力、思想流派之间交锋与

---

① 林语堂：《〈猫与文学〉小引》，《宇宙风》第22期，1936年8月1日。

② 维敬（茅盾）：《不关宇宙或苍蝇》，《申报·自由谈》1934年10月17日。

③ 阿英：《林语堂小品序》，见《阿英全集》第2卷，安徽教育出版社2006年版，第642页。

斗争越来越激烈的生动体现。内在的思想交锋与立场对峙，演变为外在的报刊林立和彼此论争，形成了 20 世纪 30 年代报刊的繁荣。观照与分析 20 世纪 30 年代报刊繁荣现象，离不开两个维度，一为政治维度，一为商业维度。20 世纪 30 年代《太白》《文学》与《论语》《人间世》之间围绕幽默和小品文问题所展开的论争，既是文学观念与思想立场彼此交锋的体现，其中又包含了吸引读者、扩大销量的营销策略与商业考虑。但是，沈从文在评价这场论争时，只就商业利益着眼而忽略或故意抹杀其中包含的政治意义，他认为这场争斗的成绩“就是凡骂人的与被骂的一古脑儿变成丑角，等于木偶戏的互相揪打或以头互碰，除了读者养成一种‘看热闹’的情趣以外，别无所有。把读者养成欢喜看‘戏’不欢喜看‘书’的习气，‘文坛消息’的多少，成为刊物销路多少的主要原因。争斗的延长，无结果的延长，实在可说是中国读者的大不幸。我们是不是还有什么方法可以使这种‘私骂’占篇幅少一些？一个时代的代表作，结起账来若只是这些精巧的对骂，这文坛，未免太可怜了。”① 可见，沈从文只是纯粹从商业利益角度来评论论语派与左翼的论争，这种狭隘的角度，必然使他看不清楚论争背后的政治含义，所以，他才会把二者间的“争斗”解释为“即是向异己者用一种琐碎方法加以无怜悯，不节制的辱骂”。对于沈从文这种分析，鲁迅认为他是把“凡骂人的与被骂的一古脑儿变成丑角”，等于抹杀是非。对于沈从文“我们是不是还有什么方法可以使这种‘私骂’占篇幅少一些？”的疑问，鲁迅的回答是：“有是有的。纵使名之曰‘私骂’，但大约决不会件件都是一面等于二加二，一面等于一加三，在‘私’之中，有的较近于‘公’，在‘骂’之中，有的较合于‘理’的，居然来加评论的人，就该放弃了‘看热闹的情趣’，加以分析，明白的说出你究以为那一面较‘是’，那一面较‘非’来。”②

对于这场论争，沈从文是有自己的“是非”的，他同样看不惯

---

① 炯之（沈从文）：《谈谈上海的刊物》，《大公报·小公园》1935 年 8 月 18 日。

② 隼（鲁迅）：《七论“文人相轻”——两伤》，收入《且介亭杂文二集》，见《鲁迅全集》第 6 卷，人民文学出版社 2005 年版，第 419 页。

林语堂提倡的“幽默”与“性灵”。随着20世纪30年代国内危机的愈益加深，林语堂、周作人等人对闲适、性灵的倡导，不但引起左翼思想阵营的批判，而且引起与林、周二人同处自由主义思想阵营的沈从文、朱光潜、朱自清等人的反感。沈从文在《谈谈上海的刊物》中首先批评《论语》的“幽默”：“编者的努力，似乎只在给读者以幽默，作者随事打趣，读者却用游戏心情去看它。它目的在给人幽默，相去一间就是恶趣。”① 对《人间世》也提出了直截了当的批评：“它的好处是把文章发展出一条新路，在体制方面放宽了一点，坏处是编者个人的兴味同态度，要人迷信‘性灵’，尊重‘袁郎中’，且承认小品文比任何东西还重要。真是一个幽默的打算！……作者‘性灵’虽存在，试想想，二十来岁的读者，活到目前这个国家里，哪里还能有这种潇洒情趣，哪里还宜于培养这种情趣？”② 沈从文认为在当时的社会现实里，读者很难拥有也无从培养幽默这种潇洒的情趣，其观点与鲁迅、茅盾所代表的左翼人士完全相同。而沈从文之所以抹杀左翼与论语派间论争的意义，看不到左翼批评论语派幽默闲适的正面意义，显然与派系和政治立场的不同有关。

对于幽默与小品文，朱光潜与沈从文看法相当一致，批评起来也毫不客气：“别人的印象我不知道，问我自己的良心，说句老实话，我对于许多聪明人大吹大擂所护送出来的小品文实在看腻了。”③ 他认为少数人特别嗜好晚明小品文，是他们的自由，但他反对这少数人把个人的特殊趣味加以鼓吹宣传，使它成为弥漫一世的风气。无论是个人的性格或是全民族的文化，最健全的理想是多方面的自由的发展。“晚明式的小品文聊备一格未尝不可，但是如果以为‘文章正轨’在此，恐怕要误尽天下苍生。”④ 对于幽默，他也提出直言不讳的严厉批评：“现在一般小品文的幽默究竟近于哪一个极端呢？滥调

---

① 炯之（沈从文）：《谈谈上海的刊物》，《大公报·小公园》1935年8月18日。

② 炯之（沈从文）：《谈谈上海的刊物》，《大公报·小公园》1935年8月18日。

③ 朱光潜：《论“小品文”——给〈天地人〉编辑徐先生》，1936年3月《天地人》创刊号，见《朱光潜全集》第3卷，安徽教育出版社1987年版，第426页。

④ 朱光潜：《论“小品文”——给〈天地人〉编辑徐先生》，1936年3月《天地人》创刊号，见《朱光潜全集》第3卷，安徽教育出版社1987年版，第428页。

的小品文和低级的幽默合在一起，你想世间有比这更坏的东西么？”① 朱光潜认为：“在现代中国，一个有势力的文学刊物比一个大学的影响还要更广大，更深长。这是否是一个好现象，我不敢断定。我所敢断定的你们编辑者实在负有一种极重大的责任。”② 因此，刊物编辑的编辑行为，不能仅仅看成个人行为，而应看作社会行为，要对社会负责，对读者负责。而在当时中国社会内忧外患的艰难情势下，刊物编辑所承担的社会责任更为重大，更不能视刊物编辑与书籍出版如儿戏。

朱自清对林语堂提倡幽默虽没有激烈的批评意见，但也发表过比较委婉含蓄的看法，具体表现在他 1935 年所作的《什么是散文》一文。他认为狭义的现代散文指的就是“抒情文”或“小品文”。“这种散文的趋向，据我看，一是幽默，一是游记、自传、读书记。若只走向幽默去，散文的路确乎更狭更小，未免单调；幸而有第二条路，就比只写身边琐事的时期已展开了一两步。大体上说，到底是前进的。有人主张用小品文写大众生活，自然也是一个很好的意思，但盼望做出些实例来。”③ 可见，朱自清是从纯学理的角度来谈论幽默小品文的，认为小品文若只走幽默一路，路只能越走越窄。这等于否定了幽默。后来朱自清在 1947 年所写的《文学的严肃性》一文中，从历史的角度，对幽默又一次进行了批评：“从言志转到了幽默。好像说酒要一口一口的喝，还不成，一直要幽默到没有意义，为幽默而幽默，一面要说话，一面却要没有意义，这也是一种极端。生活的道路，越走越窄，一切都没有意义，变成耍贫嘴，说俏皮话，这明明白白回到了消遣。”④ 到了 20 世纪 40 年代，朱自清与左翼一样，从文学应该为人生的角度，对林语堂的幽默进行了彻底否定。

---

① 朱光潜：《论“小品文”——给〈天地人〉编辑徐先生》，1936 年 3 月《天地人》创刊号，《朱光潜全集》第 3 卷，安徽教育出版社 1987 年版，第 429 页。

② 朱光潜：《论“小品文”——给〈天地人〉编辑徐先生》，1936 年 3 月《天地人》创刊号，《朱光潜全集》第 3 卷，安徽教育出版社 1987 年版，第 429 页。

③ 朱自清：《什么是散文》，见《朱自清全集》第 4 卷，江苏教育出版社 1996 年版，第 364 页。

④ 朱自清：《文学的严肃性》，见《朱自清全集》第 4 卷，江苏教育出版社 1996 年版，第 479—480 页。

三　从《骆驼草》到《文学杂志》——京派文学空间的拓展与裂隙

京派是现代文学史上的重要文学流派，这已成为学界共识。关于京派，许多学者都有界定，其中严家炎先生的界定简明扼要："它是指新文学中心南移到上海以后，三十年代继续活动于北平的作家群所形成的一个特定的文学流派。他们处在周作人、沈从文的影响之下，与北方'左联'同时并存，虽未正式结成文学社团，却在全国文学界具有一定的号召力。"[①] 京派成员主要有三部分：一是 20 世纪 20 年代末期语丝社分化后留下的作家，比较偏重性灵、趣味，如周作人、俞平伯、废名（冯文炳）；二是新月社留下的及与《新月》关系较为密切的一些作家，像梁实秋、沈从文、梁宗岱、凌叔华、孙大雨等；三是北大、清华等校的其他师生，包括一些开始在文坛露面的青年作家，像朱光潜、何其芳、卞之琳、李健吾、萧乾、李广田、李长之等。这些成员思想、艺术倾向并非完全一致，但在 20 世纪 30 年代前半期，有大致相近的趋向与主张，在创作上有共同审美追求，因而形成若干鲜明的艺术特色。[②] 京派作为 20 世纪 30 年代的重要文学流派，其人员集结、思想宣示与流派成形，无不得力于文学报刊。通过梳理与京派相关的文学报刊，大致可以还原京派作为文学流派，从产生到发展壮大的历史脉络。

京派的萌芽与初步成形，与 1927 年前后中国政治大变动所带来的系列思想分化、文化中心的南移有着密切内在关联。1927 年，随着北京政治环境的恶化，以及蒋介石国民政府定都南京，北京改为北平，大批文化人南下，文化中心南移上海，北京的地位一落千丈。文化中心南移在报刊上的一个生动体现为语丝社刊物《语丝》与现代评论社刊物《现代评论》南移上海。《语丝》在北京出版至第 154 期（1927 年 10 月 22 日），被北洋军阀查封，刊物的出版发行机构北新书局也被迫关门。无奈之下，《语丝》和北新书局南移上海。《现代

---

① 严家炎：《中国现代小说流派史》，长江文艺出版社 2009 年版，第 200 页。

② 参见严家炎《中国现代小说流派史》，长江文艺出版社 2009 年版，第 201 页。

评论》同样迫于政治压力迁往上海。《现代评论》与《语丝》南移，是一颇具象征意味的文化事件，昭示了中国政治、经济、文化重心的南移，以及政治力量影响下思想阵营的分化和演变。20 世纪 30 年代，随着国共斗争的进一步加剧，20 世纪 20 年代新文学界内部相对统一的思想立场已不复存在，这给不同的文学流派、文学社团的诞生提供了契机。

1927 年之后，北平虽然失去政治中心的地位，但由于北京大学、清华大学、燕京大学等著名高等学府的存在，大批文化人仍然集结于此。由于远离政治中心的喧嚣，这些文化人反而能够保持平静的心态。这些文化人，身处高等学府的书斋之中，远离政治与思想斗争的纷扰，在政治立场上持不左不右超脱地位，坚守个人主义、自由主义思想立场，从教书育人和文学创作中获取人生的价值意义。鲁迅曾描绘 1927 年之后北京学界的情形："而北京学界，前此固亦有其光荣，这就是五四运动的策动。现在虽然还有历史上的光辉，但当时的战士，却'功成，名遂，身退'者有之，'身稳'者有之，'身升'者更有之。"[①] 在鲁迅看来，北平学界是一派战士退隐、思想沉寂的落寞境况。鲁迅所谓的"身退""身稳"皆隐有所指，"身退"指思想立场的右转，"身稳"指生活环境的安稳，对京派主要成员的定位很准确。京派作为一个相对松散的文学流派的出现，在 20 世纪 30 年代的出场是必然的，因为它代表了 20 世纪 30 年代一部分超脱的自由主义知识分子的思想诉求与审美追求，当然，由于这一批知识分子身处北平大学校园相对封闭、安稳的文化空间，其思想立场与审美追求，与上海的自由主义知识分子又同中有异，"京派"与"海派"的分歧与论争于此已埋下伏笔。

1927 年之后，北平的文化出版业一度陷入低谷，1929 年北平新发行的期刊仅《华严》《文艺月刊》《绮虹》三种，1930 年新出版的刊物也只有六七种。[②]《骆驼草》1930 年 5 月 12 日创刊时，正是北平

---

① 栾廷石（鲁迅）：《"京派"与"海派"》，《申报·自由谈》1934 年 2 月 3 日。

② 参见烽柱《我所见一九三〇年之几种刊物》，《文艺月刊》1930 年第 1 卷第 4 号。

文化发展陷入低潮时期。该刊从出版到同年 11 月 3 日停刊，持续时间并不长，仅出版 26 期。刊物主持人为周作人，实际编辑人为废名和冯至。主要作者有周作人、俞平伯、废名、梁遇春、冯至、徐玉诺、徐祖正、李健吾、程鹤西、沈启无等。

《骆驼草》与周作人此前组织的骆驼社有一定承继关系。骆驼社是 1924 年周作人与张定璜、徐祖正创办的文学社团。① 中途有江绍原、废名等人加入。1926 年 7 月 26 日，骆驼社出版了《骆驼》文艺周刊及《骆驼丛书》。② 骆驼社的主要人物周作人、徐祖正、废名，都是《骆驼草》周刊的主要撰稿人，可见，《骆驼草》与此前的骆驼社是有关系的。

《发刊词》为废名所撰，从中可看出周作人与《骆驼草》同人的思想立场："不谈国事。既然立志做'秀才'，谈干什么呢?""不为无益之事。凡属不是自己'正经'的工作，而是惹出来的，自己白费气力且不惜，（其实岂肯不惜呢?）恐怕于人也实在是多事，很抱歉的，这便认为无益之事，想不做。""文艺方面，思想方面，或而至于讲闲话，玩骨董，都是料不到的，笑骂由你笑骂，好文章我自为之，不好亦知其丑，如斯而已，如斯而已。"③ 这里面有几个关键词"不谈国事""不为无益之事""讲闲话、玩骨董""好文章我自为之"，这几个关键词，包含了《骆驼草》同人远离政治、超脱左右的基本原则，不去"惹事"，专注于艺术这个"自己的园地"。这样的思想原则，之后也同样为京派文人所持守。可以说，从《骆驼草》到《水星》《大公报·文艺》再到《文学杂志》，京派系列刊物的思想立场是一以贯之的。

《发刊词》外，徐祖正署名"祖正"在《骆驼草》上发表了系列理论文章，有《对话与独白》（《骆驼草》第 2 期，1930 年 5 月 19 日）、《文学上的主张与理论》（《骆驼草》第 3 期，1930 年 5 月 26 日）、《文学运动与政治的相关性》（《骆驼草》第 4 期，1930 年 6 月

---

① 参见周作人《代表"骆驼"》，《语丝》1926 年第 89 期。

② 参见孙玉蓉《谈骆驼社、〈骆驼〉和〈骆驼草〉》，《鲁迅研究月刊》1997 年第 8 期。

③ 废名：《创刊词》，《骆驼草》创刊号，1930 年 5 月 12 日。

2日）、《文艺论战》（《骆驼草》第10期，1930年7月14日）、《一个作家的基本理论》（《骆驼草》第22期，1930年10月6日）、《理性化与文学运动》（《骆驼草》第23、24、25期，1930年10月13日、20日、27日），这些文章也显示了《骆驼草》同人的思想趋向。其中《文学运动与政治的相关性》反思文学运动与政治的关系，认为“以为文艺政策就是一种政治手段”，是过于重视文艺的功用，而“把政治与文艺视为绝无相关性”，则是“轻视文艺不过是风人雅士之消遣品”，他认为“文艺仍还是文艺”，文学绝不能被当作宣传思想的工具。[①] 既反对把文艺当作消遣品，又反对把文学附属于政治，作为宣传品。徐祖正对于文艺与政治关系的看法，同样也是以后京派的看法。所以说，京派最基本的思想主张和立场，早在《骆驼草》时期已基本成形。

《骆驼草》虽宣传“不惹事”，但不等于没有自己的思想立场。有思想立场，就难免要依据自己的思想立场来发出自家声音。因为办刊物的目的是要发声，“不惹事”是不过问政治，不是不发声。徐祖正的系列文章可视为代《骆驼草》同人发出的声音。另一篇俞平伯的《〈冰雪小品〉跋》同样代表《骆驼草》同人的立场。

周作人学生沈启无编辑明人小品《冰雪小品选》，俞平伯为该书作跋、周作人作序。俞平伯的跋以《〈冰雪小品〉跋》为题，刊《骆驼草》第20期（1930年9月22日）。周作人、俞平伯本是通过出版明人小品来提倡闲适、冲淡的文风，但他们为该书作的序和跋却满含火气，表面上批评载道文学，暗里则指向左翼。俞平伯认为在中国传统文学中，小品文倒霉，以前是触犯了天地君亲师五位大人，“现在更加多了，恐怕正有得来呢”。不过，小品文的倒霉也正是它的侥幸，“可以少吃点冷猪肉”。“若说正经话，小品文的不幸，无异是中国文坛上的一种不幸，这似乎有点发夸大狂，且大有争夺正统的嫌疑，然而没有故意回避的必要。因为事实总是如此的：把表现自我的作家作（应为刊——引者注）物压下去，使它们成为旁岔伏流，同

① 参见祖正《文学运动与政治的相关性》，《骆驼草》1930年第4期。

时却把谨遵功令的抬起来……中国文坛上的黯淡空气，多半是从这里来的。”这里说的“中国文坛”即是当代文坛，俞平伯说：“……他们自命为正道，以我们为旁斜是可以的，而我们自居于旁于斜则不可；即退了一步，我们自命为旁斜也未始不可，而因此就不敢勇猛精进地走，怕走得离正轨太远了，要摔跤，跌断脊梁骨，则断断乎不可。所以称呼这些短简为小品文虽不算错，如有人就此联想到偏正高下这些观念来却决不算不错。我们虽不断断于争那道统，可是当仁不让的决心，绝对不可没有的。——莫须有先生对我盖言之矣。”[①]“莫须有先生”即废名，可见，俞平伯这里所说的话也代表了废名的观点。他们提倡小品文，其实是以小品文为招牌，来提倡一种远离政治的“言志”文学，以与左翼的“载道”文学相抗衡、相争胜。周作人的《〈冰雪小品〉序》把文学分为“载道”与“言志”，以小品文之“言志”对抗与否定“载道”，意思与俞平伯完全一致，观点表达得也更为显豁。

周作人和俞平伯对左翼文学的批评，源于思想立场的不同，直接的诱因则是左翼阵营对《骆驼草》和周作人的批评。《骆驼草》创刊不久，鲁迅在1930年5月24日给章廷谦的信中曾私下对《骆驼草》有较温和的评论，认为“以全体而论，也没有《语丝》开始时候那么活泼”[②]。鲁迅对《骆驼草》的评价还是很温和的，且只是私下交流。相比鲁迅的评论，当时北方的左翼阵营，对于《骆驼草》的批评就严厉多了。《骆驼草》出刊不久，北平的《新晨报副刊》上有系列文章出现，对《骆驼草》和周作人展开批判。这些文章讥讽《骆驼草》的撰稿者们都是“‘落到资本主义泥坑里’的大学教授，领到了几百块，闲暇安然地坐上骆驼，谈起了‘草’，如斯而已”[③]。宣告周作人是“似不幸又似命定地趋于死亡的没落了”[④]。对于左翼的批

---

① 平伯：《〈冰雪小品〉跋》，《骆驼草》1930年第20期。

② 鲁迅1930年5月24日致章廷谦信，见《鲁迅全集》第12卷，人民文学出版社2005年版，第235页。

③ 千因：《读〈骆驼草〉上的几篇东西》，《新晨报副刊》1930年6月3日。

④ 非白：《鲁迅与周作人》，《新晨报副刊》1930年6月11日、12日。

判，俞平伯毫不客气地给予回击，他以“请拿出货色”来，向其发出质问：“你们的地位，自命为新兴的权威，我们可以向你提出一种要求和质问……理论固然要讲，也请拿点作品出来看看。”[①] 俞平伯反驳的语气和态度颇为强硬，“拿出作品看看”，暗含着对于左翼只有理论而没有作品的鄙夷与讽刺。在俞平伯、废名及其背后的周作人看来，左翼代表的所谓“新载道文学”只有政治而没有艺术。

《骆驼草》坚持时间虽不长，但在京派发展历史上却据有重要地位。京派的主要成员，如周作人、废名、俞平伯、李健吾、冯至、吴伯萧、程鹤西等，已经在这个刊物上面出现。京派的思想立场和文学观念，京派与左翼思想对峙的格局皆已大致成型。

《骆驼草》代表京派发展的初始阶段，京派作为一个真正文学流派被人认识，则始于天津《大公报》“文艺”副刊。《大公报》“文艺”副刊得以创刊，与 20 世纪 30 年代初中期特别是 1933 年大批文化人回流北平有关，这些人有的是从国外留学归来，如朱光潜与李健吾，有的则是从上海、青岛等地回到北平，如以胡适为领袖的《现代评论》和《新月》成员梁实秋、闻一多、叶公超，以及郑振铎、巴金、靳以等人，30 年代初皆陆续返回北平，任教于北京大学、清华大学、燕京大学等北方高校，或供职于文化出版机构。“1933 年以前，我也在北平《晨报》上写过稿儿，可那时候的北平文学界可老气横秋，是苦雨斋的周二先生和清华园的吴宓教授两位老头儿的天下，没有我们毛孩子的份儿。但是，一九三三年我打福州一回来，北平好像变了个样儿。郑振铎、巴金和靳以都打南边儿来啦，他们办起《文学季刊》和《水星》，在来今雨轩开起座谈会。他们跟老熟人杨振声和沈从文联合起来，给憋闷的北平开了天窗。”[②] 萧乾这段话生动描述了 1933 年前后北京文学环境的变化。1933 年，随着大批文化人，包括他提到的郑振铎、巴金、靳以的回归北平，北京的文化再次回暖，《大公报》“文艺”副刊的创办及由此引发的京派的繁荣发展，

---

① 平伯：《又是没落》，《骆驼草》1930 年第 7 期。

② 萧乾：《我这两辈子》，见《萧乾全集》第 4 卷，湖北人民出版社 2005 年版，第 856—857 页。

是北京20世纪30年代文化回暖的集中体现。

说起20世纪30年代京派的发展，其中要特别提及的人物是杨振声。按照萧乾说法，“说周作人、梁实秋为京派领袖，那也许适于一九三三年以前。三三年如果说有一位领袖（实际上没有），我则认为应是杨振声。”[①] 他的观点提醒我们应重新认识杨振声在京派发展中的作用。1932年后半年杨振声辞去青岛大学校长职务，受教育部委派主持中小学教科书编辑委员会，回到北平。在他邀请下，沈从文也辞去青岛大学教职，回到北平，从事中小学语文教科书的编辑。1933年9月，天津《大公报》邀请杨振声改革由吴宓主编的《大公报》“文学”副刊，在杨振声的大力改革下，老成持重、以发表学术文章见长的《大公报》“文学”副刊成功转型为以刊发新文学作品为主的“文艺”副刊。经杨振声推荐，沈从文得以参与编辑《大公报·文艺副刊》。之后，1935年萧乾又经杨振声和沈从文推荐，进入《大公报》工作。[②] 由此可见，正是在杨振声的推荐下，沈从文、萧乾得以进入《大公报》并主编《大公报·文艺副刊》，这才有了京派在20世纪30年代的复兴与扩张。

《大公报·文艺副刊》第1期（1933年9月23日）刊登的文章有周作人《猪鹿狸》、林徽因《惟其是脆嫩》、卞之琳的诗歌《倦》、杨振声《乞雨》、沈从文《记丁玲女士》。这几个作者都是京派核心人物，周作人是早期京派的代表，属于京派树立的旗帜，杨振声是京派发展的组织者和推动者，沈从文是京派中坚，卞之琳是京派的后起之秀，林徽因则是京派聚集沙龙“我们太太的客厅”的女主人。几篇文章中，林徽因《惟其是脆嫩》与杨振声《乞雨》虽然没有以

---

① 萧乾1995年12月25日致吴福辉函，见《萧乾全集》第7卷，湖北人民出版社2005年版，第96页。另：解志熙先生《气豪笔健文自雄——漫说文坛健将杨振声兼谈京派问题》一文（《文艺争鸣》2014年第11期）对杨振声在京派发展中的关键性作用与巨大贡献，有精彩、切实、中肯的论述。

② 萧乾先是编辑《大公报·小公园》，从1935年9月1日起，“文艺副刊”和“小公园”合并为“文艺”，“文艺”周一、三、五版，由萧乾主编，风格和“文艺副刊”相似，周日版由沈从文主编，刊登一些篇幅较长的文章。1936年4月，《大公报》上海版创刊，《大公报·文艺》也相应有了上海版，沈从文辞去编务，《大公报·文艺》由萧乾全权负责。

“发刊词”的面目出现，但可当作发刊词来看。先看《惟其是脆嫩》：“假使，这里又有了机会联聚起许多人，为要介绍许多方面的文字，更进而研讨文章的质的方面；或指出已往文章的历程，或讲究到各种文章上比较的问题，进而无形的讲究到程度和标准等问题。我又敢相信，在这种景况下定会发生更严重鼓励写作的主动力。”这里谈的是聚集文学同道相互切磋砥砺从而促进创作发展，京派就是这样的团体。“我们可否直爽的承认一桩事？创作的鼓动时常要靠着刊物把它的成绩布散出去吹风，晒太阳，和时代的读者把晤的。”这里的刊物隐指《大公报·文艺副刊》。林徽因这篇文章写得很婉转，但其主题是关于流派、刊物、创作与时代的相互关系问题，可看作《大公报·文艺副刊》的发刊词。《乞雨》则直陈文坛问题：“请看，这连年的水旱，遍地的狼烟，有多少日暮无归的老人！……然而，又有多少文艺的记载？”“几年来军人的盘剥，政客的敲诈，苛捐杂税的诛求。……然而，文艺又有多少记载？”文艺的田园需要血泪的灌溉，需要思想的沾润。“故在创作，必要的是由于同情而生的了解；在批评，可贵的是由于了解而生的同情。”后杨振声又发表《了解与同情之于文艺》（《大公报·文艺副刊》第 23 期，1933 年 12 月 9 日），再次申述了解与同情对于文艺创作的重要性。杨振声强调文艺应接近现实，由同情而生了解，这种直面现实的文艺观与左翼有暗合之处，间接上是对周作人闲适、性灵、言志文学观的批评。由于杨振声在京派发展中处于推动者、组织者地位，他的这种文艺观对于京派的健康发展至关重要。

《大公报·文艺副刊》为京派提供了发表作品的阵地，京派作家皆有重要作品在该刊发表。创作思想与创作风格及审美追求的一致或接近，是京派成派的基础。而京派作为一流派为人所知，还与沈从文挑起的一场京海论争有关。创刊不久，在 1933 年 10 月 18 日天津《大公报·文艺副刊》第 8 期，沈从文发表《文学者的态度》，毫不客气地批评一些作家以“玩票白相”态度从事文学活动，“已经成了名的文学者，或在北京教书，或在上海赋闲，教书的大约每月皆有三百至五百元的固定收入，赋闲的则每礼拜必有三五次谈话会之类列席”。可能是沈从文之前写过《现代中国文学的小感想》（《文艺月刊》第1卷第5号，1930年12月15日）、《上海作家》（《小说月刊》第1卷第3期，1932年12月15日）等文，对上海的“新海派”和“新礼拜六派”提出过批评，因此，他的这篇文章虽把北京、上海并列，但还是引起了一些上海作家的强烈反感和不满。不久，苏汶（杜衡）发表《文人在上海》（《现代》第4卷第2期，1933年12月）回击。在杜衡看来，新文学界的“海派文人”一词，其恶意程度不下于评剧界所流行的“海派”。它的含义极多，有“爱钱、商业化，以至于作品的低劣、人格的卑下”等意味。他说：“也许有人以为所谓‘上海气’也者，仅仅是‘都市气’的别称，那么我相信，机械文化的迅速的传布，是不久就会把这种气息带到最讨厌它的人们所居留的地方去的，正像‘海派’的平剧直接或间接的影响着正统的平剧一样。”杜衡虽只是为“海派”文人辩护，文中没提及“京派”，只提及“北方的同行”，但由此引发了所谓“京海之争”。为回应杜衡文章，沈从文又写了《论“海派”》（天津《大公报·文艺副刊》第32期，1934年1月10日）、《关于海派》（天津《大公报·文艺副刊》第43期，1934年2月21日）等文章。他说：“‘名士才情’和‘商业竞卖’相结合，便成立了吾人今日对于海派这个名词的概念。”[①] 沈从文着重指出所谓“海派”指为人为文的做派，并非限于地域，在上海的文人并非都是“海派”，而其他地方如北平的文人也可能是“海派”。提到北平作家，沈从文用的只是“北方的作者”，没用“京派”一词。

在京海论争的初期，批评的双方皆着眼于“海派”，一方批评，一方则为之辩护。曹聚仁《京派与海派》（《申报·自由谈》1934年1月17日）站在第三者立场，对“京派”与“海派”进行比较，首次把戏剧的“京派”一词用于新文学作家。他认为京派与海派无实质差异，海派浪漫，京派则古典，“试就京派之现状申论之，胡适博士，京派之佼佼者也，也讲哲学史，也谈文学革命，也办《独立评

---

① 从文：《论“海派”》，《大公报·文艺副刊》1934年第32期。

论》，也奔波保定路上，有以异于沈从文先生所谓投机取巧者乎？曰：无以异也。海派冒充风雅，或远谈希腊罗马，或近谈文士女人；而京派则独揽风雅，或替摆伦出百周纪念千周纪念，或调寄‘秋兴’十首百首律诗，关在玻璃房里，和现实隔绝；彼此有以异乎？曰：无以异也。海派文人从官方拿到了点钱，办什么文艺会，招纳弟子，吃吃喝喝；京派文人，则从什么文化基金会拿到了点钱，逛逛海外，谈谈文化；彼此有以异乎？曰：无以异也。‘一成为文人，便无足观。’天下乌鸦一般黑，固无间乎‘京派’与‘海派’也”。曹聚仁这段评论很精彩，其矛头直指京派核心人物胡适，认为胡适的做派与海派文人无异。海派像穿高跟鞋的摩登女郎，在街头狂奔，在市场往来，还算是社会的，和现实相接触的。“那些裹着小脚，躲在深闺的小姐，不当对之有愧色吗?”在京海论争中，《京派与海派》一文首次把“京派”与“海派”对举，把胡适作为京派代表人物，对京派与海派各自的精神实质进行了透彻分析。这篇文章几乎主导了之后京海论争的导向，紧随其后，徐懋庸发表《“商业竞卖”与“名士才情”》（《申报·自由谈》1934 年 1 月 20 日），认为“名士才情”与“商业竞卖”两者之本质冲突，无法结合：“文坛上倘真有‘海派’与‘京派’之别，那末我以为‘商业竞卖’是前者的特征，‘名士才情’却是后者的特征。”徐文对“京派”“海派”的概括简明扼要，点到了实处。之后，《申报·自由谈》有多篇有关京海论争的文章发表，如青农《谁是“海派”?》（1934 年 1 月 29 日）、毅君《怎样清除“海派”》（1934 年 2 月 10 日）、古明（胡风）《南北文学及其他》（1934 年 2 月 24 日）、古明（胡风）《再论京派海派及其他》（1934 年 3 月 17 日）。

京海论争中，鲁迅也发表多篇文章，有《“京派”与“海派”》（《申报·自由谈》1934 年 2 月 3 日）、《北人与南人》（《申报·自由谈》1934 年 2 月 4 日）、《“京派”和“海派”》（《太白》第 2 卷第 4 期，1935 年 5 月）等。《“京派”与“海派”》指出“文人之在京者近官，没海者近商，近官者在使官得名，近商者在使商获利。要而言之，不过‘京派’是官的帮闲，‘海派’则是商的帮忙而已”。鲁迅此文与曹聚仁《京派与海派》有异曲同工之妙，其所谓的“近官”显然指向胡适。京海论争由沈从文、杜衡引发，在《申报·自由谈》上进一步扩大，之后还有其他作家参与论争当中，如韩侍桁发表《论海派文学家》（见《小文章》，上海良友图书公司初版，1934 年 9 月）、姚雪垠发表《京派与魔道》（《芒种》第 8 期，1935 年 7 月 1 日）、魏京伯发表《海派与京派产生的背景》（《鲁迅风》第 16 期，1939 年 6 月）。这些文章中，姚雪垠对京派的批评最为激烈和一针见血：“海派有江湖气，流氓气，娼妓气；京派则有遗老气，绅士气，古物商人气。而后者这些气质，都充分的表现在知堂老人的生活，脾味，与文章上。”主张文学是无用的东西，主张闭目不谈现实，在北方虽以知堂老人为领袖，但实际上所有京派全是如此。在姚雪垠看来，梁实秋与京派的批评家李长之更是如此。梁实秋 1935 年 3 月 4 日开始主编《世界日报·学文周刊》，在第 1 期发表《〈学文〉的意义》，认为“文学这东西原不是人生要素之一，没有什么大用处，我不相信有人在饭未吃饱以前还谈什么文学，文学原是在‘吃饱饭没事做’的时候来赏玩的。……有闲暇的人在有闲暇的时候学习一点文事，总不失为有益无损的事吧”。“《学文》的意义，如此而已。”[①] 姚雪垠认为梁实秋这种观点，与周作人的文学无用论如出一辙。“在主张闭目不谈现实这一点上和在文体上全跟着知堂老人走的，有俞平伯和废名二人。俞平伯用半人话半鬼话的文体写他的梦遇，已经是鬼气森森了，但还不及废名入道之深。废名不写现实也不写梦，而写‘莫须有’；用人话和鬼话掺在一块儿创出一种新文体，而叫人和鬼都谈[②]不懂；废名的魔道真不小！”[③] 姚雪垠对京派的批评虽显过激，但对周作人、废名思想与文体的把握则颇为深刻。从姚文可看出，梁实秋、李长之已经与周作人、废名、俞平伯这些早期京派一道，被视为京派中人了。

京海论争中，京派与海派一样，同样受到左翼文学阵营的激烈批

① 梁实秋：《〈学文〉的意义》，《世界日报·学文周刊》1935 年第 1 期。
② “谈”应为“读”。
③ 姚雪垠：《京派与魔道》，《芒种》1935 年第 8 期。

判，但这场论争无疑扩大了京派文学的影响，京派逐渐被视为一比较宽泛意义上的文学派别。

通过京海论争，京派逐渐作为文学团体为文坛所认同，但在当时，学者和作家们已经认识到京派内部其成员在思想上并不一致。如姚雪垠看出京派中又存在“所谓老牌京派”，他们自以为是成色十足的京派，但“在京派中又另成一派，和其他京派走的并不是一条路儿”①。这里所谓的“老牌京派”，指的是周作人、俞平伯、废名等早期京派人物。姚雪垠后来也说：“当时住在北平的有两位作家威望很高，人们称作‘京派作家’。老一代的作家以周作人为代表，好像是居于‘盟主’地位，人们尊称他‘知堂老人’……在北平的年轻一代的‘京派’代表是沈从文同志，他在当时地位之高，今日的读者知道的人很少。”② 这里京派中“老一代的作家”是“老牌京派”的意思。周作人提倡冲淡、闲适及以此为内容的小品文，最初热切响应者有废名、俞平伯等弟子。其弟子沈启无编辑《冰雪小品》（后改名为《近代散文钞》），乃是落实周氏提倡晚明小品的意旨。周氏提倡晚明小品，目的是反对他所谓的左翼的“新载道文学”，提倡他心中远离现实政治的言志文学。他为该书作序，俞平伯为该书作跋，把这层意思表达得很明确，他们的序与跋皆咄咄逼人，具有很强的针对性。周作人对闲适小品文的提倡，得到时在上海的林语堂的大力响应，《人间世》对闲适性灵小品文的提倡，与周作人很有关系。该刊创刊号首先登载周作人近影和周氏的五十自寿诗及沈尹默、刘半农、林语堂的和诗，也颇有象征意味，代表了《人间世》对周氏文坛地位的肯认和对周氏文学成就的致敬。林语堂还特别邀请周作人得意弟子废名为《人间世》写作《知堂先生》，刊于 1934 年 10 月 5 日《人间世》第 13 期。文中废名表达了他对老师的高度敬意：“我们从知堂先生可以学得一些道理，日常生活之间我们却学不到他的那个艺术的态度。平伯以一个思索的神气说到，‘中国历史上曾有像他那样气

---

① 姚雪垠：《鸟文人》，《芒种》1935 年第 3 期。

② 姚雪垠：《学习追求五十年》，《新文学史料》1980 年第 3 期。

分的人没有?’我们两人都回答不了。”林语堂又在1935年4月20日《人间世》第22期发表《小品文之遗绪》，推周氏为明之公安。见到此文，废名发表《关于派别》（《人间世》第26期，1935年4月20日），认为林语堂说法不确：“知堂先生恐不是辞章一派，还当于别处求之。因此我想到陶渊明。”把周氏比为陶渊明。对于林氏的周作人观，废名表面反对，实乃完全认同，只不过认为林语堂仅就辞章着眼，还是看得周作人太低。对于这点，林语堂当然心知肚明，因此他为此文特加跋语以道心曲：“我读此文甚得谈道及闻道之乐，益发增吾归北平之感。此文自有一番境界，恐非常人所易明白，且易启误会，非常人所易明白而吾仍必发之，不得已也。”林氏与废名一唱一和，对周作人进行吹捧和颂扬，其目的仍为打着周作人旗号，以提倡闲适和性灵。可见，周作人、废名、俞平伯虽为京派人物，身居北平，但在提倡闲适、性灵一点上，与南方的林语堂达成了高度一致，南北相互唱和，彼此互通款曲。与此形成对照的是，同为京派中人的沈从文、朱光潜，却对林语堂提倡的闲适、性灵提出严厉批评，由于林语堂的精神后援是周作人、废名等人，沈、朱对林语堂的批判，未尝不可视为对周作人、废名的批评，只不过由于沈、朱作为周作人的晚辈，且名义上周与胡适同为京派的领袖人物，他们不好直接向周作人开刀，只好旁敲侧击，来借《人间世》说事了。

周作人与林语堂、施蛰存等人的南北呼应，即所谓“京海合流”，鲁迅看得很清楚，在1934年发表《“京派”与“海派”》后，时隔一年有余，他又发表《“京派”和“海派”》(《太白》第2卷第4期，1935年5月）一文，指出：“目前的事实，是证明着京派已经自己贬损，或是把海派在自己眼睛里抬高，不但现身说法，演述了派别并不专与地域相关，而且实践了‘因为爱他，所以恨他’的妙语。当初的京海之争，看作‘龙虎斗’固然是错误，就是认为有一条官商之界也不免欠明白。因为现在已经清清楚楚，到底搬出一碗不过黄鳝田鸡，炒在一起的苏式菜——‘京海杂烩’来了。”他举出两则实例，一是1935年出版的施蛰存编的《晚明二十家小品》，封面有当时周作人的题签：“以前上海固然也有选印明人小品的人，但也可以说是冒牌的，这回却有了真正老京派的题签，所以的确是正统的衣钵。”这里的“真正老京派”所指即为周作人；一是 1935 年 2 月出版的《文饭小品》，康嗣群编辑、施蛰存发行，该刊第 3 期第一篇文章为周作人《食味杂咏注》，最后一篇为施蛰存的《无相庵断残录》，“真正老京派打头，真正小海派煞尾了”。在鲁迅看来，《人间世》创刊号把周作人的图像与诗置于前面，是“京派开路的期刊”，但还只是“半京半海派”所主持的东西，而《文饭小品》则是“纯粹海派”刊物。要而言之：今儿和前儿已不一样，京海两派中的一路，做成一碗了。鲁迅反复提到“老京派”，目标直指周作人，说明他和姚雪垠一样，也认识到周作人、废名等人与后起的京派人物如沈从文、朱光潜之间的不同，“在京派中又另成一派，和其他京派走的并不是一条路儿”。而所谓“京海合流”中的“京”，指的乃是“老京派”周作人，并非泛指一般京派人士。

周作人及其影响下的废名、俞平伯与其他京派貌合神离，还可从周作人 1936 年创办《世界日报》副刊“明珠”一事看出。1936 年 10 月 1 日至 1936 年 12 月 31 日，周作人与弟子俞平伯、废名及清华大学学生林庚一起编辑《世界日报》副刊“明珠”，共出版 92 期。从 1937 年 1 月 1 日起，周作人不再担任“明珠”编辑职务。从 1936 年 10 月到年终，周作人编辑“明珠”副刊的时间只有 3 个月。然而，对于这短短 3 个月时间，周氏却很怀念。他在 1943 年 3 月 15 日所作的《怀废名》一文中，曾特意抄录自己 1937 年 9 月 15 日写给废名的信一封，信中，他把自己与废名、林庚等人编辑“明珠”的 3 个月称为“‘明珠’时代”，怀念起那段师友相聚的时光，不禁“深有今昔之感”。“明珠”时代，周作人在上面发表了不少文章，第一期首篇文章即为他以笔名“智堂”发表的《通俗文章》，其他文章有同以“智堂”署名的《英雄崇拜》《宋人议论》等，署名“知堂”的《谈斧政》《谈韩文》等。短短 3 个月，周氏在“明珠”发文共计 16 篇之多。周氏之外，“明珠”副刊的创办于废名也有着特殊意义，周作人在划分废名的文艺活动时，特把废名为“明珠”写短文的时期称为“明珠”时代，由此可见，这样一个小小的副刊，在废名创作发展历程中所占据的位置。周作人、废名外，“明珠”的主要作者有林庚、俞平伯，他们在上面也发表了不少文章。“明珠”在办刊模式、编辑理念、文学追求、作者队伍等各方面，与《骆驼草》相当一致。周作人对《骆驼草》这个刊物颇为重视。《世界日报·文艺周刊》1935 年 12 月 9 日“文坛情报”栏刊载有一则“周作人将要恢复《骆驼草》”的新闻：“《骆驼草》复刊：周作人及废名等近筹备《骆驼草》的复刊，纷纷向国内文豪拉稿。”周氏看到新闻后，马上辟谣。1935 年 12 月 16 日，《世界日报·文艺周刊》“文坛情报”栏以“周作人先生来函”为题，刊登了他致副刊的一封信，周氏信中声明恢复《骆驼草》一事纯属子虚乌有。不过，从随后 1936 年 10 月周氏与废名、俞平伯、林庚等一班《骆驼草》原班人马接收“明珠”副刊，从“明珠”时代与《骆驼草》时代的惊人相似，从周氏本人对“想再来办一个小刊物的”① 的自我供述，这一切不能不使人感到，1935 年 12 月 9 日“文坛情报”栏登载的那则新闻，并非空穴来风。周氏所办的“明珠”即可视为《骆驼草》的复活。但是，周氏的“明珠”时代只有区区三月时间。对于“明珠”的停刊，贺逸文等人的《北平〈世界日报〉史稿》所作记述颇值得玩味：“1936 年 10 月，左笑鸿辞职，报社约周作人主编‘明珠’版。约定编辑费和稿费每月 300 元，较前高两三倍，是报社创纪录的待遇。周约林庚为助手，负责编辑事务。写稿人除周作人外，有俞平伯、朱佩弦、冯文炳、李长之、毕树棠、沈启无等，都是当时北京文艺界知名人士。这些人的作品，各有独自特点，可是有的学术性强，有的文字艰深，不为一般读者欢迎，到年底就换人编辑了。”② 这里所谓的“学术性强”“文字艰深”，隐指周作人所影响下的故意追求闲适、平淡、枯涩的文学风格，这种风格的文章在当时那种危机四伏的时代氛围中确实难以赢得多少读者，“明珠”和《骆驼草》一样，其中途夭折是必然的。而在 20 世纪 30 年代中后期，当广义的京派群体已经为人熟知

① 药堂（周作人）：《怀废名》，《古今》1943 年第 20、21 期合刊。

② 贺逸文、夏芳雅、左笑鸿：《北平〈世界日报〉史稿》，见张友鸾《世界日报兴衰史》，重庆出版社 1982 年版，第 128 页。

的情况下，周作人仍旧执着于创办一个只属于早期京派文人的同人刊物，说明他也清醒认识到自己与胡适、沈从文、朱光潜等人之间的思想差异。

《大公报・文艺副刊》作为京派发展的重要阵地，其另一表现是沈从文在上面挑起的又一论争，即“反差不多运动”。1936 年 10 月 25 日，沈从文以笔名“炯之”在《大公报・文艺》第 237 期发表《作家间需要一种新运动》，认为文坛普遍存在“差不多”现象：“觉得大多数青年作家的文章，都‘差不多’。文章内容差不多，所表现的观念也差不多。”“不特理论文章，常令人发生‘差不多’的感想，连小品文，新诗，创作小说，也给人一个同样印象。”而出现这种现象的原因，则“是作者都不大长进，因为缺少独立识见，只知追逐时髦，所以在作品上把自己全失去了”。这里的“时髦”暗指左翼文学，因为，他马上提到了“为大众”一词：“以为能通俗即可得到经典的效果，把‘为大众’一个观念囫囵吞枣咽下肚里后，结果便在一种莫明其妙矫揉造作情绪中，各自写出了一堆作品……记着‘时代’，忘了‘艺术’……”明眼人一看，就知道沈从文这里所指即左翼文学。“三五个因历史关系先走一步的老作家，日月交替，几年来有形无形都成了领袖和权威，或因年老力衰，气量窄小，或因能力有限，又复不甘自弃，或更别具见解，认文运同政治似二实一……后来者……随声附和，或根本无意从事文学，惟本人明世故，工揣摩，看清楚这方面是一条转入仕途的终南捷径……”这里的老作家当暗指左翼老作家，包括鲁迅，因文中有“年老力衰，气量窄小”等语，也可能包括茅盾与郭沫若。他坚持认为，如果让这种“差不多”现象长期存在下去，那么，“一切新文学新作品，全都会变成一种新式八股”。因而他主张进行“反差不多运动”：“近几年来在作家间所进行的运动很不少，大众语运动，手头字运动，幽默文学，报告文学，集团创作……每种运动都好像只是热闹一场完事。我却希望有些作家，来一个‘反差不多运动’。针对本身弱点，好好的各自反省一番，振作自己，改造自己，去庸俗，去虚伪，去人云亦云，去矫揉造作，更重要的是去‘差不多’！”这里的“大众语运动”“报告文学”

“集团创作”指向左翼文学，“幽默文学”指向林语堂。

沈从文此文，言辞犀利，所指对象明确，有向左翼公开叫板的味道。从文中语气可看出，沈从文写此文的目的，乃是要激起左翼作家的愤怒，他也很清楚自己文章发表后会有什么后果。对于此文，萧乾特意在文前加了“编者按”：“本文发表在文坛上正飘扬着大小各色旗子的今日，我们觉得它昧于时下阵列风气，爽直道来，颇有些孤单老实。唯其如此，于读者它也许更有些真切的意义。这是对中国新文艺前途发了愁的人的一个呼吁。它代表一片焦灼，一股悲哀，一个模糊然而真诚的建议。我们期待着它掀起的反应。”萧乾说“我们期待着它掀起的反应”，意思也很明白。果不其然，文章发表后，反响很大，《大公报·文艺》编辑部收到许多讨论文章。为此，《大公报·文艺》特意出版 1937 年 2 月 21 日、24 日两期“反差不多运动特辑”。出特辑目的很明确，是要引起左翼注意。24 日特辑中，沈从文《一封信》认为“政府的裁断”和“另一种‘一尊独占’的趋势”阻碍了文学发展，“我认为一个政治组织不妨利用文学作它争夺‘政权’的工具，但是一个作家却不必需跟着一个政治家似的奔跑……”沈从文剑指左翼的意图越来越显露，“一尊独占”，“一个政治组织”，指的就是左翼，对左翼的批评也越发激烈。对此，左翼阵营不可能不予以回击。

论争中，茅盾先后发表《新文学前途有危机么?》（《文学》第 9 卷第 1 期，1937 年 7 月 1 日）和《关于“差不多”》（《中流》第 2 卷第 8 期，1937 年 7 月 5 日）等文章。茅盾认为沈从文不知道从新文艺发展的历史过程中去研究“差不多”现象发生之原因，抹杀了新文艺发展之过程，这种“立言”的态度根本不行！沈从文认为根治“差不多”在于作家们“好好的各自反省一番……去庸俗，去虚伪……”茅盾认为是大误特误。“大概在炯之先生看来，作家们之所以群起而写农村工厂等等，是由于趋时，由于投机，或者竟由于什么政党的文艺政策的发动；要是炯之先生果真如此设想，则他的短视犹可恕，而他的厚诬了作家们之力求服务于人群社会的用心，则不可恕。事实不如炯之先生所设想，因而他的格言式的‘基本信条’等于没有。”① 茅盾多次运用“厚诬”“短视”“不可恕”，语气相当严厉，理性、克制且一贯温文尔雅的茅盾确实被沈从文激怒了。

除茅盾，其他左翼作家如唐弢、周文、周而复等也发表了批评文章，观点与茅盾相似，如唐弢认为：“然而炯之先生式的‘基本信条’，却还是不行的。要免去公式主义——或者说是差不多的现象，决不能离开‘时代’，只有作家们抛弃幻想，加紧生活的体验，接触现实，由‘关心时代’，而至于使自己也成为创造‘时代’的要角。”② 周文在批评沈从文的观点时，同时把矛头指向了京派的理论家朱光潜：“有的在教人要‘浑身静穆’，‘超一切忧喜’，‘眉宇间常如作甜蜜梦’，以成其‘伟大’，或者叫作‘提高理想’。”③

对于来自左翼阵营的批评，沈从文当然不会接受。他随后又发表《再谈差不多》（1937年8月1日《文学杂志》第4期）进行反驳。论争双方很难达到共识。表面看，关于“反差不多运动”引起的论争是在沈从文与茅盾、唐弢等人之间展开的，其实，这场论争是京派与左翼之间围绕文学与政治、文学与时代所展开的又一次思想交锋。表面上争论的是文学问题，背后则是思想立场、政治立场的根本分歧。由于论争双方对问题的认识分歧过大，论争不可能有结果。但这场论争无疑扩大了各自的影响，而引发论争的《大公报·文艺副刊》，也在论争中进一步巩固了其作为京派文学阵地的形象。

《大公报·文艺副刊》作为报纸副刊，在塑造京派形象的过程中，起到了关键作用。报纸每天出版，出版频率高，发行快。但报纸副刊也有其局限，主要是版面空间小，刊发文章数量有限，更适宜刊登短文章，重头的大文章须多次连载，影响阅读和接受。因而，京派要进一步发展，不能只局限于报纸副刊。《学文》月刊和《文学杂志》作为期刊出现，对《大公报·文艺副刊》是有效的补充，对推

① 茅盾：《关于“差不多”》，《中流》1937年第2卷第8期。

② 唐弢：《文苑闲话》，《希望》创刊号，1937年3月，见《唐弢文集》第1卷，社会科学文献出版社1995年版，第432页。

③ 周文：《中德的“反差不多”》，《中华公论·社会杂感》第1卷第2号，1937年8月20日，见《周文文集》第3卷，作家出版社2011年版，第130页。

动京派发展和凝聚京派力量，同样起到了较大作用。

1934 年 5 月 1 日，《学文》月刊在北平创刊。叶公超编辑，学文月刊发行部、现代书局发行。1934 年 8 月终刊，共出 4 期。《学文》月刊自第 4 期起因叶公超出国而由闻一多、余上沅、吴世昌代行负责。撰稿人有饶孟侃、孙洵侯、林徽因、孙毓棠、陈梦家、杨振声、季羡林、何其芳、废名、沈从文、梁实秋等。《学文》文艺和学术并重，囊括《新月》几乎所有原班人马，后期《新月》推出的新秀钱钟书、曹葆华、卞之琳、吴世昌、孙毓棠也在《学文》露面，另外，出现了杨联陞、徐芳、季羡林、赵萝蕤等新人。叶公超回忆："《学文》的创刊，可以说是继《新月》之后，代表了我们对文艺的主张和希望。"①

《学文》月刊出版时间不长，只发行了 4 期，但由这几期可看出京派与新月派之间的先后承继关系。刊物的主要作者都是《新月》时期的老班底。《学文》月刊停刊后，梁实秋也曾有创办《学文季刊》的计划，该计划见梁实秋 1935 年 3 月 16 日致王平陵的一封信。②梁实秋计划创办《学文季刊》，王平陵为其介绍正中书局进行出版，该信是为了让王平陵告知书局编辑姓名而写的。信末梁实秋附有《〈学文季刊〉计划》，该计划共八条，第一条为办刊宗旨："学文季刊社现拟出版季刊一种，内容专载文学作品，对于左倾理论采坚决反对态度，与生活书店版之《文学季刊》态度不同。"可见，对于《文学季刊》同情、接纳左翼的态度，梁实秋是坚决反对的，他创办《学文季刊》的目的，是与《文学季刊》进行对抗。第二条为"季刊由梁实秋任编辑，负全责"。第八条开列"约定撰稿人"名单："胡适、杨振声、余上沅、闻一多、叶公超、陈梦家、饶子离（饶孟侃）、林徽音、谢冰心、梁实秋、赵少侯、沈从文、朱光潜、李长之、陈铨等。"这份名单中，胡适、闻一多、叶公超、沈从文、饶孟侃、陈梦家、林徽因、余上沅和梁实秋本人都属新月派成员，大部分

① 叶公超：《我与〈学文〉》，见《新月怀旧——叶公超文艺杂谈》，学林出版社 1997 年版，第 158 页。

② 参见梁实秋 1935 年 3 月 16 日致王平陵书信，《出版博物馆》2010 年第 1 期。

是《学文》月刊的作者。[①] 由《〈学文季刊〉计划》，可进一步看出《学文》月刊与新月派间的承继关系，以及《学文季刊》超脱政治、反对左翼的思想立场和文学立场。梁实秋创办《学文季刊》的规划最终没有实现，但值得注意的是，在他写信给王平陵的前十二天，即1935 年 3 月 4 日，他主编的《世界日报 · 学文周刊》已经出版。《世界日报 · 学文周刊》也可看作新月派发展到京派时期的一个刊物，在第 1 期发刊词《〈学文〉的意义》中，梁实秋宣告："文学这东西原不是人生要素之一，没有什么大用处……文学原是在'吃饱饭没事做'的时候来赏玩的。……有闲暇的人在有闲暇的时候学习一点文事，总不失为有益无损的事吧。""《学文》的意义，如此而已。"[②] 这段话看似轻描淡写，但其中有微言大义存焉。梁实秋是用"文学无用论"来侧面反击左翼的"文学有用论"。无怪乎姚雪垠在批判京派时特意挑出梁实秋的这段话，认为梁氏继承了周作人"文学无用论"的衣钵。这其实错怪了梁实秋。梁实秋的文学无用论属于新月派的思想系统，只不过到了 20 世纪 30 年代，新月派的思想立场与文学主张，在某些方面与周作人代表的早期京派暗合，这才导致了新月派成员与周作人所代表的早期京派的汇流。当然，汇流并不等于双方思想观念与创作主张的完全一致，双方同样存在颇为微妙的分歧和某种程度的"相互排斥"，这从沈从文、朱光潜对闲适与性灵的批评中可窥其端倪，从梁实秋《〈学文季刊〉计划》所开列的撰稿人名单也可略知一二。这份名单竟然不包含周作人及其弟子废名、俞平伯，这不是偶然疏失，而应看作有意安排。这份名单显示京派确确实实只是一个"北方作者群"，其内部也派系林立、意见纷歧。

京派的另一重要刊物《文学杂志》为月刊，1937 年 5 月 1 日创刊，1937 年 8 月 1 日出至四期，因爆发全面抗战停刊。1947 年 6 月复刊，仍是月刊，从第 2 卷起。1948 年 11 月第 3 卷第 6 期出版后，奉国民党

---

① 参见陈子善《梁实秋与胎死腹中的〈学文季刊〉》，《东方早报 · 上海书评》2010 年 6 月 27 日。

② 梁实秋：《〈学文〉的意义》，《世界日报 · 学文周刊》1935 年第 1 期。

政府“节约纸张的命令”停刊。《文学杂志》共出版了22期。

朱光潜在1980年写的《作者自传》中具体地谈到《文学杂志》的创办经过：“当时正逢‘京派’和‘海派’的对垒，‘京派’大半是文艺界旧知识分子，‘海派’主要指左联。我由胡适约到北大，自然就成了京派人物。京派在‘新月’时期最盛，自从诗人徐志摩死于飞机失事之后，就日渐衰落。胡适和杨振声等人想使‘京派’再振作一下，就组织一个八人委员会，筹办一种《文学杂志》。编委会之中有杨振声、沈从文、周作人、俞平伯、朱自清、林徽音等人和我。他们看到我初出茅庐，不大为人所注目或容易成为靶子，就推我当主编。由胡适和王云五接洽，把新诞生的《文学杂志》交商务印书馆出版。在第一期我写了一篇发刊词，大意说在诞生中的中国新文化要走的路宜于广阔些，丰富多彩些，不宜过早地窄狭化到只准走一条路。这是我的文艺独立自由的老调。”①

《文学杂志》的编辑部设在北平，但由上海的商务印书馆出版，上海及各地商务印书馆发行。商务印书馆出版的《小说月报》是现代文学上十分重要的刊物，1932年1月因一·二八事变停刊。商务印书馆想用《文学杂志》来接替《小说月报》。该馆在宣传《文学杂志》创刊的介绍词中说：“本馆在‘一·二八’前所刊行的《小说月报》，已有二十多年悠久的历史，向来被认为专载文艺的唯一刊物，民十革新后，又成为传播新文艺作品的有力的机关，自‘一·二八’停刊到现在五年多时间内，屡得爱好文艺的读者来信，要求我们复刊。本馆为适应读者需要计，遂决意来编印一种文艺刊物，定名《文学杂志》，不再袭用《小说月报》的旧名。”②

朱光潜为《文学杂志》所撰发刊词《我对于本刊的希望》，对了解该刊的办刊宗旨尤为重要。发刊词中他对当时文艺界左右两种思想立场皆作了否定：“在现时的中国文艺界，我们无论是右是左，似乎

---

① 朱光潜：《作者自传》，见《朱光潜全集》第1卷，安徽教育出版社1987年版，第5—6页。

② 《宇宙风》第43期，1937年6月16日，转引自吴泰昌《我认识的朱光潜》，上海文艺出版社2008年版，第35页。

都已不期而遇地走上这条死路。一方面，中国所旧有的‘文以载道’一个传统观念很奇怪地在一般自命为‘前进’作家的手里，换些新奇的花样而安然复活着。文艺据说是‘为大众’、‘为革命’、‘为阶级意识’。另一方面，一般被斥为‘落伍’的作家感到时代潮流的压迫，苦于左右做人难，于是对于时代起疑惧与厌恶，抱‘与人无争’的态度而‘超然’起来。”“左”指左翼，“右”隐指周作人、林语堂等人。朱光潜认为新文化尚处于生发期，“我们现在所急需的不是统一而是繁富，是深入，是尽量地吸收融化，是树立广大深厚的基础”。因此，他反对文化界思想定于一尊：“这是我们对于文化思想运动的基本态度，用八个字概括起来，就是‘自由生发，自由讨论’。”在文学上，他主张多探险、多尝试，不希望某一种特殊趣味或风格成为“正统”。“别人的趣味和风格尽管和我们的背道而驰，只要他们的态度诚恳严肃，我们仍应表示相当的敬意。”依据这种兼容并包、自由多元的文化发展观，朱光潜把《文学杂志》定位为“一种宽大自由而严肃的文艺刊物”，这样的定位，与商务印书馆对《文学杂志》的定位完全契合。熟悉了朱光潜的办刊理念，就会理解《文学杂志》虽在京派发展史上有重要位置，但并非纯粹同人刊物，具有很大包容度。以第1卷第1期至第4期为例，出现在刊物上的作者如朱光潜、叶公超、胡适、杨振声、卞之琳、沈从文、陈西滢、梁实秋、李健吾、林徽因、周作人、废名（冯文炳）、冯至、程鹤西、梁宗岱、萧乾、何其芳、俞平伯、凌叔华、林庚、常风，属于京派，而其他作者，如戴望舒、老舍、钱钟书、杨季康（杨绛）、周煦良、王了一（王力）、郭绍虞、陆志韦、施蛰存、朱自清、曹葆华、方令孺、蹇先艾、徐迟、李影心、朱东润、孙毓棠、石民、路易士、杜衡、杨刚、张骏祥等，则并非京派作家，其中有些属于左翼，如杨刚、徐迟。

朱光潜兼容并包、宽大自由的办刊理念，体现在《文学杂志》对待左翼文学的严肃态度上。《文学杂志》创刊号发表了周煦良评夏衍《赛金花》的书评《〈赛金花〉（夏衍著）剧本的写实性》，第1卷第2期发表了常风评萧军《第三代》、周文《烟苗季》的书评，第

1卷第3期发表了常风评阿英《春风秋雨》的书评。夏衍、萧军、周文、阿英都属左翼文学阵营。“书评”外，朱光潜每期写的“编辑后记”，对萧军、周文等左翼青年作家的创作成就也给予了很客观公正的评价和肯定。朱光潜在《文学杂志》第1卷第2期的《编辑后记》中特意提到萧军《第三代》“是近来小说界的可宝贵的收获，值得特别注意”。

朱光潜虽受到来自左翼阵营如鲁迅、周文等人的批评，却能关注和接纳左翼，客观地评价左翼作品；梁实秋则坚决排斥左翼，这一点，有其《〈学文季刊〉计划》为证。两相比较，作为办刊者，朱光潜无疑显得比梁实秋更为大气从容。《文学杂志》之所以在停刊后，能于抗战结束梅开二度，再续辉煌，与朱光潜这种兼容并包、宽大自由而严肃的办刊方针是有关系的。与此形成对照的是，周作人先后创办的《骆驼草》与《世界日报·明珠》，和梁实秋创办的《世界日报·学文》，皆属昙花一现，难能持久，个中原因之一，在于其同人刊物的自我定位以及比较狭隘的办刊思路。

四 施蛰存与《现代》的“左翼元素”——非同人刊物的政治参与

《现代》杂志创刊于1932年5月1日。此时，上海刚发生一·二八事变，文化事业遭遇重创，出版业陷入全面停顿状态。战争造成文化大萧条，同时也带来文化复兴的绝佳机遇，有些精明的出版商正是瞧准了这个机遇，现代书局的老板张静庐就是其中之一。在一片文化肃杀氛围中，张静庐决定通过办一个刊物来重振现代书局。鉴于之前办刊或左或右两面不讨好而终遭失败的教训，这次他打算办一中性刊物，以规避政治风险。为此，他确定三原则：（1）不再出左翼刊物；（2）不再出国民党御用刊物；（3）争取时间，在上海一切文艺刊物都因战争停刊的真空期间，出版第一个刊物。按照这个原则，张静庐最终选择施蛰存作为主编，理由是：施蛰存没有参加左联，与国民党没有关系，有较为丰富的办刊经验。他认为：“在这一时期，他是挺适宜的一位编辑。对无论哪一方面都没有仇隙，也不曾在文坛上对某一位作家发生过磨擦……”①

张静庐的立场即代表出版商现代书局的立场，施蛰存作为《现代》杂志主编，必须在这个大原则上完全满足现代书局要求。如他所说：“我和现代书局的关系，是雇佣关系。他们要办一个文艺刊物，动机完全是起于商业观点。但希望有一个能持久的刊物，按月出版，使门市维持热闹，连带地可以多销些其他出版物。我主编的《现代》，如果不能满足他们的愿望，他们可以把我辞退，另外请别人编辑。”② 现代书局的纯商业立场，决定了施蛰存不可能把《现代》杂志办成“有任何政治或文艺倾向性的同人杂志”③。决定了《现代》杂志“不能不是一个采取中间路线的文艺刊物”④。施蛰存“中间路线”的办刊思路，具体体现在《现代》的《创刊宣言》中：

> 本志是文学杂志，凡文学的领域，即本志的领域。
>
> 本志是普通的文学杂志，由上海现代书局请人负责编辑，故不是狭义的同人杂志。
>
> 因为不是同人杂志，故本志并不预备造成任何一种文学上的思潮、主义或党派。
>
> 因为不是同人杂志，故本志希望得到中国全体作家的协助，给全体的文学嗜好者一个适合的贡献。
>
> 因为不是同人杂志，故本志所刊载的文章，只依照编者个人的主观为标准。至于这个标准，当然是属于文学作品的本身价值方面的。

施蛰存一再强调《现代》的非同人性质，既非文学同人，也非政治同人，完全遵循文学本位原则。他的这篇宣言针对性强，话也说

---

① 张静庐：《在出版界二十年——张静庐自传》，上海书店1984年版，第150页。

② 施蛰存：《重印全份〈现代〉引言》，见施蛰存《文艺百话》，华东师范大学出版社1994年版，第280页。

③ 施蛰存：《重印全份〈现代〉引言》，见施蛰存《文艺百话》，华东师范大学出版社1994年版，第280页。

④ 施蛰存：《〈现代〉杂忆》，见《沙上的脚迹》，辽宁教育出版社1995年版，第27页。

得巧妙。这些话是说给三方面听的，一方面是资方，即现代书局老板，为了让他们放心，表明自己完全听从他们、遵循老板原则办事；一方面是作家，说明编者态度，以争取最广泛、最多数的作家来支持自己；一方面是读者，表明刊物的文学本位立场，说明《现代》是追求高质量、高标准的纯文艺刊物，以此来争取读者支持。鲁迅对施蛰存这一办刊原则当然理解，他在给杜衡的信中说："本月《现代》已见，内容甚丰满，而颇庞杂，但书店所出，又值环境如此，亦不得不然。至于出版界形势之险，恐怕不止《现代》，以后也许更甚。"① "内容甚丰满"，是就《现代》所刊文章多、内容丰富而言；"颇庞杂"是就《现代》文章的思想倾向各有不同而言。"庞杂"虽语含贬义，却正是施蛰存所追求的。非同人刊物的定位，决定了《现代》的内容不可能不"庞杂"。

把《现代》办成非同人刊物，办刊之初，施蛰存就坚持这个理念。从决定办刊到出刊，只有短短两月时间，稿源成为大问题，为解决此问题，施蛰存只好求助于同学和朋友。创刊号上，小说是穆时英《公墓》打头，杜衡与施蛰存各有一篇；诗由戴望舒《诗五篇》开头；散文当时仅有施蛰存的文章。这些文章之外，只剩下戴望舒的翻译和苏汶（杜衡）的评论。如果以此面目示人，《现代》仍是一份标准同人刊物。为此，短时间内，施蛰存采用多种办法予以补救。晚年他曾回忆《现代》创刊情况："创刊号于三月下旬集稿，仍是同人杂志面目，甚不惬意，幸而张天翼、魏金枝、巴金、瞿秋白诸稿先后寄到。适夷一文写成于四月九日，时全稿已发排，即设法补入。于是此刊同人性大为冲淡，得以新型综合性文学月刊姿态问世。"② 可见，施蛰存为使《现代》以非同人杂志面目与读者见面，做了多方面工作，若不是他多方拉稿，创刊号仍以同人面目出现，那么，之后的《现代》杂志可能会呈现出另一副面目。

---

① 鲁迅 1933 年 11 月 12 日致杜衡信，见《鲁迅全集》第 12 卷，人民文学出版社 2005 年版，第 491 页。

② 施蛰存：《浮生杂咏》"六十四"诗后自注，见《施蛰存全集》第 10 卷，华东师范大学出版社 2012 年版，第 151 页。

刊物编者与现代书局的雇用关系，现代书局对于杂志纯粹商业化的定位，决定《现代》只能是非同人刊物，体现在政治倾向上，是只能走中间路线，或有意模糊其政治上的倾向性，或在政治立场上摆出不偏不倚、不左不右的态度。政治倾向的模糊性，走中间路线，目的在于使“政治正确”，从而顺利通过国民党书报检查机关的审查。走中间路线，也意味着《现代》杂志要团结现代文坛的各路作家，但施蛰存后来又强调，他团结的作家不包含国民党文艺的右翼作家。这说明施蛰存的中立立场只是一种姿态，表明他仍旧有自己的政治定位。施蛰存团结的作家，既有已成名的鲁迅、周作人、茅盾、叶圣陶、郭沫若、郁达夫、洪深、欧阳予倩等，又有文坛中坚力量，如沈从文、丁玲、老舍、巴金、李金发、冯雪峰、周扬、韩侍桁、戴望舒，还有大量文坛后起之秀，如穆时英、张天翼、沙汀、黎锦明、杨刚、黑婴、徐迟、苏汶、金克木、赵家璧等。年龄上老、中、青都有；政治倾向上，既有左翼作家，又有民主主义、自由主义作家；创作流派上，既有京派，又有海派。正如施蛰存所说：“儒墨何妨共一堂，殊途未必不同行。”[①] 可以说，《现代》杂志聚集了当时中国文坛上相当多的优秀作家。

施蛰存办《现代》，表面上持政治不介入、论争不参与的超然之态，不过，这也只是他的“故作姿态”而已。施蛰存是颇有政治敏感和现实关怀的作家，这种表面不参与而实际参与的姿态，恰恰显示了他的高度政治敏感、政治智慧及编辑智慧。他清醒认识到，在当时那种政治环境下，保持一种灰色身份，更有利于与各个方面人士交往，更有利于刊物编辑。正是出此考虑，当现代书局安插其同学杜衡进入现代书局编辑部，与他一起署名编辑《现代》时，施蛰存是不乐意的。当时杜衡因为发表文章与左翼阵营争论，被贴上“第三种人”政治标签，施蛰存认为这样的身份很容易让人把《现代》看作“第三种人”刊物，从而使左翼的大批作者远离《现代》，后来的事

---

① 施蛰存：《浮生杂咏六十四》诗后自注，见《施蛰存全集》第10卷，华东师范大学出版社2012年版，第150页。

实也证实他的担忧有一定道理。当然，《现代》的停刊有诸多原因，但杜衡加入编辑，慢慢改变刊物的思想倾向，或给人以改变思想倾向的印象，从而使稿源窄化，当也是一重要原因。

施蛰存虽然一再强调《现代》不是同人杂志，“不预备造成任何一种文学上的思潮、主义或党派”，在政治上持不介入立场，但一个显著的事实是：《现代》上面发表了大量左翼作家的作品。这说明《现代》与左翼文学又有着较为密切的关系。怎样解释这个现象？按照施蛰存的说法是：“当年《现代》杂志的立场，就是政治上标举左翼，我们都是中国共产主义青年团的团员。……这些情况在 30 年代文艺界朋友中彼此间都是相互了解的。”① “我们标举的是，政治上左翼，文艺上自由主义。”②

施蛰存说《现代》“政治上标举左翼”，给人的印象似乎是《现代》在政治上持左翼立场。这显然是不符合历史事实的，也和施蛰存另一些文章如《〈现代〉杂忆》的说法相矛盾。不过，《现代》虽在整体思想立场上并非“标举左翼”“宣扬左翼”，但它可以容纳左翼。其容纳左翼，既有让左翼为我所用，以左翼名人扩大刊物知名度与影响力，进而提高刊物发行量的现实考虑，又有以迂回的方式介入政治、介入现实的政治考虑。

施蛰存本来就有左翼思想背景，与一些左翼人士如茅盾、冯雪峰、丁玲、郭沫若、张天翼都有着较为密切的交往和交谊。1922 年施蛰存在杭州之江大学读书时认识戴望舒、杜衡、张天翼、叶秋原，他们为杭州文学社团“兰社”的主要成员。在上海震旦大学读书时，施蛰存与戴望舒、杜衡为同学，一同加入中国共产主义青年团，只是由于“四一二”政变，他与戴望舒、杜衡才脱离共青团。后施蛰存通过戴望舒认识冯雪峰，彼此建立“政治上的同路人，私交上的朋

---

① 沈建中对施蛰存所做访谈，见林祥主编《世纪老人的话：施蛰存卷》，辽宁教育出版社 2003 年版，第 121 页。

② 施蛰存：《为中国文坛擦亮“现代”的火花》，见《沙上的脚迹》，辽宁教育出版社 1995 年版，第 174 页。

友”关系。[①] 冯雪峰一度与施蛰存、杜衡、戴望舒同居于施蛰存松江老家，一起工作学习，共同编辑刊物《文学工场》，彼此关系相当密切。四人中，除施蛰存，戴望舒、杜衡在冯雪峰介绍下参加左联的成立大会，在组织上正式加入左翼文学阵营。施蛰存后又通过冯雪峰牵线而开始与鲁迅交往，在鲁迅指导下，与冯雪峰、戴望舒一起进行《马克思主义文艺论丛》的翻译工作。之后，在鲁迅与《现代》交往过程中，这种私人交谊起到了很大作用。施蛰存之所以能够让鲁迅为《现代》投稿，就是通过冯雪峰的关系。施蛰存回忆《现代》创刊过程中，“冯雪峰答应向鲁迅联系，经常为《现代》写稿。他自己也答应为《现代》写或译一些新兴文艺理论”[②]。由于戴望舒、杜衡与冯雪峰这几位老朋友的帮助，《现代》才得以创刊，其中，正是凭借冯雪峰的关系，施蛰存才让《现代》与鲁迅发生密切的关系，又通过鲁迅与冯雪峰，使当时其他的重要左翼理论家周扬、瞿秋白为《现代》写稿。可见，《现代》与左翼阵营发生关系，私人交谊起到了重要作用。

冯雪峰之外，施蛰存与茅盾、瞿秋白有师生之谊，瞿秋白、茅盾是施蛰存在上海大学读书时的老师。由于茅盾乃施蛰存同学孔另境的姐夫，于是施蛰存闲暇时经常与孔另境去茅盾家中，与茅盾关系更加亲密。丁玲则为施蛰存在上海大学读书时期的同班同学，1928 年至 1931 年丁玲与胡也频在上海期间，施蛰存与丁玲、胡也频接触较多。由此可见，施蛰存身边天然存在着这样的左翼朋友圈，这对于他的编辑工作无疑是极为有利的。对于左翼文学的核心观念，如文学的阶级性、文学与作家皆应完全隶属政治等，施蛰存内心并不认同，更不愿从组织与行为上接受左翼的约束与领导，在本质上属于自由主义者。因而，当冯雪峰介绍他与杜衡、戴望舒加入左联时，他才会借故脱身而“成功错过”了参加左联成立大会这一重要的人生机遇。不过，施蛰存组织上不在左翼，但在思想和情感上则倾向左翼，在关注现实

---

① 参见施蛰存《最后一个朋友——冯雪峰》，《新文学史料》1983 年第 2 期。

② 施蛰存：《〈现代〉杂忆》，见《施蛰存全集》第 2 卷，华东师范大学出版社 2011 年版，第 295 页。

政治这一点上与左翼相通。由于这样的背景，施蛰存主编《现代》，对左翼能持积极接纳的态度，利用左翼人士的影响力，以达到迅速提高刊物知名度的目的。同时，又通过刊物中的“左翼元素”，来比较间接地达到其关注现实、介入政治的目的。这里以《现代》与鲁迅、丁玲之关系，有关“第三种人”论争，对法国作家古久列采访与报道等个案进行探讨，以显示编者施蛰存的政治敏感、现实关怀与编辑智慧。

鲁迅与《现代》的关系密切，鲁迅这一时期不少重要文章都是在《现代》发表的，计有：《论“第三种人”》（第 2 卷第 1 期）、《为了忘却的纪念》及鲁迅近照（第 2 卷第 6 期）、《看萧和“看萧的人们”记》（第 3 卷第 1 期，同期还刊出鲁迅等译短篇小说集《果树园》广告）、《关于翻译》（第 3 卷第 5 期）、《小品文的危机》（第 3 卷第 6 期）、鲁迅译德国毗哈的《海纳与革命》（第 4 卷第 1 期，同期刊出鲁迅编译的两本苏联短篇小说集《一天的工作》和《竖琴》广告，同时刊有施蛰存对两本书的简介）。在发表鲁迅文章之外，施蛰存很注意刊发与鲁迅有关的史料。1932 年 11 月 23 日至 28 日，鲁迅回北平省亲，在北平各大学进行演讲，此即所谓“北平五讲”。施蛰存敏锐意识到这里面所蕴含的新闻和史料价值，特意在《现代》第 2 卷第 4 期《文艺画报》栏开辟“鲁迅在北平”专栏。由于鲁迅的巨大影响力，他在北平的讲演一定会得到读者广泛关注。施蛰存对于鲁迅“北京五讲”的关注和栏目经营，显示了他作为编辑的职业敏感。施蛰存冒着一定风险刊发鲁迅《为了忘却的纪念》也显示出高度的政治敏感和勇气。《为了忘却的纪念》是为纪念左联五烈士而作，触及时讳，别的编辑不敢用，这才经由施蛰存之手刊发于《现代》第 2 卷第 6 期（1933 年 4 月 1 日）。为配合此文，施蛰存在同期“文艺画报”栏以“柔石纪念”为题配发了柔石留影、柔石手迹、珂勒惠支木刻《牺牲》和鲁迅照片，并在《社中日记》特作交代：“鲁迅先生的纪念柔石的文章，应该是编在第 5 期上的，但因为稿子送来时，第 5 期稿已全部排讫，只得迟到今天。稍微失去了一点时间性了。”这充分说明了施蛰存对鲁迅的关注和敬意。

《现代》的左翼元素中，“鲁迅”最为耀眼。这当然与鲁迅在中国文坛的崇高地位有关，鲁迅的出现必然会给《现代》带来极大的关注度，对刊物发行相当有利。由于鲁迅是一位具有强烈社会批判性的作家，鲁迅的立场虽不代表《现代》及其编者施蛰存的立场，但刊发鲁迅作品本身已表明一种态度，至少代表了施蛰存对鲁迅的支持。鲁迅与《现代》及施蛰存之间，形成互相支援、互为生成的关系。

《现代》与丁玲的关系也很密切。《现代》创刊的时候，其“艺文情报”栏对丁玲就做过报道，第 2 卷第 3 期“书与作者”栏对丁玲长篇小说《母亲》有过介绍。施蛰存与杜衡还向丁玲约稿，丁玲小说《奔》刊于《现代》第 3 卷第 1 期（1933 年 5 月 1 日）。1933 年 5 月 14 日丁玲被捕，随即，《现代》第 3 卷第 2 期（1933 年 6 月 1 日），施蛰存冒着风险在《编者缀语》中对此事加以报道：“本期中本来还可以有一篇丁玲女士的近作，但她还来不及写成之前，在五月十四日那天，我们就听到她因政治嫌疑被捕了。一个生气跃然的作家，遭了厄运，我们觉得在文艺同人的友情上，是很可惋惜的，愿她平安。”《现代》第 3 卷第 3 期（1933 年 7 月 1 日），施蛰存在“现代文艺画报”栏刊出“话题中之丁玲女士（四帧）”，以整版的篇幅编发了照片三张和手迹一幅，并附有说明：“女作家丁玲于五月十四日忽然失踪，或谓系政治性的被绑，疑幻疑真，存亡未卜……”当《涛声》刊出《丁玲已被枪决》的消息后，许多读者给《现代》写信，要求介绍丁玲的生平及作品，要求《现代》出版“追悼丁玲专号”。施蛰存发表其中两封信，并附以答复，发表于第 3 卷第 4 期（1933 年 8 月 1 日）“社中谈座”栏。在这之后，《现代》又刊发不少有关丁玲作品的书评、广告及读者来信，这些地方都说明《现代》对左翼作家的关注。

丁玲是左联成立后的第一任党团书记，在左翼内部和现代文坛的地位都很高。丁玲被捕后，《现代》通过各种途径表达对丁玲的关注，虽然采用的是比较含蓄隐蔽的方式，却表达了对国民党政治的不满和批评。这同样显示了编者施蛰存的政治立场和现实关切。

《现代》与左翼关系密切，还可从关于“第三种人”的论争得到体现。《现代》第1卷第3期（1932年7月1日）刊登苏汶（杜衡）《关于〈文新〉与胡秋原的文艺论辩》，该文刊出后，在《现代》上引发了一场有关“第三种人”的激烈论争。文中，苏汶虽站在第三者的超脱立场评判左翼文坛和胡秋原的论争，但矛头其实直指“左翼文坛”及左翼理论家。他认为胡秋原在文学观念上是一绝对的非功利论者，左翼文坛的理论家们是文学的绝对功利论者，两种马克思主义者间的距离不可以道里计。左翼文坛理论家应该称作“马克思列宁主义者”，他们不关心什么真理不真理，只看目前需要。“我们与其把他们的主张当做学者式的理论，却还不如把它当做政治家式的策略，当做行动；而且这策略，这行动实际上也就是理论。目前的需要改变了，他们的主张便也随之而变；这才是，‘辩证’。”他认为“在‘智识阶级的自由人’和‘不自由的，有党派的阶级’争着文坛的霸权的时候，最吃苦的，却是这两种人之外的‘第三种人’，这第三种人便是所谓的作者之群”。苏汶认为左翼文学霸占文坛，把文学完全隶属革命，使“文学不再是文学了。变为连环画之类，而作者不再是作者了，变为煽动家之类”。苏汶此论一出，引起左翼文坛激烈反应。《现代》第1卷第6期（1932年10月1日）集中刊发易嘉（瞿秋白）《文艺的自由和文学家的不自由》、周起应（周扬）《到底是谁不要真理？不要文艺?》、舒月《从第三种人谈到左联》三篇回应文章，同时也刊登苏汶《“第三种人”的出路》《答舒月先生》两篇答辩文章。瞿秋白认为：“文艺——广泛地说起来——都是煽动和宣传，有意的无意的都是宣传。文艺也永远是，到处是政治的‘留声机’。问题是在于做哪一个阶级的‘留声机’，并且做得巧妙不巧妙。总之，文艺只是煽动之中的一种，而并不是一切煽动都是文艺。……新兴阶级不但要变通的煽动，而且要文艺的煽动。”周扬敏锐认识到苏汶在论争中虽站在第三者立场，但却暗里支持胡秋原自由主义创作理论，且帮胡秋原来攻击“左翼文坛”。针对苏汶的左翼文学要革命不要文学的论调，周扬认为“革命不但不妨碍文学，而且提高了文学。只有革命的阶级才能推进今后世界的文学，把文学提高到空前的水准”。

《现代》第 1 卷第 6 期掀起了一场关于“第三种人”论争的小高潮，之后，论争在《现代》持续。紧接这一期，《现代》第 2 卷第 1 期（1932 年 11 月 1 日）又刊登陈雪帆《关于理论家的任务速写》、鲁迅《论“第三种人”》、苏汶《论文学上的干涉主义》三篇文章；第 2 卷第 2 期（1932 年 12 月 1 日）刊登胡秋原《浪费的论争》，随后第 2 卷第 3 期（1933 年 1 月 1 日）又发表洛扬（冯雪峰）《并非浪费的论争》、丹仁（冯雪峰）《关于“第三种文学”的倾向与理论》、苏汶《一九三二年文艺论辩之清算》；第 2 卷第 4 期（1933 年 2 月 1 日）刊登杨邨人《揭起小资产阶级革命文学之旗》。鲁迅批评苏汶的“第三种人”是“身在有阶级的社会里而要做超阶级的作家，身在战斗的时代而要离开战斗而独立，身在现在而要给予将来的作品，这样的人，实在也是一个心造的幻影，在现实世界上，是没有的”[①]。

对于《现代》上这场有关“第三种人”论争的详细内容，本书不打算做过多论述。这里只想从期刊与文学关系角度，对这场论争做一点分析。在这场论争中，编者施蛰存的态度颇值得玩味。他曾谈及对这场论争自己作为编者所持的立场：“对于‘第三种人’问题的论辩，我一开头就决心不介入。一则是由于我不懂文艺理论，从来没写理论文章。二则是由于我如果一介入，《现代》就成为‘第三种人’的同人杂志。在整个论辩过程中，我始终保持编者的立场，并不自己认为也属于‘第三种人’——作家之群。”[②] 施蛰存清醒认识到自己作为刊物编者，其职责只是为论争提供有效的平台，而不是作为论争的某一方卷入论争，他这样做的目的，仍然是维护《现代》“非同人”刊物的形象。只有他处于中立地位，这场论争才能在《现代》有效继续，才不会得罪论争任何一方，才会取得论争双方支持。论争同时也是提供稿源的有效渠道之一。由于有关“第三种人”的论争发生在左翼内部，论争吸引了左翼当时最为重要的理论家几乎悉数参与，通过这场论争，施蛰存巧妙地把鲁迅、瞿秋白、周扬等人的稿件

---

① 鲁迅：《论“第三种人”》，《现代》1932 年第 2 卷第 1 期。

② 施蛰存：《〈现代〉杂忆》，见《施蛰存全集》第 2 卷，华东师范大学出版社 2011 年版，第 277 页。

争取过来。论争也大大提高了刊物的思想品位，提升了刊物的形象。发生在左翼内部的这场论争大大吸引了现代文坛其他作家和广大读者的关注，无形中大大提高了刊物发行量。

施蛰存作为编者，虽持中立态度，没有介入论争，但这场论争却是经过他的精心策划和巧妙运营的。(1) 杜衡的文章《关于〈文新〉与胡秋原的文艺论辩》毕竟是经由施蛰存之手刊发的，杜衡这篇文章火药味很浓，批判的靶子指向左翼，写得很有艺术性，施蛰存当然知道这篇文章的分量，也会预计到文章发表后，在左翼文坛会引起什么样反响。他发表这篇文章，意图是通过它来挑起争端，引起左翼主要人物的注意，从而形成论争。(2) 杜衡文章刊发于《现代》第 1 卷第 3 期（1932 年 7 月 1 日），这个时间很微妙，正值刊物出版不久，需要引起文坛和读者广泛关注之时，时机把握得好。(3) 论争文章发表之前，论争双方皆事先充分沟通过，正如施蛰存所说："许多重要文章，都是先经对方看过，然后送到我这里来。"① (4) 论争双方的争论文字同时刊登于同一期，读者读来对双方观点一目了然，加大了论争的影响力。一般来说，论争往往是先后进行的，因为论争双方只有在看到对方文字后，才会作答，这样就会发生时间的先后，论争双方文字不可能同时刊登于同一期。而《现代》同时把双方论争文字刊于一期，说明编者事先对双方的论争进行了沟通和策划。(5) 对于论争双方，施蛰存持中立立场，双方皆照顾到。

综上所述，施蛰存虽说"第三种人"论争与己无关，自己不介入，取超然立场，其实，他才是这场论争的幕后导演。这充分显示了施蛰存的编辑智慧。

关于"第三种人"的论争，涉及文学与政治的关系、文学的阶级性、作家的阶级性等诸多无产阶级文学的关键问题，论争双方的文章措辞，尽管有异常尖刻的地方，但还是就文艺谈文艺，"作为一种文艺思想的讨论"，没有上升到政治的高度。这说明 20 世纪 30 年代

---

① 施蛰存：《〈现代〉杂忆》，见《施蛰存全集》第 2 卷，华东师范大学出版社 2011 年版，第 277 页。

左翼内部的文学生态还是比较健康正常的。另外，这样政治性、思想性很强的讨论，之所以能够进行，与《现代》提供的平台有关，也与外在政治空间有关。施蛰存利用《现代》经营了这场论争，又利用这场论争大大提高了《现代》的影响力和思想品位，可谓商业与文学双赢。

对于这场论争，施蛰存虽没有著文发表自己的见解，表明自己的态度，但也通过其他比较含蓄的方式，表达了自己的观点。《现代》第 2 卷第 1 期（1932 年 11 月 1 日）《社中日记》为施蛰存所写，其中对该期所发表的有关“第三种人”的论争文章，有这样的评论：“凡是进步的作家，不必与政治有直接的关系，一定都很明白我国的社会现状，而认识了相当的解决办法。但同时每个人都至少要有一些 Egoism，这也是坦然的事实。”这段话比较曲折隐晦，其中有两点是明白的，一是进步的作家“不必与政治有直接的关系”，这是施蛰存的一贯看法；一是“每个人都至少要有一些 Egoism”，“Egoism”有“自我主义，利己主义”的含义，施蛰存的意思是每个作家要保留一点自我的空间。这两点皆偏向于杜衡，说明他表面上中立，内心则更为认同杜衡的看法，但他不公开表明态度，只是通过《社中日记》进行低调、含蓄的表达。

对法国左翼作家古久列的持续关注和约稿，同样显示了施蛰存的政治倾向性。古久列是法国著名作家，《人道报》主笔，《现代》第 1 卷第 3 期（1932 年 7 月 1 日）译载过他的小说《下宿处》，第 3 卷第 5 期（1933 年 9 月 1 日）“现代文艺画报”栏以“新闻中的三作家”为题刊登过他的照片。可见，对于这样一位左翼作家，施蛰存早有关注。因而，当 1933 年 9 月 30 日古久列因参加远东反战大会而来到上海时，施蛰存颇为重视。10 月 3 日，他与杜衡一起到古久列住处拜访并向其约稿，古久列离开上海时如约留下稿件，稿子被翻译后以《告中国知识阶级——为〈现代〉杂志作》为题，刊于《现代》第 4 卷第 1 期“狂大号”（1933 年 11 月 1 日），文后附有古氏原稿及签名，该期“现代文艺画报”栏还配有古久列上海演说时的照片及许幸之为其作的速写。《告中国知识阶级——为〈现代〉杂志作》对中国政治有强烈批判，呼吁革命的知识分子和大众联合起来："一切能够理解中国的知识分子都应当采取联合战线，来对付国内的叛逆及国外的榨取者的进攻。而且只有由一些革命的优秀分子——这些分子，我曾经会到过几个的——来领导着，才能达到胜利。""只有忠实、勇敢、勤劳的大众开始抬起头来的时候，中国才能发现她从新走上文化之路所必需的精神条件。""除了社会主义的文化之外，中国便没有其他的福音。"由于这些言论的高度政治敏感性，据施蛰存回忆："在某些省里，这一期《现代》是撕去了这二页而后才准许发售的。"[①] 可见，《告中国知识阶级——为〈现代〉杂志作》是一篇政治有"问题"的作品。施蛰存对古久列的访谈、约稿及发表文章等一系列行为，显示出他高度的政治敏感、勇气与接近左翼的思想立场。

张静庐选择施蛰存编辑《现代》，是看中了施蛰存没有加入过左联，与国民党没有关系，即无党派背景。无党派背景不等于不关心政治、不关心现实。相反，施蛰存具有强烈的政治意识和现实关切，只不过他的强烈政治意识是建立在个体自由与文学本位立场上，以比较潜隐的方式表现出来罢了。他对《现代》的编辑，既可看作文学行为，又可看作政治行为。他在《现代》中加入大量左翼元素，关注萧伯纳、关注古久列，无不源于敏锐的政治意识。在20世纪30年代政治文化氛围中，正是他这种政治意识左右其编辑行为，使《现代》成为具有思想活力和批判意识的纯文学刊物。

---

① 施蛰存：《〈现代〉杂忆》，见《施蛰存全集》第2卷，华东师范大学出版社2011年版，第289页。

吴福辉：文学史家的史料功夫

作为著名文学史家，吴福辉在文学史研究方面的贡献为人所关注较多，他在现代文学史料方面的工作和成绩，有意无意间，被人忽略了。其实，每位有成就的文学史家同时也是孜孜矻矻的史料工作者。没有暗中所下的史料功夫，没有对史料的深入认知，没有资料的独立准备，就很难在文学研究方面，做出一己的独到发现。吴福辉的现代文学理论研究，与其史料工作，如车之双轨、鸟之两翼，相伴而生，难解难分。史料工作既是他理论研究的前期准备，又贯穿于研究始终，是他研究成果的有机组成部分。在长期的文学史研究和史料工作中，吴福辉形成了自己独特的史料认知。因而，纪念吴福辉先生，盘点他对现代文学研究所作的贡献，应顾及他在现代文学史料方面所作的工作。

一

吴福辉的文学史理论研究同时伴随史料工作。他的现代文学研究开始于张天翼，《锋利·新鲜·夸张——试论张天翼讽刺小说的人物及其描写艺术》，发表于《文学评论》1980 年第 5 期，这是他走上学术道路的第一篇文章。为使张天翼研究具有可持续性，他与沈承宽、黄侯兴合作，编纂《张天翼研究资料》，为此，1980 年 12 月 25 日，他与沈承宽一道，采访张天翼挚友吴组缃，采访记录以《吴组缃谈张天翼》为题，发表于《新文学史料》1981 年第 2 期。这一期还发表有他与黄侯兴、沈承宽共同编写的《张天翼文学活动年表》。他在从事这些史料工作时，是北京大学中文系的研究生。这说明吴福辉的现代研究工作，最初就是沿着王瑶、严家炎所传承给他的学术理念进行的，既追求观念创新与理论思辨，又重视言之有据和论从史出，强调原始史料的搜集、整理，重视在原始史料所构建的历史氛围中的沉浸和体验。虽然他的张天翼研究没有持续下去，但他之后的研究，理论研究与史料工作兼顾且相互促进一点，却坚持下来，像一根红线，贯穿于他毕生的学术工作中。

他随后的沙汀研究、京派研究、海派研究，都是如此进行，同样沿着理论研究与史料工作两条轨道进行。这里，专就沙汀研究谈谈。在沙汀研究方面，他发表过《沙汀的创作道路、艺术个性和特色》《怎样暴露黑暗——沙汀小说的诗意和喜剧性》《中国现代讽刺小说的初步成熟——试论“左联”青年作家和京派作家的讽刺艺术》等理论文章，也编选过《沙汀日记》《沙汀：乡镇小说》等集子。1990年6月《沙汀传》由北京十月文艺出版社出版，该书可看作他沙汀研究的总结。他在《后记》中写道：“断断续续的一年时间，加上搜集材料，连在一起有了三年光阴，涂了这样一本语不惊人的东西，实在也抖不起来。”① 一本书写作用三年时间，资料搜集则占去三分之二时间，由此可见他对史料的重视。为了写作该书，他差不多读完关于沙汀的所有生平材料。② 书面材料之外，他还重视对传主本人及传主亲朋好友的访谈。沙汀生前，他对之做过数次访谈，时间长达数十小时，留下大量第一手材料。而与沙汀工作、生活有交集的人物，他访谈过的有20人之多。访谈之外，他不止一次到沙汀生活、工作过的地方进行探访和体验，以获得尽可能多的原始史料。③

作为文学史家，吴福辉为人所知的多是其理论研究专著，而他编选的大量现代作家作品，似乎很少有人提及。不过，他编选的这些现代文学选本，皆非率尔操觚之作，而是他文学史理论的具体实践，是其现代文学史料工作的重要构成部分，在现代文学经典新释、普及现

---

① 吴福辉：《沙汀传》，北京十月文艺出版社1990年版，第476页。

② 参见吴福辉《风云变幻的生活手记——〈沙汀日记〉前言》，《书城》1997年第6期。

③ 参见吴福辉《沙汀传》，北京十月文艺出版社1990年版，第477—478页。

代文学知识和辅助现代文学教学方面，发挥过相当大的作用。《梁遇春散文全编》1992 年由浙江文艺出版社出版。“全编”包括梁遇春为英国小品写下的许多精彩注释文字，为此他跑遍京城大小图书馆去查找梁的二十多种译本，最后编成一本多达八百页的大书。[①] 这本书本身就是梁遇春研究的重要成果，它的出版同时有力促进了梁遇春研究的进一步开展。这些选本中，1990 年 11 月由人民文学出版社出版的《京派小说选》，应该是影响最大的一部。为了编选这部选本，吴福辉下了相当大功夫。他过去虽已翻检过京派刊物，但仍勉力从《大公报·文艺副刊》《骆驼草》《学文月刊》《水星》《文学杂志》一本本重新读起，小心加以选择，再辅之以对各种重要代表作品集的遴选阅读，以保证该书作为选本的独立价值及选品的新鲜度。[②] 在这部选本出版前，他的老师严家炎选编的四册《中国现代各流派小说选》已于 1986 年出版，该小说选的第三册为“社会剖析小说”“京派小说”卷。可能由于篇幅关系，该书“京派小说”部分仅选入沈从文、废名、凌叔华、萧乾、汪曾祺等五位作家的作品。《京派小说选》选编作家则达 15 人之多，在前书原有人物基础上，增加 10 人：杨振声、李健吾、林徽因、芦焚、叔文、季康、刘祖春、前羽、林蒲、邢楚均。这 10 人中，有些如刘祖春、前羽、林蒲、邢楚均等人，名气不大，属于“无名作家”，选入他们，“是为了更可看出这个流派的全貌和已经达到的文学的平均水准”[③]。两个选本共同选入的 5 位作家，每位被选入的作品也有较大不同。如凌叔华，《中国现代各流派小说选》选入《杨妈》《小哥儿俩》《搬家》，《京派小说选》选入的则为《李先生》《弟弟》《一件喜事》。《京派小说选》对入选作者排序及所选作品多寡也有精心安排，既考虑其在京派中的地位，又照顾到他们在文坛出现的先后顺序。其中，对汪曾祺的处理，颇见选家用

---

① 参见吴福辉《春润集》，复旦大学出版社 2012 年版，第 88 页。

② 参见吴福辉《〈京派小说选〉前言》，见《京派小说选》，人民文学出版社 1990 年版，第 22 页。

③ 吴福辉:《〈京派小说选〉前言》，见《京派小说选》，人民文学出版社 1990 年版，第 24 页。

心。排序上，汪曾祺处于倒数第3位，却入选《老鲁》《戴车匠》《鸡鸭名家》《异禀》4部作品，所选作品数量超过凌叔华、废名、芦焚（各3篇），与沈从文相同，由此可见选本对汪曾祺的重视。而同样是汪曾祺，《中国现代各流派小说选》则仅选入其《邂逅》1篇作品。两个选本对京派作家选入人数的不同，以及同一作家入选作品的不同，一定程度上代表不同时段、不同思想背景下选编者对京派人员构成和作家评价的不同理解。在《〈京派小说选〉前言》中，吴福辉谦称该选本错误、不当之处是显然的，期待更好选本出现，但又认为自己这个选本，在京派研究上，“提供了一种较趋一致的看法”①。确实，《京派小说选》代表当时京派研究所能达到的最新认识水准，虽是作品选，但又是京派研究成果的结晶和体现，不能仅以普通选本等闲视之。

除了《京派小说选》《梁遇春散文全编》，吴福辉编选过鲁迅、周作人、茅盾、老舍、朱自清、施蛰存、冯至、萧红、张爱玲、庐隐、陈源、苏青、予且等人的作品。对于这些作家作品的选编，他严肃对待，黾勉从事，体现出自己对文学史的理解和对作家的独特认知。大部分选本前面有他用心写就的前言，详细交代他对编选对象思想艺术特色的认识。例如他为《京派小说选》撰写有长篇《〈京派小说选〉前言》，该文曾以《乡村中国的文学形态——〈京派小说选〉前言》为题，发表于《中国现代文学研究丛刊》1987年第4期，有力推动了京派研究的进展，是京派研究史上的重要文献。为《张爱玲散文全编》《梁遇春散文全编》《施蛰存短篇小说集》写的前言，对这些作家的思想艺术皆有体贴入微的把握和绵密细致的分析。他的选编不但是“选”，还有“注”。他参与过《茅盾全集》的编纂和注释工作，中国现代文学馆编的“中国现代文学百家”丛书“茅盾代表作”上下卷《子夜》《林家铺子》亦由他负责，他为选编的作品皆作有注释。他选编的老舍代表作《茶馆》（南海出版公司2010年）

① 吴福辉：《〈京派小说选〉前言》，见《京派小说选》，人民文学出版社1990年版，第24页。

也有注。他作的注大都比较简洁，三言两语，要言不烦。作为文学史家，他的选编独具只眼，追求学术含量，力图编出特色和个性。他选编的《茅盾作品经典》（5卷，中国华侨出版社1996年版），收入《子夜》《锻炼》的提纲和《霜叶红似二月花》的“续稿”，使选本有了与同类选本不同的特点。为复旦大学出版社选编的鲁迅、周作人、老舍、沈从文、萧红、冯至等选本，每部在同类选本中都能显出自家面目。他选编的朱自清代表作《背影》（广东教育出版社2009年版），以图文并茂为最大特点。选入文章中，在其他选本中往往落选的《阿河》被选入。纪念闻一多的文章，不选标题像怀念文字的《中国学术的大损失——悼闻一多先生》，而选了题目论文化的《〈闻一多全集〉编后记》，因前者枯燥乏味，后者的记叙则偏多精彩。这样选，并非故意标新立异，有选家的眼光和见识在里面。朱自清是王瑶的老师，吴福辉则是王瑶的学生，他与朱自清之间存在间接师承关系。他选编《背影》，表面上是选编，内里则有致敬师门、接续师承的意思。在该书前言《重读〈背影〉》中他坦言，该书的编辑，“令我从师承谱系上更加走近朱自清先生。这是我的幸运”①。

二

由以上简要概述可知，吴福辉的学术道路一直沿着理论研究和史料探究两条轨道进行。两者间互相促进、相得益彰，只不过由于他的文学史著作和理论研究成果过于突出，其史料工作的一面为其光芒所掩，不太为人所关注罢了。浸润于北京大学优良的学风之中，重视原始史料，重视一手史料的挖掘、搜集，强烈的史料意识，与敏锐的艺术感知力、灵动的思辨能力一道，成为支撑其学术发展的原动力。21世纪起始，针对现代文学研究界当时略显浮躁的学风，他曾忧心忡忡地指出：“忽视资料工作在我们这个‘中国现代文学’的学科里会有怎样的后果，往往引不起我们的重视。”② 为此，他曾发表《史料、

① 吴福辉：《重读〈背影〉》，见吴福辉选编《背影》，广东教育出版社2009年版，第6页。

② 吴福辉：《历史与当下：双重视野中的现代文学资料学》，《学习与探索》2004年第1期。

学风与当下性》《历史与当下：双重视野中的现代文学资料学》等文章，强调史料工作的重要性，认为“史料和对史料的钻研，作为学术工夫的第一步，及贯穿始终的过程，理应加强”[①]。在长期的文学史研究和史料工作中，吴福辉形成了自己的史料认知，如认为现代作家全集的编纂应求“全”，因此，对作家佚文的收集与辨伪就成为重要问题。支持作家作品汇编本的出版；主张作家全集收入其未刊稿。提倡多种风格、多种观点的传记出版，使一个作家能得到多侧面的立体表现。认为现代文学研究应重视学术史史料的收集，使研究建立在更为坚实的基础之上。[②] 现代文学由于与政治的多重纠缠而产生复杂的版本修改问题，因此，“假如不对后来的许多现代作家著作作一番仔细校勘，我们简直就无法进入对这些作家的真正研究”[③]。在多篇文章中反复强调现代文学版本校勘的重要性，关注到版本方面一些很细微的问题，如曹禺话剧《雷雨》中人物出场提示语的修改。[④] 对作家作品是否选用初版本或初刊本持很放达的看法，既倾向于采用初版或初刊，若后出的修改版本造成对历史的遮蔽，又认为初版或初刊并非完美无瑕，若其存在错误或缺漏，则应择“善本”而从。[⑤] 认识到作家日记与一般生平材料的不同，“作家生平材料中具有特别价值的是日记”[⑥]。作家日记具有隐秘性，其保存的历史材料充满细节，更为活灵活现，留下了绝好的作家本人思想、心理、行为的印迹，对历史研究和作家研究皆具宝贵价值。[⑦] 这些认识和观点，有的已成为现代文学研究者的共识。除重视纸面史料，他还重视实地勘察，重视对

---

① 吴福辉：《史料、学风与当下性》，《河南大学学报》（社会科学版）2005 年第 2 期。

② 参见吴福辉《历史与当下：双重视野中的现代文学资料学》，《学习与探索》2004 年第 1 期。

③ 吴福辉：《史料、学风与当下性》，《河南大学学报》（社会科学版）2005 年第 2 期。

④ 参见吴福辉《谈〈雷雨〉蘩漪出场提示语的修改》，见《石斋语痕》，河南大学出版社 2014 年版，第 103—109 页。

⑤ 参见吴福辉《现代作家新编二题》，见《石斋语痕》，河南大学出版社 2014 年版，第 254 页。

⑥ 吴福辉：《历史与当下：双重视野中的现代文学资料学》，《学习与探索》2004 年第 1 期。

⑦ 参见吴福辉《风云变幻的生活手记——〈沙汀日记〉前言》，《书城》1997 年第 6 期。

作家“生活史料”的探查与体验；重视文学史料外，在大文学史观的影响下，他还重视文学周边的文化史料及历史、政治、思想、教育、经济等史料；重视正统的历史叙述外，他提出应多多关注野史材料；提出史料研究应采取“历史与当下”的双重视野；不仅重视文字史料，而且重视图片史料。这些看法，有些是他个人的研究心得和体会，其中的有些观点还没有得到学界重视，因此，值得特别加以提出。

一般所谓“史料”皆指文字材料，即纸面上留存的各类史料。吴福辉除重视纸面史料，还极为重视以物质或言语的形态呈现，与作家生活、工作、创作有关的各种材料，以物质形态呈现的，可姑且称为“生活史料”；以言语形式呈现的，人物的口述可称为“口述史料”；对人物的访谈，可称为“访谈史料”。这些史料皆可补纸面史料之不足，有时所发挥的作用远超纸面史料。上面已经提及，吴福辉为写作《沙汀传》，不仅多次采访沙汀本人，而且采访了其他 20 位人物，这些皆属访谈史料。大量的访谈给他带来的是第一手材料，是纸面材料所无法替代的。访谈外，吴福辉也特别重视与作家有关的“生活史料”的勘察。为写《沙汀传》，“当时我发了个愿，为了能把作家的生活状态和写作情境结合得更紧密，决心下力气把沙汀一生走过的地方都走上一遍！后来因为各种缘故，这个‘走上一遍’难免打了点折扣，但多数地方真的去过了。比如从偏僻的沙汀故乡安县县城一直走到雎水镇（与地震的北川县近在咫尺）和秀水镇；比如找到了艾芜、沙汀同班读书的成都盐道街省一师原址（还剩下一堵墙是原物），还有两人‘文革’遭囚禁的昭觉寺；比如‘左联’时他在上海的居住地闸北德恩里、青岛的距野路等，加上抗战期间重庆的角角落落，我都一一踏访过”①。1930 年 3 月 2 日成立“中国左翼作家联盟”时在上海开会的中华艺术大学会场是在原窦乐安路 233 号的楼里，但是，一开始建立“左联”纪念馆时，竟然把地址搞错了。

---

① 吴福辉:《抗战期间“文协”作家的重庆集聚地》，见《石斋语痕》，河南大学出版社 2014 年版，第 13 页。

当年“左联”的活动处于地下状态，固然是弄不清楚的原因之一，但他认为，“在许多当事人健在的情况下缺乏广泛调查，觉得无须下什么勘踏的功夫，可能更是个原因”①。对生活史料的实地踏访、勘察，设身处地去体验，不但是出于科学态度，避免错误和以讹传讹，更是为了在自我与对象间建立起更多的交集，从而更深入细致地去了解历史。这种对“生活史料”的重视，不单单是一种史料观和方法论，还显示出一种可贵的思想立场和情感态度。重视“生活史料”，亲身到研究对象工作、生活之场所去看，去触摸，去体验，所得不但“真”和“实”，远胜于道听途说、捕风捉影，而且“美”和“善”，对研究客体持既谦卑又平等的友善态度，与研究客体“共在”“共情”，与之产生情感交流与呼应，由此才能发生对历史同情之理解。从司马迁开始，古人著史就重视对历史遗迹的亲身探访与体验，这是中国史学的优良传统。吴福辉对生活史料的重视，对历史遗存的亲身勘察与体验，既来自中国传统史学和北大学风，又与其对现代文学史料独特性的认知有关。他认识到现代文学虽去今不远，但逐渐成为历史，他对现代作家的访谈，是为了抢救史料、保存史料；与此相同，与现代文学、现代作家有关的各种遗存，虽去今不远，但由于各种政治及历史原因，损毁严重，他的亲身踏访，同样是为了留存史料、凭吊历史、建构更为原汁原味的历史情境。因为，比起纸面史料，生活史料无疑更为原始，是真正的一手史料。

除重视文学类史料，他还重视文学周边的社会学、文化学、城市史等各种非文学类史料。费孝通的社会学研究，对现代中国为“乡土中国”的定性和分析，对中国社会结构“乡村、市镇、都会”的三分法，对吴福辉京派、海派文学研究启发很大，甚至一定程度上构成他研究城乡地域文学的理论基点。② 从自身的研究经历出发，他认识到社会学、文化学、思想史等学科对于现代文学研究的理论借鉴和思想启发意义，认为现代文学研究者在使用社会文化背景史料，在参

---

① 吴福辉：《史料、学风与当下性》，《河南大学学报》（社会科学版）2005 年第 2 期。

② 参见吴福辉《费孝通的社会学与我的文学研究》，见《石斋语痕》，河南大学出版社 2014 年版，第 8—12 页。

考社会学、文化学、思想史或跨学科的各种新学科研究成果时，仅仅参照已有的史料还不够，往往需要独自做点资料挖掘工作。“研究鸳鸯蝴蝶派固然可以参用扬州、苏州、早期上海城市史的资料，但那些城市史的文化、文学部分大都是比较简约、语焉不详的，这就还需进一步去收集这些城市的文人、社团、出版、娱乐、消费等历史文献，去仔细翻检有关的刊物、小报、广告、照片等文化资料。”① 他研究海派文学，就阅读过大量与海派文化有关的材料，包括大量上海小报，做过资料的独立准备。他的海派文学研究专著《都市漩流中的海派小说》所列参考书目，一大部分皆非文学类书籍，如《上海租界略史》《上海市大观》《上海市年鉴》《上海研究资料》《上海研究资料续集》《上海俗语切口》等。② 从他书中的注释可看出，这些书籍许多他都引用过或参考过。上海小报因其消闲娱乐性质，很长一段时间内不被现代文学研究者看重，但他在上面却发现大量海派文化、文学方面的史料，因而认识到其可贵的文化史和文学史价值。这种对文学周边史料的认识和重视，不但扩大了现代文学史料的边界，而且必然带来对现代文学史料的新理解和新发现。他后来指导学生李楠从事上海小报、北京小报的研究，在学界产生较大反响，即与他对非文学类史料的独特认知有关。在关注文学的社会文化背景材料的基础上，同时受文学研究界新的思潮和观念影响，他对文学史的认识发生变化，逐渐接受“大文学史”观的影响。在一篇文章中，他对“大文学史”观有比较详尽的说明：

> 那就是在文学史现象的多元多面表达基础上，于文学内部，要对文学的发生、阅读、接受、传播、交流以至于经典化的过程，都加叙述；于文学外部，要统揽影响了文学的，或文学影响了其他的各种因素，给予足够的关注。这些因素说到底均是文化因素，都是对文学的资源、成因、成熟、衰败、延伸、交汇起相

---

① 吴福辉：《历史与当下：双重视野中的现代文学资料学》，《学习与探索》2004 年第 1 期。

② 参见吴福辉《都市漩流中的海派小说》，湖南教育出版社 1995 年版，第 341—346 页。

> 当作用，而不可忽视的。比如文学和现代印刷出版，和新闻业、报刊业；文学和新兴艺术如电影、木刻、报道；文学和外国文化引入（翻译对作家读者的影响还有一个狭角，除了引入还有我们现代文学的输出，向国外的译出情况）；文学和教育（包括文学作品进入教材、进入课堂，甚至社会的文学教育，这些接受都对养成一代读者有关）；文学和学术（一时代的学术思想，正统的或异端的，统统对作者、读者发生潜在作用）；文学和经济（不仅是像《子夜》等直接写到经济生活的作品同经济相关，诸如文学的水准、刊物的质量、读者的购买力也都与一时的物质生产方式及分配方式息息相关）；文学和政治（政治思想、政治运动、政治组织、政治制度的影响，过去我们将他们和文学的关系说成是唯一的，现在我们不能走向另一极端而完全轻视它）。①

这种“大文学史”观必然改变学者包括他对现代文学史料的看法，进一步改变现代文学史料内涵和史料研究的边界。他的《中国现代文学发展史（插图本）》（北京大学出版社 2010 年版）是这一文学史观的具体实践，其所涉及的史料，已由文学文本延展至文学作品的发表、出版、传播、接受、演变及文学中心的变迁，“作家的生存条件，他们的迁徙、流动，物质生活方式和写作生活方式，也在一定的关节点得到尽情展开。社团、流派的叙述，与文学报刊、副刊、丛书等现代出版媒体的联系，紧密结合，更接近文学发生的原生态”②。总之，一切与文学发生、发展有关的背景材料，作为“史料”得到关注和利用。《中国现代文学发展史（插图本）》的创新体现在诸多方面，其中创新点之一，体现在以往文学史中处于边缘、背景或后台的非文学史料，在这部文学史中，公然进入前台，与文学文本一起，构成现代文学发展的斑驳图景。而他与钱理群、陈子善、袁

---

① 吴福辉：《〈中国现代文学编年史〉的写作和我的文学史观》，《文学评论》2013 年第 6 期。

② 吴福辉：《自序》，见《中国现代文学发展史（插图本）》，北京大学出版社 2010 年版。

进一道主编的《中国现代文学编年史——以文学广告为中心》（4卷，北京大学出版社 2013 年版），则是“大文学史”观的进一步发展，其背后同样隐含着对现代文学“史料边界”的重新认识。

受“大文学史”观影响，吴福辉把“野史”材料纳入现代文学研究的范畴。1996 年，当他与樊骏、钱理群一起讨论杨义《二十世纪中国文学图志》时，注意到该书“野史仿佛也可以摄入正史”的特点。[①] 这里的“野史”其实是比喻说法，概指“期刊、报纸、单行本的出版花絮，作家自传、书信、日记、笔记里的隐秘部分，当事人回忆的旮旮旯旯，甚至耳食的说之者曰有、亲践者或拒或迎且流布久远的传闻，一些入不了正史的杂七杂八的材料”[②]，不妨都可看作文学野史的一部分。这些“野史”材料，可能为正史所拒斥、登不了大雅之堂，但并非荒诞不经、空穴来风、虚构捏造。它们入不了正史，不为正史所认可，有多种原因，主要原因应该是意识形态的不同，部分原因出自史料观的相左。吴福辉认为这些野史材料，只要具有真实性，“都可发挥出助你进行‘现场’的效用”[③]。吴福辉认可与重视野史材料，并非为猎奇好异，同样是从文学史家的角度，看重其所具有的史学价值。

野史材料外，另一可使研究者更为便捷地进入历史现场的是图片（摄影照片、木刻、绘画、影像、手稿照片等），因而，图文关系也是吴福辉关注的重要问题。史料不但包括文字材料，也包含图像、音频材料。由于保存较难，民国时期留下的音频资料相对稀少，相对来说，保留下来的图像资料更多一些。这些资料所包含的历史信息更为直观，其丰富、生动程度有时也超过文字。吴福辉在研究海派文化和海派文学时，图片也是他考察的一项重要内容。他认识到“今日是

---

① 参见樊骏、钱理群、吴福辉《且换一种眼光打量——〈二十世纪中国文学图志〉对话录》，《读书》1996 年第 5 期；见吴福辉《且换一种眼光》，上海教育出版社 1998 年版，第 253 页。

② 吴福辉:《由野史材料探入“文学现场”》，见《石斋语痕》，河南大学出版社 2014 年版，第 39 页。

③ 吴福辉:《由野史材料探入“文学现场”》，见《石斋语痕》，河南大学出版社 2014 年版，第 39 页。

读图的时代"[①]，选编各类选本时，已开始注意在文字中插入各种图片。他选编的《背影》，一篇文章配图有的多达7幅；选编的《施蛰存短篇小说集》亦为插图本，配上张青渠作的插图，使文本生色不少；《沙汀画传》（四川人民出版社2010年版）收入沙汀生平活动和作品著述图片共108幅。他的《中国现代文学发展史（插图本）》图文并茂，为做到插图的"精、新、全"[②]，他下足了功夫，正如他所说，"越到此书即将杀青的时候，剩余的插图结尾工作也越难，有的甚至到看校样的时候还在寻觅"[③]。对图像的重视背后，是史料观念的变迁。除吴福辉，其他学者如陈平原、杨义等人，皆重视图像史料和图文关系问题，各有专门著作问世。

关于史料研究，吴福辉还提出"历史"与"当下"的双重视野问题："总之，又是历史的，又是当代的，在此双重的视线下运用我们的眼光和活力，来挖掘和使用资料，应当是现代文学研究有待深入的许多路径中的一条路径。"[④] 所谓"历史"视野，是研究者要有历史感，"要认识现代文学史实，首先便是尽量回到历史的语境中去，予以同情的理解，而不是自以为是地以今日之认识来代替历史上的认识"。所谓"当下"视野即当下的立场："我们寻找历史、研究历史，归根结底是为了加深认识今天。"历史研究，永远都是研究者站在当下作出的对历史的回顾与思考，当下视点必然会给研究者带来新的阐释角度和思想立场。不过，他又认为"当下性"并非鲜花一朵，好得没有任何局限。当下的立场可以扩大看待历史资料的视野，看到前人没有看到的事物，但如果一叶障目，当代的偏狭立场又完全可以掩盖材料的真实性或有意删节真实的材料。

---

① 吴福辉：《重读〈背影〉》，见吴福辉选编《背影》，广东教育出版社2009年版，第5页。

② 吴福辉：《自序》，见吴福辉《中国现代文学发展史（插图本）》，北京大学出版社2010年版，第5页。

③ 吴福辉：《自序》，见吴福辉《中国现代文学发展史（插图本）》，北京大学出版社2010年版，第5—6页。

④ 吴福辉：《历史与当下：双重视野中的现代文学资料学》，《学习与探索》2004年第1期。

总之，作为文学史家的吴福辉，在史料研究方面同样有不俗成绩。他虽不以史料工作名世，但并不意味着他对此不擅长。恰恰相反，他一直沿着理论研究和史料工作两条轨道，展开其严肃而勤奋的学术工作。可以这么说，卓有成就、声名远播的文学史研究构成其学术工作的“表”，或者说“前台”，沉稳扎实、别有心得的史料工作则构成其学术工作的“里”，或者说“后台”。只有理解他的学术工作的“表”“里”两面，才能对他全部的劳作，达到全面完整、深入透彻之了解。他曾说：“研究文学史，原是一件需贴近已逝的事物去触摸故人灵魂的工作。”① 他的全部史料工作，他对各类史料的追寻和探究，他对史料边界一次次的扩充与刷新，其最终目的，同样是“贴近已逝的事物去触摸故人灵魂”，这与他的好友钱理群先生所提倡的“生命史学”已颇为相近。② 现在，吴福辉先生遽尔远逝，不知这篇写就的关于他的小文是否切合他的原意，是否能“贴近已逝的事物”，“触摸故人的灵魂”呢？

---

① 吴福辉：《由野史材料探入“文学现场”》，见《石斋语痕》，河南大学出版社 2014 年版，第 39 页。

② 参见钱理群《总序》，见钱理群主编《中国现代文学编年史——以文学广告为中心（1915—1927）》，北京大学出版社 2013 年版，第 4—5 页。

吴福辉书简两通释读

在现有的各种现代文学史著作中，《中国现代文学三十年》（以下简称《三十年》）应该是发行量最多、影响最大的一部。该著第一版由上海文艺出版社于 1987 年 8 月出版。据温儒敏回忆，书的出版一开始并不顺利，曾找过一家出版社，但没有被接纳，“吴福辉说他认识上海文艺出版社的编辑高国平，不妨一试。于是便写信联系高国平。上海文艺社果然思想开放，不论资排辈，很痛快就接纳了这部讲师写的教材，准备出版”①。《三十年》撰写于 1982—1984 年，这时，它的几位作者职称还较低，名气也不大，但高国平先生慧眼识珠，慨然接纳这部教材，可谓《三十年》之功臣，可谓几位作者之伯乐。因此，研究《三十年》，高国平先生是绝对绕不过去的。《三十年》作者中，只有吴福辉认识高国平，关于出版事务的接洽，都是由吴福辉给高国平写信完成的。因此，这些书信对研究《三十年》具有重要文献价值。笔者收藏有吴福辉写给高国平的书信两封，一封写于 1985 年 3 月 11 日，另一封写于 1985 年 6 月 3 日。两封信写作时间相距不远，内容有紧密关联，所谈皆为《三十年》的写作、交稿与出版，以及“中国现代文学研究创新座谈会”的预备、召开情况。鉴于这两封书信对研究《三十年》和“中国现代文学研究创新座谈会”具有重要文献价值，笔者将它们整理发表出来，并作简要解释，以供

① 温儒敏：《〈中国现代文学三十年〉出版往事》，见《燕园困学记》，新星出版社 2017 年版，第 95 页。

学界同人参考。

一

第一封信写于 1985 年 3 月 11 日，所用信纸和信封皆为《中国现代文学研究丛刊》专用，信封正面署“上海市绍兴路 74 号上海文艺出版社高国平同志收”，背面邮戳时间为“1985. 3. 17”。信的内容如下：

国平兄：

春节过得好吗？向贵社各位同志问候！

奉上《丛刊》第一期两册，其中一册给辽民的。丁景唐同志另由编务同志发书。可能“论丛”方面与“丛刊编辑部”交换一本。其他方面有没有一定要赠书的，请通知我，再另设法。我们赠书范围比北京出版社小，可能更会考虑不周。你的书每期由我处理，一定会有的。

关于郭沫若的大作，已交执行编委审读，现已通过，只剩编委会审目录便可发稿（第三期）。我想一定不会有什么问题。此期四月初便发排，七月可望出版。这篇稿子无论如何请放心好了，我会处理好的。

理群负责统文学史稿，正在进行。边统边抄，同时核对每章后面的年表。他和我最忙。最近他在北大内外要讲三门课程，又逢搬家（在北京南郊新区买的房子），实在赶不出来，所以，三月末交稿是不可能了，万望宽限到四月。我真想搬到北大去催。你看能否打乱你们的工作？

朱先生史纲在六月份左右交出一章，以便讨论，年末以前交稿。我和理群决心在搞完这本书后，再转去搞自己的专著。时间表也只能这样了。

五月份在北京开青年座谈会，据樊骏同志说，五十人左右。文学馆有一部分房子在改成写作间，届时，可能在我们这里开。不知上海方面通过学会有哪些同志一定来？您和贵社会有人来京吗？欢迎大家来这里聚谈聚谈。

福康有电话来，他已到京。我想近期内去看看他。

你最近在写些什么？还望有新的研究成果问世。请多保重。

祝

编安

福辉

三月十一日

《丛刊》另寄，请查收。

书信开始，吴福辉首先向高先生和上海文艺出版社的其他同志致以春节问候。这是出于中国人传统礼仪，因该信写作时间“1985 年 3 月 11 日”，阴历为“1985 年正月二十”，此时春节刚过不久。信中提到的“《丛刊》”即《中国现代文学研究丛刊》（以下简称《丛刊》）。“辽民”指张辽民，上海文艺出版社编辑。她和高国平一样，是《三十年》的责任编辑。“论丛”指《文艺论丛》，该刊与《中国现代文艺资料丛刊》《鲁迅研究集刊》等刊物，都是上海文艺出版社编辑、出版的学术刊物。《文艺论丛》采用以书代刊形式，分辑发行，虽是综合性刊物，但现代文学研究部分所占比重很大，许多学术名家和新生代学人在上面发表过文章。

“我们赠书范围比北京出版社小”一语包含信息量很大，其中“我们”指的是中国现代文学馆和《丛刊》编辑部。这封信写于 1985 年 3 月，对于《丛刊》而言，这个时间显得很特殊。因为在 1985 年 1 月，新改版的 1985 年第 1 期《丛刊》出版。《丛刊》为中国现代文学研究会（一开始名为“高校中国现代文学研究会”，后为扩大范围，去掉“高校”二字）的会刊，第 1 期于 1979 年 10 月出版，由中国现代文学研究会和北京出版社合编，编辑部设在北京出版社，由北京出版社出版。从 1985 年第 1 期（1985 年 1 月）开始，《丛刊》改版，北京出版社退出《丛刊》的编辑和出版工作，改由中国现代文学研究会与中国作家协会下属的中国现代文学馆合编，作家出版社出版。为此，重组编委会，另建编辑部，编辑部设在中国现代文学馆，编委会和编辑部的工作和作用被大大增强。① 这封信写作时间为 1985 年 3 月 11 日，中国现代文学馆还在筹备过程当中，吴福辉参与了整个筹备工作。到 15 天之后即 1985 年 3 月 26 日，中国现代文学馆在北京西郊万寿寺正式成立。吴福辉作为现代文学馆的工作人员，由王瑶先生指定，任《丛刊》编辑部主任。《丛刊》由现代文学馆接手后，由于经费紧张，印数减少，据董炳月回忆，《丛刊》印数最少的时候大约只有 3000 册。②《丛刊》1985 年第 1 期版权页所标印数为 10000 份，第 3 期所标印数已降到 8000 份。信中所说“我们赠书范围比北京出版社小”，可能与印数减少有关。

信中提及的“丁景唐”（1920—2017. 12. 11），为浙江镇海人，左联和鲁迅研究专家，著名出版家，主编《中国新文学大系（1927—1937)》（20 卷），时任上海文艺出版社社长兼总编辑。信中提到向丁先生赠送《丛刊》1985 年第 1 期，这是因为他是上海文艺出版社社长、总编辑，现代文学馆与上海文艺出版社有业务合作关系，除此之外，丁先生作为作者在这一期还发表有文章。1985 年为左联成立 55 周年，《丛刊》1985 年第 1 期专门组织了一组“纪念‘左联’成立五十五周年”笔谈，由丁景唐、陈瘦竹、叶子铭、杨占升、张大明等人执笔，笔谈第一篇文章即为丁景唐《关于左联研究的意见》。

“关于郭沫若的大作”，指高国平撰写的《试论郭沫若早期史剧观》，该文发表于《丛刊》1985 年第 3 期。“理群负责统文学史稿”，这里的“文学史稿”指《三十年》。由此可知，《三十年》原定计划是 1985 年 3 月向上海文艺出版社交稿，但由于主要作者之一的钱理群过于忙碌，负责三门课程讲授，且赶上搬新家，无法按时完成写作，原定计划被打乱，吴福辉向高国平提出宽限一月，到 4 月份再交稿。

“五月份在北京开青年座谈会。”这里的“青年座谈会”指“中

---

① 参见《改版致读者》，《中国现代文学研究丛刊》1985 年第 1 期。

② 参见董炳月《万寿寺西院的幸福生活》，《中国现代文学研究丛刊》2004 年第 4 期。

国现代文学研究创新座谈会”，1985 年 5 月 6 日至 11 日在北京万寿寺中国现代文学馆召开。“福康”指“陈福康”，也是《丛刊》作者，其《叶紫悼念彭家煌的文章》一文，发表于《丛刊》1985 年第 4 期（1985 年 10 月）。

二

第二封信写于 1985 年 6 月 3 日，所用信纸为《中国现代文学研究丛刊》专用信纸，所用信封则与上封信不同，为中国现代文学馆专用信封，这说明中国现代文学馆成立后，专门印制了供单位人员使用的信封。信封正面署“上海市绍兴路 74 号上海文艺出版社高国平同志收”，背面邮戳时间为“1985. 6. 4”。信的内容如下：

> 国平兄：
>
> 最近忙吗？可好？不久前曾致一信，想已达览。兄之估计十分真确，你讲限期放宽至六月，现在看来只能是六月二十日左右了。最近我将一半之精力已投入该书。理群实在狼狈，弄到北大的专题课前一晚深夜方始备出，第二日昏昏沉沉便上讲坛。他为了统稿，下了大力，自己部分的修改却推迟了（大部分的章节都重新写过，有些章节重新调整，总论、三个概述及孤岛、沦陷区文学为新增章节）。现在，我们三人已全部抄清；理群需至六月九日全部改完自己的章节，并写出年表初稿；六月十日至六月十六日，全体总动员帮理群抄稿。我从现在起开始将“年表”统一遍，将“参考书目”统一遍，然后负责最后通读。你看，紧张不紧张？他们三人都在北大，所以只能由我一次次地跑去。幸亏馆里给我一个月假弄《茅盾全集》（十六卷），我是先将力量偷偷放在文学史上了。大家都是忙人，各条线索集于一身。集体写作在协调上破费时间，实在不足取矣。
>
> 因为由我在理群统稿后再通读，稿件大部分已集中在我手里，誊写很清楚，不会给你们带来麻烦。理群兄的字稍难认，不知誊出来如何，但他会尽力的。王先生说过，他的助手字从来不

好，当年乐黛云老师如此，今日理群是也。理群的识见、功力显然比我们强，这是大家公认的。

王先生在医院中（治痔疮）便开手替文学史考虑序言，今已写出初稿，还要略略修饰一下。所以，我们六月二十日以后，一定一次性交稿，请放心。

创新座谈会开过。王富仁正在与文学馆合作起草会议纪要，将来登在《丛刊》上。在研究范围上，一致要拓宽，理群偕黄子平、陈平原在会上提出写“二十世纪中国文学史”之设想，则近、现、当代熔于一炉，文学现代化之轨迹更清。其部分观点，将写入本文学史之总论中。研究方法将来恐怕是传统为一套，新的为一套（文艺心理学、接受美学、结构主义、阐释学等为主）然后逐渐综合。用新的一套写文学史颇难，总要几年以后方能出世。如单用阐释方法写，也不能不顾及社会、政治、历史、美学评价，否则作家作品如何序列？写一论文，用一种单一的新法试之当然可以；写文学史似乎只能综合（但可突出一种方法，如勃兰兑斯之“主流”一书，从文艺心理角度切入，兼顾其他）。我甚盼在三年之间有方法全新的文学史出现。这次创新会，中青工作者能聚集一堂，检阅力量，加强交流，本身便是一件好事。我年来忙于杂务，参加会议后也深感落后，极想尽量摆脱馆内一些行政事务，多写点东西。

《丛刊》第三期已发稿多日，兄之大稿已在其中。不日便可读校样了。第二期样书这几日便能运至，兄与辽民的定当奉寄。此信不必复，二十日左右接书稿后再来信不迟。弟家中地址为“北京，左家庄，三源里街，25 楼 3 门 1104 号”，最近我在家中，有时寄到馆内会晚接几日的。代问辽民及室里同志好。

即询

编安

福辉

六月三日

与上封信相比，这封信包含信息更丰富，文献价值更高。

信件生动还原了《三十年》撰写、分工、交稿的具体情况。成书之前，《三十年》部分内容已在《陕西教育》上连载过。信中提及“大部分的章节都重新写过，有些章节重新调整，总论、三个概述及孤岛、沦陷区文学为新增章节”，说明《三十年》上海文艺版与《陕西教育》版之间版本差异较大，这种版本差异体现为三点，一是大部分章节重写，二是部分章节重新调整，三是新增“总论、三个概述和孤岛、沦陷区文学”。分工方面，钱理群负责统稿，吴福辉负责最后通读。“他们三人都在北大”中“他们三人”指钱理群、温儒敏、王超冰。“我们三人已全部抄清”中“我们三人”指温儒敏、王超冰、吴福辉。这封书信披露了《三十年》交稿最后期限是“1985年6月20日”，而在写信之时（1985年6月3日），吴福辉、温儒敏、王超冰三人的稿子已抄清，而钱理群要到6月9日才能全部改完其负责章节并写出年表初稿，6月10日至16日大家帮他一起抄稿。由书信我们还可窥知《三十年》撰写当中的一些细节，让我们更真切感知当时的历史情境，如钱理群为赶写书稿而无时间备课，“实在狼狈，弄到北大的专题课前一晚深夜方始备出，第二日昏昏沉沉便上讲坛”。他负责整部书稿统稿，“下了大力，自己部分的修改却推迟了”。因为编辑《茅盾全集》第16卷，中国现代文学馆给了吴福辉一个月假期，但他利用这段时间“将力量偷偷放在文学史上了”。这充分说明他对《三十年》修改和写作的重视。信中还特意提及“王先生在医院中（治痔疮）便开手替文学史考虑序言”。王先生即“王瑶”。《三十年》的写作与《陕西教育》向王瑶约稿有关。《陕西教育》邀请王瑶编写一套“中国现代文学”，作为刊授“自修大学”中文专业的教材。王瑶把这个任务分派给他的学生们，这才有了《三十年》这部书稿的诞生。[①] 书信披露王瑶先生生病住院还为学生书稿写序、构思的细节，令人感动。王瑶为《三十年》写的序标注写作

① 参见温儒敏《〈中国现代文学三十年〉出版往事》，见《燕园困学记》，新星出版社2017年版，第93—94页。

日期为“1985 年 5 月 24 日”。据 6 月 3 日这封信中“今已写出初稿，还要略略修饰一下”一语推断，“1985 年 5 月 24 日”这个日期应该是他的序言初稿完成日期，而非定稿日期。

“创新座谈会开过。”“创新座谈会”指“中国现代文学研究创新座谈会”。这封信谈到 1985 年“中国现代文学研究创新座谈会”的一些情况，对研究这次学术会议有重要史料价值。“中国现代文学研究创新座谈会”由中国社会科学院文学研究所、中国作家协会、中国现代文学研究会联合召开，地点是北京万寿寺中国现代文学馆，时间是 1985 年 5 月 6 日至 11 日。陈平原称这次学术会议“具有里程碑意义”[①]。这次会议的参加者皆为现代文学研究界初露头角的中青年学术骨干，以后大多成为中国现代文学研究的领军人物。会议提出的多个议题，如现代文学的内涵和外延问题，文学研究方法的革新问题，中国现代文学研究与当代文学的关系问题，等等，对此后的现代文学研究产生过广泛影响。此次会议上，陈平原就“20 世纪中国文学”的命题做了专题发言。陈平原坦承“20 世纪中国文学”的命题“最早是老钱提出来的，就专业知识而言，他远比子平和我丰富。那时我还是个博士生，老钱已经是副教授，比我大 15 岁，之所以推举我做代表，是因为这个机会对年轻人来说太重要了。老钱说，既然是创新座谈会，就应该让年轻人上阵。这是 80 年代特有的气象与风度——相信未来，相信年轻人，关键时刻，尽可能把年轻人往前推”[②]。《中国现代文学研究创新座谈会纪要》（以下简称《纪要》）也明确提出：“这个设想是由钱理群、陈平原、黄子平（北京大学）共同提出的，陈平原代表他们三人在会上作了发言，比较详细地报告了他们计划编写的《二十世纪中国文学史》的整体规划。”[③] 这封信为陈平原的叙述提供了旁证，对《纪要》的内容也可做些补充。信

---

① 陈平原口述，刘周岩采访、整理：《黄金 80 年代中诞生的“20 世纪中国文学”》，见李鸿谷主编《光荣与道路：中国大时代的精英记忆》，现代出版社 2019 年版，第 325 页。

② 陈平原口述，刘周岩采访、整理：《黄金 80 年代中诞生的“20 世纪中国文学”》，见李鸿谷主编《光荣与道路：中国大时代的精英记忆》，现代出版社 2019 年版，第 325 页。

③ 于承哲：《中国现代文学研究创新座谈会纪要》，《中国现代文学研究丛刊》1985 年第 4 期。

中提及“理群偕黄子平、陈平原在会上提出写‘二十世纪中国文学史’之设想”，特意把“理群”摆在前面，说明在钱理群、黄子平、陈平原三人提出“20世纪中国文学”命题的过程当中，钱理群起了比较关键的引领作用。“其部分观点，将写入本文学史之总论中。”“总论”指《三十年》的第一章《绪论：中国现代文学的基本特质和历史位置》，这一章的撰写人为钱理群。《三十年》最初在《陕西教育》连载时是没有《绪论》的，最开始的第一讲为温儒敏执笔的《中国现代文学的发端》（《陕西教育》1983年第10期）。《绪论》是成书之时最后添加上去的，与其他章节相比，这章在写作时间上反而比较靠后。写作这章时，在与陈平原、黄子平的私下讨论中，钱理群对“20世纪中国文学”命题有了初步想法，于是，他便把该命题中所包含的一些核心要点写入了《绪论》。例如，《绪论》多次提到“二十世纪中国文学”，反复强调“中国现代文学三十年”只是“二十世纪中国文学”的一个组成部分，认为“整个二十世纪中国文学都是中国社会大变动，民族大觉醒、大奋起的产物，同时又是东西方文化互相撞击、影响的产物，因而形成了共同的整体性特征”①。《绪论》认为20世纪中国文学特别是现代文学的主导性文学观念为“改造民族灵魂”，这决定了现代文学的思想启蒙性质；应该重视中国现代文学发展与世界现代文学发展的同步性，重视通过与传统文学、世界文学的纵横联系来把握20世纪中国文学的自身特质。这些观点，也正是陈平原代表他们三人在创新座谈会上所提出的。王晓明把“中国现代文学研究创新座谈会”和在会上提出的“20世纪中国文学”命题视为“重写文学史”的“序幕”，认为：“正是在那次会议上，我们第一次看清了打破文学史研究的既成格局的重要意义。”②如果此说成立，那么，1987年出版的《三十年》就可视为“重写文学史”的具体实践。因为钱理群已经把“20世纪中国文学”的一些主要观点写入《三十年》的《绪论》，并使之成为贯穿性的思想主线。

---

① 钱理群、吴福辉、温儒敏、王超冰：《中国现代文学三十年》，上海文艺出版社1987年版，第1页。

② 王晓明：《主持人的话》，《上海文论》1988年第6期。

研究方法革新是创新座谈会的另一核心议题，带着对此问题的思考，吴福辉信中还论及研究方法创新与文学史写作的关系问题。20世纪80年代中期文学研究方法论热兴起后，西方的各种研究方法如文艺心理学、接受美学、结构主义、阐释学等纷至沓来。面对轮番上阵的各种新方法、新理论，吴福辉的态度是冷静的，他认为写论文采用一种新方法是可行的，也期待三年之间有运用新方法、新理论撰写的现代文学史出现，但同时又认为运用单一的新方法、新理论进行现代文学史写作行不通，因为文学史研究不同于文学批评，它是一种综合的历史评价和分析，“如单用阐释方法写，也不能不顾及社会、政治、历史、美学评价，否则作家作品如何序列?”因此，文学史写作只能采用多种方法对作家作品、思潮流派和创作现象进行综合研究和评判，这对文学研究者提出了更高要求。

《三十年》采用集体写作方式，对于这种方式，吴福辉表示了自己的看法，认为“集体写作在协调上破费时间，实在不足取矣”。《三十年》最初撰写者为四人，修订后改在北京大学出版社出版，撰写者减少为三人。此书虽属集体写作，但每位作者的风格都能体现出来，与多人集体编撰的文学史还是有所不同。但即使如此，吴福辉对此种集体写作的方式还是持保留意见，更为看好个人独立编撰文学史，为此，1984年他曾撰写《提倡个人编写文学史》[①] 一文，缕述个人编写文学史的好处和优势。后来他以一人之力独立完成《中国现代文学史发展史（插图本)》（北京大学出版社2010年版)，即为这种主张的具体实践。

这封书信还可使我们窥看到作者内心的隐微部分。信中提及：“这次创新会，中青工作者能聚集一堂，检阅力量，加强交流，本身便是一件好事。我年来忙于杂务，参加会议后也深感落后，极想尽量摆脱馆内一些行政事务，多写点东西。”这段话前半段讲的是创新座谈会上全国青年才俊聚会、交流、研讨的情形，后半段则流露出惶恐、不安、失落之感。“深感落后”，这几个字不能仅看作作者自谦

---

① 吴福辉:《提倡个人编写文学史》,《中国现代文学研究丛刊》1984年第1期。

和客套。复旦大学出版社 2012 年给吴福辉出过一本《春润集》，这是一部自选集，按编年形式收录作者认可的文章。笔者注意到，“一九八四”“一九八五”两个年份出现空档，没有文章。这两年吴福辉不可能没有任何出产，但他没有选入。也许他这两年的空白留给了《三十年》，要知道这正是几位作者忙于此书写作、修改的时间。

书信是对当下情境的记录。通过书信，我们可抵达鲜活生动的历史原生态，复活并再次经历事件发生的具体过程。通过吴福辉这两封书信，我们可触摸感知到《三十年》撰写和“中国现代文学研究创新座谈会”召开的一些具体细节。因而可以说，它们是研究《三十年》和“中国现代文学研究创新座谈会”的珍贵文献。

那个爱生活的人走了

——追忆吴福辉师

2021 年 1 月 15 日，突接吴福广师叔发来短信："刘涛，我接侄子电告，我哥在加拿大卡尔加里时间 14 日凌晨突发心梗去世了。"随信还发来吴福辉老师生前发给他的最后一张照片，加拿大卡尔加里住所外的雪景，厚厚的大雪覆盖大地，覆盖了吴老师的房子。除了这张照片，还有吴老师最后一次的生日照。照片上的吴老师立在那里，双臂呈十字交于胸前，面带微笑，目光透过镜片，微带些许落寞，隔着无限的时空，隔着大洋，静静望着我，又似乎望着另一地方。照片上的吴老师，身体消瘦了许多。吴老师瘦了，这我知道。吴老师晚年饱受肠病困扰，曾为此动过多次手术。但他每次都挺了过来，精神依然矍铄，无颓唐之气。他的学生，包括我，都坚信他能长寿。他有长寿基因，他的母亲，祖母及家族的其他长者，多有活到九十多岁的。这是他引以为傲的一点，闲谈中时有提及。他也相信自己身体。是的，他的身体那么好，精气神那么足！谁能想到突然就走了呢？他那么爱生活，还有许多未完成的工作要做。他曾计划在学术工作结束后，开始写散文，他肚子里装了那么多货，他说能写五百篇。这项工作是他加拿大居家生活的主要内容，应该已经开始着手了。他还说若身体允许，疫情结束，他每年计划回国至少两次，与他的学生们欢聚畅游。然而，这一切，随着他远去，都是不可能了。

清华大学解志熙先生所拟挽联，颇能概括吴师一生："学术无偏至，京海雅俗齐物论，鉴赏最中肯，名著岂止‘三十年’；生活有趣味，东西南北逍遥游，人情真练达，快意曾经八十载。”上联是对他学术的总结，下联是对他生活的概括。吴老师的学术成就，学人多有论及。这篇小文，仅就他热爱生活的那一面，聊记一些片段，稍作一点评断，作为对他的一点缅怀和纪念。

吴老师热爱生活，体现在许多方面，如爱旅行，爱美食，爱品茶，爱收藏，爱摄影，爱记日记。这么多爱好中，对旅行尤其痴迷。就我有限的交往看，很少见到像他那样狂热地投入旅游生活中去的。吴老师的旅游计划雄心十足，目的地遍及全球五大洲，欧洲、北美洲的许多国家，俄罗斯、日本、韩国、印度、新加坡、泰国、缅甸、越南等，他都去过，有的地方去过还不止一次。至于国内，他去的地方更多。他手头有一本《中国文物旅游图册》，上面详细标记出国务院历次通过的国家重点文物保护单位，吴老师认为这些地方都值得一看。每次旅行，他都带着这本地图册，以作导游。

吴先生生于上海，但南人北相，长得高高大大，12 岁举家迁到东北，此后便与北方结缘，先在鞍山学习、工作、娶妻生子，1981 年北京大学研究生毕业后，留京工作，由此开启他的学术人生。1998 年吴老师加盟河南大学后，由于要给博士生上课，参与博士生招生、开题、中期考核、论文答辩诸事务，每年往返开封多次，从此与河南结缘。每次到汴，参加完博士生招生、论文答辩，授课之后，吴先生都要四处走一走。吴老师对他的“走”，还作了大致规划，即以河南为圆心，围绕开封慢慢向外扩展，先游河南，再游临近河南的其他省市，然后再扩展至更远地方。河南的每一地市比较重要的文化景点，无不在他考察对象之内。作为后学及他的学生，我有幸陪侍先生左右，和他一起，走遍了河南省内、省外的多个地方。这种游历，并非单纯游山玩水，通过游历，我和吴老师一样，加深了对河南、对中国的认识，对中国文化的理解。由于与河南的缘分，与河南人交往中产生的友谊和情分，吴老师坦承自己喜欢河南，并戏称自己是半个河南人。而照我看来，吴老师比一般河南人更懂河南，试想，有哪个河南人，像吴老师那样，走遍河南的每一角落，对河南文化有如此细致考察和深入体悟？

吴老师的旅游属于典型的文化之旅，他的旅游不但重在文化考察，而且往往会进行讲座活动。由于吴老师的学术成就和影响，每至一处，照例会受到当地高校邀请而进行学术讲演，盛情难却之下，若无身体原因，吴老师都会慨然允诺。吴老师爱讲且善讲，讲演中间在黑板上随手写出的行草亦潇洒漂亮。他的激情往往会很快点燃听众，而听众的热情，又会进一步让他更加激情澎湃。讲到动情之处，吴老师甚至会放声歌唱，他的浑厚的男中音颇富磁性和穿透力，听众常常报以热烈回应和掌声，讲演现场气氛之高涨可以想见。吴老师讲演，很重视与听众的情感交流与互动，时时关注台下听众的反应。一般情况下，他的饱含激情和趣味的讲演内容在听众间会引起一定反响，这种反响会像波浪一样推动着他，讲演就这样轻松进行下去。他很享受这个过程，但偶尔也有例外发生。记得一次陪吴老师到河南南部城市旅行，他受邀到当地一所高校讲演。讲演大厅内座无虚席、秩序井然，吴老师开始像往常一样讲。可能是该校纪律要求较严，学生被规训得中规中矩，吴老师富于激情的讲演，在台下学生中间并没得到有效回应。讲到有趣处，本应掌声响起，笑声朗朗，但这次台下的反应却有点反常，照样是静无声——“波浪”没有出现。我坐在台下第一排，从讲席上吴老师的神色中，能看到他的失望和尴尬，之后他的讲演状态就不是太好，讲演结束，人也显得疲惫不堪。又过两天，他到平顶山学院，给文学院师生做过一次讲演，而学生这次表现迅捷、热情，出乎意料，吴老师的豪情又一次被调动起来，歌声又一次在台上响起。这次讲过之后，两校学生素质和精神状态所产生的鲜明对比，令吴老师唏嘘感慨。我也由此认识到优秀的有灵性的听众，对于教师的重要性。教师授课，亦如匠人运斤，是双向度而非单向度，台上人口吐莲花，台下人呆如木石，该是多么尴尬、无趣、反讽的场景！

吴老师的爱旅游，是他爱生活、爱世界的外化。他想把整个世界纳入自己的世界。他太爱这个世界，太爱生活，太珍惜生命，他想以空间换时间，通过多看多走，从各个维度来提炼生命的浓度、增加其厚度、扩充其广度，使生命变得更立体、有韵致，且多彩。除了读书，旅游是他感知世界、扩展自我、获得知识的另一主要方式，是他沟通书本世界与生活世界的桥梁。通过旅游，他由现实生活进入深广悠远的历史世界。他注意考察对象的每一细节，非浮光掠影、浅尝辄止者可比。由于爱旅游，吴老师自然爱好摄影。吴老师并非摄影发烧友，不追求相机品牌和价位，用的只是普通的傻瓜相机，但他善于构图，曾指出我拍摄相片构图存在的问题。不过，也仅此而已。摄影，是他记录生活、观看世界、留存生命的一种方式。人生如雪泥鸿爪。为留存生命之微痕，在摄影外，他有记日记的习惯。这个习惯，少年时期已经形成，此后，几十年如一日，从无间断。他记日记的时间，通常为每天睡觉之前。旅行中间，由于有时过于疲累，该天日记未记，第二天起床后一定补齐。吴老师精力过人，自言每天睡眠时间很短，四五小时即可。每天早晨三四点即起，起来简单洗漱后即开始工作。若当日日记未记，第二天早起第一件事是补昨日之未记。他补日记的情形，我曾亲眼见过。一次旅行途中，由于房源紧张，未能订到单间，我只好与他住一套间，他住室内，我住客厅。第二天早晨四点刚过，他已起身。见他起床，我也不敢懈怠，便随即起来。有事进入他房间，见他穿着白色浴衣，银白色的头发一丝不乱，显见是刚洗过澡的样子，坐在书桌前，台灯发出温和的光亮，照着摊开的日记本——他正专心地记日记。他的日记本为大开本，精美雅致，所写之字亦颇为工整秀媚。这样的一瞥，使我认识到他是把记日记作为很严肃的工作来做的。他自言所写日记很详尽，与《鲁迅日记》的账单式不同。我曾对他开玩笑，说自己应该已经被他记入日记了。他的日记所记如此周全且系统，当会作为重要文献留存下来，整理出版之后，必将为后代学人所重视。他的日记不朽，我也将不朽了。吴师听后一笑。现在想来，他坚持每日记日记，并非仅仅为了备忘，更出自强烈的生命意识。他想通过日记，来留存生命，留住人生的雪泥鸿爪。每到一处，大量摄影，同样为此。他说他储存有海量的相片（电子版），为此用了多个大容量硬盘。有时旅行途中，平凡普通的场景，比如饭馆的外观和招牌，他也会拍摄。我问他原因，他说是为了作日记的素材，因为年龄大，记忆力衰退，拍下来，晚上记日记时就能回忆起来。

吴老师爱美食，这也是他旅行的一项重要内容。旅途中，每到一处，他都要品尝一下当地美食。吴老师自称“南北人”，上海、鞍山、北京，再加上开封，都生活过，所以口味很宽，对各类南北风味和不同菜系美食皆能容纳。当然，由于自小生于南方，南方风味的食品依然是他心底的最爱。主食，面和米中，他更喜欢米。早餐，上海风味的咸菜粥和河南胡辣汤之间，他当然会毫不犹豫地选择前者。南方富庶，食材丰富自不必说，做法也更精细一些。吴老师更偏爱做法精致、食材更为讲究的南方菜。竹笋是典型的南方风物。一次在登封的旅途当中，在一家小馆就餐，我知他喜欢竹笋，于是点了一道腊肉炒竹笋。他品尝了，说味道还行，只是竹笋不太新鲜。然后，他讲起在南方讲学当中的一次经历。那次讲学结束，朋友邀请他到一家很不起眼的农家菜馆就餐。主人临时到自家房后的山坡上掘了几根竹笋，配上自家腌制的腊肉炒。他说，那次吃的竹笋味道好极了，主要是“鲜”，此后，再也没有吃到那么好的竹笋了。

吴老师喜欢收藏，藏书不说了，书之外，他还喜欢收集石头、砚台、紫砂壶、纪念章、邮票、信封等。他的住所名为“小石居”，即与石有关。我到过潘家园附近华威北里他的住所，书房窗台上放着不少石头，由于太多没地方放，有些只好堆在床下。北京居大不易，住房紧张，吴老师的住房虽然大一些，为两套两室一厅住宅拼合而成，但也并不显宽敞。于是，石头只能为人让路，他的这项收藏最后只能无疾而终。吴老师还懂砚台。2015 年 7 月师生结伴在河南、湖北、江西、安徽自驾游，整个过程其乐融融。16 日上午小雨，参观景德镇御窑厂和浮梁古县衙，下午到江西婺源，逛思溪延村，晚上住李坑村农家小馆。馆名“双塘”，临溪而建，位置绝佳。深入水中的半岛上主人建一露台，下临之字形转弯的一碧清溪，溪中水草依依，微风徐来，环境清幽极矣。我们在这露台之上喝酒用餐。掌勺为主人太太，她做的爆炒土鸡味道真好，家酿白酒亦风味独具。到了现在，那顿饭还没有忘记。酒足饭饱后，吴老师说此地是歙砚的正宗产地，机会不可错过，应该选方砚台带回去，于是又结伴逛街，亲自为我挑了两方砚台。现在它们还放在我家客厅的博古架上，与我每日相伴。至于紫砂壶，吴老师同样是行家。一次到京，吴老师带我逛潘家园，亲自为我挑了一把宜兴紫砂壶，不到三百元，可谓物美价廉。紫砂壶携至家中以后，由于具有纪念意义，不舍得用，便置于盒子中收藏了起来。一次打开，发现该壶形状怪异，细瞧才发现紫砂壶盖子与壶身不般配，是另一粗制紫砂壶的盖子。追问之下，孩子承认是他出于顽皮和好奇，拿着壶在窗台边玩，不小心壶盖掉于窗外，为怕我发现后受惩罚，于是把另一壶的盖子放了上去。孩子的顽劣和异想天开的补过行为令我哭笑不得。壶虽然残缺，但我依然留着，作为对吴师的纪念。吴老师的另一爱好是收藏纪念章，不过，他所收藏的纪念章有明确范围，大多为与他或家人工作的地方或单位有关，例如，他收藏有在上海读书时的学校的纪念章，他父亲在鞍山工作单位的纪念章，等等。每每得到这类纪念章，他都会加以珍藏。他晚年有写系列散文的计划，其中有一系列即为“纪念章系列”。他打算从自己收藏的纪念章中，选出有特色和纪念价值较大的，为每个写一篇文章。这说明他对纪念章的收藏，与他的摄影、记日记等爱好一样，出自一种生命情怀，出自对过往生命留痕的珍爱与重视。

吴老师还下棋，下象棋。围棋可能也懂，这倒说不上喜欢或热爱。为研究棋道，还从潘家园旧书摊淘来几本象棋棋谱，其中一本是各种残棋的棋局，这本书平时就放在他书房的小书桌上，我曾亲眼见到。我喜欢淘书，一次在潘家园淘过旧书后，到他家中小坐，见他正在研究棋谱。我自言对象棋是门外汉，虽然会下，但处在初级水平。他于是端出棋盘，摆开棋局，与我对弈，教我怎么进攻，怎么防守。记得这盘棋下了很长时间，下完，已到吃饭时间，于是我们一道，和师母朱珩青、师姐吴晨下楼，到附近的温州菜馆吃饭。说起吴老师下象棋，不知为什么突然想到“闲敲棋子落灯花”这句诗。当然，这里所谓的“棋子”指的不一定是象棋。该诗给我留下印象的主要是一“闲”字。我由此想到吴老师生活的另一面——他的书斋生活。吴老师是个学人，大部分时间在书斋中度过，长时间伏案写作，是很辛苦的。读书写作之余，自己一个人下下棋，琢磨琢磨棋路，研究研究棋理，可调节神志、放松身心。他自创的此种书斋休息法，何尝不是出自对生活的热爱呢?!

1999 年加盟河南大学，应该是他后半生做出的重大决定。这个决定极大改变、丰富了他的生活，打开了他生命的另一空间，在研究员、馆长、编辑的身份外，又多了一重“教师”身份。自此，他的生命调色板又添加上中原的黄，新的河南元素进入他的经验世界。而师生间无拘无束的切磋从游，则给他带来另一种无可替代的情感抚慰和生命体验。外人看来，一位已过花甲之人，常年仆仆于京豫道上，该是蛮辛苦的。这是局外人看法。据我个人近距离观察，加盟河南大学，开启双城生活，对于爱生活的吴老师来说，正可谓求之不得，是他丰富经验、增加生命认知的绝好机会。吴老师是纯粹学人，常年闲寂的书斋生活是他生命的常态。但我认为在内心深处他是喜动、爱热闹的，或者更爱动静之间的动态平衡，在书斋的闲寂与外在世界的游历间来回穿梭。当他开启双城生活后，每当工作需要来到开封，大家见了面，他照例会幽默一下，笑着说：“老朋友又见面了!”说话时脸上似乎还略带路途风尘。他的话，似乎是久违的朋友见面时照例的客套话，但我能够感觉出这并非套语。他是真心实意愿意回来，来和河南朋友见见面、叙叙旧。旧雨新知，欢聚一堂，这应该是他晚年人生的幸福时光。京汴双城的生活模式开启后，每年至少五六次的河南之行，成为他生活的主旋律。后来，他不再带学生，退出对博士生指导，依然坚持每年到汴讲学论文。开封已然成了他另一精神故乡，他来开封，是愉快的精神还乡。

作为学者，学术是吴老师的生命。不过，与一般学人不同，爱生活的吴福辉，在学术生活之外，还拥有丰富多彩的俗世欢愉。他自幼生长于江南市民文化的氛围中，张爱玲对俗世现时欢愉的执着与沉迷，在他也是有的。但他少了张爱玲的荒凉与虚无，多了顺天知命的放达与乐观。当然，他对俗世欢愉的执着与追寻，与江南市民文化中对人生现世性的肯认有关，也与他对学术与生命、生活关系的思考有关。

当代学人中，很少有人像吴福辉那样强调“经验”在学术研究中的位置和意义。他认为学者与学术对象之间必须建立内在联系，对研究对象须有情感与精神方面的深入体察。这种联系，这种体察，其主要路径为“经验”，即生活体验、生命顿悟。他认为学者在研究自己选定的对象时，与对象之间有“经验的交集”，是最理想的；若没有，也要创造各种条件，形成“交集”。作为上海人去研究沙汀，他深知自我局限。于是，便尝试各种办法走近沙汀。文字材料的搜集、阅读，与沙汀交往接触，采访沙汀朋友，是一方面；另一方面，他还到沙汀老家四川安县，到沙汀走过、住过、生活过的每一处，去亲身感受、触摸，目的是还原沙汀的生活世界，使自己的生活世界、经验与沙汀的形成最大交集圈。一次旅途中，曾听他谈，为了对沙汀抗战时期的生活有一点感知，他如何在重庆旅游时，冒着酷暑，不辞遥远，到南温泉桃子沟寻访沙汀的生活遗迹。最终，多亏当地一位老乡帮助，好不容易找到一条杂草丛生的山沟，对沙汀抗战期间的艰苦生活和坚韧性格，这才有了一点感性认识。人文学者与理工学者的最大区别，应该是对“经验”依赖的程度不同。人文学者只有通过更多经验，才能抵达有温度、有关怀、有情致的学术。吴福辉学术研究中的温润之气与灵动之致，除个人天分才气，很大程度上来自他对经验与学术关系的深入认识，来自他的热爱生活、富于生活的情趣和机智。

他的学术研究中，以海派研究最富个人特色，贡献亦最大，而此项研究，就与他个人的上海经验高度重叠。他是上海人，生于斯，长于斯，虽然十二岁之后离开上海，但少年期的上海经验已深入骨髓，再难忘怀。这种宝贵的上海经验，使他在从事海派文学研究时，比其他非沪出生的研究者更易进入海派文学所建构的经验世界，在个人经验与研究对象间，建立起活跃的彼此同情与召唤。在他从事海派文学研究之时，他的学术世界与生活经验可以说是高度叠合的。生活经验决定了他对研究对象的选择，学术世界的展开则引领他重回少年期的生活世界，重温最初因而也最珍贵、最鲜活、最具诗性的生命体验。也就是说，在他从事海派文学研究之时，他的学术世界和经验世界是高度统一的，学术即生活，生活即学术，这应该是一个学者在研究过程中所能拥有的最大福祉。

吴老师虽然去了，但爱生活的他所留下的精神滋养，已经渗入当代文化的诸多层面，他的面影，将会永远留存于学生、朋友心底。精神的吴福辉先生永不消失！